本书为广东省十一五社科规划项目
由冼为坚学术研究基金资助出版

文学性与
历史性的融通

——海登·怀特历史诗学研究

◎ 董馨 著

佛山文丛

中国社会科学出版社

图书在版编目(CIP)数据

文学性与历史性的融通:海登·怀特历史诗学研究
/董馨著. —北京:中国社会科学出版社,2010.7
　　ISBN 978-7-5004-9240-5

　　Ⅰ.①文… Ⅱ.①董… Ⅲ.①怀特,H.—文艺理论—
研究 Ⅳ.①I712.065

　　中国版本图书馆 CIP 数据核字(2010)第 207044 号

策划编辑　冯　斌
责任编辑　丁玉灵
责任校对　周　昊
封面设计　人文在线
技术编辑　戴　宽

出版发行　中国社会科学出版社
社　　址　北京鼓楼西大街甲 158 号　　邮　编　100720
电　　话　010—84029450(邮购)
网　　址　http://www.csspw.cn
经　　销　新华书店
印　　刷　新魏印刷厂　　　　　　　装　订　广增装订厂
版　　次　2010 年 7 月第 1 版　　　印　次　2010 年 7 月第 1 次印刷
开　　本　710×1000　1/16
印　　张　18.25
字　　数　269 千字
定　　价　36.00 元

总　序

2008 年 6 月，我随原佛山市市长梁绍棠、学校党委书记陈汝民等领导到香港拜访校董冼为坚先生，席间谈及近年内地的文化研究和人文科学的发展，先生兴致勃勃，谈锋甚健。席散之际，又约我们次日下午到位于士丹利街的陆羽茶室饮茶，继续谈文论道。我知道，冼先生身为万雅珠宝有限公司董事长，又是酒店、银行等多家大公司的股东，日理万机，惜时如金，实在不宜多扰。然而，待及握手言欢，促膝而坐，但觉春风习习，不禁流连忘返。先生前席相询，不遗凡庸，谦和热情，令人感佩不已。他向我详细询问了佛山人文社会科学研究的状况，包括文科学者的构成，当前学术的重点，以及面临的困惑。他获悉学校汇集了来自全国各地的文化学者，还有一批青年才俊脱颖而出，在文学研究，特别是地方文化研究方面建树颇多，十分欣慰，当即表示，愿捐出一百万元人民币，资助人文社会科学研究，特别是佛山地方文化研究。

作为一名从事古典文学研究的高校教师，我虽然在一定程度上也算耐得住寂寞，并常以"无用之用，是为大用"自我宽慰，但我知道，"无用之用"的文学无论过去、现在还是将来都难成"大用"。魏文帝《典论·论文》所谓"文章者，经国之大业，不朽之盛事"不过是夸张之语，清代诗人黄景仁感叹的"十有九人堪白眼，百无一用是书生"倒是普遍事实。当今世界，是一个急剧变化、令人眼花缭乱的世界，也是一个高度物质化的社会。置身注重实惠、讲究实用的时代，处在崇尚实际、追求实益的香港，著名实业家冼为坚先生却对人文科学、对文化事业如此重视，如此眷念，这是我没有想到的。后来我才知道，冼先生对人文社科研究的资助由来已久，且一以贯之。他曾多次慷慨解囊，资助香港中文大学、广州中山大学等高校的社科研究。正是鉴于人们对学术研究的支持多以自然科学为重，很少惠及社会科学，他才精心呵护人文领域的。这份热忱深深感动了我，令我倍感温暖。

回到学校，我向邹采荣校长汇报了香港之行的收获和感受，也向文学与艺术学院全体教师传达了冼先生的深情厚谊，闻者无不为之振奋，由衷感动。虽然，学院每年都能争取一些课题，获得一定的经费，但得到来自实业家的学术资助还是第一次！我们自能体悟这一百万元所包含的意义。它承载着先生对学术的敬重、激励和厚望！我们唯有加倍努力，以实绩报答先生。

文学与艺术学院拥有一支高效精干、特别能战斗的教师队伍，汇集了一批英才。中文、英语、艺术设计、工业设计等专业互相协作，高度融合，发展边缘学科，促进地方文化研究，取得了可喜的成绩。以艺术设计系教师为主体的团队承担佛山"数字祖庙"项目，运用数字技术对古建筑加以保护，得到政府拨款495万元，这在文科学系中是极为罕见的；工业设计专业开办十余年就获得国家教学成果二等奖，引起同行专家的关注；仅有24名教师的中文系10年间获得国家社科规划项目2项，教育部和广东省社科规划项目18项，每年发表论著60多篇（部），论文覆盖《中国社会科学》、《文学评论》、《外国文学评论》、《文学遗产》、《文艺理论研究》等高档次刊物；大学英语教学部也多次获得教育部和广东省新世纪教育研究课题。由于学院充分发挥了学科交叉的优势，联合攻关，创出了科研的新路子。2009年还获

广东省社科联批准建立我校第一个省级人文社科研究基地——广东省
广府文化研究基地。

　　入选《佛山学者研究丛书》（第一辑）的著作，或为省级社科规划
项目的结题成果，评级都在优良；或为优秀的博士论文，得到导师的
高度评价和推荐。今后我们将本着宁缺毋滥、严肃认真的态度，继续
编辑出版《佛山学者研究丛书》第二辑、第三辑，奉上本院教师的最
新研究成果。同时，我们也希望得到学界同仁的批评指导。

李克和

2010 年 3 月

目 录

历史话语篇

诗学形态篇

绪　论

第一节　文献综述

一　学术背景与选题意义

海登·怀特（Hayden White，1928—）是一个极富争议性的人物，学界对其毁誉不一。他的历史诗学借助比喻理论寻找真实与虚构之间、历史与想象之间合理联系的做法既赢得了许多赞誉，也为一些学者所诟病。[①]但无论人们如何评价，都说明了一个重要的事实：海登·怀特的理论引起了学界普遍的兴趣和关注。

尽管一般说来，学界在评介海登·怀特时大都首先将其视为一位史学

---

① 国外学者赞成的观点参见 F. R. Ankersmit. *History and Tropology*：*The Rise and Fall of Metaphor.* ，Berkely：Univeristy of California press，1994. 反对的观点参见 Iggers. *Historiography in the Twentieth Century. From Scientific Objectivity to the Postmodern Challenge.* Hanover，NH and London：Wesleyan University Press，1997. 国内学者赞成的观点见陈新：《诗性预构与理性阐释》，《河北学刊》2005 年第 2 期、彭刚：《叙事、虚构与历史》，《历史研究》2006 年第 3 期等，反对的观点见邵立新《理论还是魔术》，《史学理论研究》1999 年第 4 期等。

家或历史哲学家、其次才将其当成一位文学批评家来肯定其学术成就,[①]
但是,海登·怀特主导 20 世纪 70 年代以后历史哲学领域中的语言学转向
并将历史主义思想带入文学批评领域,其学术研究亦文亦史亦哲,他被视
为美国新历史主义文学批评的代表人物。因此,他在文学批评领域获得了
比在历史学领域较为正面的反响和评价。作为文学批评理论家的海登·怀
特认为,历史的虚构成分和叙事方式同文学十分相似,其历史诗学观念与
"文学性"问题紧密相连。在他看来,历史和文学同属一个符号系统,历
史修撰中最重要的不是内容,而是文本形式,包括"文学性"语言等。他
的历史叙事理论完全打破了西方现代传统的将历史与文学对立起来、将真
实与虚构视为二者区别的观念,在西方学界引起强烈震动。我国学界对海
登·怀特著作的译介较多(如《元史学:19 世纪欧洲的历史想像》、《后现
代历史叙事学》、《形式的内容:叙事话语与历史再现》等),但研究不多,
即使有些研究也大多限于史学领域;海登·怀特曾来我国讲学,却是应史
学界的邀请而来,文论界即使有零星研究大都也是将其归入新历史主义一
派。

　　选择"文学性与历史性的融通——海登·怀特历史诗学研究"这一题
目,不仅是因为海登·怀特的历史叙事理论在学界所产生的振聋发聩的影
响,而且源于本人长久以来对类似海登·怀特历史诗学中所强调的"文学
性"或"诗性"或"修辞性"问题的浓厚兴趣,更是由于对通过研究"文
学性"问题来为中国当代文艺学、美学学科建设提供一种新视角怀有一种
迫切的期待。本书认为,即便是海登·怀特理论上的种种矛盾和瑕瑜互见

---

　　① 见大陆学者陈新、台湾学者刘世安分别翻译 Hayden White 于 1973 年由 Johns Hopkins U-
niversity Press 出版 *Metahistory*:*The Historical Imagination in Nineteenth－Century Europe* 而成
的《元史学:十九世纪欧洲的历史想像》(译林出版社 2004 年版)、《史元:十九世纪欧洲的历史
意象》(台北麦田出版社 1999 年版)、陈永国等翻译的怀特自选的经典文集《后现代历史叙事学》、
董立河翻译 Hayden White 于 1987 年由 The Johns Uniuersity Press 出版的 *The content of the form*
:*Narrative Discourse and Historical Representation* 而成的《形式的内容:叙事内话语与历史再
现》(文津出版社 2005 年版),台湾学者叶胜裕先生著有《海登·怀特之历史著述理论初探》,载
《史化》27(1999)等等关于 Hayden White 的介绍和评论。

的批评实践，都为中国当代文艺学和美学建设提供了一种介于本质主义与反本质主义之间的可资借鉴的范例，他的历史诗学中所强调的"文学性"或"诗性"或"修辞性"对当代文论建设具有重要的启示作用——通过建立西方现代知识谱系认为最不可能的历史与"文学性"相联系的维度，不仅让人们重新思考历史事实的客观性与历史真实可能性的关系，认识"文学性"在历史建构中的作用，而且启发文论界充分发掘"文学性"对各学科和各领域的渗透现象，由此寻求文学理论建构的新维度。具体而言：第一，为文论界挖掘其他学科和领域的"文学性"提供了最有力的事实依据。因为在西方现代历史学家看来，历史的特质就是"真实"，在所有的文本中，历史文本才是最客观、最真实的文本。但海登·怀特揭示历史文本充满了极强的"文学性"，打破了西方现代惯于认为的历史文本真实性的神话，为当今西方现代学术主宰下的文艺理论挖掘其他文本中的"文学性"，从而回归并提升中国传统学术中文史哲交融的境界提供了最有力的事实依据和理论支持。第二，为文论研究中重要的"文学性"理论问题开辟了广阔的学术空间。在文论界，"文学性"问题是当今一个引起广泛争议、直接涉及对文学经典界定尺度的问题，而对"文学性"内涵的界定大体存在普遍主义与历史主义两种基本倾向，这两种对立的倾向使"文学性"作为文学经典的界定尺度显示出多重悖论性处境：如其内涵既具有理性上的本质主义又具有经验上的历史主义；在方法论方面既树立权威性又否定普遍性；在操作规程上既表面重视单一的文本特征又深层涵盖多种累积性因素。而海登·怀特的历史诗学为跨越、解释这些悖论性处境提供了较为令人信服的理论支撑，并因此能开辟"文学性"问题研究的广阔学术空间。第三，通过引入"文学性"问题寻求文艺学建构的新维度。海登·怀特所揭示的历史文本的"文学性"成为当下文艺学建构的基本生态。从文艺学的发展历史看，可以说，"文学性"观念的每一次演变都会带来文艺学基本生态的变化，从而促进文艺学范式的变革：从文学的客观属性或本质特性的"文学性"——作为人的一种存在方式的"文学性"——意识形态实践的"文学性"，从一定程度上分别促进了本文中心论范式文艺学、语言论文艺学和文化诗学的产生。从这样的意义上说，海登·怀特所发展的"文学性"观念将形成文艺学建构的新维度。

二 研究现状与存在的困难

迄今国外对海登·怀特的研究主要局限在历史学领域。一方面，出现了围绕海登·怀特的《元史学：十九世纪欧洲历史想象》出版后进行的"历史是科学还是艺术"的大讨论，影响最大的莫过于著名史学家 G. 伊格尔斯对海登·怀特观点的质疑[①]以及 F. R. 安克施密特等对海登·怀特历史叙事理论的辩护。[②] 海登·怀特所引发的"历史是科学还是艺术"这一"世纪话题"引起各国历史学家的关注，尽管就像我国学者陈启能在其编辑的《书写历史》一书的编者前言中所说的，对"历史是科学还是艺术"进行争论的焦点"由本体论的历史话语，引申到了历史认识论、伦理学、美学、语言学与诸多学科领域，而且衍生出历史编撰中的事实与虚构、描述与叙述、文本与背景、意识与科学等众多话题的学术讨论"，但是，这些讨论毕竟是在史学领域展开的。另一方面，在西方也出现了对海登·怀特理论进行具体运用的事例，如卢波米尔·道勒齐尔在透视希特勒的"大屠杀"时刻意暴露出海登·怀特历史叙事理论的弱点，[③] 安德森在解析"民族认同建构"与"历史叙述"的关系时大胆表示对海登·怀特理论的

[①] 参见 Georg G. Iggers, "Style in History: History as an Art and as Science", *Reviews in European History*, vol. 2, nc 2, June 1976, pp. 171—181. 有关伊格尔斯对海登·怀特的批评还见于国内学者陈启能等主编的《书写历史》（第一辑，上海三联书店 2003 年版）中"伊格尔斯与海登·怀特的辩论"（The Debate between Georg Iggers and Hayden White）、"学术与诗歌之间的历史编撰：对海登·怀特历史编撰方法的反思"（Historiograpby between Scholarship and Poetry: Reflections on Hayden White's Approach to Historiography）、"介于学术与诗歌之间的历史编纂：对海登·怀特历史编纂方法的反思"（《历史：理论与批评》[2] 台北，2001 年版）。

[②] 参见 F. R. Ankersmit. *History and Tropology: The Rise and Fall of Metaphor*. Berkely: Univeristy of California press, 1994.

[③] ［美］卢波米尔·道勒齐尔：《虚构叙事与历史叙事：迎接后现代主义的挑战》，载 ［美］戴卫·赫尔曼主编《新叙事学》，马海良译，北京大学出版社 2002 年版。

赞同，① 等等。这些运用除了体现在解释历史事件上，大都局限在通过运用海登·怀特的理论解释历史事件而达到对海登·怀特的叙述主义历史哲学的宏观评述。尤其是在西方学者对怀特所倡导的隐喻性叙述主义的否定性宏观评述中，虽然有些观点不乏击中弊端之处，但有一种极端的论调——如认为怀特是对传统实证主义观简单的否定或倒置，指责怀特完全否认叙述的真实性导致了他对认识论和合理性的放弃。在他们看来，历史学家们从事实的约束中获得的无限艺术自由的一个结果使怀特的叙述解释观严重感染了主观主义，怀特所阐述的"隐喻性转向"是一种不恰当的历史哲学，应当被符合历史实践的分析所代替②等，显然无法让人全然接受。当然，这些负面的评价也在一定程度上丰富了我们对海登·怀特的认识。

海登·怀特最早被我国学界所了解是伴随着对新历史主义的引进和介绍而开始的。1993 年 1 月，张京媛主编的《新历史主义与文学批评》由北京大学出版社出版，在其中共收录的 12 篇文章中，海登·怀特的论文占了4 篇。可见，编者对海登·怀特属于新历史主义文学批评领军人物这一地位的认可；随后的 1993 年 6 月，中国社会科学出版社出版了由程锡麟等翻译的美国学者拉尔夫·科恩主编的《文学理论的未来》一书，其中收录了海登·怀特的《"描述逝去时代的性质"：文学理论与历史写作》一文。虽然出版当初该文并未引起学界的高度关注，但现在看来，此文可视为是从文艺学的角度发表的一篇极其重要的主张在历史与文学的学科融合中重建文学理论的宣言。虽然该书出版后该文也曾被多次引用，但有关研究都未能对该文所透视的通过文学性与历史性相融合而建构文学理论的重大契机有充分的发现；而我国学界对海登·怀特进行较为专门、完整的介绍始于陈永国等于 2003 年对海登·怀特一部自选的经典文集《后现代历史叙事学》（中国社会科学出版社）的翻译，随后的 2004 年由陈新翻译的《元史

---

① 参见 Benedict Anderson，*Imagined Communities：Reflections on the Origin and Spread of Nationalism*，London & New York：Verso，1983.

② Chris Lorenz，"Can Histories be True？Narrativism，Positivism，and the 'Metaphorical'"，*History and Theory*，vol. 37，1998，pp. 309—329.

学：十九世纪欧洲的历史想象》（译林出版社）、接着的 2005 年由董立河翻译的《形式的内容：叙事话语与历史再现》（文津出版社）等的陆续出版，为学界把握海登·怀特著作的完整面貌、对海登·怀特进行研究提供了重要的资料基础。值得一提的是，这些译者在翻译这些著作之前和同时，相应的研究论文也陆陆续续在一些学术杂志和网络上刊布，如陈永国的《海登·怀特的历史诗学：转义、话语、叙事》（《外国文学》2001 年第 6 期），陈新的《历史、比喻、想象——海登·怀特历史哲学述评》（《史学理论研究》2005 年第 2 期），陈新的《诗性预构与理性阐释——海登·怀特和他的〈元史学〉》（《河北学刊》2005 年第 2 期）。还有其他一些作者结合中、外文资料进行研究的论文发表和著作出版，如徐贲的《海登·怀特的历史喻说理论》（《苏州大学学报》1993 年第 3 期）、王岳川的海登·怀特的新历史主义理论（《天津社会科学》1997 年第 3 期）、林庆新的《海登·怀特的历史诗学：转义、话语、叙事》（《外国文学》2001 年第 6 期）和《历史叙事与修辞——论海登·怀特的话语转义学》（《外国文学》2003 年第 4 期）、张进的《历史的叙事性与叙事的历史性——海登·怀特的历史诗学》（《甘肃广播电视大学学报》2003 年第 4 期）、彭刚的《叙事、虚构与历史——海登·怀特与当代西方历史哲学的转型》（《历史研究》2006 年第 3 期）、赵志义的《历史话语的文学性——兼评海登·怀特历史诗学》（《青海师范大学学报》2006 年第 4 期），等等。这些零星的或从史学或从文论的视角对海登·怀特进行研究的论文，无疑增进了本人对海登·怀特的了解，使本人产生了对海登·怀特理论的研究兴趣并增加了动力；即便是旅美学者邵立新对海登·怀特理论进行尖锐批驳的论文《理论还是魔术——评海登·怀特的〈玄史学〉》（《史学理论研究》1999 年第 4 期）也丰富了笔者对海登·怀特理论的认识和观照海登·怀特理论的视角。在论著方面，盛宁的《二十世纪美国文论》（北京大学出版社 1994 年版）中将海登·怀特与格林布拉特的新历史主义文学批评与文化批评合为一个章节进行评论，足以看出著者将海登·怀特视为新历史主义文学批评代表人物的立场，可惜没有见到沿着这一立场进行进一步研究的成果问世；王岳川的

《后殖民主义与新历史主义文论》（山东教育出版社 1999 年版）一书与朱立元主编的《当代西方文艺理论》（华东师范大学出版社 1997 年版）中王岳川撰写的《新历史主义——海登·怀特的元历史构架》一样，辟专章把对海登·怀特的"元历史理论"的总体评述放在与新历史主义的统一脉络中进行，这固然对本书从宏观角度把握海登·怀特的"元历史理论"提供了重要的参照，但由于并非专著专论，故对海登·怀特的研究不可避免地显得蜻蜓点水、走马观花；相比较而言，张进的《新历史主义与历史诗学》（中国科学出版社 2004 年版）对海登·怀特进行了最专门研究，但该著只是重点通过对历史诗学的形态学考察，亮出了海登·怀特的新历史主义出场的背景。

　　因此，从上述国内的研究现状来看，对海登·怀特的研究多呈现为总体的评述，对他的理论系统和逻辑联系还有待于进行深入挖掘和具体观照，对其学术思想的复杂性和异质性及来源有必要进行清晰梳理和有力辨析。已有研究表明，海登·怀特的理论要么没有引起文论界的高度重视，要么囿于译介或泛论的浅表层次上；即使从文艺学角度来研究的论文，由于较早受资料不足和中国当时现实境遇中海登·怀特历史诗学所透视的问题还不够显要等因素的影响，不仅使研究显得零散、缺乏系统观照和深度剖析，而且没有与发展至今内涵极其复杂"文学性"问题联系起来。当然，上述的译介和研究都从不同侧面对海登·怀特的历史理论进行了探讨，对本书的写作的确具有重要的参考价值。但由于海登·怀特著述颇丰、理论庞杂且文笔晦涩，故对其进行系统研究有一定的难度。

　　而要特别值得指出的是，就在 2006 年的一年里，诞生了有关海登·怀特研究的两篇博士论文《海登·怀特的历史书写理论与文学观念》（作者：山东大学博士学位获得者杨杰）和《走向历史诗学——海登·怀特的故事解释与话语转义理论研究》（作者：浙江大学博士学位获得者翟恒兴）。本人认为，这对海登·怀特研究无疑是一个重要的事件，至少标志着海登·怀特的理论已经引起中国学界并且是文论界的浓厚兴趣。前者的立论基点正如论者自己所说，"走向文学与历史的现代融合是文学理论发展的必然趋势，怀特的历史书写理论与方法顺应了这一趋势，这正是其理论价值所在"，认为"历史与文学互动的"，"海登·怀特将文学与历史相融合，极大地开拓了文学研究的视野，使文学性与历史性两个维度在文学研究中的重要地位凸显出来"；后者的研究重点论者也这样申明：研究"海登·怀特历史诗学的文学价值和意义"，即从文学批评的视角研究海登·怀特的历史诗学，并且预期，走向海登·怀特的历史诗学"就意味着走向一种艺术实践经验本体论的诗学"，"回归一种依托于微观体验的'宏大叙事'"，认为"如果不基于艺术经验和生活实践，走向历史诗学便会走向理论主义和本质主义"。从中可以见出二者均从文艺学的立场对海登·怀特进行研究的"英雄所见略同"，以及对海登·怀特历史诗学不同侧重点进行不同关注的各自研究特色：前者重点关注海登·怀特的历史书写理论，后者重在考察走向海登·怀特历史诗学的历史进程。二者的确以前所未有的系统性和创新性将海登·怀特的历史诗学研究大大推进了一步。同时，也不得不看到，由于各自的论阈不同，前者对海登·怀特的历史书写理论中所蕴涵的文学观念未能进行深入而有效的揭示，后者从文学批评的视角研究海登·怀特的历史诗学也显得不够充分。二者都看到并提出了海登·怀特历史诗学中所蕴涵的文学与历史互动的观点，但在分析文学与历史怎样互动、互动的具体层面及其互动的结果上给人留下了意犹未尽的印象，对海登·怀特的历史诗学中蕴涵的文学性与历史性相融通理念、海登·怀特融合历史与文学的基本操作方式以及海登·怀特历史诗学的研究方法对中国文艺学、美学学科建设最重要的理论启示未能进行富有深度的挖掘。本书认为，即使将海登·怀特归为新历史主义的一员，那么也可以说他是新历史主义的庞杂队伍中对"历史"进行最系统的理论阐释的理论家，他富于创新，善于融通，思维敏捷，兴趣广泛，在政治、哲学、历史、宗教、文学等许多领域都颇有建树，重新开启了 20 世纪学科大融合的潮流。因此，本书力图从文学性与历史性相融合的视角来较为完整地理解和把握海登·怀特努力进行学科融合的历史诗学体系，并借鉴海登·怀特的历史诗学提出中国当代文艺学和美学学科建设的新路径。可以预期，海登·怀特的历史诗学必将对处于转型期的中国文艺学和美学建设具有重要的理论意义。

第二节　结构与论点

　　本书主体的框架结构主要分为三大板块：历史话语篇、历史文本篇、诗学形态篇。基本论点如下：

　　尽管渗透了"文学性"的历史古已有之，但20世纪的知识谱系使"文学性"和"历史性"分别成为文学和历史的专有属性，因而"文学性"与"历史性"在学科分类的知识格局和科学视野中曾走向对立。从"文学性"而言，诸多论者都曾将"文学性"问题归结为"什么是文学"的问题，如乔纳森·卡勒就提出"什么是文学"的问题可从两个角度加以理解：一是"关于文学的一般性质"；二是"文学与其他活动的区别"①。这一理解使我们清晰地看到论者在众多话语中寻求文学独立地盘的努力。以"历史性"而论，即使是反对史学中的自然科学或实证主义思潮的柯林武德也指出："一门科学与另一门科学不同，在于它要把另一类不同的事物弄明白。历史学要弄明白的是哪一类事物呢？我的答案是 res gestae［活动事迹］：即人类过去的所作所为。"② 这一论析同样可以看到历史专业研究者对历史事实的"圈地运动"。

　　而有趣的是，学术史又进入了新的轮回——随着"语言学的转向"，"意义本体论"受到严峻挑战，语言活动与实际世界的指称关系被割断而走向反本质主义。维特根斯坦的"家族相似说"以形象的描述为"文学性"与"历史性"的通约提供了相应的理论支撑，使"文学性"与"历史性"从冲突走向融合。怀特在《元史学：十九世纪欧洲的历史想象》的

---

　　① ［美］乔纳森·卡勒：《文学性》，见［加拿大］马克·昂热诺等主编《问题与观点：20世纪文学理论综论》，史忠义、田庆生译，百花文艺出版社2000年版，第27页。

　　② ［英］柯林武德：《历史的观念》，何兆武译，中国社会科学出版社1986年版，第10页。

"中译本前言"中开宗明义地指出："随着19世纪的科学化，历史编纂中大多数常用的方法假定，史学研究已经消解了它们与修辞性和文学性作品之间千余年来的联系。但是，就历史写作继续以基于日常经验的言说和写作为首选媒介来传达人们发现的过去而论，它仍然保留了修辞和文学的色彩。只要史学家继续使用基于日常经验的言说和写作，他们对于过去现象的表现以及这些现象所做的思考就仍然是'文学性的'，即'诗性的'和'修辞性的'。"于是，"对历史的关注并不是那群被称为历史学家的人的专利，而是所有社会科学家的义务。……我们也没有绝对的把握说，专业历史学家对历史解释、社会学家对社会问题、经济学家对社会波动就一定比其他社会科学家知道得多。总之，我们不相信有什么智慧能够被垄断，也不相信有什么知识领域是专门保留给拥有特定学位的研究者的"①。而且，"坚持让社会科学朝着兼收并蓄的方向发展（从学者的来源、对多种文化经验的开放性、合法研究主题的范围等方面来说），这能够增进获取更客观的知识的可能性"②。因此，海登·怀特主导了20世纪70年代以后历史哲学领域中的语言学转向，并将历史主义思想带入文学批评领域，成为跨学科研究的典范。海登·怀特自信地宣言，史学家对过去现象的表现以及对这些现象所做的思考是"文学性的"，即"诗性的"和"修辞性的"③；"文学性"决非限制了"历史学家的身份"，"恰恰是他们话语中的这种艺术或文学成分""巩固了他们作为'经典'历史作家的地位"④。其历史诗学撼动了文学性与历史性之间的坚韧藩篱。而他广泛吸收哲学、文学、语言学等学科的研究成果，构建了一套比喻理论来分析历史文本、作者、读

---

① ［美］华勒斯坦等：《开放社会科学》，刘锋译，生活·读书·新知三联书店1997年版，第106页。

② ［美］华勒斯坦等：《开放社会科学》，刘锋译，生活·读书·新知三联书店1997年版，第99页。

③ ［美］海登·怀特：《元史学：十九世纪欧洲的历史想象》"中译本前言"，陈新译，译林出版社2004年版。

④ ［美］海登·怀特：《后现代历史叙事学》，陈永国等译，中国社会科学出版社2003年版，第123页。

者，揭示意识形态要素介入历史学的种种途径，被誉为当代美国著名思想史家、历史哲学家、文学批评家。

特别值得说明的是，历史与文学并非自始至终就壁垒分明，文史相通乃中外通例。中国直到宋代欧阳修所撰《新唐书·艺文志》才将小说从"史部"中分出，西方则是在新古典主义后期即 1660—1740 年间才将文史分离开来，《荷马史诗》亦诗亦史；中国传统中，小说最初出自历史，《史记》既是文学之巨著，也是史学之经典。这种文学与历史不分的情形决定了我们今天在《史记》、《左传》及希罗德的《历史》、修昔底德的《伯罗奔尼撒战争史》及恺撒《高卢战记》等中西史书中能看到大量的涉及人物心理、言论及密谋的明显的虚构叙述。当然，与古代的文史著作相比，海登·怀特的历史诗学所涉及的文学与历史的互通和互动在层次上明显深化，因为后现代背景下产生了诸多深层次的主张学科开放的论点，如华勒斯坦等就提出，"对历史的关注并不是那群被称为历史学家的人的专利，而是所有社会科学家的义务。……我们也没有绝对的把握说，专业历史学家对历史解释、社会学家对社会问题、经济学家对社会波动就一定比其他社会科学家知道得多。总之，我们不相信有什么智慧能够被垄断，也不相信有什么知识领域是专门保留给拥有特定学位的研究者的"①。并且，华勒斯坦还以知识社会学的视野认为："坚持让社会科学朝着兼收并蓄的方向发展（从学者的来源、对多种文化经验的开放性、合法研究主题的范围等方面来说），这能够增进获取更客观的知识的可能性。"②这种后现代知识视野促使怀特文史相通的看法突破了传统修辞学与个人技巧的层面，而是将这种相通性看成是根本的和普遍的。③

---

① ［美］华勒斯坦等：《开放社会科学》，刘锋译，生活·读书·新知三联书店 1997 年版，第 106 页。

② ［美］华勒斯坦等：《开放社会科学》，刘锋译，生活·读书·新知三联书店 1997 年版，第 99 页。

③ 张进：《新历史主义于历史诗学》，中国社会科学出版社 2004 年版，第 129 页。

一　历史话语的诗意内涵

海登·怀特是在后现代的复杂语境中来揭示历史话语的诗意内涵的。历史话语在历史事实叙述者的叙述话语、历史写作者对历史事实的解释话语、历史接受者的接受话语的复杂系统中建构了其诗意内涵，而且它们分别具有意识形态性、主体间性和互文性的特征。由于经典作家往往从哲学基本问题的角度将历史的客观性界定为归根到底意义上的物质性，因此，建立在此基点上的历史被认为是用历史话语撰写的具有真实性或客观性的事实。将历史学的"真理"与"科学"相联系，使历史与文学相分离，都是近代自然科学的产物，无论是作为"符合性的真理"还是"融贯性的真理"①，都赋予了历史的绝对客观性神话。

然而，历史是发生在过去的事件，是通过文字或符号而再现或表现的事件，而且是历史学家通过解释文字或符号的含义而再现或表现的事件，这就使具有诗意内涵的解释性语言在其中大有可为。在海登·怀特看来，"历史领域中的要素通过按事件发生的时间顺序排列，被组织成了编年史；随后编年史被组织成了故事，其方式是把诸事件进一步编排到事情的'场景'或过程的各个组成部分中"②。随着科学主义和绝对主义的衰退，"历史研究已经受到质疑，其探求真相的能力完全被否定了"，后现代主义认为，"撰写历史不是一件寻找真相的工作，而是在表现历史学家的政治理念"③。因为在他们看来，历史话语是一种叙事话语，而"叙事只是构筑了关于事件的一种说法，而不是描述了它们的真实状况；叙事是施为的而不

---

① ［美］沃尔什：《历史哲学导论》，何兆武译，广西师范大学出版社 2001 年版，第 73 页。

② ［美］海登·怀特：《元史学：十九世纪欧洲的历史想象》，陈新译，译林出版社 2004 年版，第 6 页。

③ ［美］乔伊斯·阿普尔比等：《历史的真相》，刘北成等译，中央编译出版社 1999 年版，第 227—228 页。

是陈述的，是创造性的而不是描述性的"①。即是说，历史话语是对过去发生或经历过的事情与过程的叙述。这就意味着，历史事实是已经不再可能被直接感知的，在本质上是已经不在场的，而为了将其建构为人们思辨的对象，它们必须被叙述，这种叙述是语言凝聚、替换、象征化和某种贯穿着文本产生过程的产物，经由分析、推理甚至想象，再现甚至表现过去发生的事件。正因如此，有人认为，现代历史叙述的范式正从叙事转向叙述。② 海登·怀特大胆地指出，"历史叙事是指叙事作为语言人工品，用来构成已逝去因此不再受试验和观察所控制的结构模式和工序"，"历史的语言虚构形式同文学上的语言虚构有许多相同的地方，它们与科学领域的叙述不同"③。

海登·怀特所揭示的历史话语的诗意内涵是以弱化、淡化以至消解语言的逻辑功能而获得的。由此而产生的结果是，历史的所谓真相被包围在语言表达的牢笼中，使历史叙事与文学叙事没有区别，历史话语也就与文学话语相似。

众所周知，20 世纪西方主要学术流派的学术焦点就是以语言问题展开。大都诉诸语言的多义性、表达的隐喻性、意义的增生性，将语词从逻辑法则的束缚中解放出来，返回其日常用法，回归其具体性、生动性和诗意性，极力彰显语词无所不能的魔力，"如果你在某一页上看见了'四面体'这个词，你就会立即感到厌烦。但'金字塔'却是一个优美而丰富多彩的词，它使法老和阿兹台克人（指建造金字塔的人——引者注）浮现于你的脑际。文采是依附于情绪的；强烈的感受会自然而然在文采和变化多端的形式中表现出来"④。海登·怀特不仅毫不例外，而且将"文学性"延伸到了西方近代以来认为的最不可能的历史领域，在他看来，如果说年代

---

① ［美］马克·柯里：《后现代叙事理论》，宁一中译，北京大学出版社 2003 年版，第 130 页。

② 陈新：《西方历史叙述学》，社会科学文献出版社 2005 年版，第 40 页。

③ 朱立元：《二十世纪西方美学经典文本》第 4 卷，复旦大学出版社 2000 年版，第 573 页。

④ ［英］罗素：《论历史》，何兆武等译，广西师范大学出版社 2001 年版，第 61 页。

纪和编年史较少人工过滤的痕迹，比较接近事件的真相，那么，历史书籍中的历史事实经过了筛选、编排、解释并因此具有了叙事功能之后，显然就成了虚构的产物，成了主观构造的历史。为了揭示历史话语的诗意内涵，海登·怀特根据传统诗学和近代语言理论关于诗性语言或比喻性语言的分析识别了话语的四种主要转义：隐喻、转喻、提喻和反讽，而转喻、提喻和反讽都是隐喻的一种，并认为"我们话语总是有从我们的数据溜向意识结构的倾向，我们正是用这些意识结构来捕捉数据的"①。虽然转义是所有现实性话语都试图逃离的，但这种逃离是徒劳的，由所有话语建构的客体都是转义的结晶。也就是说，这四种主要转义的功能是以间接或比喻地描写作为客体的经验内容。

　　海登·怀特认为历史话语的诗意内涵是通过隐喻来实现的。"隐喻根本上是表现式的"，"在隐喻（字面上是'转移'）中，诸现象能够根据其相互间的相似性与差异，以类比或者明喻的方式进行描述"②，面对两个对象的显然不同，隐喻强调的是二者之间的同一性，如"我的爱人，一朵玫瑰"，这一语词隐喻在字面上将"爱人"与"玫瑰"视为一体。而将"玫瑰"视为"爱人"品质的表征则是一种象征性的表达，暗示了"爱人"与"玫瑰"的共通性、同一性。但"爱人"绝不可能还原为"玫瑰"，它既不形容也不图解它所表述的事物，它只是个信息，指引我们寻找在我们文化中使玫瑰花与所爱者成为相同物的形象。因此，隐喻的主要作用不在于对语言形式的修饰，而是具有巨大的创造力，它扩展了语言，创造了"自有的表述"所无法表述的东西，以认同的方式和用非现实的、情意性的逻辑建构了一种观念世界，超越了线形关系和思维的线形过程，克服了逻辑常识的障碍，发现了事物"本质"间的关系，使无序的世界有序化。人类借此建构世界并体验万物的可亲，同时也给人们提供了充分自由的想象空

────────────

　　① ［美］海登·怀特：《后现代历史叙事学》，陈永国等译，中国社会科学出版社 2003 年版，第 1 页。

　　② ［美］海登·怀特：《元史学：十九世纪欧洲的历史想象》，陈新译，译林出版社 2004 年版，第 44 页。

间。那么，隐喻作为一种启发性规则，控制着历史解释，从而也控制着历史的意义，它利用真实事件和虚构的常规结构之间隐喻的类似性，来使过去的事件产生意义。这种比喻实在论是一种深层次的文学性与历史性的融合观念。虽然海登·怀特承认比喻性语言表述的实在其实就是一种想象，但实在与想象之间并不存在矛盾，因为实在不能被直接理解，唯有通过诉诸于语言的想象才能接近，因为"甚至在最简单的散文话语中，甚至在再现客体只不过是事实的情况下，语言运用本身也能在所'描写'的现象之下或背后投射辅助意思。这层辅助意思完全不顾'事实'本身而存在，而且不顾文本在超描写的、纯粹分析和阐释的层面所提供的清晰论证。比喻的层面产生于建构的过程，其性质是诗意的"①。巴尔特从更深的层次赞同海登·怀特所揭示的历史话语的诗意内涵，"历史的话语，不按内容只按结构来看，本质上是意识形态的产物，或更准确些说，是想象的产物，如果我们接受这样的观点的话，即：对言语所负之责，正是经由想象性的语言，才从纯语言的实体转移到心理的或意识形态的实体上"②。

二　历史文本的诗性结构

如果说历史话语的诗意内涵只是形成了历史局部的"文学性"，那么，历史文本的诗性结构则创造了具有"文学性"的历史整体。海登·怀特称，无论是历史学家的历史著作，还是历史哲学家的历史哲学著作，都借用了文学创作的方式，在形式上都存在与文学作品一样的语言深层结构，即诗性结构。他坦言，为了确定经典作家的著作中确实出现过的不同历史过程概念的家族特征，"将把历史作品看成是它最为明显地要表现的东西，

----

① ［美］海登·怀特：《后现代历史叙事学》，陈永国等译，中国社会科学出版社 2003 年版，第 113 页。
② ［法］罗兰·巴尔特：《符号学原理》生活·读书·新知三联书店 1988 年版，第 59—60 页。

即以叙事性散文话语为形式的一种言辞结构"①。为此，他将 19 世纪的欧洲历史阐释成以历史想象的深层结构为根基而建构的历史，他努力确认史学家如米什莱、兰克、托克维尔、布克哈特和历史哲学家黑格尔、马克思、尼采、克罗齐等记述历史事件的结构构成。在他看来，这些史学家和哲学家的地位有赖于他们思考历史及其过程时预构的而且是特别的诗意本性。"黑格尔把普鲁士国家看成是历史发展的顶峰，麦考来把英国的宪法体制看成是历史发展的顶峰。其实，成其为所谓历史发展的顶峰的，既不是普鲁士国家也不是英吉利宪法，而是黑格尔、麦考来本人以及他们的构思。"② 海登·怀特对他们的构思进行了情节化、形式论证、意识形态蕴涵的解释。

历史文本的诗性结构仍然是由语言构成的。因为结构的要素是由历史学家语言的风格来确定，历史学家在叙述历史时，有意识地运用不同的语言风格，有效地引导读者按照历史学家设想的方式进行历史理解。而历史学家设想的方式就是他们所预设的不同的历史叙述所共同具有的诗性结构。

海登·怀特努力在不同的历史叙事中寻找共同的诗性结构，在不同的历史学家和历史哲学家的不同历史思维中挖掘相同的结构因素。在他看来，历史与文学一样，也参与了对意识形态问题的"想象的"解决，历史作为叙事，使用了"想象性"话语中常见的结构，提供了一种理解历史的形式。他对历史修撰和历史研究的研究都以文学和文学理论的特定模式和概念为基础，将历史认同为与文学具有相同叙事性的话语模式，并着力将历史叙事与修辞技巧相结合、历史意识与重建历史相结合、解释历史与建构历史相结合，从而极大地彰显了历史文本的诗性结构。

为了呈现历史文本的诗性结构，海登·怀特采取了形式主义的方法。

---

① ［美］海登·怀特：《元史学：十九世纪欧洲的历史想象》，陈新译，译林出版社 2004 年版，第 2 页。

② ［英］罗素：《论历史》，何兆武等译，生活·读书·新知三联书店 1991 年版，第 12 页。

他的《元史学：十九世纪欧洲的历史想象》以新名词"元史学"来代替性
地表述"思辨的历史哲学"之义，不仅内含着对"思辨的历史哲学"这一
原型历史哲学的回归，而且为他从更具体的形式主义的层面阐述关于历史
思想模式的一般结构理论奠定了重要的逻辑基础。他着意阐明历史学家特
意选择某个中心进行叙述的目的，也就是说，"历史学家编写故事的时候，
会受个人为解释意义而预做的假设导引"，历史文本必然包含着历史学家
的某种思辨的历史哲学，"时间之流是没有起头、中腰和结尾的；只有讲
时间流动的故事有这些"①。因此，历史叙事在编织过程中的一些结构性要
素如故事的开头、中间、结局等的组织和言说都与历史意义的构成联系在
一起，用怀特自己的话来说，就是"当一组特定的事件按赋予动机的方式
被编码了，提供给读者的就是故事；时间的编年史由此被转变成完完全全
的历时过程"②，各种事件在故事里进入到一种意义等级之中。于是，故事
被认可为一种历史认识的形式，"人类的心智追求准确性，心灵却在找寻
意义"③ 的需要在这种形式中获得满足，历史叙述也就成为历史学家或历
史哲学家诗性感悟的形式化。可以说，我国古代的历史经典《史记》早就
达到了这种文学性与历史性相融合的状态：由司马迁诗性感悟的形式化所
构筑的历史叙述得以确认，《史记》被鲁迅称为"史家之绝唱，无韵之
《离骚》"的历史与文学的双重文本地位获得巩固。众所周知，由于李陵事
件，即使具有强烈的历史正义感的史官司马迁也不可避免地产生了个人情
感支配其历史叙述的情形，在形式上将项羽列入"本纪"，将刺客们归入
"列传"进行激情叙述，他置国家意识形态约定俗成的天子、忠臣、百姓、
叛臣的等级文化地位系于不顾，而是将叛臣和逆民编排进历史叙述的正
式文本并置于较高地位，尤其在"本纪"、"世家"、"列传"的每篇里都通

---

① ［美］乔伊斯·阿普尔比等：《历史的真相》，刘北成等译，中央编译出版社 1999 年版，
第 246 页。

② ［美］海登·怀特：《元史学：十九世纪欧洲的历史想象》，陈新译，译林出版社 2004 年
版，第 7 页。

③ ［美］乔伊斯·阿普尔比等：《历史的真相》，刘北成等译，中央编译出版社 1999 年版，
第 245 页。

过或为序或为赞的"太史公曰"充分表达自己的历史洞见和个人情感，《史记》也因此既成为震古烁今的史诗，又是愤激勃勃的抒情诗。《史记》作为《二十四史》的第一部，司马迁写韩信的时候不是从某年某月韩信出生在什么地方这样开头，而是直接写了韩信胯下受辱的一幕。这种结构显然融入了司马迁的诗性感悟。而正是作者诗性感悟的形式化，才打动了一代又一代读者，才使这一史学经典产生了恒久不衰的艺术魅力。

而且，历史都是由人叙述的，叙述人不一样，呈现出来的历史面貌也不一样，比如同样一段历史，在司马迁和班固的笔下就有区别。这种情形从表层看与诗性的语言有关，但海登·怀特认为更根本的是诗性结构。为了说明过去实际发生的事情，历史学家必须先将文献中记载的整组事件预构成一个可能的、概略的知识客体，这种预构行为是诗性的，预构者具有"诸异教民族最初创始人的那种心灵状态，浑身是强烈的感觉力和广阔的想象力"①。怀特意欲表明，在史学家自己的意识系统中，预构具有"逻辑上的优先性"，而"在逻辑上具有优先性的问题就不能在逻辑上被提问"②，它就是前认知的和未经批判的，其结构的构成也是诗性的。海登·怀特遵循着诗性智慧，证明每一位历史学家或历史哲学家的诗性预构行为最终都构成了他们独特的历史哲学："至关紧要的不是历史学家的资料来源，而是他对这些资料来源的使用"③，历史永远无法绝对客观，尽管在历史的研究中仍然要尽量摒弃主观的东西。

三　历史诗学的诗化形态

海登·怀特所揭示的历史话语的诗意内涵、历史文本的诗性结构浇铸了其历史诗学的诗化形态。这一诗化形态不仅因为其文本的形式主义美学

---

① ［意］维柯：《新科学》，朱光潜译，人民文学出版社1986年版，第6页。
② ［英］柯林武德：《形而上学论》，宫睿译，北京大学出版社2007年版，第18—21页。
③ ［英］柯林伍德：《精神镜像：或知识地图》，赵志义等译，广西师范大学出版社2006年版，第208页。

意义显得特别引人注目，而且在语言学转向之后因历史表现问题成为当代西方历史哲学的核心问题而使形式置于内容之上，其意识形态意蕴格外深沉。海登·怀特的历史诗学的诗化形态不仅示范性地体现了后现代语境下历史表现将形式置于内容之上的现实，而且其诗化形态本身也昭示了包括海登·怀特自身历史诗学在内的任何诗性预构的理论都需要在理解和解释中存在的学术取向。他的历史诗学的诗化形态具有技术化和范式化的特征。

首先，海登·怀特的历史诗学充分体现了形式主义文学批评的内涵和操作规程。他对历史研究的研究达到了高度的形式化和技术化。他成功地完成了形式主义与历史主义的嫁接、实现了元史学与解释学的会通、对知识考古学进行了合理的改造。他超越实在论的真理观，通过形式化的方法竭力证明和挖掘历史表现形式中隐含的诗化因素。他将历史著述分成编年史、故事、情节化模式、形式论证模式、意识形态蕴涵模式五个层次，其中编年史和故事是历史讲述中的原始要素，情节化、形式论证、意识形态蕴涵三种模式不仅是史学家编排故事的方式，而且也是史学家解释历史的模式。他以19世纪欧洲的四位历史学家米什莱、兰克、托克维尔、布克哈特和四位历史哲学家黑格尔、马克思、尼采、克罗齐的历史写作为例，几乎是公式化地分别套用了弗莱在《批评的剖析》中所归纳的四种文学原型所提供的线索，区分了浪漫式的、悲剧式的、喜剧式的、讽刺式的四种情节化模式；根据斯蒂芬·佩珀在《世界的构想》中的分析区分了形式论的、机械论的、有机论的、情境论的四种形式论证范式；借鉴卡尔·曼海姆在《意识形态与乌托邦》中的论证细分了无政府主义的、激进主义的、保守主义的、自由主义的意识形态蕴涵模式，然后进行了三种解释模式中每一种解释模式下四种类型相互之间的排列组合。虽然哈贝马斯认为："从理论上讲，一切命题都应该能够用公式化的语言加以表达或者都能够用这种语言的陈述加以转换，而不管它所涉及的是同义反复的陈述还是包含着经验内容的命题"，"理论命题乃是'纯粹的'语言要素演算"，"公式化的陈述是从一切不是处在符号关系层面上的成分中提炼而成的"①，但由于海登·怀特的这些套用都包含着假设、理解和解释，就会否认或消解经验事实和经验命题之间的区分。于是，情节化、形式论证、意识形态蕴涵及其各自的子系统之间的特定组合关系就形成了米什莱的浪漫式情节、形式主义论证和自由主义意识形态蕴涵；兰克的喜剧式情节、有机论的形式论证、保守主义意识形态蕴涵；托克维尔的悲剧性情节、形式论和机械论的形式论证、自由主义观点和保守主义语气集于一身的意识形态蕴涵；布克哈特的反讽式情节、情境论的论证和保守主义的意识形态蕴涵。而情节化、形式论证、意识形态蕴涵及其各自的子系统之间的特定组合关系模式，同样也适用于黑格尔、马克思、尼采、克罗齐四位历史哲学家的著作。

尽管学界有人认为文学理论中的形式主义是把文学的意义归结为一种话语经验，忽视形式所指称的对象，并认为这一做法在通过文学性建立纯粹自我的文学类属性的时候使文学走向了虚无主义。② 但是，海登·怀特将形式主义与历史主义进行了成功的嫁接，换言之，海登·怀特的形式主义形式化的操作规程具有明显的意识形态内蕴，他的历史诗学的诗化形态代表了作为反本质主义普遍倾向的形式主义文艺批评向历史研究领域的强力渗透。在他看来，形式本身是为内容而存在的，叙事是历史再现的话语形式，叙事不仅传达意义，而且创造意义。这种诗化形态的呈现是对历史文本的"客观性"和"真实性"的祛魅，是对历史文本如何受到语言深层模式、历史环境、认识条件甚至学术体制等各种力量制约的解剖。海登·怀特在赞同弗洛伊德、福柯等的观点时进行了这样的分析："通过对其文本的阐述，通过不将这些文本的'意义'归于其他'事实'或'事件'，而是归于一种复杂的符号系统，这一系统被看作是'自然的'，而不是被看作一个给定的社会群体、阶层或阶级的实践的特定代码，那么，他们是

---

① ［德］哈贝马斯：《认识与兴趣》，郭官义等译，学林出版社 1999 年版，第 153—154 页。
② 冯黎明：《文本的边界》，《文学评论》2006 年第 4 期。

如何确立其话语的合理性的呢？这将会把诠释的兴趣从所研究文本的内容转向其形式特性，这些形式特性不是被当作一种相对空洞的风格观念，而是被看作一种既公开又隐蔽的代码转换的动态过程，通过这种代码转换就在读者中唤起并确立了一种特殊的主观性。读者对世界的这种再现应该是实在的，因为它同主体所具有的与其自己的社会和文化状况的虚构关系是相契合的。"①

海登·怀特不仅在上述意义上对 19 世纪欧洲的四位历史学家米什莱、兰克、托克维尔、布克哈特和四位历史哲学家黑格尔、马克思、尼采、克罗齐形式主义的历史写作中所蕴藏的历史主义内涵进行了深刻的揭示，而且他的诸多论著都践行形式主义的批评方法，采用一般结构主义的历史叙述理论。他在对自己的《元史学：十九世纪欧洲的历史想象》的解剖中声称，自己这部著作的论证模式是形式主义的，情节化方面是讽刺式的模式，在意识形态方面是一位马克思主义者。他不仅挖掘了 19 世纪欧洲的四位历史学家米什莱、兰克、托克维尔、布克哈特和四位历史哲学家黑格尔、马克思、尼采、克罗齐的历史写作中的诸多假设，而且也假设他自己的诸多论著中的诸多理论前提，"我假设了……"的用语在他的论著中随处可见，使他的历史诗学呈现为范式化的特征；他不仅提出预构理论，而且运用预构理论进行自己的历史写作。虽然海登·怀特的如此做法遭到很多非议，但其意义是深远的：这种对历史本质的自我反讽和研究方法的自我反讽，不仅宣示了对任何历史、史学思想进行多样化解释的可能性，而且亲自实践了近代以来所认为的最不可能的历史与"文学性"的联系，为中国当代文艺学和美学等学科建设超出本质主义视野的多种路径提供了具有战略意义的理论参照。

的确，相对于海登·怀特反本质主义的历史诗学，"形形色色居于主导地位的意识形态被确认为理性的反映和体现，它们既能够主宰行动，又

---

① ［美］海登·怀特：《形式的内容：叙事话语与历史再现》，董立河译，文津出版社 2005 年版，第 259—260 页。

能够决定诸多假设性的普遍范式。于是，对这些观点的拒斥就被说成是一种针对'科学'的'冒险'行动"①。尽管文学与哲学、历史等的对抗从柏拉图时代延续至今，然而，当下文学批评研究转向跨学科的文化研究并不说明文学批评的消失，而"把一种文学批评研究称为一种真正的跨学科研究就是对它的最高褒扬，这种褒扬通常意味着该工作已成功地把文学语言不断转化为更普遍化因而也是更稳定的知识领域内的术语。"② 在海登·怀特反本质主义的视野中，使历史清晰可知的模式就是文学叙述的模式，就是一种修辞模式。正因如此，在作为历史分支之一的文学史研究领域，有学者对早在 20 世纪 40 年代林庚的《中国文学史》的论述模式——一种以"诗性智慧"或者"诗性逻辑"进行的书写模式是"诗"的而不是"史"的精神进行了强有力的辩护③，而且即使是从事文学理论研究的乔纳森·卡勒也应和海登·怀特的观点，揭示了文学以外其他学科的一种很普遍的现象，"为了说明修辞手法在其他类型的话语中同样可以塑造思想，理论家们论证了在非文学性文本中文学性的重要作用"④。当今的一些文学个案的研究，如有学者提出汉代贾谊的《过秦论》从史学经典演变为文学经典⑤，不仅全面解析了学科分类巨变的成因，而且深刻揭示了文学性与历史性融通的可能性条件和既成现实。

其实，历史与文学的联系古已有之。过去一说历史，就想到班、马文章，这是因为，尤其在西方，文史都源于古代的神话和传说，这些神话与传说的记载，就是古代的文学，也是古代的历史。故文史不分，相沿下来，撰著历史的人，必为长于文学的人，"至于记述历史的编著，自以文

---

① ［美］华勒斯坦等：《开放社会科学》，刘锋译，生活·读书·新知三联书店 1997 年版，第 57 页。
② ［美］马克·爱德蒙森：《文学对抗哲学》，王柏华等译，中央编译出版社 2000 年版，第 126 页。
③ 陈国球：《文学史书写形态与文化政治》，北京大学出版社 2004 年版，第 130 页。
④ ［美］乔纳森·卡勒：《当代学术入门：文学理论》，李平译，辽宁教育出版社、牛津大学出版社 1998 年版，第 20 页。
⑤ 吴承学：《〈过秦论〉：一个文学经典的形成》，《文学评论》2005 年第 3 期。

学的历史学家执笔为宜。因为文学家的笔墨，能美术地描写历史的事实，绘声绘色，期于活现当日的实况。但为此亦须有其限度，即以诗人狂热的情热生动历史的事实，应以不铺张或淹没事实为准[①]。本书不仅意欲通过对怀特历史诗学的研究寻找这种联系，而且期待通过寻找到这种联系表达文艺学应该树立学科自信这一主旨。虽然确立这样的研究视角和研究主旨可能具有学科情感偏向的嫌疑，但怀特的观点在我国当代学界尤其在文学界引起强烈共鸣的原因是值得深思的。

我国当代著名史学家何兆武先生的观点也从一定程度上重申了文学与历史的内在联系。他曾指出，历史包含两个层次：一是对史实或史料的认知——历史学 I，二是对前者（历史学 I）的理解或诠释——历史学 II。前者是"真"，是科学的；后者是"诗"，是艺术的、人文的。而且，他在进行如此划分的前提下，又主张文学进入史学，倡导文本解读、文学想象介入的新史学方式，将诗与真、科学与人文视为史学的两个维度。[②] 这样的立论不仅与怀特的理论不谋而合，而且说明文学与史学相融合的新趋势在我国学界获得了高度认同。可以说，怀特的历史诗学通过艺术与科学的博弈提供了文学叙事与历史叙事相整合的范式，通过重视读者和对话、趋新趋异的修辞策略造成了文学对历史的"反向殖民"；海登·怀特的历史诗学不仅激发人们重新思考历史事实的客观性与历史真实可能性的关系，认识"文学性"在历史建构中的作用，而且启发文论界充分发掘"文学性"对各学科和各领域的渗透现象，由此寻求文学理论建构的新维度，其价值与意义值得中国当代文论予以重视。当然，由此我们也看到，"二十世纪科学产生了一个奇异的悖论，科学的非凡进步，既导致了我们能够认识应该认识的一切这一信念，也孕育了我们不可能确切认识任何事情的疑虑"[③]。海登·怀特所揭示的文学性与历史性的融通不仅昭示了因反本质主

---

① 李守常：《史学要论》，河北教育出版社 2000 年版，第 44 页。
② 何兆武：《诗与真：历史与历史学》，刘超笔录整理，《历史学家茶座》2007 年第 2 期。
③ ［美］约翰·霍根：《科学的终结》，孙雍君等译，远方出版社 1997 年版，第 49 页。

义立场而显现的学科普遍开放的趋势，而且深刻透视出科学时代的暮色中历史知识限度带来的历史苍凉——历史作为一种知识，不可能重现"发生的事件"，因为"人类所能真正领悟到的不是事物的本性……乃是他自己的作品的结构和特性"①。

怀特由知识社会学所导引出的历史观当然是反本质主义的。本质主义的方法论总是将历史视为普遍的规律，认为历史具有固有的本质。它有三种表现形式：绝对主义、基础主义（原子主义）和科学主义。"绝对主义"相信世界万物存在着某种唯一的、永恒不变的、超历史的本质；基础主义相信世界可以被分析为最终的可作为基础的东西，人类的知识和信仰都可以建立在这样一个稳定而不变的基础上；而科学主义则强调一切都可以用科学的方法来处理，认为科学的任务就是要去发现和描述隐藏在事物背后的实在或本质，并相信只要掌握了正确、科学的方法，就可以把握"普遍规律"和"固有本质"。但是，怀特认为，无论是作为绝对主义还是基础主义抑或科学主义意义上的历史均无法寻觅和还原，历史作为语言的建构物或作为一种知识的事实，使历史变得虚幻而遥不可及。于是，怀特历史诗学的诗化形态就随着"作为一门艺术的历史学"命题的提出而得以形成。怀特的这一命题的提出，不仅转换了人们认识历史的思维方式，而且因将历史性质的探讨引向纵深而确立了历史诗学诗化形态的逻辑基础。按照怀特的这一逻辑，用语言建构的历史文本与文学文本一样，具有被阅读的功能。历史文本，甚至历史本身，只存在于阅读之中，没有阅读，也就没有历史。正如没有阅读史也就没有文学史一样。笔者认为，怀特提出"作为一门艺术的历史学"的命题决定了他的历史诗学的诗化形态，而这种诗化形态体现了后现代语境下历史研究的技术化和历史诗学范式化的倾向，尤其是他的研究方法的自我反讽具有以重多样化、具体性的反本质主义来消除坚持非此即彼、重唯一性的本质主义之意义。而且，提出这一命

---

① ［德］恩斯特·卡西尔：《人文科学的逻辑》，沉晖等译，中国人民大学出版社 2004 年版，第 47 页。

题并不是意在平白无故地将历史看成是虚构的产物，正如怀特所辩解的："的确，我曾经说过历史是事实和往昔事实的虚构化。但是坦白地说，我认为虚构这一概念应从现代边沁主义和费英格主义的意义上来理解，即是一种假设构建和一种对现实的'好像'思考，这种现实，因为它不再可被直接感知，所以只能被想象而不是被简单的提及或论断。"[1] 这说明，怀特"作为一门艺术的历史学"的命题是建立在如何讲述历史而并非消解历史本身的基础上的。他不是主张现实地想象历史，而是认为可以想象作为某种现实的历史；它所蕴涵的不过是在语言再现历史不得不面临困境时历史学的一种存在方式。也只有在这样的意义上，克罗齐那句受到广泛误读的名言"一切历史皆是当代史"才得以成立。

---

① ［美］海登·怀特：《旧事重提：历史编纂是艺术还是科学?》，载上海三联书店编译《书写历史》，上海三联书店 2003 年版，第 25 页。

历史话语篇

话语分析作为一种理论和方法，自福柯以来已在人文社会科学领域得到广泛运用，不仅已经引起学术范式的深刻变革、促进了人文社会科学的普遍开放和融合，而且因其他学科渗透了源于文学的"文学性"而能赋予转型期的文艺学和美学学科以充分的自信。

　　历史话语作为表述历史的话语，其诗意内涵虽然古已有之，但20世纪的知识谱系使"文学性"与"历史性"的关系发生了重大变化，即从互融走向对立。而随着20世纪的语言学转向，怀特大胆地又将"历史"与"诗意"相联系，揭示出历史话语的诗意内涵。本书认为，这不是对古代文史互通的简单回归，而是具有重大的意识形态区别和学科重建意义。

　　怀特是从罗兰·巴特的论述中获得启发的。罗兰·巴特虽然没有对话语与历史话语进行明确的区分，但他所说的历史话语不仅指向历史著作的语言，而且不再从传统的本体论和认识论的角度来看待历史表述，而是将历史表述视为语言现象即话语。可以说，这一转向具有划时代的意义，他说，"十分明显，历史的话语，不按内容只按结构来看，本质上是意识形态的产物，或更准确地说，是想象的产物，如果我们接受这样的观点的话，即：对言语所负之责，正是经由想象性的语言，才从纯语言的实体转移到心理的或意识形态的实体上。正因如此，历史'事实'这一概念在各个时代中似乎都是可疑的了"①。这一论述不仅可以视为罗兰·巴特关于"语言学转向"的宣言，而且更具体地体现为他对历史话语诗意内涵的揭示。受此影响，海登·怀特在将历史视为一种话语现象的基础上，对历史的性质进行了重大的现代性反思。

通过怀特的推波助澜，后现代视野中的历史呈现为由多重因素共同建构的景观，就如艾布拉姆斯在概括文学的四要素时所提出的文学是由作品、作家、世界、读者②所组成的整体活动一样。历史话语在怀特的历史诗学中包括了历史事实叙述者的叙述话语、历史写作者对历史事实的解释话语、历史接受者的接受话语，它们分别具有意识形态性、主体间性和互文性的特征。

---

① 〔法〕罗兰·巴特：《符号学原理》，李幼蒸译，生活·读书·新知三联书店1988年版，第59—60页。

② 〔美〕艾布拉姆斯：《镜与灯——浪漫主义文论及批评传统》，郦稚牛译，北京大学出版社1989年版，第2—6页。

第一章

叙述话语的意识形态性

　　国内外史学界有学者认为，在所有视历史为话语现象、对历史的性质和特点进行重大反思的研究者中，怀特是反叛近代传统最强烈的一位，最明显的标志就是他对叙述话语意识形态性的揭示和张扬。[①] 对叙述话语的认识，怀特深受曼海姆意识形态理论和 20 世纪话语理论的影响。从曼海姆的意识形态理论来看，他把意识形态与乌托邦均看成超越（相异于）现实存在的观念形式，认为意识形态对现存秩序持暧昧的维护态度，或是表现为以想象的方式去描述存在并竭力掩盖存在的真实关系，或是表现为有意识地编造谎言，并认为意识形态与乌托邦相比较更具有隐蔽性。而从 20 世纪的学术走向来看，可以发现一个惊人的事实：从结构主义的代表人物，到庞大的后现代主义阵营，都极其热衷于话语研究。体现在历史研究领域，那就是大都关注作为历史学实践中最能体现内容与形式有效结合的历史叙述。因此，叙述话语成为最基本的研究要素。由于我们通常所说的历

----

　　① 见 Georg G. Lggers. Historiography between Scholarship and Poetry：Reflections on Hayden White's Apporachto Historiograph［美］格奥尔格・G. 伊格尔斯：《学术与诗歌之间的历史编撰：对海登・怀特历史编撰方法的反思》，载陈启能、倪为国主编《历史书写》第一辑，上海三联书店 2003 年版，第 13 页。

史研究，首先面对的是作为历史记录的文献材料，即存在着的历史。因此，学界大都认同：历史研究在价值层面追求的是实证的历史；但在事实层面，由于研究者分析、梳理、钩沉历史文献时的意识形态介入，使存在着的历史被不同程度地意识形态化了。而怀特认为，历史叙述使用的语言是修辞化而非科学化的语言，当意识形态化的历史被修辞话语叙述的时候，史学家追求的对历史真实的还原就更成为遥不可及的梦想。于是，可以说，当存在着的历史通过叙述话语以书面文本呈现的时候，实则已经变成了被叙述话语修辞化的历史，从而也完成了存在着的历史的意识形态化。

"叙述话语"即叙事作品中使故事得以呈现的陈述句本身。研究叙事话语，必须区别两个概念：narrative 和 narration，即"所叙之事"与"叙述活动"。当按本来面貌存在的历史事件用特定的语言加以表述之后，所得的结果是 narrative，即"所叙之事"；而使这一结果成为可能的活动则谓之 narration，即"叙述活动"①。显然，"叙述话语"成为了"叙述活动"的重要构成要素。怀特的研究表明：对被叙述活动所包含的叙述话语意识形态性的揭示，不仅关乎历史修辞的当代走向，而且成为后现代视野中知识与学科重建的重要任务。

由于近代以前社会变动缓慢，历史只是承担着对涉及具体人物的事件的叙述，历史成为主要由精英参与的对事件的组合，历史服务于道德垂训和知识娱乐，因而，历史叙述就是"叙事"的历史叙述；而随着现代社会大众文化的兴起，打破了精英对文化的垄断，大众普遍寻求对复杂现实生活及其成因的合理解释，从而建立起生活的信心。于是，在以追求自然科学的确定性为使命的科学理性和以有效解释现实社会多变性、建构意义体系为鹄的的历史理性的较量中，后者占了上风，故而开创了以历史解释为核心的历史叙述研究的先河。华勒斯坦说："自从曼海姆（Mannheim 1936）和知识社会学的出现，我们业已认识到知识可能是建构在意识形态或利益的

---

① ［美］华莱士·马丁：《当代叙事学》，伍晓明译，北京大学出版社 2005 年版，第 273 页。

基础上。"① 在怀特看来，叙述话语作为一种知识，作为建构各种文本的基石，具有显著而深刻的意识形态性。具体体现为：叙述话语的实践性、散文话语的隐喻性、话语形式的意味性。

第一节　叙述话语的实践性

由于"叙述话语"成为当代叙事学理论所关注的中心，故怀特对叙述话语的实践性的揭示格外引人注目。在西方传统的叙事历史学向现代历史叙述转型的过程中，叙述话语的实践性无疑是一醒目的标杆：当语言的透明性和所指性遭到严厉的质疑时，历史的叙述话语通常指向历史学家在历史作品中的语言陈述，包括对话、叙述、争论等等语言单位及其通过意识形态与权力相结合构成的一种话语实践。因此，叙述话语的实践性主要是指叙述话语极大地参与了历史意义的建构并因此具有显著的统治性力量。怀特深刻剖析了历史学家书写历史的叙述话语的实践性，揭示了由此建构并影响人们的行为方式和思维方式的事实。综观怀特的历史研究著作，可以发现，他所论析的叙述话语的实践性体现在叙述话语的建构特征、叙述话语的知识谱系、叙述话语的修辞表现等方面。

一　叙述话语的建构特征

何谓历史？对于这样一个既简单又复杂的问题的不同回答见证出近代与现代、本质主义与反本质主义的基本立场：前者往往从哲学基本问题的角度将历史的客观性界定为归根到底意义上的物质性，建立在此基点上的历史被认为是用历史话语撰写的具有真实性或客观性的事实；后者认为历

---

① ［英］华勒斯坦等：《学科·知识·权利》，刘健芝等编译，生活·读书·新知三联书店1997年版，第12—13页。

史事实是已经不再可能被直接感知的，在本质上是已经不在场的，而为了将其建构为人们思辨的对象，它们必须被叙述，因此，历史等同于叙述话语。怀特对此进行了旗帜鲜明而又具体细微的剖析：历史叙述是语言凝聚、替换、象征化和某种贯穿着文本产生过程的产物，经由分析、推理，去想象、再现甚至表现过去发生的事件。

怀特指出："话语在经验的既定编码与一连串的现象之间'往返'运动。这些现象拒绝融入约定俗成的'现实'、'真理'或'可能性'等概念。……总之，话语从本质上说是一种调节。"① 可以说，这种"调节"就是一种建构，是通过言说而对语言内容的决定，是一种生产意义的手段。因此，怀特首先从叙述话语的层面彻底颠覆了历史即事实这一古老的观念。

对叙述话语建构特征的认识，必然涉及两种关系的研究：叙述话语与历史事件的关系、叙述话语与叙述行为的关系。前者考察的是叙述话语如何干预故事的进程，即故事如何被叙述话语所组织和安排；后者要揭示的是叙述行为主体如何组织、创造甚至改变叙述话语。由于怀特将叙事视为再现历史的唯一可能模式，他清醒地认识到，"叙事产生于我们关于世界的经验和我们用语言描述该经验的努力之间"②，因此，他呼吁通过语言学分析来解决历史叙述过程中的基础理论问题，他通过对叙述话语与历史事件的关系、叙述话语与叙述行为的关系进行了精彩的阐发，论证了叙述话语的多层次建构。

首先，是历史学家的叙述话语对历史题材的建构。根据怀特的观点，无论是描述一个历史事件，还是分析一段历史进程，它都是一种叙述话语形式，都具有叙事性。虽然怀特强调历史与文学、神话相区别，即历史事件是真实的事件，不是想象的事件，不是叙述者发明的事件。但他又着意

---

① ［美］海登·怀特：《后现代历史叙事学》，陈永国等译，中国社会科学出版社 2003 年版，第 5 页。

② ［美］海登·怀特：《形式的内容：叙事话语与历史再现》，董立河译，北京出版社出版集团、文津出版社 2005 年版，第 2 页。

强调历史使人注意到的不仅是叙述的内容，也包括内容嵌入其中的叙述形式。他说，"在现实主义话语如同在想象话语中一样，语言既是形式又是内容，这种语言内容必须被看作与其他的（事实的、概念的、类属的）内容一样，构成了整个话语的总体内容"，并且指出，以上"这一认识""使历史话语的分析者认识到历史话语在何种程度上在言说题材的过程中建构了题材"①。

怀特所主张的叙述话语对题材的建构颇有反本质主义倾向和解构主义色彩。譬如，不同的史学家对同一事件的叙述，对题材的不同择取方式会呈现出不同的"事实"。按照怀特的历史著述理论，按事件发生的时间顺序排列，组织成了编年史；随后诸事件进一步编排到"场景"或过程的各个组成部分中成为故事。从编年史到故事的转变，实则是按一定的叙述动机将编年史中描述的一些事件进行编码的结晶，经过编码的题材与原始的题材具有不同的用途和意义。虽然怀特反复强调历史与小说的虚构不同：历史是由存在于作者意识之外的事件构成，但是历史学家面对已然事件的混乱和无序，他必须从中选取一些能用来讲述的故事要素；他通过包容此事件而排除彼事件、强调此事件而令彼事件从属其他事件来创作他的故事，而这种排除、强调、从属的过程是以构成特定种类的故事为目的的。这就突破了"本质主义"的樊篱。

20 世纪以来，语言活动与历史事实之间的指称关系先是受到索绪尔和维特根斯坦的猛烈攻击：索绪尔对为"意义本体论"提供掩护的"逻各斯中心主义"发起了强有力的冲击，用他自己的话说，"我们表示语言事实的一切不正确的方式，都是由认为语言现象中有实质这个不自觉的假设引起的"②。后期的维特根斯坦通过以"语言游戏说"取代早期倡导的"语言图像论"对索绪尔的观点作出了呼应，在《哲学研究》中，他坚定地认

---

① ［美］海登·怀特：《后现代历史叙事学》，陈永国等译，中国社会科学出版社 2003 年版，第 296 页。

② ［瑞士］索绪尔：《普通语言学教程》，商务印书馆 1982 年版，第 169 页。

为，并不存在固定不变的语词意义，只承认"一个字词的意义是它在语言中的用法"①。按照这种逻辑，历史不仅等同于叙述话语，而且显现为多样化的面貌。怀特明显受到这一观念的影响，也正是在主张消解词语固定意义的立场上，他特别不满于现代历史学家"把他们自己的语言看作毫无问题的、透明的中介，既用来再现过去的事件，又表达他们关于这些事件的看法"②的科学主义倾向，努力揭示"伟大的历史经典之所以从来不明确'解决'某一历史问题，而总是向过去'敞开'以激发更多的研究"③的事实和原因。因而，他的历史观也激起我们重新审视叙述话语与历史的真实关系。

怀特认为，叙述话语与历史的关系极其复杂。而这种复杂关系最终显现为叙述话语对历史的建构。虽然在史学研究领域，20世纪语言论的本质主义与反本质主义的较量似乎势均力敌，但有一种声音是我们不能忽视的，恰如杜夫海纳在分析文学作品的意义时所指出的，一个语言整体，"只要在说出一个意指，瞄准一个外在于指号并由指号首先命名的实在时，才是有意义的：要描述，首先必须命名。被描述的意义指向被命名的对象。说话仍然是存在于世界的一种方式，是通过语言的媒介呈现于事物本身之中的一种方式。对说话者来说，语言丝毫不是把他关在意义的封闭宇宙之中的不可摧毁的和穿透的障碍。一个整体，只有依靠世界、在世界中找得意义的源泉，才是有意义的"④。杜夫海纳的观点至少说明：历史并不是叙述话语王国中的流浪儿，不在叙述话语系统中呈漂浮状态，历史在话语系统中有自己的立足之地。也就是说，人所认识的历史是叙述话语所叙述的历史，是"话语世界"所构成的历史。而叙述话语成为呈现历史的

---

①　［英］维特根斯坦：《哲学研究》，三联书店1992年版，第31页。

②　［美］海登·怀特：《后现代历史叙事学》，陈永国等译，中国社会科学出版社2003年版，第296页。

，　③　［美］海登·怀特：《后现代历史叙事学》，陈永国等译，中国社会科学出版社2003年版，第29—300页。

④　［法］米盖尔·杜夫海纳：《美学与哲学》，孙非译，中国社会科学出版社1985年版，第149页。

方式。

怀特对叙述话语成为呈现历史的方式的认可，使其历史诗学理论体现出强烈的反本质主义色彩。他在《元史学：十九世纪欧洲的历史想象》等著作中反复强调，不同的史学家对同一历史事件的解释总是呈现出一种"差别性表演"（索绪尔语）的景象，其实就是根据不同的史学家采用不同的叙述话语，从而对同一历史事件的叙述而显现出的差异性判定。这种反本质主义的历史观是与本质主义对历史本质的追寻相对立的，他摒弃波普尔所概括的将柏拉图及其后继者所主张的"纯粹知识或'科学'的任务是去发现和描述事物的真正本性，即隐藏在它们背后的那个实在或本质"，"认为科学的目的在于揭示本质并且用定义加以描述"[1] 的本质主义观念，采用"不是要发现事物确实是什么，不是要给事物的真正本性下定义；它的目的在于描述事物在各种情况下的状态，尤其是在它的状态中是否有规律性"[2] 的反本质主义手法。怀特的历史著述理论并不抽象、含糊地回答"历史是什么？"，而是具体、精确地描述历史的存在状态："在叙述故事的过程中，如果史学家赋予它一种悲剧的情节结构，他就在按悲剧方式'解释'故事；如果将故事建构成喜剧，他也就按另一种方式'解释'故事了。"[3] 因此，如何描述？如何科学、有效地描述？此类问题与叙述话语相关联，叙述、叙述规则、叙述逻辑就被推向怀特历史理论的前台，从而使他的历史理论归根结底成为一种以历史叙述为核心的历史书写理论。怀特不撰写历史，在严格意义上也不研究真正的历史，而是研究历史修撰或历史研究的方法。虽然他对历史研究的研究方法总体上是形式主义的，但内含着强烈而明显的反本质主义精神，这就不仅实现了形式主义与历史主义的巧妙结合，而且从既宏观又具体的层面上实现了叙述话语对历史的建构。

---

① ［英］卡尔·波普尔：《开放社会及其敌人》第一卷，陆衡等译，中国社会科学出版社1999年版，第66—67页。

② ［英］卡尔·波普尔：《开放社会及其敌人》第一卷，陆衡等译，中国社会科学出版社1999年版，第66页。

③ ［美］海登·怀特：《元史学：十九世纪欧洲的历史想象》，陈新译，译林出版社2004年版，第9页。

怀特的历史书写理论中所论析的叙述话语的建构特征还体现在：通过架起史学研究与文学批评之间的桥梁，即通过揭示叙述话语的文学性来为历史的合法性进行辩护。

历史尚"真"，天经地义。但究竟如何判断历史之"真"？为此，怀特专门写过一篇《历史的情节建构与真实性问题》的论文。在该文中，怀特以一种全新和开阔的视角为历史的真实性进行强有力的辨析。在他看来，"与其说情节建构能产生另一个更为全面也更为综合的事实性陈述，不如说它是对事实的阐释"①。在传统的历史叙述话语中，事实总是优先于对事实的阐释；因为事实毫无疑问具有确定性的本质，因而具有毫无疑问的真实性，这是大家最期待的理想化的真实。问题是这种真实如何获得？这是一个只可接近而不可穷尽的美好幻影。因此，尽管大家都从历史那里期待某种客观性——适合历史的客观性，但"并不意味着这种客观性是物理学或生物学的客观性：有许多不同等级的客观性"②，而且，"这种期待包含另一种期待：我们从历史学家那里期待某种主观性（着重号为原作者所加——作者注），不是一种任意的主观性，而是一种适合历史的客观性的主观性"③。这种主观性显然融进了分析、推理尤其是想象。基于此，怀特将历史视为一种独特的叙述话语与过去相协调的关系，并进而建立了历史修撰理论与文学理论的关联：任何历史书写理论的主要问题并不是用科学方法研究过去之可能或不可能的问题，而是解释历史修撰中叙事何以持续的问题。而由于现代文学理论提供了关于文学性本身的新观念，这些新观念能更具体地区别历史叙述话语中形式与内容之间的关系，而且现代文学理论中关于语言、言语、书写、话语和文本性等概念为解决历史再现与其指涉物的关系、叙述话语与阐释和描述的关系提供重要的洞见。怀特的历史叙事理论在西方史学界和文学批评界都产生了极大影响，其根本原因在

---

① ［美］海登·怀特：《后现代历史叙事学》，陈永国等译，中国社会科学出版社2003年版，第326页。

② ［法］保罗·利科：《历史与真理》，姜志辉译，上海译文出版社2004年版，第3—4页。

③ ［法］保罗·利科：《历史与真理》，姜志辉译，上海译文出版社2004年版，第4页。

于，他通过一方面探究历史话语与科学话语的差异，另一方面又揭示历史作品与文学作品的类同，来分析"修辞性语言如何能够用来为不再能感知到的对象创造出意象，赋予它们某种'实在'的氛围"①。尽管在科学主义盛行的时代，他的这一做法及其动机遭到强烈的反对和质疑，但由此引发的后历史哲学领域的语言学转向、历史主义思想渗透进文学批评领域的浪潮，促进了 20 世纪后半叶学科的普遍开放和相互融合，进而也促进了历史的建构。

由于历史修撰理论与文学理论关联的建立，揭示历史叙述话语的文学性成为怀特建构历史的主要动能。而历史叙述话语的文学性显然是一个解构学科对立、消弭学科话语界限的命题，这就使怀特对历史叙述话语的论析很自然地引入意识形态维度。其实，解构主义先驱德里达于 1971 年在《诗学》杂志上发表了《白色的神话：哲学文本中的隐喻》这一长篇论文，对哲学与文学的二元对立进行了解构，说哲学是白色的神话。我们知道，在古希腊，"神话"即诗，而古希腊的诗与后世的文学有某种亲缘关系，故白色的神话即白色的文学，所谓"白色"即"看不见"之意。自柏拉图到近代，西方学术思想一直视哲学与文学相对立：哲学的目的是探究世界的本质及主体的存在，它以逻辑语言传达关于世界和人的本真存在的"真理"；而文学是关于个别现象的想象和隐喻，因而是"谎言"，哲学与文学的二元区分表现为真理与谎言的二元对立。哲学也一再宣称它不是文学和艺术，并通过攻击文学来成就自身；哲学说文学是虚构的神话，是不当真的修辞游戏，是"用墨水写在纸上的""歪曲存在的文字"，而哲学自诩是认真的真理话语，是"用心灵写在心板上的"再现最高存在的文字，它是白色而透明的，能透视出最高的存在。而德里达说哲学的自诩是靠不住的，只要我们在哲学上面播撒一些显示剂，暗藏其中的文学性便会显示出来。德里达的解构就是这种播撒，他让我们发现哲学和它攻击的文学一

---

① ［美］海登·怀特：《元史学：十九世纪欧洲的历史想象》"中译本前言"，陈新译，译林出版社 2004 年版。

样，其话语之根均是修辞隐喻，都具有文学性。与德里达消解文学与哲学的界限一样，怀特也消解了文学与历史的学科对立，打破了传统学术所认为的历史代表真实、文学则是想象和虚构的对立关系，他将"历史"与"诗学"本是相互排斥的两个概念组合成相融相连的"历史诗学"概念，而且认为，历史"诗学表明了历史作品的艺术层面，这种艺术层面并没有被看成是文饰、修饰或美感增补意义上的'风格'，而是被看作某种语言运用的习惯性模式，通过该模式将研究的对象转换成话语的主词"①。

具体而言，历史的叙述话语的文学性是以弱化、淡化以至消解语言的逻辑功能而获得的。怀特吸收 20 世纪西方主要学术流派的语言论观念，对叙述话语的多义性、表达的隐喻性、意义的增生性进行透彻的分析。在他看来，如果说年代纪和编年史较少人工过滤的痕迹、比较接近事件的真相的话，那么，经过筛选、编排、解释并因此具有了叙事功能之后而显现在历史书籍中的"历史事实"，显然就成了虚构的产物，当然这种虚构只是想象某种现实的历史。他意在表明，历史的所谓真相其实是包围在不可避免的话语叙述的牢笼中，在客观效果上历史叙事与文学叙事没有区别，历史话语也就与文学话语相似。而且，怀特根据传统诗学和近代语言理论关于诗性语言或比喻性语言的分析识别了话语的四种主要转义：隐喻、转喻、提喻和反讽，而转喻、提喻和反讽都是隐喻的一种。于是，叙述话语的文学性就通过隐喻来实现：它具有巨大的创造力，它扩展了语言，创造了"自有的表述"所无法表述的东西，以认同的方式和情意性的逻辑建构了一种观念世界，当然包括历史。

二　叙述话语的知识谱系

怀特的历史诗学表明，叙述话语不仅因其建构了历史而显出浓厚的意识形态意蕴，而且其知识谱系因吸纳了诸多理论资源而显得颇有寻找其合

① ［美］海登·怀特：《元史学：十九世纪欧洲的历史想象》"中译本前言"，陈新译，译林出版社 2004 年版。

法性依据的意图。他提出："每一种历史都是一个词语制品，一种特殊语言应用的产物。"① 可以看出，他对修辞话语建构历史的作用表示了极力推崇和充分认定。但这一极为新锐的观点也遭到当头痛击，被人视为"搅扰视听"的"理论魔术"②，其实，怀特的这一振聋发聩的声音的发出，不仅赖于怀特自身独特的历史观，而且源于一大批思想家，如杰姆巴蒂斯塔·维柯、柯林武德、克罗齐、诺斯罗普·弗莱、肯尼斯·伯克、巴尔特、米歇尔·福柯、保罗·利科、德里达、罗蒂等③所构筑的关于叙述话语的知识谱系。

（一）叙述行为谱系："诗意逻辑"

简言之，叙述行为是运用话语的行为，即叙述行为主体如何组织、创造、改变话语来描述世界的举动。怀特虽然是从总体上对历史研究的研究，他并不叙述历史本身，但其历史著作中处处流露出对充满诗意逻辑的叙述行为的肯定，并将其积极实践在自己的历史著作中。

在《元史学：十九世纪欧洲的历史想象》中，怀特主要探讨了历史意识、历史表述的深层结构，即历史文本背后的那个先于批评的"潜在的深层结构"，即诗性结构，亦即文学性结构。并且认为，这种结构是整个历史著作的基础，存在于历史学家的思维和意识模式中，体现在历史学家的叙述行为即预构行为中。

因此，预构行为成为怀特在历史著述中推行"诗意逻辑"的重要载体。

怀特遵循维柯的理念，在《元史学：十九世纪欧洲的历史想象》中证

---

① ［美］海登·怀特：《后现代历史叙事学》，陈永国等译，中国社会科学出版社 2003 年版，第 296 页。

② 邵立信：《理论还是魔术——评海登·怀特的〈玄史学〉》，《史学理论研究》1999 年第 4 期。

③ ［波兰］埃娃·多曼斯卡编：《邂逅：后现代主义之后的历史哲学》，彭刚译，北京大学出版社 2007 年版，第 23 页。1993 年，埃娃·多曼斯卡对海登·怀特做过一次学术访谈，当时，埃娃·多曼斯卡列出了一串哲学家的名单，问及"这些人的理论中最要紧的地方是什么?"、"这些理论中的哪些地方影响到你的史学理论?"等问题时，怀特一一进行的回答中包含了上述理论家的名字。

明每一位历史学家或历史哲学家的诗性预构行为最终都构成了他们自己的一套历史哲学。维柯虽然未能对"诗意逻辑"下一个明确的定义，但他对"诗意逻辑"多方面的功能进行的阐释使怀特深受启发。

在怀特看来，历史学家叙述行为的逻辑就是维柯的"诗意逻辑"，就是维柯所说的原始人的逻辑。这种逻辑"与现代人（或他称之为反思的人）的逻辑不同，因为思想在赋予事物以特征时的取向不同。在原始时期，思想的取向是从熟悉到不熟悉、从具体到我们所说的抽象，因而，原始时期'指代事物的形式'总是被解释为一种投射，即把描绘熟悉的事物的属性投射到不熟悉的事物之上"①。从这段话可以看出，其一，显然，怀特在此并不是为了分析原始人的思维特点，而是借原始人以己拟人、以己拟物的诗意方式来类比历史学家叙述行为的预构特征；其二，怀特认为现代人或反思的人的逻辑与原始人的逻辑即"诗意逻辑"是背道而驰的。

从前者的意义上来看。历史表明，人总认为最熟悉的是人自己，故从原始人时代起，人就采用以自己为中心的方式，将自己的思想、情感、行为等对象化，使万物都打上人的形象、心理和行为的烙印，坚信天地自然和社会人生中普遍存在着相似性，坚持用类比思维进行诗意创造。维柯在考察了人类的文化历史与人自身之后，得出结论说："民政社会的世界确实是由人类创造出来的，所以他的原则必然要从人类心灵的各种变化中才可找到。"② 社会制度的形式就是心灵的形式，整个历史的发展过程就是心灵的物化与展开的过程，这一"诗意逻辑"而显现的历史诗学观念用怀特的话语来表达就是："我假设了四种主要的历史意识模式，即隐喻、提喻、转喻和反讽。这些意识模式中的每一种都为与众不同的语言学规则提供了基础，以此来预构历史领域，并且，在此基础之上，能够用特定的历史解

---

① ［美］海登·怀特：《后现代历史叙事学》，陈永国等译，中国社会科学出版社2003年版，第201页。

② ［意］维柯：《新科学》，朱光潜译，商务印书馆1997年版，第154页。

释策略来'说明'它。"① 在怀特的著作中，"我预构了"、"我假设了"等
用语随处可见，怀特不仅非常坦率地道出了自己的叙述行为是一种预构行
为，即根据自己心灵的"诗意逻辑"去构建历史的行为，而且这种做法启
人深思：如是预构的根本原因何在？就如艾布拉姆斯说的："一个有待探
讨的领域，假如没有先在概念作框架，没有达意的术语来把握它，那么这
个领域对于探索者来说就是不完善的——它或者是一片空白，或者是一片
浑浊，使人无从下手。我们常用的补救手法，就是寻觅一些物体，使其类
似的特性来了解新的领域中感觉不明显的方面，以较为熟悉的事物来说明
相对陌生的事物，借有形的事物来论述无形的事物。"②

从怀特将现代人的逻辑看成与原始人的逻辑即"诗意逻辑"背道而驰
的观点而言，可以看出，他对现代科学给历史学带来的影响是持批判态度
的。历史学究竟是科学还是艺术，即使怀特不直接回答这一问题，从他倡
导的"诗意逻辑"即可判断他倾向于将历史学看成是一门艺术。现代人的
逻辑是科学的逻辑，现代科学技术的蓬勃发展，理性观念的不断扩张，使
历史学追求历史叙述的职业化，到19世纪，历史学终于成为一门独立的学
科，这不仅意味着历史叙述与文学叙述的分离，而且阻碍了人们充分认识
历史中的非理性和无意识成分。而随着非理性与无意识力量在历史中的不
断显露，以科学逻辑为基础的叙述行为难以承担起叙述历史的重任。对
此，怀特曾对分析哲学家所谓成功地澄清了在何种程度上历史学可能被视
为一种科学的论调、对历史学艺术成分关注不够的现象表示不满。他致力
于揭示特定的历史诗学观念赖以构成的语言学基础，确定历史作品普遍具
有的诗学本质。虽然怀特没有明显表现出维特根斯坦后期对语言本身的困
惑——将语言视为一座迷宫，将游荡于这一迷宫称之为语言游戏，"你从
一边进去，知道怎么出去；当你从另一个方向来到同一个地点，却不知道

---

① ［美］海登·怀特：《元史学：十九世纪欧洲的历史想象》序言，陈新译，译林出版社
2004年版。

② ［美］艾布拉姆斯：《镜与灯——浪漫主义文论及批评传统》，郦稚牛译，北京大学出版社
1989年版，第43—44页。

怎样出去了"①，但他至少是将同一问题归结为多种而不是唯一的回答，即他的叙述行为具有强烈的反本质主义倾向。

事实上，维柯"诗意逻辑"的提出，是维柯在看到了笛卡尔的理性主义对人文主义修辞学的挑战后而极力反对理性作为知识的内在根据的产物。在维柯看来，修辞学就是叙述的科学，就是心灵建构自身知识的一种活动。这一观念非常适合怀特历史诗学观念——怀特认为史学家表现出一种本质上的诗性行为，他们预构了历史领域，并视历史领域为施展其特定理论的场所。尤其是怀特对维柯从事物的内在形式去探询具体事物所具有的普遍意义的做法中获得启发，不是将思想限定于所谓确定的事实中，而是探索心灵如何产生思想的形式。他认为将编年史中挑选出的事件编成故事会产生各种问题，而这些问题使史学家在建构其叙事的过程中必须预料到并加以回答，譬如，对"下一步发生了什么？""这是怎样造成的？""为什么事情是这样而不是那样？""最终会是怎样？"诸如此类问题的回答决定了历史学家在建构故事的过程中必须采取具有"诗意逻辑"的叙述行为。

"诗意逻辑"是与理性相对的逻辑，对于怀特主张"诗意逻辑"参与历史叙事的原因，史学家吕森作过这样的解释："他（指怀特——引者注）认为，理性是关乎思考方式的问题，他害怕理性，因为它在学术传统中压制了人们的洞察力，压制了历史思维的基本语言逻辑，即那种讲故事的叙事逻辑。"② 因此，怀特关于叙述行为"诗意逻辑"的论证和肯定中有一个与理性相对立的重要维度——想象。而正是由于想象的参与，使叙述行为本身成为多重因素组合的关系行为："由讲述者（也可以说是叙述者——引者加）、故事、情节、读者、目的组成的这样一个基本结构在大多数叙事中至少是双重的：首先是叙述者向他的读者讲故事，然后是作者向作者

---

① ［英］维特根斯坦：《哲学研究》，汤潮等译，生活·读书·新知三联书店1992年版，第110页。

② 陈新：《对历史与历史研究的思考——约恩·吕森教授访谈录》（上），《史学理论研究》2004年第3期。

的读者讲述的叙述者的讲述。结果，叙述者的讲述成了作者的整个叙事结构的组成部分，在这个意义上，一个层面上的讲述，在另一个层面上变成了被讲述的内容。"① 这种复杂的情形佐证了以修辞为核心的"新叙事理论"诞生的必要性。于是，具有"诗意逻辑"的叙述行为也必然披上了修辞的色彩。

（二）叙述时间谱系："内时性"

怀特在思考叙述话语与其指涉的"实在世界"之间存在的可能关系时切入了"叙述时间"问题，他借鉴利科的观点将叙述时间归纳为具有"内时性"特征。我们知道，叙述其实就是讲故事，而讲故事的过程涉及两个时间概念："讲"的时间、"故事"内容本身的时间。作为对历史研究的研究，怀特的历史诗学更钟情于前者，他对叙述者通过加工故事内容给读者提供文本顺序的奥秘有独到的发现——历史叙述（讲故事的过程）能再现现实，只不过这是一种向人类的意识神秘呈现、具有可理解性的现实。②

怀特所揭示的历史叙述的过程颇有现象学的色彩，为历史叙述的时间经验预设了某种形而上学的前提。用他自己的话来说，就是"历史事件可以在符号话语世界中被实际地再现，因为，这类事件自身在本质上就是符号的"，"历史事件的叙述实现了一种对过程的符号再现，根据这些过程，人类生活被赋予了符号的意义"③。这些表述虽然还不能使人瞥见怀特融文学于历史的修辞倾向，但至少可以发现怀特通过叙述时间而象征性地再现历史性体验的主张。而这正是论证历史与文学相似的逻辑前提。

怀特对利科关于文学与历史共享一种"最终指涉物"的观点表示非常赞许。根据利科的看法，即便是编年史也具有双重指涉：一方面是事件；另一种是"时间结构"④。而对历史的认识实际上是对历史文本叙述的体

---

① ［美］詹姆斯·费伦：《作为修辞的叙事：技巧、读者、伦理、意识形态》，北京大学出版社 2002 年版，第 14 页。

② White, Hayden V., The content of the form, The Johns Uniuersity Press, 1987. p171.

③ White, Hayden V., The content of the form, The Johns Uniuersity Press, 1987. p178.

④ White, Hayden V., The content of the form, The Johns Uniuersity Press, 1987. p176.

认，历史作品作为话语构成的文本，其基本结构是线形历时的结构，即它的存在是通过一定的阅读顺序而显现的。因而，有多少种叙述顺序，就有多少种时间结构，即便是被怀特视为历史记录中的"原始要素"的编年史，也会因不同记录者的不同选择和取舍而具有不同的时间结构。在这样的叙述结构中，时间是一个基本要素，是一个能体现叙述话语性质的概念。按照热奈特的观点，"时间"主要体现在三个方面，即"顺序"、"时距"和"频率"①。其中，"顺序"是关于时间倒错的问题，包括倒错的幅度以及"倒叙"和"预叙"；"时距"是关于叙述的速度问题，包括"概要"、"停顿"、"省略"、"场景"等；"频率"是关于叙事与故事间的重复关系，包括"单一频率"和"重复频率"。这些方面均涉及故事时间与叙述时间的差异，而这种差异正体现出作为叙事的历史文本的构成，也由此显示出叙述话语的性质和作用。基于这样的认识，在怀特阐释叙述时间的知识谱系中，对利科的《时间与叙事》给予了极高的评价，认为"这部著作应该称得上是我们这个世纪所创作的对文学和历史理论最重要的综合"②。

怀特认为，一般人都误以为历史事件具有与叙事话语同样的结构，而正是由于这一误解，才使历史学家有理由把故事看作是对这类事件的完整再现并将这种再现视为对它们的解释。在严格区分了故事（story）、讲故事（storytelling）和叙事性（narrativity）等概念的基础上，怀特对叙述时间给予了特别的关注，提出了"时间的困惑"——我们不能不思考我们的时间经验，而我们永远不能既理性又全面地思考它。这就意味着：对时间的反思是一种模糊的、诗意的沉思，只有诗性而非理论意义上的叙事活动才能对时间作出诗意的反应。于是，怀特很自然地建立起历史叙事与文学叙事的联系。

---

① ［英］安纳·杰弗逊、戴维·罗比：《西方文学理论概述与比较》，陈绍全译，湖南文艺出版社 1986 年版，第 83 页。

② ［美］海登·怀特：《形式的内容：叙事话语与历史再现》，董立河译，文津出版社 2005 年版，第 227—228 页。

其实，诗性叙事或文学叙事对时间的反思体现为一种虚构的时间经验，即以"内时性"为特征的"时间透视"。而这一特征不仅体现了叙述者的感知经验，也与人的阅读这一重要维度紧密相连，罗曼·英加登的这段话也许能为怀特的论述提供有力的注脚：

> 过去时间阶段（这是我们已经经验过的），以及即将来临的未来各阶段，都只是在围绕着现实的目前时刻的相对有限的范围内，在它们直观的质的确定性中显现。它们几乎总是同在它们之内发生的或将要发生的事件或过程紧密联系的，我们对这些事件和过程可以或多或少直接地感知，或仅仅是想象它们。①

怀特非常机智地借利科之口揭示了诗性叙事是怎样实现事件与人的时间经验的调解，充满意向性的历史文本如何创造了具有情节、故事连贯的生活。② 在怀特的视野中，叙述话语既具有虚构性，又具有行为性。历史具有意义，包含人类行为产生的意义；历经人类的延续，历史的意义具有连续性。与此同时，这种连续性通过叙述话语组织成过去、现在和将来而被人们体验为"历史性"。怀特通过赋予叙述时间的形而上学意义而消融了历史叙述与文学叙述的距离：历史名著的永恒魅力也在于与文学一样——由叙述形式而构成的诗化言辞相融合的内容。

虽然怀特对利科淡漠文学虚构与历史编纂界限的程度不够表示些许遗憾，但又对利科强调二者都产生有情节的故事、并具有共同的最终指涉物——人类的时间经验或时间结构受到巨大的鼓舞。他汲取利科视人类的"内时性"经验甚至在编年史这一符号样式中也获得充分表达的观念，提出编年史不仅倾诉在此一特定时间和彼一特定时间发生的事件，而且还能

---

① ［波］罗曼·英加登：《对文学的艺术作品的认识》，陈燕谷等译，中国文联出版公司 1988 年版，第 109 页。

② White，Hayden V.，The content of the form，The Johns Uniuersity Press，1987. p. 173.

向读者诉说所谓"连续"不过是对一个时间段内所经历的生活的一种组织或编排，[①] 而经过组织或编排就将故事时间转换为了叙述时间。

怀特对叙述时间的研究表明，他特别推崇能够呈现一种"人类时间性经验"的虚构性叙事，一种针对意向性文本的叙事。而且，叙述时间对意向性文本的构成具有独特的价值。时间性是"在叙事中影响语言的存在结构"，而叙事"将时间性作为其最终指涉物的语言结构"。

（三）叙述者谱系："谁在说话？"

对叙述者的认定其实就是认定"谁在说话？"，这关系到叙述话语的权力主体。怀特在对 19 世纪四位历史学家和四位历史哲学家的分析中虽然没有明确提及"叙述者"问题，但处处可以发现他既作为一位叙述者又分析其他的叙述者，他通过分析他者的话语权而展示了自己的话语权。饶有兴趣的是，怀特不撰写历史，在严格的意义上也不研究真正的历史，他论之所及不仅显示出一种伦理关怀和政治抱负，而且志在重构千疮百孔的"元史学"——仿佛他是一位立意最高、最有话语权的"叙述者"。从叙事学角度看，"叙述者"是叙事作品里讲述故事的"人"，但严格说来，已经不是一个人，而是一个文本的要素：历史故事可以由"作者"去讲，也可以由作品里的人去讲，甚至可以由非人物的角色去讲。故事的讲述可以有文本的标记，如人称、姓名、语气以及标点符号等，也可以是抹去了文本标记的话语。总之，"叙述者"是处在文本的层面，因而历史文本中的许多功能性因素，都是由叙述者生发出来的。而作为对怀特的思辨历史哲学的研究，本书除了考察怀特对其他历史学家和历史哲学家的话语进行分析的个案，也要对作为叙述者的怀特本人的话语进行论析。

按照传统的做法，分析"谁在说话？"即是分析具体话语形式的结构及其使用规则，说明叙述者是如何形成连贯一致的话语以及如何通过话语实现传递意义和意图；而在后现代视野中，话语被视为不仅能够生产知识、真理和权力，而且能建构话语主体、知识对象乃至社会现实和社会关

---

① White, Hayden V., The content of the form, The Johns Uniuersity Press, 1987. p. 176.

系。怀特既坚守传统的形式主义的原则，从历史文本中透析话语意义的生成机制，又深受福柯的影响，将话语视为决定历史的统治力量。前者是一种语言学的视角，后者是一种知识考古学的立场。

怀特曾在单列了米什莱、兰克、托克维尔和布克哈特四位历史学家大量的"19世纪史学经典"后评价道：除了被列为历史哲学家的某些人，没有哪位能够具有这"四位史学大师的权威与声望"，"只有米什莱、兰克、托克维尔和布克哈特这四位依旧充当了一种特别的历史意识的典范。他们表现的不仅是历史写作的原创性成就，还表现出一种'实在性'史学可供选择的各种模式"①。这一叙述不仅表现出怀特对四位历史学家因客观上具有历史写作的原创性成就和提供实在论史学模式的赞美之意，而且还透视出怀特的叙述话语对四位历史学家史学成就的判定权甚至是决定权。

对这一问题的分析，关系到后现代知识状况的复杂性。而对这一复杂的知识状况的认识，又会改变以上的这一结论——重新将对四位历史学家史学成就的判定权甚至是决定权让渡给叙述话语形成的规则（the rule of discursive formation）。即是说，对"谁在说话？"的回答从"作者怀特"转换为"叙述话语形成的规则"。根据福柯的观点，话语的形成有四个方面：对象的形成、陈述方式的形成、概念的形成和主题的形成，每一个方面的形成都是由许多关系构成的体系，而且，这四个形成体系之间是相互作用的，故话语的形成就是一个"由关系构成的复杂群组"②。怀特的历史诗学实际上是关于历史书写的理论，或者说是历史叙述理论，在话语分析上，可以说怀特是福柯的追随者，③ 而对话语的分析则体现了后现代理论对知识复杂性的反思。怀特说"米什莱、兰克、托克维尔和布克哈特这四位依旧充当了一种特别的历史意识的典范"，实际上是怀特根据自己创造

---

① ［美］海登·怀特：《元史学：十九世纪欧洲的历史想象》，陈新译，译林出版社2004年版，第191—192页。

② Foucault. *The Archaeology of Knowledge*. New York：Panthe on Books，1972.

③ ［美］海登·怀特：《元史学：十九世纪欧洲的历史想象》"中译本前言"，陈新译，译林出版社2004年版。

的"话语构成"这样一个知识型的组织原则所创造的"知识对象",这样一个论断的话语构成过程取决于三个要素:学科、谈论和作者。从福柯的逻辑看,这三者构成了一种机器,创造出了关于米什莱、兰克、托克维尔和布克哈特这四位历史学家"是历史意识的典范"这一真理。

三　叙述话语的修辞表现

怀特反复强调并论证一个这样的观点:史学家所使用的是基于日常经验的言说和写作,他们对于过去现象的表现以及这些现象所做的思考是"修辞性"的;尽管这种表现在史学家的著作中是隐蔽的,在历史哲学家的著作中是呈现于外的,但二者具有共同的语言学基础。怀特的比喻理论对叙述话语的修辞表现进行了明晰的阐释。总观怀特的比喻理论,其实就是一种修辞学说,一种现代的修辞学说。针对历史话语的特质,他说:"我为什么要运用比喻学(tropology)这种有关比喻(trope)的理论呢?因为叙事性的写作并不需要逻辑蕴涵其中。没有任何叙事是要体现出某种逻辑推演的融贯性的。如果有人写了一个故事,提供了可以从故事的一个片段推演出另外一个片段的规则的话,他不会是一个成功的讲故事的人。我觉得,你需要的或者是另一套逻辑,或者是一套叙事写作的逻辑,那可以从现代修辞学中找到。但我以为那是古代修辞学中所没有的。"[①]

现代修辞学具有一种明显的文学性特征或艺术化倾向,怀特将这种倾向延伸到历史学领域,建构了他的一套比喻理论,从而使修辞学成为"一套关于意义如何被创造出来、意义如何被建构出来,而非意义如何被发现的理论"[②]。从总体的思想背景而言,当代语言学对语言本质的重新认识,为当代修辞学外延的扩展开辟了广阔的道路,正如尼采所说,"语言本身

---

① 参见〔波兰〕埃娃·多曼斯卡编《邂逅:后现代主义之后的历史哲学》,彭刚译,北京大学出版社 2007 年版,第 23 页。

② 〔美〕海登·怀特、〔波兰〕埃娃·多曼斯卡:《过去是一个神奇之地——海登·怀特访谈录》,彭刚译,《学术研究》2007 年第 8 期。又见于〔波兰〕埃娃·多曼斯卡编《邂逅:后现代主义之后的历史哲学》,彭刚译,北京大学出版社 2007 年版,第 35 页。

全然是修辞艺术的产物"，"语言是修辞，因为它欲要传达的仅为意见，而不是知识"①。怀特非常赞赏维柯将修辞学视为话语的科学，同时认为"语言与它所言说的世界之间的关系是任意的。什么是恰当的言说、正确的或如实的言说，取决于谁有权力来作出判断"②。由此他进而将修辞学定义为"关于话语政治学的理论"。因此，在怀特历史诗学的视野中，修辞性叙述话语的特征具有显著而深刻的意识形态意蕴。

由于怀特历史诗学及其出场背景的复杂性，怀特没有对"文学性"的内涵进行明确的界定，他只是申明在与"修辞性"、"诗性"相等同的意义上使用"文学性"这一概念。尽管在怀特的表述中，"修辞性"或"文学性"兼具普遍主义和历史主义两种基本内涵：前者偏重于形式技巧的"非指涉性"，认为是一种本质特性；后者注重交流和施行的统治性。笔者认为，无论是哪一种意义上的修辞都具有显著而深刻的意识形态效应——如果我们把意识形态较为宽泛地理解为一种占统治地位的普遍规范的话。虽然怀特的论述所及主要是历史学领域，建构的一套修辞理论意在分析历史文本及其作者和读者，揭示意识形态要素介入历史学的种种途径，但这对文学批评具有重要的启示作用：由"文学性"话语而带来的审美效果往往使文学离开现实矛盾，形成一种区别现实意识形态的意识形态；由"文学性"或"修辞性"所引起的对"文学"的本质追问必定为文学预设了某种普遍法则；这种法则所形成的文学惯例在所有文学话语中占有统治地位。

（一）审美效果遮蔽现实矛盾

普遍主义意义上的修辞性引起对"文学"的本质追问必定为文学预设了某些普遍的法则，从而使文学彰显强烈的意识形态色彩。无论是何种"文学性"的观念都存在着程度不同、方式各异的对"文学"的本质追问：对"文学"恒定本质的界定无疑属于对其本质追问的直接应答；即便力主

---

① ［德］弗里德里希·尼采：《古修辞学描述》，屠友祥译，上海人民出版社 2001 年版，第 20 页。

② ［美］海登·怀特、［波兰］埃娃·多曼斯卡：《过去是一个神奇之地——海登·怀特访谈录》，彭刚译，《学术研究》2007 年第 8 期。

"文学"内涵的流变性、多样性和不稳定性的观念，从根本上还是存在着隐秘的本质追问，仍然在寻求流动多变的"文学性"所担当的社会功能。

"文学性"作为现代文论的一个重要概念无论具有怎样复杂性，但其核心内涵是通过富有文采的语言去表情达意①而产生强烈的审美效果。

俄国形式主义学派的罗曼·雅可布森首先提出了"文学性"这一概念之后，经历了捷克的布拉格学派结构主义文论，以及波兰的罗曼·英加登现象学文论的发展。俄国形式主义学派是从形式化的角度进入"文学性"，布拉格结构主义学派是从语义的角度切入"文学性"，罗曼·英加登现象学文论是从文学艺术作品存在方式的角度化入"文学性"。虽然他们都没有给"文学性"一个明确的定义，但都普遍专注于"文学性"的生成机制，也就是致力于科学地界定文学作品的独特性质，这种独特性质的实现就是要对日常语言进行变形和改造，语言本身一旦有了具体可感的质地，就有了特殊的审美效果，也就具有了文学性。②

可以说，以上这种"文学性"所蕴涵的审美效果，也在一定程度上疏离了现实矛盾。我们知道，文学诞生、存在的重要依据之一就是它具有现实的不可替代性，能满足人们在现实中无法实现的理想，也就是说文学与现实或历史有很大的反差，这种反差，有人称为"本体性否定"，即"文学对文化"的"穿越"，是"作家对现实中的文化材料"进行的"文学性改造"③。这种"改造"体现为对客观的现实进行有意无意的改装，当我们沉浸于文学世界中时，能强烈感受、深刻理解文学对现实的这种审美化。可以说，即便是以"真实反映现实"为旗帜的现实主义文学所反映的真实也是这种"改造的意识形态的"产物，是现实主义审美话语权的产物。曼海姆指出："在历史发展的所有阶段，人们所普遍显示的对其论敌的不信

---

① 王一川：《文学理论》，四川人民出版社 2003 年版，第 25 页。
② 参见［俄］什克洛夫斯基等《俄国形式主义文论选》，方珊等译，三联书店 1989 年版；［波］罗曼·英加登：《对文学的艺术作品的认识》，陈燕谷等译，中国文联出版公司 1988 年版。
③ 吴炫：《非文学性的文化批评》，《社会科学战线》2003 年第 2 期。

任和怀疑可被看作是意识形态观念的直接先兆。"① 在他看来,意识形态就是"乌托邦"。在一些"西方马克思主义"学者那里,意识形态更成为一种虚假的信仰和偏见,审美也成为"乌托邦"。在此,传统的较为"唯美主义"的作品可以搁置不论,我们以当前最繁荣的历史题材小说创作为例,也可以说明:即使是与现实或历史最为接近的文学,也不得不因其"文学性"体现出远离现实或历史矛盾。无论是早先姚雪垠的《李自成》,还是后来唐浩明的《曾国藩》、《张之洞》,凌力的《少年天子》、《梦断关河》,熊召政的《张居正》,这些作者尽管在史料的收集和钻研上曾得到史学家的高度评价,但是,无论他们怎样忠实于历史,历史文艺作品始终都面临着历史与艺术关系的处理、历史真实与艺术真实关系的把握等一些难题。且不说历史著作中的"历史真实"是历史学家的主体性建构,文学作品中的"历史真实"的主体建构更是由作者超人的体认能力、推想能力而显示出的审美效果。于是,我们看到,一方面是史学界对《史记》中刘邦与樊哙在范增的严密防范之下从楚营轻易脱身事实的质疑,② 另一方面又是文学读者对"鸿门宴"中楚汉相争优势劣势转换契机的军事和政治情势描写的如痴如醉。正因如此,有人指出,"曹雪芹写《红楼梦》,目的不是反映明清文化,而是通过构筑一个自己的艺术性文化世界,与现实中的明清文化形成反差"③。

而且,现代的知识谱系将文学划归为艺术,使审美特征被确立为"文学性"的题中之义。正是基于对"文学性"所蕴涵的文本丰富、复杂审美特性的认识,学界有人以否定主义思维将当今风行的文化批评划分为"文学性的批评"和"非文学性的文化批评"认为:"所有文学中的文化内容,其实都是文学性的","文学界应该讨论的问题,只是文学性的文化批评和非文学性的文化批评的关系"。"文学性的文化批评"从作品中"归纳的是

---

① 〔德〕卡尔·蔓海姆:《意识形态与乌托邦》,黎鸣等译,商务印书馆2000年版,第62页。
② 参见周健《"鸿门宴"献疑》,《语文学刊》2001年第1期。
③ 吴炫:《非文学性的文化批评》,《社会科学战线》2003年第2期。

典型的文学意象，而不是普遍的文化意象"①。"典型的文学意象"一定含蓄蕴藉、美质丰富。如果说普遍主义所主张的"文学性"指的是文学文本区别于其他文本的独特性，那么这种独特性不应该仅仅理解为文学作品的外在形态，还应该包含"文学的文化性内容"，"文学性"就存在于由作品的语言层面而指向的文学意象。

俄国形式主义者所说的文学语言对日常语言的颠覆和变形，即"陌生化"，使文学形式成为复杂而深刻的内容的凝聚物，成为"一种有意味的形式"，成为"一种有意义的结构"。马尔库塞的"美学形式"论对"文学性"以审美效果远离现实矛盾的实质进行了深刻的揭示。他认为，艺术的特质不在于内容，而在于内容变成了形式；艺术的手段不是顺世从俗地反映现实的直接性，而是形式对于既定现实内容的超越作用和疏离效果，"在审美的形式中，内容（质料）被组合、整形、调整，以致获得了一种条件，在这个条件下，'材料'或质料的那些直接的、未被把握住的力量，可以被把握住，被'秩序化'。形式就是否定，它就是对无序、狂乱、苦难的把握"②。在他看来，现实总是不尽如人意的，而艺术以其形式——由审美形式所构筑起来的艺术世界能对既成传统的经验、意识、感觉起破坏作用，这种破坏作用而达到的审美效果也就了离开了现实矛盾。文学性越强，这种疏离的力量便越大，并因此形成了一种不同于现实意识形态的"另一种意识形态"。

另一种"文学性"观念也含有审美使文学疏离现实之意。有人认为，文学的定义总是随时代而变迁，"文学性"的内涵也就处于流动多变的过程中，它在历史的演进中不断融合新的时代、社会、意识的特征并逐渐形成每一历史时期"当下的"文学观念。当下的"文学性"观念已经远远突破了文学文本的独特本性即审美性，泛指渗透到社会的一切领域、积极参与社会历史的生成发展、并成为诸多领域潜在的统治性的因素；或者认为

---

① 吴炫：《非文学性的文化批评》，《社会科学战线》2003 年第 2 期。
② ［美］马尔库塞：《审美之维》，李小兵译，三联书店 1989 年版，第 123 页。

在后现代主义的语境下，"文学性"已经从文学蔓延到文化中，成为大众文化的形象符码。由此可见，这种"文学性"观念与"文学"概念发生了严重的抵牾。也就是说，在"文化研究"的影响下，当下的"文学性"观念背离过去的"文学性"内涵而走向泛化。而正是这种泛化，使"文学性"具有了更强烈的意识形态色彩。美国学者卡勒就曾深入揭示了"文学性"对 20 世纪的理论运动显著参与和"文学性"统治的事实。正是在这样的意义上，历史话语传统上将叙事或讲故事描绘成再现的观念受到了强力挑战。海登·怀特说："叙事绝不是一个可以完全清晰的再现事件——不论是想象的还是真实的事件——的中性媒介。"① 亚里士多德早就提出，政治就是修辞，修辞的功能"不在于说服，而在于发现存在于每一事例中的说服方式"②。

乍看起来，审美效果似乎是客观的，但正如王一川所指出的，"通常人们认为是客观事物的社会现象，实际上产生于更为广阔的知识空间。那些看似自然的文化现象实际上是更为深层的社会关系的表象和符号"③。

（二）本质追问预设普遍法则

我们知道，虽然古代没有出现现代意义上的文学概念，但潜在的"文学性"倾向还是依稀可辨。随着 20 世纪西方文学研究的体制化，在回答文学有哪些本质属性时，"文学性"的内涵逐渐具体而明确，即指向审美。审美就是文学的本质属性，这不仅成为普遍主义者标榜文学独立的一面旗帜，更成为在对文学的本质追问的应答中为文学设立的一条普遍法则。但是到了 20 世纪下半叶，随着结构主义和后结构主义的兴起，"文学性"的内涵发生了深刻的变化，伴随着资本主义的政治开始泛化，于是就使"文学性"等同于装饰性，"审美性"等同于日常性。此时的"文学性"观念

---

① ［美］海登·怀特：《后现代历史叙事学》，陈永国等译，中国社会科学出版社 2003 年版，第 346 页。

② ［古希腊］亚里士多德：《修辞术·亚历山大修辞学·论诗》，颜一等译，中国人民大学出版社 2003 年版，第 7 页。

③ 周小仪：《文学性》，《外国文学》2003 年第 5 期。

不仅与"文学"概念产生了严重的背离，而且其意涵在滑动中掩盖了某种本质追问。

西方诸多学者主张，由于历史和现实中丰富多样的文本，致使文学的边界难以界定；也由于文学知识在历史性过程中的变动，"文学性"始终不可能定于一尊。伊格尔顿是这一观点的代表者，他说："一部文稿可能开始时作为历史或哲学，以后又归入文学；或开始时可能作为文学，以后却因其在考古学方面的重要性而受到重视。某些文本生来就是文学的，某些文本是后天获得文学性的，还有一些文本是将文学性强加于自己的。"① "任何认为研究文学就是一种稳定的、界定清晰的实体——就像昆虫学研究昆虫一样——的想法，都是可以当作妄想来加以摈弃的"，文学是"某一时期，因某些原因，而为某些人所形成的一种'结构'。……它表示任何被某些人、在特定环境中、根据特定标准、按特定的目的来评价的东西。"② 尽管伊格尔顿的主张充满极强的历史性，让人感到"文学性"只不过是一种漂浮的所指，但是我们同样能看到他寻求和回应"文学"本质追问的努力，"文学理论的关键问题是什么？为什么要为它大费脑筋？"③ 文学性"话语本身没有确切的所指，这不是说它不体现什么主张：它是一个能指的网络，能够包容所有的意思、对象和实践。某些作品被看作比其他作品更服从这种话语，因而被挑选出来，这些作品于是被称作文学或'文学准则'"④。

由以上可以看出，即便认为"文学性"是具体的、变化的观念也为文学预设了基本的法则。伊格尔顿一方面认为没有永恒的"文学性"，另一方

---

① ［英］特里·伊格尔顿：《文学原理引论》，中国艺术研究院马克思主义文艺理论研究所、外国文艺理论研究资料丛书编辑委员会编，文化艺术出版社 1987 年版，第 11 页。

② ［英］特里·伊格尔顿：《文学原理引论》，中国艺术研究院马克思主义文艺理论研究所、外国文艺理论研究资料丛书编辑委员会编，文化艺术出版社 1987 年版，第 13—14 页。

③ ［英］特里·伊格尔顿：《文学原理引论》，中国艺术研究院马克思主义文艺理论研究所、外国文艺理论研究资料丛书编辑委员会编，文化艺术出版社 1987 年版，第 228 页。

④ ［英］特里·伊格尔顿：《文学原理引论》，中国艺术研究院马克思主义文艺理论研究所、外国文艺理论研究资料丛书编辑委员会编，文化艺术出版社 1987 年版，第 336 页。

面又反对将"文学理论的界线扩展到失去特殊性的地步",他非常注重文学话语所产生的效果以及这些效果产生的方式,实则揭示了"文学性"的意识形态效果。正是以这一研究对象为基础,他的文学理论才"同政治制度有着一种非常特殊的关系",才"有意或无意地帮助维持这个制度并加强它的各种理论主张"①。

对"文学"的本质追问所预设的普遍法则不仅来自于现代的知识生产,而且产生于对这种知识生产的合法性危机的认定与人的自我意识相联系而产生的一种悖论性处境:一方面,在现代化或工业化的过程中,工具与理性的工具性功能日益加强,使知识分子对科学、理性、知识、真理产生了严重的信仰危机。后现代主义视一切为游戏,在他们看来,整个世界不再是稳定的、有序的、渐进的,相反,世界充满了各种各样的不平衡、不稳定、无序性与非连续性,因此,不能用不变的逻辑、规则和普遍规律去解释世界,而应该用开放的、灵活的、多元的游戏规则代替普遍的规律。于是,即使以追求真理为己任的科学和哲学也不过是形形色色的语言游戏罢了。利奥塔尔说,"社会关系的问题,作为问题是一种语言游戏,它是提问的语言游戏"②。而这种提问的语言游戏体现了显著的意识形态特征,因为"只有在发生迅速而深刻变化的知识界,那些过去被认为是固定的观点和价值才真正受到彻底地批判。只有在这种情况下,人才可能有足够的敏锐去发现所有思维中的意识形态成分"③;另一方面,人在观念活动中设立一种诗学精神并赋予文学及其他活动,将"文学性"视为人生在世的一种精神状态,人总是具有强烈的自我意识,因为"我们可以从神话和宗教中获得这样一个启示:人类文化不是某种被给予的或不证自明的东西,而是一种有待诠释的奇迹。然而,唯有当人类不仅对这种问题

---

① 〔英〕特里·伊格尔顿:《文学原理引论》,中国艺术研究院马克思主义文艺理论研究所、外国文艺理论研究资料丛书编辑委员会编,文化艺术出版社 1987 年版,第 230 页。

② 〔法〕让-弗朗索瓦·利奥塔尔:《后现代状态》,车槿山译,三联书店 1997 年版,第 33 页。

③ 〔德〕卡尔·蔓海姆:《意识形态与乌托邦》,黎鸣等译,商务印书馆 2000 年版,第 86 页。

的提出感到必要和合理时，而且还进一步创立出能解答这种问题的可靠而独特的'方法'时，这种启示才会导向更深邃的自我意识"①。人在这种自我意识的驱动下，不可避免地会去追寻带有普遍性或永恒性的"文学性"定义。

（三）文学惯例彰显统治地位

由"文学性"观念所凝聚的文学惯例在构成文学经典的过程中具有统治地位。虽然文学经典产生的条件是综合性的，但是，作家的个性化创造程度是决定性的因素。学界有人将"艺术性"视为"对现实的本体性否定的程度"而将此观点加以具体化，可以得出这样的结论："文学性"可以分为"形象"、"个象"、"独象"三个层次，文学作品达到"独象"层次即具有最高的创造程度、最具有"文学性"——作品独特的艺术结构使"情节"、"故事"、"人物"传达出独特的意味、意绪，这样的作品才为经典。②由此可以推断，人们对经典的界定是由"文学性"所形成的文学惯例来决定的。

问题在于，"文学性"——作品独特的艺术结构使"情节"、"故事"、"人物"传达出独特的意味、意绪是一涵盖了艺术审美、精神意蕴乃至历史、现实品格的概念，使得文学经典成为特定历史时空与文化语境的特定产物。尤其是当"文学性"与现代性紧密结合在一起而形成的文学惯例来决定文学经典时，其多维度的意义空间一定会赋予文学经典特定的内涵。我们很容易将审美特质看成是"文学性"的主要维度，但审美并非空中楼阁，它有自身内在积淀的因素，也有与外在现实相联系的内容，其中很重要的一点就是阐释学所强调的，从客观上讲，伟大的作品都包含着巨大的阐释空间，从主观上讲依赖于对经典的审美特质的不断阐释。曹雪芹的《红楼梦》、莎士比亚的《哈姆雷特》之所以被称之为经典，就是它们一方

---

① ［德］恩斯特·卡西尔：《人文科学的逻辑》，沉晖等译，中国人民大学出版社 2004 年版，第 38 页。

② 吴炫：《艺术性：对现实的本体性否定的程度》，《文艺研究》2000 年第 6 期。

面具有被人们不断挖掘的永恒的价值，同时又离不开一代又一代的人对它们的不断阐释。因此，就产生了一代一代的"红学"，出现了"说不尽的莎士比亚"。而阐释也并不仅仅围绕以审美特质为维度的"文学性"来进行，譬如对《诗经》等的阐释，正如西方学者所指出的，"由于这些诗歌已为儒家经典同化吸收，所以对它们的阐释是一种道德说教的方式"①。正是因为阐释，使"文学性"也形成了灵活多变的"惯例"。史忠义曾在概括了西方学者关于"文学性"的形式主义、功用主义、结构主义、文学本体论、文学叙述的文化环境等五种定义之后提出，"'文学性'是人类在长期的认识过程中逐渐形成的一个比较笼统、广泛、似可体会而又难以言传的概念"，认为"这种定义应该是宏观的、开放性的定义"，"文学性存在于话语从表达、叙述、描写、意象、象征、结构、功能以及审美处理等方面的普遍升华之中"②。在笔者看来，这种开放性的定义实际上显示出了文学作为灵活多变的惯例之深意。于是，我们看到，在中国社会近 100 年来的政治、经济、思想、文化等方面发生剧烈变革时，总是在进行大规模的"价值重估"，进行文学经典的重建。

由此可见，虽然"文学性"存在于具体的、具有很高价值的文本之中，文学经典是这种文本的代表，但是"经典化产生在一个累积形成的模式里，包括了文本、它的阅读、读者、文学史、批评、出版手段（例如，书籍销量，图书馆使用等）、政治等等"③。经典的累积导致了美学的概括、标准化的方案及文本归类。一方面，"文学性"的历史性观念沿着经典而演进，另一方面，经典又是在特定的综合语境中形成。这就决定了即使似乎超越外在政治与文化、由文学惯例所决定的文学经典以及由此所构成的

---

① ［荷］佛克马、蚁布斯：《文学研究与文化参与》，俞国强译，北京大学出版社 1996 年版，第 46 页。

② 史忠义：《"文学性"定义之我见》，《中国比较文学》2000 年第 3 期。

③ ［加拿大］斯蒂文·托托西：《文学研究的合法化》，马瑞奇译，北京大学出版社 1997 年版，第 44 页。

文学史，也具有不同程度的意识形态效应。①

　　"文学性"观念决定文学惯例的形成还深刻地体现为，譬如一个文学文本的作者之名，作为外在于文本的信息，不可能不唤起具有一定文学阅读经验的读者对文学类型、文体和视角的期待。作者不仅仅是文本和版权的所有者，而且也是特殊的社会—文化角色，依据这种角色读者予以分类、评论。对于一个具有相当文学修养的读者，一个著名作家的名字就像是个产生文学、文化联想的仓库，无论这种联想是发端于作者的其他作品还是来自于新闻和媒体制造的形象，只要认定是一位作家或一位诗人，那么读者就会根据"文学性"观念所形成的惯例来判断这个人所创作的是文学并且是诗歌或小说而不是其他，于是就显而易见地认定他所创作的文本主要具有"文学性"而不是其他特性。因此，文学经典"被动地被建构起来"，是批评家进行"价值判断"之后"精选"出来的"一些著名作品"，它"很有价值、用于教育，而且起到了为文学批评提供参照系的作用"②。在此，笔者认为，当今的文化研究学派认为文学经典不是普遍的艺术价值的体现，对任何经典的界定、阐释都是一个"权力"问题③的观点已经远离了文学经典所具有的"文学性"的观念。无论文学经典从客观上具有怎样的阐释空间和后人从主观上如何阐释，作品本身所客观存在的"文学性"等因素所形成的文学惯例参与了文学经典的建构过程，本书所坚持的是，由"文学性"观念所决定的文学惯例隐含着规则、标准、批评者的反应等等诸多建构文学经典的深层因素，使文学经典被挑选出来作为普遍观念和超历史价值的代表，具有或隐或显的意识形态意义。譬如大家很清楚地知道《红楼梦》、《水浒传》在20世纪50—70年代被确立为经典，是出于政

---

　　① 黄子平等在《文学评论》1985年第5期发表的《论二十世纪中国文学》一文中，曾概括了过去以意识形态为主线的文学史观和新时期以来以现代化、现代性为主线的文学史观为基础而建构文学史的两种方式。笔者认为，以超越外在政治与文化和文学经典为基础而构成的文学史比以上述两种方式而建构的文学史具有更隐蔽、更深刻的意识形态意义。
　　② ［荷］佛克马、蚁布斯：《文学研究与文化参与》，俞国强译，北京大学出版社1996年版，第50页。
　　③ 陶东风：《文学经典与文化权力》（上），《中国比较文学》2004年第3期。

治的原因，但是对今天《红楼梦》、《水浒传》成为人们心目中经典的原因，很少从它们所具有的审美、情感特质等形成的文学惯例的角度去发掘其意义，而这应该是"文学性"更深层的意识形态内蕴。

由"文学性"观念所形成的文学惯例不仅建构了文学经典，而且在文学史的构成中具有实质性的力量。汪晖说："思想、观念和命题不仅是某种语境的产物，它们也是历史变化或历史语境的构成性力量。"① 佛克马、蚁布斯曾以文学经典统治整个中世纪的教育为例来说明文学经典在文学史以至整个社会历史中的作用，虽然他揭示了这种作用与路易十四王权的关系，但他们又客观地指出："只有放弃进行意识形态控制的目的，文学经典才能获得解放。"② 也就是说，他们还是从骨子里认定文学经典应然的"文学性"内涵。检视诸多作者站在各种立场撰写的古今中外的文学史，不难发现"文学性"观念所形成的文学惯例对文学史的构成作用。尽管今天文学经典化过程一定程度上被意识形态所左右，但是，文学经典所蕴涵的"文学性"即审美特质是毋庸置疑的。而陶东风所说的"必然与文化权力乃至其他权力形式相关，同时也与权力斗争及其背后的各种特定的利益相牵连"③ 的文学经典（埃文—佐哈尔称之为"动态经典"④）就不仅具有构成文学史的力量，而且也有构成社会历史的重要作用，其意识形态效应更加强烈。我们知道，文学文本是文学史的主要构成要素之一，而文学文本的内涵经常是在"作者死了"的基点上被阐释的结晶，克罗齐的"一切历史都是当代史"的名言中就含有客观的历史就是被主观解释而成的历史之意，詹姆逊更以大量的篇幅论证对文学文本进行阐释甚至是政治阐释的优越性，认为从政治阐释的角度而言文学就是一种"社会的象征行为"，

---

① 汪晖：《现代中国思想的兴起》（上卷，第一部）之"前言"，生活·读书·新知三联书店2004年版。
② ［荷］佛克马、蚁布斯：《文学研究与文化参与》，俞国强译，北京大学出版社1996年版，第49页。
③ 陶东风：《文学经典与文化权力》（上），《中国比较文学》2004年第3期。
④ 转引自查明建《文化操纵与利用：意识形态与翻译文学经典的建构》，《中国比较文学》2004年第2期。

并且申言政治阐释方法"不把政治视角当作某种补充方法，不将其作为当下流行的其他阐释方法——精神分析的或神话批评的、文体的、伦理的、结构的方法——的选择性辅助，而是作为一切阅读和一切阐释的绝对视域"①。只要我们考察从"文学性"—文学惯例—文学经典的完整流程，就能发现这一流程对文学和文学史的统治还是相当牢固和明显的。

当今的文学理论受到了文化研究的强力挑战，主要是由于在西方学术范式的影响下文学的"文学性"内涵发生了变化而导致的，这是文学理论研究范围或界限的拓展。针对学界有人提出后现代文学终结与文学性蔓延的观点，本书在赞成"文学性"的蔓延而不太同意文学终结的基点上透析"文学性"的意识形态效应，是为了揭示后现代语境下文学越来越"狡黠"的功能，克服文学因"文学性"渗透到其他领域和其他学科而产生的"影响的焦虑"。我们大可不必担忧文学的终结，既然"文学性"已经渗透到各学科各领域，既然"文学性"的意识形态效应是如此显要，那么，挖掘广泛而深刻的"文学性"现象应该成为当今文学理论的重要任务，特别是对"文学性"的意识形态效应的认识，有助于我们在今天合理摆放文学的位置，正确看待文学的价值，适时规范文论研究的向度。

第二节　散文话语的隐喻性

散文话语的隐喻性是怀特将"历史"与"诗学"相结合无法绕开的话题。怀特历史诗学中的这一问题涉及到如下三个层面的意义：历史中的叙述话语是一种散文话语，这种散文话语具有隐喻性，隐喻具有与"转义"相同的内涵。

从第一个层面看，怀特在《元史学：十九世纪欧洲的历史想象》这一

---

① 王逢振主编：《批评理论与叙事阐释》，中国人民大学出版社 2004 年版，第 143 页。

研究语言学转向的标志性著作的"序言"中指出,"我将历史作品视为叙事性散文话语形式中的一种言辞结构"。这一申明清楚表明了怀特将历史话语视为散文话语的立场;从第二个层面而言,怀特在这部著作的"中译本前言"中提出:史学家对历史的言说和写作是"文学性的",即"诗性的"和"修辞性的",并且"修辞性语言能够用来为不再能感知到的对象创造出意象",赋予这些意象某种"实在"的氛围,"修辞之间的话语性联系……通常意义上是隐喻性的关系";从第三个层面上看,怀特视隐喻具有与"转义"相同的内涵,不仅源于词源学意义上的考证,而且显示出历史思辨的精神。笔者认为,怀特的独特之处就在于揭示了历史作品中散文话语的隐喻性——将隐喻引入历史哲学,使"历史"与"诗学"两个本来相互排斥的概念融合成统一的历史诗学。在他整体的历史诗学中,隐喻不仅成为一个修辞概念,还体现为一种诗性精神。

一　诗学技巧:令历史产生意义

诗学技巧无疑包括很多方面,但怀特特别重视作为修辞意义上的隐喻这一诗学技巧,"修辞性的语言(figurative language),是那种言在此而意在彼的语言"[①]。在怀特看来,历史文本中的散文话语即使包含了错误信息并可能存在有损其论证的逻辑矛盾,但由于其诗学技巧,它也能令历史产生意义。

隐喻产生意义的机制研究成为历史诗学研究的题中之义。这一意义产生机制既是一个历史学的问题,也是一个文艺学、心理学的问题。亚里士多德早在《诗学》和《修辞学》中多次论及隐喻的构成方式和修辞功能,他认为语言按其形态表现可分为逻辑的、修辞的和诗的三类:能够正确达意的语言样式是逻辑语言;艺术上过分夸张和语言上诡辩而具有"说服"功能的是修辞语言;诗的语言极大地依赖隐喻,隐喻因歧义丛生而具有不

---

① 〔美〕特伦斯·霍克斯:《论隐喻》,高丙中译,昆仑出版社1992年版,第2—3页。

确定的指称表意功能。那么，为什么要使用指称不明确的隐喻呢？亚里士多德认为人们使用隐喻的动机是学习中的愉悦和展示自己博学的欲望，而西塞罗则认为因为隐喻是比较高雅的修辞手段，使用隐喻可以使人发现自己的创新能力，还有人认为使用隐喻是为了语言上的节约。总之，大都承认，恰当使用隐喻是一门艺术。怀特深知，存在着的历史是无法还原的，历史研究者对历史的研究不可避免与历史真实产生或大或小的疏离，只能通过诠释挖掘历史的意义，而历史的意义需要通过一定的诗学技巧才能得以呈现和产生。何况，"善于使用隐喻字表示有天才，因为要想出一个好的隐喻字，须能看出事物的相似之点"①。

隐喻令历史产生意义的机制是非常隐蔽而复杂的，这种隐蔽性和复杂性特别适宜于怀特对历史意义的揭示。笔者认为，这种隐蔽性和复杂性体现在：不确定的指称表意功能能消解存在着的历史与叙述的历史的差异；非指涉性或内指性的散文话语能展示极其丰富的历史画卷；非确定的意义取向能因显示其智慧的文学性而集中人们的审美注意力。

首先，隐喻不确定的指称表意功能通过消解存在着的历史与叙述的历史的差异，使历史的意义得到彰显。

从人类迄今为止所经历过的一切都可称之为历史这一层意义而言，历史与历史事实的概念相重叠，即它们都是一种客观存在，亦即存在论或本体论意义上的历史。这种意义上的历史，是已经发生过的事件或过程，永远消逝在过去的时空中，具有绝对的一维性，不可回溯，不可还原。而人所把握到的"历史"其实是对过去事物的记录和认识，而过去仅仅以某种实物、资料或记忆等非现实且不完整的形式存在，因此，有人在将历史分为"历史1"（存在着的历史）、"历史2（意识形态化的历史)"、"历史3"（叙述的历史）的基础上认为"历史1"等同于"历史3"，即认为"历史1

---

① ［古希腊］亚里士多德：《诗学》，罗念生译，见《诗学·诗艺》，罗念生、杨周翰译，人民文学出版社1988年版，第81页。

以历史 3 的形式重新在场"①; 也有人将当代西方历史学与哲学互动背景下的历史区分为"本体的历史"、"认识的历史"、"语言的历史"②。历史本身的真实性受到普遍的质疑, 种种分析表明, 客观主义历史学所坚守的通过尽可能详尽搜集史料、客观展现历史事件之间的因果关系来达到重现历史真相的做法只是一个美好的梦想。基于此, 怀特在《元史学: 十九世纪欧洲的历史想象》中将兰克所坚持的客观主义史学观称为"作为喜剧的历史实在论"。在分析兰克的历史观时, 怀特认为兰克"使用了一种天体系统的隐喻来描述欧洲历史过程的结果":

> 这众多独立的、世俗精神的社会受道德精神的召唤而产生, 不可抗拒地成长起来, 在世界一切的骚动中朝着理想前进, 它们各自都有自己的轨迹! 看吧! 看这些天体, 它们自己的轨道、相互的引力和自己的体系!③

怀特对这段话的评论颇具意味: 他说, 兰克"关于太阳系的想象有利于暗示这个体系中的连续性运动。在兰克自己的时代, 历史并没有被想象成走向终结, 但是, 历史运动现在是有秩序地受规则支配。它是一种在获得的诸关系体系范围内的运动, 而这一体系本身不再被认为是变化的"④。在此, 我们清晰地看到, 为了描述欧洲的历史过程, 兰克以"天体"替代人类社会整个系统中的各元素, 是用一个隐喻性的表达替代了一个与其对应的"本义表达", 这样就发生了转义, 即一个词从它的本义转换到一个非本义的、形象的意义上去, 使一个概念无意义的名称变得生动易懂。本来"天体"与社会各元素之间没有任何的相似性, "天体"具有不确定的

---

① 谭学纯:《历史与修辞相遇》,《光明日报》2005 年 10 月 12 日。
② 韩震主编:《20 世纪西方历史哲学》, 北京师范大学出版社 2003 年版, 第 2—12 页。
③ 转引自 [美] 海登·怀特《元史学: 十九世纪欧洲的历史想象》, 陈新译, 译林出版社 2004 年版, 第 230 页。
④ [美] 海登·怀特:《元史学: 十九世纪欧洲的历史想象》, 陈新译, 译林出版社 2004 年版, 第 230 页。

指称表意功能，而正是这种不确定的指称表意功能才创造了一种相似性，麦克斯·布莱克认为，"隐喻创造而非标识固有的相似性"①，相似性显示出隐喻的亲和力，产生将听众、读者引入相似语境的共鸣效果。

深究起来，隐喻的亲和力来自隐喻发送者与接受者的共谋。泰勒·柯亨详细剖析过这种共谋的具体步骤：

a. 隐喻的作者通过隐喻向读者发出一种隐含的邀请；

b. 隐喻读者付出额外的努力以接受这一邀请；

c. 这一发送—接受过程最终形成对某种群体形式（community）的认可。②

可以说，怀特对兰克历史观的分析实际上是对隐喻的分析。对于不熟悉欧洲历史发展过程或情形的读者而言，"众多独立的、世俗精神的社会""不可抗拒地成长起来"，"在世界一切的骚动中朝着理想前进"，"它们各自都有自己的轨迹"等等，还是一种相当隔膜的表达。为了更清晰描述法国大革命之前欧洲社会各种力量通过冲突与协调寻找到各自恰当的位置、从而构成了较稳定的社会体系的情形，怀特认为，即便兰克的历史实在论抵制浪漫主义的冲动，但他的客观性、批判原则照样不可避免地使"历史领域被元史学式地构想成一组冲突，它们必须以和谐的结局结束，而在这种结局中，'自然'最终将由那样稳定的'社会'代替"③。在怀特的视野中，兰克对欧洲历史隐喻似的描述就是一种历史想象。

在此，笔者认为很有必要通过比较美国和德国历史思想中的兰克形象的不同，来研判怀特对历史想象、历史隐喻极力推崇立场的作用。一般说

① Max Black. "*Metaphor*". *Models and Metaphors*. New York：The Cornell University Press. 1962. 37.

② Ted Cohen. "*Metaphor and the Cultivation of Intimacy*", *On metaphor*. Chicago：University of Chicago Press, 1978. 6.

③ ［美］海登·怀特：《元史学：十九世纪欧洲的历史想象》，陈新译，译林出版社 2004 年版，第 228 页。

来，兰克作为实在论历史学和20世纪历史主义的重要思想鼻祖，作为"如实直书"这条金科玉律的制定者，在学界获得了广泛的认同。但据伊格尔斯披露，"兰克起了两种完全相反的作用：在美国，他只是部分地被人理解，却被当作是一种本质上是实证主义路线的思想鼻祖；在德国，他却被当作是新唯心主义历史学家的一种灵感的源泉，新唯心主义历史学家是反对西欧历史学家所提倡的理性主义和实证主义的历史研究的"①。其中，怀特一方面作为美国人，将兰克划归为实在论之列；另一方面却又揭示与兰克所属学派不相符合的历史隐喻性。由此，我们可以得出这样的判断：在怀特的视野中，无论是实证主义历史学派还是新唯心主义历史学派，都摆脱不了对历史的想象。

而随着进一步的研究，怀特发现兰克的历史想象力首先具体体现为隐喻及其产生的亲和力。本文认为，这种亲和力从根本上来源于隐喻发送者与接受者互动的双方的相似但是又有的差别。这里，隐喻具有深刻的心理学基础，休谟的这段话能为隐喻亲和力的形成机制做最好的注脚：

> 自然在一切人之间保持了一种很大的类似关系；我们在别人方面所观察到的任何情感或原则，我们也都可以在某种程度上在自身发现与之平行的情感或原则。在心灵的结构方面是这种情况，在身体的结构方面也是这种情况。各个部分的形状或大小虽然有很大差异，而其结构和组织一般都是相同的。各个部分虽然千差万别，而其间仍然保存着一种很显著的类似关系；这种类似关系，对于我们体会别人的情绪而欣然立即加以接受，一定大有帮助。因此，我们发现，如果在我们各人天性的一般类似关系以外，我们在举动，性格，国籍，语言方面还有任何特殊的类似，这种类似便促进了同情。我们与任何对象的关系越是强固，想像就越容易由此及彼进行推移，而将我们形成自我

---

① ［美］格奥尔格·伊格尔斯：《二十世纪的历史学——从科学的客观性到后现代的挑战》，何兆武译，山东大学出版社2006年版，第155—156页。

观念时经常带有的那种想像的活泼性传到相关的观念上去。①

不难看出，休谟所表述的这种同情现象包含了一种以己度他、化异为同的过程。当然，同情的前提是比较。同样根据休谟的观点，"所谓比较，就是我们是依着各种对象的比例来变化自己对各个对象的判断。我们判断对象，多半是通过比较，很少依据其本身的价值；当任何东西与同一类中较高级的东西对比起来时，我们就把那种东西看作低劣的。但是任何一种比较都没有以我们自己为中心所作的比较更为明显，因此，在一切场合下，这种比较都在发生，并且与我们的绝大多数情感混杂起来"②。也就是说，通过比较，兰克与我们接受者之间形成了不同经验世界中的"天体"与人类社会整个系统中的各元素之间的对等关系，"天体"这一隐喻不确定的指称表意性消解了真实存在着的欧洲历史与用"天体"这一隐喻来叙述的欧洲历史之间的差异，用怀特的话来说就是，兰克"根据事件的特殊性所做的准确描述得出的不是一幅混乱的图景，而是一种形式一致性的想像，……这最初是他们在叙事性散文中想要获得的"③。在他看来，不仅历史的意义是想像的结晶，而且唯有通过想像才能重建历史。

其次，作为诗学技巧的隐喻，其非指涉性或内指性的散文话语能展示极其丰富的历史画卷。

怀特的《元史学：十九世纪欧洲的历史想象》等著作作为对历史学家历史书写行为的解剖之作，对作为诗学技巧的隐喻的非指涉性或内指性散文话语进行了深刻的剖析。针对伏尔泰"史学家的语言必须像指导他探索过去之真实的理性那样严格，因此，它在表现其面前的世界时应是精确的，而不是修辞性的"④ 的建议，怀特大不以为然，他专门选取伏尔泰的

---

① ［英］休谟：《人性论》下卷，关文运译，商务印书馆 1980 年版，第 354 页。
② ［英］休谟：《人性论》下卷，关文运译，商务印书馆 1980 年版，第 636 页。
③ ［美］海登·怀特：《元史学：十九世纪欧洲的历史想象》，陈新译，译林出版社 2004 年版，第 259 页。
④ ［美］海登·怀特：《元史学：十九世纪欧洲的历史想象》，陈新译，译林出版社 2004 年版，第 70 页。

《亨利亚德》这一被大家视为不太适合表现历史事件的、充满修辞性话语的史诗来说明各种文类都有表现历史的条件和可能，他寓庄于谐地设想：也许伏尔泰认为查理十二世是表现一部悲剧性历史主题的最合适人选，但当他思考这位君主的生平事迹后最后能写出的作品也只是一种散文式的"嘲讽性史诗"。正因如此，有人说，他的《元史学：十九世纪欧洲的历史想象》是"把历史编纂转变成文学了"①。

怀特"把历史编纂转变成文学"的更明显的标志在于，他认为历史话语具有文学性。具体而言之，是作为诗学技巧的历史隐喻的散文话语具有内指性。文学话语的内指性自不待言，我们知道，就文学活动而言，人们面对两个世界：一个是现实世界，一个是艺术世界。艺术世界的逻辑不同于现实世界的逻辑，文学话语不同于普通话语。普通话语指向符号以外的现实世界，具有外指性，它符合现实生活的逻辑，经得起现实生活的检验；而文学话语则指向文学作品中的艺术世界，指向文本中特定的内在语境，不必符合外在现实生活的逻辑，因而具有内指性。叙述历史的散文话语是为描绘过去而特别建构的复杂语言结构，这种语言并不是我们通过它可以看清过去的透明、被动的工具，不是像我们透过压在信笺之上的玻璃镇纸去看上面写的是什么一样。因此，叙述历史的散文话语在本质上是隐喻的或转义的。于是，怀特的转义理论"在文学与历史之间无疑获得了和睦状态：在这两个领域中，比喻语言的使用都是常见的"②。作为隐喻的散文话语的内指性显示出描绘历史的巨大优势。

隐喻能最大限度表述历史真实。当然，这涉及对历史真实的理解。

历史不同于当下的事实，当下的事实具有历史事实所不具备的在场的性质，就如德里达说："在场的历史是关闭的，因为'历史'从来要说的

---

① 转引自［荷］F. R. 安克施密特《历史与转义：隐喻的兴衰》，韩震译，文津出版社 2005 年版，第 10 页。

② ［荷］F. R. 安克施密特：《历史与转义：隐喻的兴衰》，韩震译，文津出版社 2005 年版，第 10 页。

只是‘存在的呈现’作为知识和控制的在场之中的在者的产生和聚集。"①
纯客观的历史事实是历史的"物自体"，纯客观的"物自体"是超验的形
而上学存在，"只有现在是被经历的。过去和将来是视界，是从现在出发
的视界。人们是根据现在来建立过去和投射将来的。一切都归于现在。历
史之难写，正在于它与我们的现在有关，与我们现在看问题的方式以及投
射将来的方式有关，只有一个时间，那就是现在"②。"现在"才是真实，
但"现在"无法永恒，"现在"所代表的历史真实就像地平线一样横在人
类认知的视野尽头，不断被人类超越而又永远无法企及。所谓历史真相在
某种意义上不过是思维主体隐喻的产物罢了。因此，历史无非是对历史的
记忆，而历史记忆是经过人们重构的东西。帕斯卡尔因认为事物的真相无
穷而主张："就让我们别去追求什么确实性和固定性吧。"③ 康德也认为人
类无法也无需了解"物自体"，因为作为历史真实的"物自体"只能作为
已逝过去的现象而存在，人的认知仅仅对这种现象具有"客观的实在
性"④。面对"不在场"的历史，内含隐喻的散文话语能从不同角度、最大
限度地重描历史，赋予历史以意义。对此，怀特具有清醒的认识，"历史
学家赋予资料以意义，使陌生的变成熟悉的，使神秘的过去变得可以理解
的"⑤。当代法国学者弗朗索瓦·于连曾指出："隐喻的距离以一种隐—显
的方式说明它所引述的现实，而又不去定义或表现它，也就是说不是从同
一性的角度观察它：它显示的是事物的内涵，而不是本质（使存在与显现
相对立的本质）。"⑥符号学理论认为，不同的能指能分割出不同的所指对
象，隐喻具有特殊的机动"指涉值"，它能打破"意义"与"表达"之间

---

①　[法] 德里达：《声音与现象》，杜小真译，商务印书馆 1999 年版，第 131 页

②　[法] 让-克罗德·高概：《话语符号学》，王东亮编译，北京大学出版社 1997 年版，第
7 页。

③　[法] 帕斯卡尔：《思想者》，何兆武译，商务印书馆 1985 年版，第 33 页。

④　[德] 康德：《纯粹理性批判》，蓝公武译，商务印书馆 1960 年版，第 235—236 页。

⑤　Hayden White，Tropics of Discourse，Essays in Cultural Criticism，Baltimore：The Johns
Hopkins University Press，1978，p. 94.

⑥　[法] 弗朗索瓦·于连：《迂回与进入》，杜小真译，三联书店 1998 年版，第 366 页。

约定俗成的划分，它能指涉新的所指。至于如此的原因，怀特一针见血地指出，因为"我们的话语总是有从我们的数据溜向意识结构的倾向，我们正是用这些意识结构来捕捉数据的"①。用现象学的观念表达为：历史是一种意向性客体，历史的意义只有借助于转义或隐喻才能显现。

怀特对隐喻能最大限度表述历史真实的运作机制有独到的看法。在考证"转义"与"隐喻"同义的基础上，他认为，"转义（trope）偏离了语言字面意义的约定俗成的或'规范'的用法，背离了习俗和逻辑所认可的表达方式（locution）。转义通过变体从所期待的'规范'表达，通过它们在概念之间确立的联想而生成比喻或思想"②。他"随便"列举了"论述第三帝国的一部历史选集"中的一段话来证明无处不在的转义，来说明即使叙述者自身予以否认但也无法摆脱、普遍存在的"对在表面上作为简单的描写和分析的事件在深层或比喻的层面上进行循序渐进的编码"：

> 魏玛的立法议会创造的共和国在理论上持续了 14 年，从 1919 到 1933 年。它的实际寿命要短些。它的头四年被消耗在四年战争之后的政治和经济混乱之中；最后三年是一种以立法为遮掩的临时专制，因此，在共和国被公开推翻之前很久就将其简约为一个赝品。只有六年的时间，德国过着一种表面上民主、表面上和平的生活；但在许多外国观察家眼里，这六年似乎是正常的，是"真正的"德国，其以前的数个世纪和后续十年的德国历史都是由此的偏离。对这六年来说，除了德国性格的美之外，还可能找到更深刻的原因。③

怀特对这一"随便"选取泰勒的历史文本的精细解读表现出他浓厚的

① ［美］海登·怀特：《后现代历史叙事学》，陈永国等译，中国社会科学出版社 2003 年版，第 1 页。

② ［美］海登·怀特：《后现代历史叙事学》，陈永国等译，中国社会科学出版社 2003 年版，第 1—2 页。

③ ［美］海登·怀特：《后现代历史叙事学》，陈永国等译，中国社会科学出版社 2003 年版，第 110 页。

"文学"和"措辞"的兴趣，他认为这段话所用的主要动词如"创造"、"消耗"、"简约"和"推翻"本身都是用来描写文学虚构原型的词汇，而且"事实和比喻描写的综合创造了一个客体——话语的真实指涉物——的意象，它与表面的指涉物即德国完全不是一回事。这个隐在的指涉物是由比喻的修辞技巧构成的"①。他从中分离出了这段话所传达的事实信息和衍生内涵。

事实信息为：

共和国是由魏玛的立法议会创造的；它持续了 14 年，从 1919 年到 1933 年；它的头四年标志着政治和经济混乱；在后三年里，它由独裁统治。

根据事实的其他陈述阐释而得到的信息为：

共和国在"理论上"持续了 14 年，而"实际上"要短得多；独裁专制是以立法为半掩盖的；独裁专制在被"公开"推翻之前已经把共和国"简约"为一个赝品；德国只过了六年"表面上民主、表面上和平"的生活。

暗示的信息为：

对一些幼稚的"外国观察家"稍加掩饰的影射和诋毁，暗示所论的六年德国走向堕落可能具有更深层的原因，而非"德国性格之美"。

或许任何读者还可以进一步挖掘出更多的内涵，但无可否认的是，怀特的解读不仅极其精彩，而且符合大多数人的解读习惯和结论。这说明，语言与现实的关系、语言的能指与所指的关系是极其复杂微妙的关系，这种关系绝不是一种简单的认识关系，安克施密特以"我爱玫瑰"的隐喻特征为例对这种关系进行了深刻的阐述，隐喻"要求我们从习得的与玫瑰相联系的任何事物的观点去看我们所喜爱的东西。不过，玫瑰并不是以认识论的纽带或规则与所喜爱的东西相联系；以非常相同的方式，历史叙述将

---

① ［美］海登·怀特：《后现代历史叙事学》，陈永国等译，中国社会科学出版社 2003 年版，第 111 页。

羞辱把历史学家的语言与过去是什么联系起来的所有认识论的努力"①。一旦主体与对象之间超越了认识与被认识的关系,那么人类的思维就敞开了隐喻义与本义相互转化的大门。由此,我们似乎可以说,维特根斯坦的语言哲学观由前期的图像论转向后期的语言游戏论显得审时度势和合情合理,甚至可以说,语言游戏是语言在遵守中违反规则的辩证运动,并且按照新陈代谢的规律产生意义。

再有,非确定的意义取向能因显示其智慧的文学性而集中人们的审美注意力,从而淡化对历史真实的心理把握。

怀特虽然对自己将历史作品视为叙事性散文话语形式中的一种言辞结构的原因未能进行明确而具体的解释和说明,但他始终是在揭示历史学家预构历史时的诗意本性并对历史学家的这种智慧表示赞赏。可以说,历史学家预构历史的诗意本性在具体的层面上体现为通过隐喻的非确定性意义显示出文学性智慧,从而吸引人们的审美注意力、淡化对历史真实的心理把握。霍克斯认为:"隐喻传统上被看成是最基本的形象化的语言形式","而形象化的语言通过一种约定——在字面上与一物相联系的词语可以被转向另一物——故意介入语言的字面使用系统。这一介入采取转换或'由此及彼'的形式,以便赢得一种崭新的、扩展的、'特殊的'或更准确的意义。"② 事实上,现代的文学批评、语言学和人类学消解了人的自然与"自然"之间、思想与"事物"之间、语言与"现实"世界之间的人为障碍。根据英国文艺理论家、文学批评中"语义"学派创始人瑞恰兹的观点,所有"意义"无一例外都是相对的,"意义"不是一种稳态的或"固定的"性质,而是词或词组在使用中获得的一种性质。正是基于这样的逻辑,怀特将历史话语分为两个意义层面:一层是事实与其形式解释或阐释而获得的字面意义;另一层为用于描写这些事实的隐喻所指向的深层意义。

---

① 〔荷〕F. R. 安克施密特:《历史与转义:隐喻的兴衰》,韩震译,文津出版社 2005 年版,第 79 页。

② 〔美〕特伦斯·霍克斯:《论隐喻》,高丙中译,昆仑出版社 1992 年版,第 2—3 页。

描写事实的隐喻所指向的深层意义具有多义性甚至歧义性，这一观点成为后现代语境中学术思想的主旨。怀特明确地将隐喻当作一种工具来分析历史话语的不同层面，如本体论和认识论层面、伦理和意识形态层面、美学和形式层面，以此又区分事实和虚构、描述和叙事化、文本和情境、意识形态和科学。事实上，进行这种区分的结果是怀特以一种更激进的语言学立场解构语言的本义，否定话语是否忠实于事实这一评价散文话语之有效性的常规技巧。他说，话语一词有"前后"运动或"往返"运动之意，"话语实践告诉我们，这种运动既是辩证的，同时又是前逻辑的或反逻辑的。作为反逻辑，其目的是要对一个特定经验领域的概念化加以解构，因为这个经验领域已经硬化成一个本质（hypostasis），阻碍着新的认知，并出于形式化的考虑否认在特定生活领域中，我们的意志和情感告诉我们不应该是的东西。作为前逻辑，其目的是要标识出一个经验领域，以供后来由逻辑导引的思想进行分析"①。可以看出，怀特所张扬的话语的前逻辑或反逻辑实际上是反对指称论的意义阐释方式。人类固然可以通过现有经验以及由此来的逻辑、规律改造现实，但人类在面对全新的、超越现有经验之外的现实时，已有的逻辑就失去了指导效力，这时隐喻修辞就会终止逻辑程序而产生各种各样的指涉偏离。

各种各样的指涉偏离会使叙述话语显现出文学性特征，于是，历史话语与文学话语在怀特的视野中渐趋融合。这不仅从历史与文学的会通中窥出后现代语境下学科相互开放的普遍趋势，还造就了怀特历史诗学对文艺理论最重要的贡献和启示。

在近代以来传统的观念中，文学话语与日常话语、哲学话语、政治话语、科学话语等的区别在于文学话语具有较大的弹性，即具有话语蕴藉属性。而在人类历史的早期阶段，无论是中国还是西方的学术思想都是在文史哲的大一统中来论述话语的特征并共同认定其修辞性的。我国古典诗学

---

① ［美］海登·怀特：《后现代历史叙事学》，陈永国等译，中国社会科学出版社2003年版，第5页。

中有诸多论者大都对"文章"有意义含蓄有余、蓄积深厚的诉求，如刘勰在《文心雕龙·定势》中说，"综意浅切者，类乏酝藉"，明确将"酝藉"作为文本艺术成就的重要标志；在《文心雕龙·隐秀》中又提出了"文外之重旨"和"以复意为工"的要求，强调"深文隐蔚，余味曲包"，认为意义深刻的文章显得文采斐然，丰富的意义曲折地包蕴其中。这种话语体现为或含蓄或含混，蕴涵多重复杂意义。对文学话语与其他话语相区别的这种看法随着近代以来的知识分类和学科规制的严密细化日益占有主导地位。我们姑且不论知识分类和学科规制所带来文学话语与其他话语明显区别的论调是否正当，但当今的文学话语渗透进其他学科的事实是我们绝不能忽视的。美国学者卡勒在《理论的文学性成分》一文中深刻揭示了文学性已经渗透到各个学科和各个领域的种种现象，譬如，史书成为故事讲述，哲学、人类学以及种种理论热衷于文学的那种具体性和生动性。因此，卡勒认为，文学性不再被视为文学的专有属性而是人文社会科学的共有属性，"文学可能失去了其作为特殊研究对象的中心地位，但文学这种模式已获得了胜利；所有的人文学术理论和人文社会科学都具有文学性"[①]。虽然卡勒如是论述的是其他所有学科与文学的关系，但我们有理由认为：怀特有关历史与文学相关联的论证对卡勒直陈所有学科与文学的联系具有以一斑窥全豹的启示作用。

各种各样的指涉偏离使叙述话语呈现出文学话语的特征。文学话语像艺术家一样常常遗世独立甚至放浪形骸，它不必合乎语言通则，可以违背常理，如鲁迅的《秋夜》中写道："在我的后院有两株树，一株是枣树，还有一株也是枣树。"在日常语言中，只需说我的后院有两株枣树即可，但鲁迅却用了一个有违常理的句式，将他的一种极为孤独的心情传达得极为感人。怀特剖析了类似这种话语意义的生成机制："话语，……将从根本上向句法的中间位置这一观念本身提出挑战。它把一切句法规则置于疑

---

① Jonatham Culler，*"The Literary of Theory，in What's Left of Theory"*，ed. Judith Butler，John Guillory & Kendall Thomas，New York & London：Boutledge，2000，p. 289，p. 290.

问之中，包括原本控制其自身构成的那些规则。恰恰由于其自身充足性的困境或讽刺意味，话语才不可能只由逻辑控制。因为它总是从逻辑的掌控中溜出来，不断地质疑逻辑是否能充分捕捉到其主题的本质"①。历史文本作为一种意向性客体，文学话语式的叙述话语对历史显示的是具有陈述性的外观，其意义来自于采取"陌生化"的言说方式对生活世界的陈述，利科认为，隐喻是对语义的不断更新活动，因此而产生指涉的偏离、形成多重话语、组成集合式的世界表象。因此，怀特认为，19 世纪的欧洲历史不过是史学大师们的一种言辞结构。

二　诗性精神：使实在充满象征

在怀特的历史诗学中，隐喻性的散文叙述话语不仅作为诗学技巧，还体现为一种诗性精神。隐喻性散文叙述话语所内含的诗性精神使作为"实在"的历史充满象征，从而赋予了历史以存在的形态。

怀特曾在《元史学：十九世纪欧洲的历史想象》的"中译本前言"中非常坦率地说："我一直感兴趣的问题是，修辞性语言如何能够用来为不再能感知到的对象创造出意象，赋予它们某种'实在'的氛围，并以这种方式使它们易于受特定史学家为分析它们而选择的解释和阐释技巧的影响。"② 在《元史学：十九世纪欧洲的历史想象》出版五年以后，他又写了一篇《历史与修辞》的论文，其中说到："当一篇历史著作将种种事件作为需要解释的资料时，作为对事件的诠释，该历史著作的优势主要取决于修辞因素"；而且，"一篇历史著作之所以被读者接受为对过去'真正发生的'事情的'真实的'或'客观的'记载也主要归功于该著作的修辞方式"③。

---

① ［美］海登·怀特：《后现代历史叙事学》，陈永国等译，中国社会科学出版社 2003 年版，第 6 页。

② ［美］海登·怀特：《元史学：十九世纪欧洲的历史想象》，陈新译，译林出版社 2004 年版，第 5 页。

③ *Hayden White and Frank Manuel*，*Theories of History*，William Clark Mamorial，Library，University of California，Los Angeles，1978. 3.

他的历史与修辞相联系的观点受到了来自多方面激烈的批评，有些言辞甚至极为尖利，将他的"元史学"视为"玄史学"，视他的这种理论为"魔术"。本人认为，也许怀特的历史与修辞相关联的观念给历史学带来了巨大的麻烦，但却能赋予转型时期的文艺学以充分的自信。

怀特所说的"修辞方式"其实不仅是具有隐喻性的叙述话语对历史的书写方式，也是历史写作者不得不为了赋予"实在的历史"以象征意义而显示出的一种思维方式与诗性精神。有人曾对隐喻的诗性精神作了这样的形容和概括：

> 隐喻不仅是一种诗的特性，不仅是语言的特性，它本身是人类本质特性的体现。是人类世界符号化即文化的创造过程。隐喻不仅是诗的根基，也是人类活动的根基。隐喻不仅是语言的构成方式，也是我们全部文化的基本构成方式。正像隐喻总是超出自身而指向另外的东西，它使人类也超出自身而趋赴更高的存在。语言的隐喻功能在语言中创造出超乎语言的东西，隐喻思维使人类在思维中能思那超越思维的存在。隐喻思维使得人类把存在的东西看作喻体去意指那不存在的或无形的喻义。一切存在的，只是一象征，一切无形者，在这里完成。它诱使人类在一切事物中去寻找另一事物，诱使个体去寻找另一个我，诱使人类去寻找神。在生命中寻找高于生命的东西，在死亡中寻找高于死亡的东西。隐喻使生命的意义成为动人的悬念而被人类精神所渴念、期待和追索着。凭借隐喻之特性，我们在对生命世界的亲近中保持着作为生命之奇异和美好奥秘的遥远感。①

由此可见，隐喻的诗性精神是体现人类诗性智慧的一种基本存在方式。如前所述，怀特特别强调历史书写中的意识形态。其实，强调历史书写中的意识形态就是认为历史叙事是对历史事件的解释，是根据意识形态

---

① 耿占春：《隐喻》，东方出版社 1993 年版，第 5—6 页。

的含义进行的解释，是用隐喻性的叙述话语穿透文本的解释，是一种通往隐蔽的真实、诗性的和想像的真实的解释。本书认为，这是怀特对隐喻性叙述话语诗性精神认可的重要标志。虽然伴随对现代费边策略的否定，怀特认为历史与文学相仿，视历史为艺术，这多少有点离经叛道。但历史与文学同样具有符号的特征，都要借助于语言再现过去，这是不争的事实。当然，怀特认为历史和文学同样属于艺术，但并不意味着他承认历史与文学遵循完全相同的求证规则和叙述方法。

诚然，文学建立在一种假定虚构的前提之上，但文学又必须遵循某种真实——这种真实可能是表面意义上的，也可能是心灵意义上的。无论传统的现实主义，还是现代主义，直至法国新小说，都在强调某种意义上的真实，一种虚构基础之上的真实。亨利·詹姆斯指出："小说家只能把自己当作历史学家、把自己的叙述当作历史，除此之外真难以想象他还能把自己当作什么。只有作为一位历史学家，他才有最起码的确认地位，而作为虚构事件的叙述者，他就毫无地位；为了使他的企图得到某种逻辑的支持，他就必须叙述那些假定是真实的历史事件。这种假定充斥着最严肃地讲述故事的人们的作品，同时也激励着他们的创作。"① 希利斯·米勒对此补充说："一部自称是小说的小说，不是化为一片云烟就是堕入深不可测的深渊，就像一个人丧失了自己的立足点、自己的基础和自己确认的地位。'最严肃地讲故事的人'的实质在于，他必须有'某个地方'也就是一个假定的历史真实性来作为背景或场景。只有在这样的语境下，才能使特定叙事的故事具有连续性，才能使人们对叙事者所讲故事的阐释具有完整性。"② 这意味着，文学所承载的历史是两方面的：作为历史文献的文本以及作为历史编纂的文本（当然是在虚构的前提下）。而历史则是建立在一种假定真实的前提之上，这个前提就是史实。事实上，怀特曾明确

---

① 转引自［美］希利斯·米勒《重申解构主义》，中国社会科学出版社 1998 年版，第 39 页。

② 转引自［美］希利斯·米勒《重申解构主义》，中国社会科学出版社 1998 年版，第 39—40 页。

指出："历史故事的内容是真实事件，真正发生过的事件，而不是想象的事件，不是叙述者发明的事件。"① 尽管史实本身已经受到某种质疑，但包括怀特在内的所有人也无法消解其存在——和所有社会科学一样，没有前提假设也就没有历史学，正如没有模型就没有社会学、经济学，没有一种先验的认定就没有宗教学、神学、哲学，没有一种对真理和正义的终极追求就没有法学一样。这样，作为虚构的历史是一种建立在真实（史实）之上的建构（编纂、认知、解释）；作为真实的文学则有两重概念：作为真实的一部分（史实）以及建立在虚构之上的真实，即外部的真实和内部的真实。

当然，无论是历史还是文学，再现过去存在很大的言意矛盾和困难，尼采曾说，哲学家具有某种"根深蒂固的认识意志"，他们总是不顾一切地刺向认识对象的深处并渴望更为精确地言说对象。② 然而，这一目标经常必须通过隐喻来实现。尽管人是衡量万物的尺度，但人对对象的认识永远无法突破人自身认识能力的局限，因此，人的认识不过是人类自身的某种隐喻罢了。

具体而言，怀特对隐喻性叙述话语的诗性精神的揭示包括：在心灵中建构起与历史的微妙联系，使历史书写者保持着与历史事实的一体感；通过具体、形象的东西去象征、暗示、呈现抽象的的东西，从而使思想、情感具有相对的普适性，用超现实、情意性的逻辑来组构观念世界，增强人对历史的感知程度。

在心灵建构起与历史的微妙联系，使历史书写者保持着与历史事实的一体感，从而使"实在"的历史充满象征，历史存在的形态得以彰显。这是怀特对隐喻性叙述话语的诗性精神极其深刻而又非常委婉的一种认同。从怀特对列维-斯特劳斯结构人类学的分析和评价中，我们能明显感受这一

---

① ［美］海登·怀特：《后现代历史叙事学》，陈永国等译，中国社会科学出版社 2003 年版，第 126 页。

② Friedrich Nitzsche. *The Genealogy of Morals*. London: George Allen & Unwin. Ltd. 1923. 3.

观点的深度。人类学的观点表明，隐喻在人的心灵中所建立的与外物的微妙关系，使人与自然保持的一体感为人类早期神话、宗教的产生提供了必要的心理支持，也为人类在理性时代崇尚质朴、向往自然提供了强大的动力。面对 19 世纪职业化的历史学家都力求使历史学成为科学的努力，怀特将批判的锋芒指向历史学科学化的梦想，提出 19 世纪欧洲的历史不过是历史学家们想象的产物，这本身就是人类的隐喻。何况，在怀特对列维-斯特劳斯结构人类学的解读中，更含有对被修辞所包含的隐喻性叙述话语的透彻分析。他说，"提出历史话语的修辞问题就等于提出在像历史修撰这样的研究领域中描述和分析的性质问题"，"在历史领域，如在我们可能会分析的任何发生领域一样，在那个领域的特定叙述所传达的信息量与我们对这个信息量的那种理解之间存在着一个悖论关系"①。在怀特看来，历史修撰中的描述和分析绝不是科学的描述和分析，列维-斯特劳斯的"历史场"本身就是客观信息与主观理解的二元组合，并显现为二者此消彼长的悖论形式：从某一特定历史场域所找到的信息越多，所能提供的理解就越少；反之，声称提供的理解越多，所得到的信息就越少。其实，这一悖论形式的生成机制就是主体心灵建构的与历史的微妙联系。列维-斯特劳斯神话研究的观点特别吻合怀特的历史研究的研究，列维-斯特劳斯说："在一部神话里，一切都可能发生；看来前后相继的事件并不遵循任何逻辑的或者连续性的规则；任何主语后头都可以跟着任何一个谓词；任何能够设想到的关系都可能实现。"② 这表明，列维-斯特劳斯不仅是将神话在概念意义上等同于想像，而且将"'历史'等同于经验、思维模式和现代西方文明特有的实践"③。在这点上，怀特与列维-斯特劳斯达到了一种"视界融合"：列维-斯特劳斯所断定的历史的连贯性就是神话的连贯性，怀特认为列维-

---

① ［美］海登·怀特：《后现代历史叙事学》，陈永国等译，中国社会科学出版社 2003 年版，第 103 页。

② ［法］克罗德·列维-斯特劳斯：《结构人类学》（上），张祖建译，中国人民大学出版社 2006 年版，第 222 页。

③ ［美］海登·怀特：《后现代历史叙事学》，陈永国等译，中国社会科学出版社 2003 年版，第 104 页。

斯特劳斯的神话连贯性是应用叙事性策略的结果，是人的心灵与历史真实微妙关系的体现，是一种想像性建构，是"种种意象从那个作为支配它们的力量的自我的自己内部产生出来"①。在这样一种状态下，历史书写者与历史事实保持着相融相合的关系，就像达到文学创作中"物我同一"的关系一样，历史在历史书写者的视野中获得了存在的形态。因此，隐喻性叙述话语实现了人的感觉与外部世界全面而顺畅的沟通，在这种沟通中，人体验、感知着世界，与世界进行着信息交流。

通过具体、形象的东西去象征、暗示、呈现抽象的、不可捉摸的、变幻的东西，从而使思想、情感具有相对的普适性，这是隐喻性叙述话语独特的优势，对于理性时代历史的叙述尤为重要。

列维-斯特劳斯认为，历史永远不仅是谁的历史，而总是为谁的历史；不仅是某一特定意识形态目标的历史，而且是为某一特定社会群体或公众而书写的历史。基于对这一情形的认同，怀特认为历史话语绝不是事件的镜像，他不仅主张要对历史话语进行修辞分析，而且滔滔不绝地指出"谁也逃脱不了比喻语言的决定性力量"，"修辞比喻是历史学家个性风格的精髓"，"对特定历史话语中比喻成分的研究使我能够描述其工具的、实用的和意动的维度"，"修辞比喻理论能使我们追溯历史学家以看似原创的、纯客观的描述对发生场所做的编码，但事实上却是对发生场的预设"，"特定历史话语的'意义'线索就包含在描写场的修辞中"。② 纵观怀特的论述，我们可以发现他的一个统一的惊人之论：不仅一切历史叙述都是"艺术的"，即修辞的，而且对这一现象的揭示同样需要一种明显的修辞方式。

这不仅显示出隐喻性叙述话语的复杂性，更证明了人类思维的复杂性。怀特认为，历史话语因为是隐喻性叙述话语，所以是意识形态的产物。这一观点得到了巴尔特的强烈呼应，"在'客观性'的历史中，'现

---

① ［德］黑格尔：《精神哲学——哲学全书·第三部分》，杨祖陶译，人民出版社 2006 年版，第 271 页。

② ［美］海登·怀特：《后现代历史叙事学》，陈永国等译，中国社会科学出版社 2003 年版，第 108 页。

实'始终是藏身于表面上万能的所指物背后的、未加表述的意义。这种情况说明了我们可以称作'现实效果'（reality effect）的东西。从'客观性的'话语中删除意义，只不过又产生一种新的意义；我们再次断言：系统中一个成分的不存在正与它的存在同样是有意义的"①。巴尔特在此表面上似乎是体现了历史文本中"空白"的意识形态意义，其实，我们更应该将此理解为是由于隐喻性叙述话语所潜藏的诗性精神而产生的这一效果，是一种隐喻思维渗透其中而对实在的历史所进行的象征。

德国哲学家恩斯特·卡西尔将人类认识的起点追溯到神话和语言，认为一切语言结构中都拥有神话的因素，语言思维中渗透了神话思维。由于隐喻性叙述话语本身的多义性，大多在接受这种话语、思考这种话语背后的东西时具有当然的灵活性，从而产生新的思想。隐喻性叙述话语的具象思维方式符合人们的感性思维要求，可以说，越是隐晦而具象的东西，越是以其独特的魅力吸引人们的思考；用超现实、情意性的逻辑来组构观念世界，增强了人对历史的感知程度。

---

① ［法］罗兰·巴尔特：《符号学原理——结构主义文学理论文选》，李幼蒸译，生活·读书·新知三联书店 1988 年版，第 61 页。

第 二 章

解释话语的主体间性

如前所述，对怀特来说，历史是历史学家解释历史资料和历史遗存的产物。如果按照怀特的观点，叙述话语是意识形态的制作形式，历史学家是以客观性和学术性为招牌来掩饰自己的意识形态倾向和文学性质的文学家，那么，历史学家为了使过去得到现在人们的理解，他一定要使用隐喻性的语言来解释，也就是说，对历史的解释性效果正来自于具有个人独到风格的隐喻性描写。而这种隐喻性描写的基础是与历史进行平等的对话，实现人与历史的充分沟通。因此，历史学家的解释话语具有解释主体与历史主体（或历史本体）之间的交流性，即主体间性。

第一节　历史理解的多样性

一般说来，历史理解与历史解释紧密相连。但在深刻的意义上，历史理解所针对的是意义性，历史解释所涉及的是因果性。历史解释是主体对客体的客观认识，而历史理解可视为是人的自我认识。法国学者马鲁说：

"从认识理论的角度来看，历史理解就是理解另一个人，这看起来极像在现在的日常经历中去理解其他人，这样，历史理解就进入了更为一般的人际认识范畴（包括自我认识）。"① 因而历史理解具有主体间性。随着认识论向语言论的转向，对历史的解释话语也实现了从主体性到主体间性的转向。这一转向是在历史学究竟应该是科学还是艺术的争论中倾向于后者的情况下发生的，在包括怀特在内的理论家的推动下，历史研究不再被视为一种寻找历史真相也无法寻找真相的工作，在他们看来，与其说书写历史是寻找真相，不如说是追求语言的修辞效果，在历史中不存在真相和事实，只有关于真相和事实的语言表达形式，真实性、客观性不过是为了掩盖西方中心主义等意识形态偏见的托词和借口。虽然这一颇有反本质主义意味的观点也许会为历史研究带来巨大的困惑，但是，他们主张不同的语言表达形式显现为对历史的不同理解，历史理解呈现出多样化的特征，无疑也丰富了人类的智慧。

一　历史理解的语言性

对历史的理解是通过语言进行的。怀特说："在西方，历史话语受到在过去中发现形式的欲望驱使，通过留给我们的杂乱的遗存，我们知道过去曾经存在，但它现在呈现的只是遗迹、碎片和混乱。我们想要知道，关于过去的生活形式，这些混乱的遗存能够告诉我们什么，但是，为了从中抽取一些可理解的信息，我们必须先给这些遗存强加某些秩序、提供某些形式、赋予某种模型、确立它们的连贯性，以作为现今已分裂的整体各部分的标示。形式、模型、连贯性都是某种实体在场的标识，这种实体存在于器物或文献记录在未经处理的情形下第一眼展示给我们的杂乱外表之中、之后或之上。"② 也就是说，有了语言才会有历史资料，才能形成过去

---

① ［法］保罗·利科：《法国史学对史学理论的贡献》，王建华译，上海社会科学院出版社1992年版，第44页。

② ［美］H. 怀特：《西方历史编纂的形而上学》，陈新译，《世界哲学》2004年第4期。

不同事件的连贯性；只有依靠语言也才能显现未来，体现人们对未来的前瞻性。怀特之所以说"过去是一个神奇之地"①，其实就是说，"过去"是一个已经不复存在之地，是一个无法感知之地，是一个不能对其进行经验性研究之地，是一个只能用语言理解进而进行描述之地。怀特对历史的这一番深刻理解颇有解释学和现象学的意味。

历史理解的语言性问题，实际上是历史的存在方式问题。

以历史的存在方式而言，怀特的历史书写理论将历史视为一永远处于流动过程中、未完成的文本，历史永远处于人与历史的交流之中。从观念形态而言，历史是人对过去发生的事实的理解，历史事实已然成为过去，不同的人、不同时期的人对历史会有不同的理解。在怀特的反本质主义视野中，"上帝"不复存在，"本质"烟消云散，历史不再是独立在场的存在，而是人们对过去发生的事情或过程的反思后的认识或理解，就像有学者所指出的，"历史真相因其超验性而被搁置，我们所拥有的只是关于真相的话语或文本"②。

对"关于真相的话语或文本"的建构，怀特提出了情节化解释、形式论证式解释、意识形态蕴涵式解释等一套历史著述理论。这一套历史著述理论当然既包含怀特对诸多历史学家历史著述的理解，也含有怀特对诸多历史学家对历史事实的理解的理解。这些理解体现为语言对语言的理解，具有"语言性"特征和深刻的心理因素。正因如此，狄尔泰将理解直接与体验联系在一起，试图站在内省的立场上，直接从生命最原始的核心——体验寻找精神科学的基础。狄尔泰认为："自然原本是不可理解的。之所以如此，根本不是由于某种偶然的原因，而是由于意识之光只能从外部触及自然。自然看来只是精神的万有借喻，亦即精神的象征性图像。"③ 狄尔

---

① ［美］海登·怀特、埃娃·多曼斯卡：《过去是一个神奇之地——海登·怀特访谈录》，彭刚译，《学术研究》2007 年第 8 期。

② 韩震、孟鸣岐：《历史哲学：关于历史性概念的哲学阐释》，云南人民出版社 2002 年版，第 130—131 页。

③ ［德］威廉·狄尔泰：《体验与诗》，胡其鼎译，生活·读书·新知三联书店 2003 年版，第 252 页。

泰的意思是，精神科学的真正认识论基础是体验，生命的整体内在地对社会和历史进行体验，达到的理解就是通过对体验的再现而认识和把握生命，人类具有"同类性"，可以通过再现相同的情感、意志、目标、价值取向的过程而进行体验，进而达到理解。狄尔泰所讲的理解不仅包括对语言和符号的理解，也含有对意义和内涵的领会、对人心灵的影响和精神的升华。事实上，怀特的历史著述理论的表述体现了对其他历史学家的历史著述感同身受的理解，譬如他揭示历史学家对历史的意识形态蕴涵的解释模式时说到，"构成讽刺式叙事的语调或语气具有特定的意识形态蕴涵。如果语气表现出乐观，其意识形态蕴涵就是'自由主义的'；若语气显得安于现状，则是'保守主义的'。例如，布克哈特以为历史领域是诸多单个实体的'构造'，这些实体仅仅是通过作为同一领域之成分，以及它们若干表现的光辉而联系在一起"①。这种理解虽然不包含心理过程重演的体验，却是怀特对布克哈特的历史文本进行体验后内容的再现。这不仅是怀特对布克哈特历史文本的理解，怀特的逻辑同时也意味着：对布克哈特历史文本有多少种不同的体验就有多少种不同的再现。历史的存在方式由此可窥见一斑。

怀特的历史即文本建构的理论基点决定了他不可避免地含有将历史的存在方式归结为一种加达默尔式的"效果历史"之意。诚然，怀特的历史书写理论中最引人注目的观点是历史叙述与文学叙述共同具有虚构性和想象性特征，但只要我们稍加分析就能发现，怀特所说的具有虚构性和想象性的历史叙述无疑成为历史资料、作者甚至包括读者之间合力构筑的"效果历史"。

怀特的历史诗学中蕴藏着极其深刻的意向性观念。历史是在人的意向中生成，历史是一种意向性客体。怀特对史学家在一种不协调的氛围中创造出在读者看来是一致和融贯的历史图景的过程作过这样的解释：历史学

---

① ［美］海登·怀特：《后现代历史叙事学》，陈永国译，中国社会科学出版社2003年版，第37页。

家在解释历史材料之前，要先将历史理解、想象成某种精神感知体，而要说明这个感知体，又必须将该领域的现象区分成若干类要素，这时就意味着历史学家要设定这些要素之间的关系，这些要素相互之间的关系产生的矛盾纠葛正是其后进行的情节化和形式论证要加以解释的内容，在解释中产生历史的意义。在此，虽然怀特所说的"解释"是指历史学家对历史材料的解释，但加达默尔这句话对怀特的观点具有同样适用性，他说："真正的历史对象根本就不是对象，而是自己与他者的统一体，或一种关系，在这种关系中同时存在着历史的实在以及历史理解的实在。"[1] 历史的意义是由历史书写者与历史材料共同生成的。对同一历史事实，每一位历史书写者都是从自己当下的视阈，从现在出发理解既往；所有对既往的理解都是立足于现在对既往的理解，受到自己"先见"的影响；既往也通过历史书写者现在的理解而被发现甚至发明。以理解为中介，历史书写者与历史材料之间建立起了对话关系，加达默尔说，"能被理解的存在就是语言"[2]。历史书写者的解释话语是历史书写者与历史材料的遇合点，历史书写者以解释话语的方式与历史材料融合，历史也通过解释话语向我们呈现出来。

怀特对上述这种"效果历史"进行了精彩的阐释："真正的解释存在于讲述故事的过程中，该故事必须细节准确、意义无误。但是，细节准确往往与故事意义的真实性混淆在了一起。"[3] 而"讲述故事"的过程是沉浸于内的过程，是不可避免的移情的过程。这里我们理解了包括怀特在内的历史叙述主义者为什么要将其中心任务和逻辑起点确定为描述历史文本与世界历史之间关系的原因了。实际上，对这二者关系的回答，怀特认为因历史内在于语言之中致使历史文本与世界历史之间的关系不可能得到确定。因此，他确定历史分析的理论策略是以文学叙事文本为参照论证史学叙述的相似性，怀特指出："到底世界是真实的或只是想象的，这无关紧

---

① ［德］伽达默尔：《真理与方法》，洪汉鼎译，上海译文出版社 1999 年版，第 149—150 页。
② ［德］伽达默尔：《真理与方法》，洪汉鼎译，上海译文出版社 1999 年版，序言第 13 页。
③ ［美］海登·怀特：《元史学：十九世纪欧洲的历史想象》，陈新译，译林出版社 2004 年版，第 193 页。

要；理解它的方式是相同的。"① 就是说，如果按照怀特的观点，将理解历史的方式等同于文学的方式，那就将理解历史的活动等同于文学活动。而文学活动是真正的谈话，是作者与世界的谈话，这种谈话是平等的交谈，就如海德格尔的"听——说"关系、伽达默尔的"问——答"关系、巴赫金的"对话"关系。对历史的理解如果被视为文学的方式，那么，其话语就等同于文学性的话语。如前所述，文学性话语具有内指性，其所指并不指称、至少不完全指称外在世界，它本身就是独立的世界；它消解逻辑语法，创造非逻辑语法，消除能指与所指的分离，变单纯的能指规则为意象的自由运动，达到能指与所指的同一。它不再是冷冰冰的能指，不是借以透视实在的镜像，也不是外在世界的符号表现，而是有生命的符号。从这里我们可以推测怀特所说的讲述故事时的细节准确与故事意义的真实性相融合的缘由了：由于倾向历史叙事与文学叙事共有的虚构性，因此，解释历史材料的话语就成为文学性话语，这种话语发展到一定程度会摆脱理智的控制，产生一定程度的审美幻象，这种话语所表现的世界不一定是现实的表象，不一定是理智的世界，而是自我与世界都一定程度地迷失于其中的审美幻象，是超越性的世界。由此实现了解释话语的自我与世界的主体间性。

二 历史理解的有效性

历史理解的有效性是历史理解的多样性的前提，也就是说，如果失去了理解的有效性，历史理解的多样性就无法得到合理的保障。对此，怀特的历史诗学将历史叙述等同于文学叙述，其中含有使历史理解的有效性为历史理解的多样性立法的命意。

从历史学实践、历史理论、历史哲学的发展来看，没有一种理论对历史的理解具有绝对的权威性和有效性。不同的历史研究者甚至是同一历史

---

① ［美］海登·怀特：《后现代历史叙事学》，陈永国译，中国社会科学出版社 2003 年版，第 190 页。

研究者在不同的时段对同一历史材料存在多种理解的可能性，即便如此，这并不表明历史理解的有效性不能得到保障。正是基于这一认识，怀特的历史著述理论通过论证历史叙事与文学叙事的相似来保证多样的历史理解均具有有效性的可能。如果说怀特的历史诗学意在建立历史与文学的联系，那么我们认为寻找多样化的历史理解的有效性、合法性是实现二者联系的具体途径之一。

可以说，多样化的历史理解在本质上是存在着有效性、合法性的。众所周知，怀特提出的历史叙述理论不仅把叙述看成是实现历史阐释进而彰显历史意义的方式，而且将叙述当作对历史材料、历史论题进行成功理解的话语模式。在他的视野中，承认历史等同于历史叙述本身就意味着无法为历史真相、历史真相的可证实性留有余地，这就不可避免地会陷入一种"叙事"难题。于是，他主张将 19 世纪历史学家的文本当作文学文本或文学的仿制品。而这一结论的得出从根本上来源于对历史题材的理解，怀特曾非常明确地指出："人文社会科学中的一些规范应满足于对所论题材的理解而不是渴求对它们的解释，历史研究领域可以被看作是这些规范的一个范例。"[①] 我们认为这句话意味深长：如果怀特所说的历史学的规范是指历史研究从 18 世纪的业余活动转化为 19 世纪的科学活动，那么，这种科学活动所指向的规范是以放弃修辞学和文学效果以获取历史真相为鹄的的。但是，依照怀特的看法，即便否定了语言包括科学语言的修辞维度，"对所论题材的理解"还会产生新的、不同类型的修辞因素和文学性特征。怀特坚持认为，客观的历史只能通过主观的方式尤其是文学想象的方式才得以理解，历史理解的有效性就存在于历史的客观性与理解的主观性的统一之中。这种看法得到了詹明信的认同："历史本身在任何意义上不是一个本文，也不是主导本文或主导叙事，但我们只能了解以本文形式或叙事模式体现出来的历史，换句话说，我们只能通过预先的本文或叙事建构才

---

① ［美］海登·怀特：《形式的内容：叙事话语与历史再现》，董立河译，文津出版社 2005 年版，第 84 页。

能接触历史。"① 由此，我们可以看出，怀特是在这样两个层面上为历史理解的有效性进行辩护的：一是历史理解中不可或缺的文学性；二是历史理解中无法回避的主观性。

而且，在怀特批判历史研究变成一门科学的诉求中，同样可以发现他对多样化历史理解有效性的维护。一般说来，在传统的意识形态内，真实、客观地描述历史的文本往往成为权威的文本，对怀特来讲，没有权威，就没有政治，也就没有理解，能够成为权威的历史文本往往就是成功地抑制或提升了诉诸政治权威冲动的那种历史文本。怀特指出："阐释、叙述和理解之间的联系为将历史研究看作一种特殊的规范以及为抵制把历史研究转变成一门科学的要求（实证主义者和马克思主义者提出的）提供了理论依据。"② 可以看出，怀特认为那些主张或希望历史研究成为科学的动机中含有明显的意识形态因素，因为正是将历史研究视为一种特殊的规范，才使历史研究确立的表面忠实于事实的抱负显得讳莫如深——对政治权威的冲动要么抑制要么升华，于是，历史研究就成为应政治之需而产生的所谓"科学"。怀特对这一动机的揭示一针见血，使历史研究的意识形态性昭然若揭："一般说来，提出历史研究应该转变为一门科学的要求是为了倡导一种被认为是进步的政治——就实证主义者来说是自由主义的，就马克思主义者来说是激进主义的。相反，抵制这种要求，则是为了诉求一种明显是保守或反动的政治或伦理价值观。历史研究设立为一种规范是在现代时期完成的，为的是满足大体上是反革命的保守的政治价值观和政权的需要，因此，确立将历史视为一种潜在科学的对象之可行性和可意性的重担就落到了那些试图这样做的人的肩上。"③ 怀特在此揭示了历史研究成为科学的努力中所潜在的意识形态，由此昭示出历史与文学的关联就成

---

① ［美］詹明信：《晚期资本主义的文化逻辑》，三联书店1997年版，第148页。
② ［美］海登·怀特：《形式的内容：叙事话语与历史再现》，董立河译，文津出版社2005年版，第84页。
③ ［美］海登·怀特：《形式的内容：叙事话语与历史再现》，董立河译，文津出版社2005年版，第84—85页。

为必然，使历史成为艺术的意图中也含有当然的意识形态意蕴。这一逻辑使我们清晰地看到怀特为多样化历史理解的有效性进行辩护的深刻动机：既然多样化历史理解中含有想象性或文学性，历史研究成为科学是一个遥不可及的梦想，那么，历史必定被修辞化，想象必定化入历史，历史就可以并只能在艺术中再生。

其实，怀特对多样化历史理解有效性的辩护还可以从学术史中找到有力的理论支点。古典时期亚里士多德的诗史之辨就基于"依哲论诗"的出发点为诗的合理性进行辩护，从而建立诗与历史的联系。这一时期的诸多讨论都认为历史不是科学，主要是因为历史所处理的材料是人类过去的事件，但"人不可能两次踏进同一条河流"，时间的流逝性决定了历史事件永远处于变动不居的状态，因为科学的使命是寻找规律，规律必须能反复证明；历史不表现一般，而是转瞬即逝、不可重复，稍纵即逝、变动不居的事物难以成为科学研究的对象。亚里士多德说，历史与诗"两者的差别在于一叙述已发生的事，一描述可能发生的事。因此，写诗这种活动比写历史更富于哲学意味，更被严肃的对待；因为诗所描述的事带有普遍性，历史则叙述个别的事"①。从这里可以看出，亚里士多德的诗史之辨并不意在割断诗与史的联系，倒是通过崇尚诗因"描述可能发生的事"能预测历史发展的规律而"更富于哲学意味"来反衬历史事件因具有个别性、独特性、不可重复性而缺乏"哲学意味"。事实上，古希腊人强调诗与史的联系显然比强调二者的差异要多。在他们的眼中，历史属于修辞学，合格的历史学家应该富有激情且充满想象力，无论是史诗还是悲剧，都是诗与史的结合，《荷马史诗》是这方面的杰出代表；克罗齐在早期也认为，历史和艺术在形式上是共同的，都致力于表现个别事物，都是一种"叙事"，即使历史是叙述已发生的事，艺术是描述可能发生的事，但已发生的事是可能发生之事的一部分，故历史是艺术的一部分。这一学术思想的传统在

---

① ［古希腊］亚里士多德、贺拉斯：《诗学·诗艺》，罗念生、杨周翰译，人民文学出版社1988年版，第28—29页。

怀特这里得到极大程度的发挥，怀特接受了卡西尔的"符号论"观念，认为历史与文学一样同属一个符号系统，都要借助于语言来再现。由于"历史的客体就是作为主体的人本身"①，对历史的理解就显出了一种饶有趣味的主体间性。伽达默尔说："有生命之物不是那种我们可以从外头达到对其生命性理解的东西。把握生命的唯一方式其实在于我们内在于它。"②

三　历史理解的创发性

历史理解的创发性不仅是一个显在的事实，而且焕发出特别的主体间性。对历史学家来说，理解是一种意向，是一种态度，是一种与前人平等对话、为前人设身处地、将过去的人与事置于具体的环境中看待的方式，这是建构"公正而可信的"历史解释的保证。

由于怀特特别重视历史的阐释问题，因此，对历史理解创发性的揭示显得尤为突出。本书认为，理解被解释所包涵，解释涵盖并超出理解。理解主要指向内在的心理过程，是自己明白；而解释则在自己明白的基础上还要向他人解说，使他人明白，从而不可避免地涉及语言，外在地显现为某种话语行为。本书的立论基点在于：既然历史理解都具有明显的主体间性，那么，包涵理解、超出理解并且外在地显现为某种话语行为的解释就更具有明显的主体间性特征。

怀特对历史理解创发性的张扬最明确地体现在《历史中的阐释》一文中。他通过对列维-斯特劳斯历史观的分析表达了他的这样一种历史信仰："如果历史事实是'建构'的而不是'给予'的，那么，作为叙事因素，它们也是选择的而不是经过逻辑证实的。"③虽然此文主要论及"解释"问题，但由"解释"而产生的叙事是以对历史材料的理解为基础的。面对纷

---

① 〔法〕保罗·利科：《历史与真理》，姜志辉译，上海译文出版社 2004 年版，第 25 页。

② 〔德〕伽达默尔：《真理与方法》（上卷），洪汉鼎译，上海译文出版社 2004 年版，第 325 页。

③ 〔美〕海登·怀特：《后现代历史叙事学》，陈永国译，中国社会科学出版社 2003 年版，第 70 页。

乱的历史事实，历史学家的"理解"与"解释"折射出"意"与"言"、内与外、主体性与客观性、玄奥与清明等一系列分野，历史理解是对历史意义的理解，在人文性层面上是"'为了'人类的自我认识"①，属于人类自我认识的范畴。历史理解永远是个人的理解，每个人都在与语言的交流中不自觉地形成了与历史、文化上的联系。而每个人的生活经验不尽相同，又给这种形成这种历史联系的方式，烙上了个人独有的个性。正如怀特所言，"一个历史学家作为悲剧而编排的情节，在另一个历史学家那里可能成为喜剧或罗曼司"②。本书认为，虽然怀特在此和之后的论述中主要是为了揭示历史阐释的各种模式，但其中透露出一种强烈的历史主义观念：每个人对历史材料都以自己经验的独特和对语言理解的差异，显示出一个他人无法取代或完全重合的理解视野，理解的过程最大限度地依赖理解者的视野及其开放能力，最大限度地容纳他能感知到的解释对象的境界。因而，历史理解显现为多样化的特征。

历史理解的内倾性和开放性所显出的主体间性，不仅启发我们重新评估怀特打通历史与文学的跨学科界限的作用，而且使我们客观认识新历史主义开拓历史研究的新领域、启发文学研究的新思路。

可以说，历史理解架起了历史与文学共同认识人类自我的桥梁。历史理解的内倾性和开放性所显出的主体间性与文学创作具有极其相似的情形。有人说，"我们可以把历史学称为解释的艺术，亦即，历史学就是使用艺术化的手法来为今天的人解读过去的人和事，最终帮助今天的人更好地认识自身，在一个更广泛和完整的层面上参悟人性。文学，特别是小说则是通过解读小说空间中的人及其行为来帮助现实的人更好地认识自我。两者在对人的关注上是完全相同的"③。的确，在同一话语基础上，在用心

---

① ［英］R. G. 柯林武德：《历史的观念》，何兆武译，中国社会科学出版社 1986 年版，第 10 页。

② ［美］海登·怀特：《后现代历史叙事学》，陈永国译，中国社会科学出版社 2003 年版，第 75 页。

③ 池桢：《历史学的文学之翼："现代叙史"》，《史学月刊》2006 年第 11 期。

体验的基础上，历史与文学变成了具有彼此内在关联的存在，历史的广袤空间与人的当下生存境遇之间相互敞开，形成了历史理解者与"讲述话语的年代"和"话语讲述的年代"之间双向对话的动力场。不同的理解者与"讲述话语的年代"和"话语讲述的年代"之间不同的双向对话形成不同的动力场。于是，就有了因对同一历史事件不同的理解而形成的"正史"和"野史"甚至多样化的"正史"和多样化的"野史"。

历史理解的创发性还显示为历史理解可以构造或形成世界图景，甚至创造历史。正是在这样的意义上，怀特认为，没有超然的、客观的、中立的历史理解。任何历史理解都是欲望、意志、权利和利益的反映。有鉴于此，我国也有学者指出，"史料本身是不变的，但史家对史料的理解永远在变，因此，史学也是在变动的。历史事实是一旦如此就永远如此。比如说，布鲁塔斯刺死了恺撒，而不是恺撒刺死了布鲁塔斯。但是，对此的理解却永远变动不居。有人说，布氏是反专制独裁的共和主义者，恺撒是野心家和大独裁者；也有人说布氏是背叛者和阴谋家，而恺撒是伟大的领袖和君主。这表明，历史本身并不是铁板一块，它包含两个层次：一是史实或史料的认知（历史学 I），二是对前者（历史学 I）的理解或诠释（历史学 II）"①。对历史学 I 的理解所具有的创发性，是使历史学不仅仅成为科学而且成为艺术的重要原因。这种创发性主要体现为一种体验能力，它需要类似于对艺术的敏感性，需要史学家以自己的心灵去捕捉历史的精神。怀特正是在这个意义上将创发性归结为是史学家"神话意识"的结晶，他说，"每一部历史著作中……历史学家借助比较基本的叙事技巧，循序渐进地识别他所讲的故事，根据情况可以是喜剧、悲剧、罗曼司、史诗或讽刺"的，在阐释层面中"神话意识才最清楚地发挥作用"②。这里，怀特的"神话意识"就是指历史理解中的想象，是一种艺术境界，是指历史理解

---

① 何兆武讲校：《诗与真：历史与历史学》，刘超笔录整理，《历史学家茶座》2007 年第 2 期。

② ［美］海登·怀特：《后现代历史叙事学》，陈永国译，中国社会科学出版社 2003 年版，第 76 页。

中的体验能力。

怀特所阐发的历史理解中的体验能力和想象，在我国近年来兴起的"新历史小说"中得到了充分的体现：刘震云的小说《温故一九四二》回顾了当年发生在河南的大灾荒，从大量针引当时的报刊的情况来看，作者选取的史料来自于报刊；作者在史料中游弋，对历史史料的理解融入了体验和想象，叙述了大灾荒与当时权利结构之间的奇异联系；灾民嗷嗷待哺、哀鸿遍野的悲惨景象与最高统治者的饱食终日、满不在乎形成鲜明对照；来自美国和英国的两名记者成了灾民的救星；一批杀人如麻的日本侵略军却放粮赈灾，"救了不少乡亲的命"。而对于同一事件，正史却是描述为自然灾害。显然，作者向正史的合法性提出挑战的前提是历史理解的创发性。

第二节　历史解释的想象性

如前所述，经由本体论、认识论转向语言论后，话语研究成为了一种新的学术范式。在这一新的潮流中，怀特不仅起了推波助澜的作用，而且成为这一新的学术范式的集成者。如果说历史理解的多样性为怀特的历史解释话语主体间性的产生创造了必要的前提，那么，历史解释的想象性则能使历史解释话语的主体间性产生动人的魅力。

诚然，历史是过去发生的事情，但是，它必须经过解释才能进入人们的视野。那么，怎么解释才算是客观的解释？怎样使历史解释更有说服力？美国乔伊斯·阿普尔比等学者认为："就算全然没有存心要把历史歪曲，也不容易把它讲得正确无误。这里还有一个视角问题，一旦看到了事情的后果，推断前因的时候，不可能不把后来所知的事一并投射进去。"[1]

---

[1] ［美］乔伊斯·阿普尔比等：《历史的真相》，刘北成等译，中央编译出版社 1999 年版，第 292 页。

因此，尼采认为，人总是"有意地在不同角度之间进行变换"地对事物进行"主动解释"，"唯一正确的解释是不存在的"①。当我们解释历史时，我们是按照自己的欲望、追求和理想去勾画人类社会的发展轨迹，这就必然会把我们的意志、追求和希望等主观的因素投射到世界中去。

　　虽然学界大都认为，怀特的历史诗学从根本上是有关"历史意识及其一般性结构理论"，但这一理论是从语言学层面入手、是以话语为基础的。在怀特的历史诗学中，历史等同于对历史的解释，解释话语的功能就是建构历史、建构具有文学性的历史。从这层意义上而言，历史解释话语转向关注解释话语如何呈现历史，而且具有毋庸置疑的想象性。

一　历史解释的权威性

　　面对遥远而疏离的过去世界，解释者以博大的胸怀和丰富的知识来了解前人及其生活，尽量突破时空的阻隔和文化的限制，以期对历史做出公正客观的解释。尽管如此，但唯一正确的解释仍然是不可能实现的。于是，历史由谁解释和怎样解释就能决定历史的意义，由此显出历史解释的权威性。

　　历史解释的权威性证实了话语实践的意识形态作用。针对怀特的《元史学：十九世纪欧洲的历史想象》，有人指出，"怀特该著中有一个让其他历史学家基本上很难赞同的反历史的核心，而这一点使他的这一著作具有真正的理论意义。怀特通过当代文学理论，特别是修辞和文类理论来透视十九世纪的历史作品"②。怀特的历史解释理论从总体上显示出对历史叙事中语言和修辞的重视，由此将人们的视野引向了历史的文学性特征。在人们当今的视野中，关于过去的世界可以分为两种：一是实体性的世界；一

---

　　①　［德］恩斯特·贝勒尔：《尼采、海德格尔与德里达》，李朝辉译，社会科学文献出版社2001年版，第93—94页。

　　②　Michael. S. Roth，"Cultural Criticism and Political Theory：Hayden White's Rhetorics of History，" Political Theory. Vol. 16，(1988) pp. 645－646.

是仪式、象征与语言所构成的世界，即霍布斯所说的"人工的世界"。传统的历史研究关注的是实体的世界，后现代条件下的历史研究重视的是"人工的世界"。而"人工的世界"是运用不同的语言对"实体的世界"进行解释的产物，是运用不同语言进行解释的方式来建构的"人工的世界"。在这里，历史修辞与权力紧紧缠绕在一起，意识形态成为一种解释框架，它为各种解释者的态度提供认知基础。因此，我们经常看到，虽然不同的历史学家面对相同的历史资料，但他们采用的修辞策略各不相同，所做出的解释、写出的历史作品也甚为不同。怀特认为，每一位历史学家都有自己独特的由语言所构成的叙事风格，而这种风格是由情节化、形式论证和意识形态蕴涵三种解释模式之间的组合而形成。情节化解释模式包括浪漫式的、悲剧式的、喜剧式的、讽刺式的；形式论证解释模式指形式论的、机械论的、有机论的和情境论的；意识形态蕴涵解释模式分为：无政府主义的、激进主义的、保守主义的和自由主义的。历史学家就根据自己不同的意识形态立场在这些不同的策略中进行不同的排列组合和不同搭配，从而形成自己的不同的叙事模式。

怀特所说的这些不同的策略中所进行不同的排列组合为什么能形成独特的叙事模式，从而建构不同的历史，用怀特的话来说，就是"修辞性语言如何能够用来为不再能感知到的对象创造出意象，赋予它们某种'实在'的氛围。并以这种方式使它们易于受特定史学家为分析它们而选择的解释和阐释技巧的影响"①，是因为历史解释话语的实践性，或者说解释话语具有意识形态活动和主体建构的文学性。尽管一般认为，怀特所主张的"历史编纂包含了一种不可回避的诗学——修辞学成分"的观点非常激进，但是，历史话语与科学话语差异分明、历史作品与文学作品的互相类同在当下成为不争的事实。在怀特看来，无论是历史话语还是文学话语都是叙事，作为叙事，历史解释话语就和文学话语没有实质性的差别，都具有

---

① ［美］海登·怀特：《元史学：十九世纪欧洲的历史想象》"中译本前言"，陈新译，译林出版社 2004 年版。

"文学性"和"修辞性"，都被视为生产意义的权威。这一观点虽然遭到了史学界的强烈反对，但在文学研究、文学理论领域受到广泛关注。其原因不仅是因为文学研究、文学理论从史学中获得了有力的价值支撑，而且是因为文学性蔓延到了各学科、各领域的事实。解释话语建构历史意义的权威性就如希利斯·米勒论及文学的权威性时所指出的："文学之权威源自它的社会功用以及读者、新闻工作者和批评家们所赋予给它的价值和功能。文学作品的权威性或许源于这样一种信念，即作品是社会现实以及当前盛行的思想意识的准确再现，也或者源于另外一种信念，即作品通过对肯尼斯·伯克（Kenneth Burke）所宣称的'总括现实的战略战术（a strategy for encompassing）'的有效部署来达到重塑现实的目的……在所有这些情形中，文学的权威性都是社会的。这种权威性源于文学之外，绝对不是因为相信它对社会原本的现实情况做了实事求是的报道这一点。"①怀特的观点在巴赫金、福柯等诸多理论家的论述中都可以找到有力的支持，巴赫金在《马克思主义与语言哲学》中指出，话语从来不是中性和客观的，而是一种不间断的创作活动，话语在本质上是政治性的和意识形态性的；福柯在《知识考古学》中也认为，话语从根本上就是一种聚合和建构。

　　怀特关于历史解释的权威性的观点得到了他的追随者的支持。荷兰史学理论家安克斯密特在《历史编纂与后现代主义》一文中，以有关霍布斯的政治哲学的研究为例，伸张了历史解释的权威性。他说，历史学的产品过剩，导致了两个未曾预料的结果："首先，霍布斯的讨论倾向于采取关于霍布斯的解释，而不是他的著作本身的讨论的性质。其著作本身有时由于持续到今天的解释之战的缘故而几乎被遗忘了。其次，因为它明显的多种可解释性，霍布斯的最初文本逐渐丧失了它作为历史论争的仲裁者功能的作用。由于所有的解释，文本本身成为模糊不清、线条相互交叠的水彩

----

① ［美］J. 希利斯·米勒：《论文学的权威性》，国荣译，转引自金元浦主编《文化研究》2003 年第 4 辑。

画。这就意味着：能够提供解释问题解决办法的、对文本本身的朴素的信念，变成只是与对天气风向标相联系的标记的晦涩信念。所有这些自相矛盾的结果在于，在某种解释中文本本身不再具有任何权威性，……简括地说，我们不再有任何文本、任何过去，而只有关于它们的解释。"① 上述以怀特所代表的后现代主义的言论的确是极端的，因为真实的历史事实及其陈述，如秦始皇是男的，绝对是历史学的基础，不可能因人们的解释而消失；因为史料包含着"过硬"的东西，而人的"历史思维是受着对证据必须做到公正这一需要所支配的；虽说这并不是以某些人想要使我们相信的那种方式被固定下来的，然而却也不是由历史学家所制造出来的。它里面有着某种'过硬'的东西，那是辩驳不倒而必须老老实实加以接受的"②。其实，无论是相对主义还是后现代主义，都不会简单地否定史料中"过硬"的东西，只是包括怀特在内的后现代主义者认为，离开了史学家的认识活动去谈论历史的真实存在是毫无意义的。因此，怀特强调历史解释的权威性的确被当成了怀特否定历史真实性的口实，而事实上，怀特在强调历史解释的权威性的同时并没有否认历史的真实性，正如他所说，历史解释中"历史话语的这一特征并不意味着过去的事件、人物、制度和过程从未真正存在过，并不意味着我们不可能得到关于这些过去实体的比较准确的信息，也不意味着我们不可能通过应用包括一个时代或文化的'科学'在内的不同学科的不同方法把这个信息改造成知识。相反，它旨在突出这样一个事实，即关于过去的信息本身并不是那种特定的历史信息，以这种信息为基础的知识本身并不是那种特定的历史知识"③。

　　虽然怀特对历史解释话语权威性的张扬容易被人抓住"颠覆历史"的把柄，但是仅仅据此而认为怀特的理论缺乏历史常识，那就未免陷入了一

---

　　① ［荷］F.R 安克斯密特：《历史与转义：隐喻的兴衰》，韩震译，文津出版社 2005 年版，第 203—204 页。

　　② ［美］沃尔什：《历史哲学导论》，何兆武、张文杰译，广西师范大学出版社 2001 年版，第 91 页。

　　③ ［美］海登·怀特：《后现代历史叙事学》，陈永国译，中国社会科学出版社 2003 年版，第 293 页。

种简单化的结论。

怀特对历史解释话语权威性的肯定给文学史的历史解释带来了诸多启迪，也创造了文学史的重写者这一权威。

首先，文学史作为一种特殊的历史，如何对其进行历史解释，关系到重写整体的和形形色色的文学史。从文学所反映的内容看，文学史与历史既然都有"史"字，就意味着必然包含回顾的姿态，要面对过去的时空，因此，文学具有历史的过往性；但从其审美经验而言，它还有现时性甚至永恒性，因为即便是过去的文学也能带给人现时的审美享受。如果说存在文学的历史，那也是将文学看成历史的组成部分，正如韦勒克说的："写一部文学史，即写一部既是文学又是历史的书，是可能的吗？应当承认，大多数的文学史著作，要末是社会史，要末是文学作品中所阐述的思想史，要末只是写下对那些多少按编年顺序加以排列的具体文学作品的印象和评价。"① 也就是说文学史总是被视为历史的分支，尤其是文化史的分支。但实际的情形是，文学与社会的政治、经济的发展是不同步的。已然形成的诸多文学史都似乎俨然表明文学是连续、呈规律发展的，是历史总体性中的一根或多根链条。但怀特提出的即便是历史也是人们用话语解释的结果的观点，打破了历史的客观性、连续性的神话，更激励文学研究者去大胆地凸显既有文学史历史解释的独断、尝试冲破既有文学史历史解释的牢笼。

可以说，既有的中国文学史几乎都是在标举科学主义、实证主义大旗下的历史解释与意识形态的结合物，怀特的历史解释无疑能消解单数的大写历史。既有的中国文学史著作表明：其历史解释话语明显受到西方启蒙主义的大历史观的影响和制约，文学史的写作者普遍坚信人类社会的历史是呈规律性的发展变化，即具有"总体性"、"进化性"、"一致性"的特征，就如詹明信所言，"如何看待古典世界，与其说是个人嗜好，不如说

---

① ［美］韦勒克、沃伦：《文学理论》，刘象愚等译，生活·读书·新知三联书店1984年版，第290页。

是一整套社会和集体的镜像"①。无论是诞生于 20 世纪 20 年代的胡适的《白话文学史》，还是新中国成立时出版的刘大杰的《中国文学发展史》、1963 年游国恩等主编的《中国文学史》，抑或章培恒、骆玉明于 20 世纪 90 年代写成的《中国文学史》，都无一例外地勾画了统一、客观、进化的历史图景，解释着历史的客观性、历史的不断进步以及历史发展的因果联系，遵循着黑格尔的"世界精神"、马克思的历史决定论等"大历史"的宏大叙事的解释方式。久而久之，中国文学史在历史也是在时间的序列中，被塑造成为一个完整、统一的形象。显然，这种将文学史纳入到一个统一的图式、有规律可循的系统框架的解释在遭遇诸多文学的另类现象后，其合法性受到了强有力的挑战，或者说，统一的、整体的文学史已经终结。于是，重写文学史成为一种必然。

那么，文学史怎样重写？历史解释话语该保持一种什么样的分寸？怀特为此提供了一种新的视角——文学性的历史解释话语对历史叙事的渗透。由于历史解释话语的原因，怀特提出了历史的多元化。在他眼中，没有唯一权威的历史、大写的历史，只有不同的解释话语解释的历史、小写的历史、多种正确而权威的历史；没有规律性的、线性的历史，只有断裂的、不连续的历史，"历史学家在现在的世界与前此的世界之间建构一种华而不实的连续，这对任何人都没有什么帮助。相反，我们比以往任何时候都需要能够教育我们认识到断续性的一种历史，因为断续、断裂和无序乃是我们的命运"②。虽然学界无法接受怀特将历史话语与文学话语相等同、历史与文学相重合的观点，但怀特用文学的虚构性来解释历史的虚构性，毕竟道出了解释话语的虚构性和意识形态特征及其顺理成章的逻辑：历史解释话语如此，文学史解释话语更是如此。在科学与虚构、客观与想象的缝隙中，怀特拓展了历史解释话语的生存空间，他认为，"不应该把

---

① ［美］詹明信：《晚期资本主义的文化逻辑》，陈清侨等译，生活·读书·新知三联书店、牛津大学出版社 1997 年版，第 151 页。

② ［美］海登·怀特：《后现代历史叙事学》，陈永国译，中国社会科学出版社 2003 年版，第 62 页。

一个历史话语当作是仅仅要求描写的一组事件的一个镜像。相反，应当把历史话语看作同时具有两个指向的一个符号系统：首先，朝向它刻意描写的一组事件，其次，朝向类的故事形式，为了揭示要么作为结构、要么作为过程的形式连贯性，历史话语沉默地把那组事件比做故事形式"①。怀特的意思是，历史解释话语包含着再现和表现两个方面的功能，文学史作为对时间中文学发展历程的"塑形"行为，在修撰目的上要极力排斥和遏制想象、比喻等，尽量达到再现层面上的科学与客观；但在实际的修撰行为中，文学性因素不可避免地游弋其中，表现的层面上会达到对"事件"的故事化处理，文学性向历史叙事强力渗透。因此，文学史的修撰过程实际上就是文学的历史解释者在尊重文学史料的前提下对文学的不可避免的"想象性"解释。如陈思和的《中国当代文学史教程》② 就提供了一种"想象"中国当代文学史的方式，该《教程》和相关论文出版及发表后好评如潮，固然与中国改革开放时代学界较快接受西化思潮有关，更重要的是他吻合了文学史解释的实际。他提出的"民间"概念，贯穿于整个《教程》的始终。作为该《教程》的写作准备，陈思和曾明确以含"解释"一词为题发表过相关文章，如《民间的浮沉——从抗战到文革文学史的一个尝试性解释》、③《民间的还原——文革后文学史某种走向的解释》④ 等。"民间"成为陈思和解释当代文学史的一个新的观照视角和解释立场，文学性融合到了文学史的叙述之中，譬如，他这样描述知识分子对"民间"的认识过程，"……这次不同了，战争唤起了民众的力量，知识分子不但清楚地感觉到了那个庞然大物蠢蠢欲动的喘息、炽热的体温和强烈的脉搏，而且分明意识到它背后一片尚未可知的世界"⑤。在该《教程》历史叙事的表达层面上讲的就是"民间"这一"庞然大物"的浪漫传奇，著名作家王安忆曾

---

① 〔美〕海登·怀特：《后现代历史叙事学》，陈永国译，中国社会科学出版社 2003 年版，第 108—109 页。

② 该著于 1999 年由复旦大学出版社出版。

③ 参见《上海文学》1994 年第 1 期。

④ 参见《文艺争鸣》1994 年第 1 期。

⑤ 参见《上海文学》1994 年第 1 期。

这样描述过陈思和对文学史的解释："他是隔着文字去触摸这个世界的，他面对的是一个后天的人为的世界，一个思想和审美的世界。"① 他与他所面对的思想和审美的世界之间构成了主体与主体之间的关系，因此，他在对文学史的解释中所采用的文学语言具有明显的主体间性：陈思和的"民间"话语显示出著者与认识"民间"的知识分子之间的充分对话关系、展现为自我主体与世界主体的融洽关系。因为所采用的是文学语言，故能以其审美魅力将主体与世界都吸附于自身，这种语言就不再是冷冰冰的能指，也不再是外在世界的符号表现，而是生命的符号、有魔力的符号。陈思和自己也阐述了自己以"民间"视角来解释中国当代文学史的优势，"我想就是因为这个世界永远存在着对事物的多种理解和多种解释，不管社会多么残酷和严厉，民间永远是一块自由自在的天地，它无所不在：时间和空间、城市和农村、精神领域和世俗社会……这个有待开拓的新空间里所展示的世界风貌，远比权力话语和理性逻辑所解释的世界要丰富得多也有趣得多"②。他认为，"归根到底，文学史总是一种'叙述'，叙述总是有自己的立场……文学史虽然是一种叙述，并不是说它就可以是一种随意的叙述，一种叙述的说服力和有效性，总是与它是否考察了足够多的文学的自在的生长过程、是否能够解释丰富复杂的文学现象有密切的甚至是决定性的关系"③。可见，文学史解释可能多种多样，但仍然具有权威性，而其权威性建立在解释有效性的基础上。

当然，文学性话语通过叙述文学史来树立历史解释的权威也冒着极大的风险。有人曾对林庚20世纪40年代以文学性书写方式写就的文学史著作的历史遭遇做过这样的描述，当时"对于大多数'文学史'专家来说，林庚《中国文学史》最严重的缺点在于不遵守'史'的规范"④。其实，"林庚的书写方式，往往是将自己处置在一个非常敏感的状态，类似初民

① 陈思和：《笔走龙蛇》序言，山东友谊出版社1997年版。
② 陈思和：《大耕集》，上海远东出版社1996年版，第148页。
③ 陈思和：《恢复文学史的原生态》，《南开学报》2005年第4期。
④ 陈国球：《文学史书写与文化政治》，北京大学出版社2004年版，第134页。

认识自然一样，去感觉、去认识。在《中国文学史》中最具体的表现当然就是'惊异精神'的揭示。林庚也是以初民对天象变化的'惊异'来追写文学史的蒙昧的初始。着眼于初民内心所生的'生之惊异'和'宇宙的惊异'。由此推演下来的便是以这种'惊异'的感觉，对楚辞和唐诗的文学特色做出联想"①。可以看出，林庚的做法为怀特的理论作了有力的注脚。其实，文学史的形成与历史的形成一样，就如怀特所说："通过拉近史学的起源与文学的感性之间的距离，我们应该能够识别出我们话语中的意识形态要素，因为它是虚构的。"② 因此，"'中国文学史'一旦与自己时代的主流意识形态及教学方式相吻合，知识、思想的权力加上教育的权力，便使它在获得绝对合理性、绝对权威性的那一刻，就自然产生出强烈的惟一性、排它性"③。倘若如是，就验证了郎松的预言，文学史可以带来"科学活动的某种好处"，有助于形成"知识的统一性"，"文学会在科学的启发下，像科学一样使人们团结起来。从而文学成为一种工具，可以使因别的东西隔开并对立的同胞们相互接近"④。

同样，文学性解释话语也在影视叙事中得到体现。近年国内诸多电视台热播的电视剧《金婚》，采用地地道道的编年体：五十集、五十年、一年一集的形式，一年一年地讲述一对夫妻从 20 岁出头恋爱结婚一直到 70 多岁白头携手的五十年坎坷、漫漫的婚姻路。流水式的日子伴随着主题歌《一爱到底》"爱是天意，把我交给你；一年一年，斗转星移；只想一爱到底。爱是天意，把我交给你；不求一生，惊天动地；只想一爱到底"而展开，即使那质朴、线形、生活化的画卷平淡得不能再平淡，但正如陈晓明所说，"文学性是处于一切的边缘的幽灵"，该剧在叙事表达层面的运作决定了其再现层面的整体格局，使编年史转化为历史叙事。根据怀特的观

---

① 陈国球：《文学史书写与文化政治》，北京大学出版社 2004 年版，第 130 页。

② 〔美〕海登·怀特：《后现代历史叙事学》，陈永国译，中国社会科学出版社 2003 年版，第 191 页。

③ 戴燕：《文学史的权力》，北京大学出版社 2002 年版，第 96 页。

④ 〔美〕昂利·拜尔编：《方法、批评及文学史》，徐继曾译，中国社会科学出版社 1992 年版，第 32 页。

点，"编年史"是按着自然时间流程安排"事件"，而历史叙事则要把那些事件转换成一个"景观"或发生过程的诸多要素，"一般而言，这个景观或过程具有一个可辨认的开头、中间和结尾。把编年史变成故事的这种改造是通过对编年史中的事件加以描写而实现的，有些是根据初始动机，有些是根据终极动机，还有些是根据过渡性动机加以描写的"①。该剧是一个婚姻的编年史，对生活的解释是从一个侧面切进去，以旁写正，以婚姻线索来贯穿一部社会变迁史，这种历史解释用举重若轻的方式来勾画时代的动荡。如果说怀特将"文学性"视为叙述修辞和解释策略能够成立，那么，在《金婚》这个文本中就存在着大量的建构文本的这种"文学性"因素，该剧具有深刻的社会象征意义、艺术象征意义，有人将其命名为"普通人的编年史"或"编年体的史诗"，它唠嗑式的解释生活的方式不仅可以让观众在剧中找到自己、辨认自己，而且使观众在与作品的对话中反思人生的根本，"钱财地产天长地久的一切全都不可靠了，靠得住的只有腔子里的这口气，还有睡在身边的这个人"，"我们 40 年的风风雨雨，我们过得很有滋味，人到头来不是离不开人，是离不开感情"，"婚姻是最亲密的敌人"。这是一种多么淳朴的解释性话语，然而又是一种多么巧妙的修辞性话语。也许解释生活的话语方式多种多样，而解释的效果也可能不分轩轾。这或许就是以"文学性"为特质的艺术的优势。

因此，在争辩历史学为科学的好胜者面前，有必要强调历史解释话语的"文学性"，展示"文学性"解释话语的多种并存的权威性，正如库恩所说："一个艺术传统的成功并不能使另一传统变成不正确或谬误，艺术远比科学易于容许好几个不相容的传统或流派同时存在。"② 怀特也正是在主张多元价值并存的意义上将历史学归为艺术，进而提出历史修辞理论，揭示话语实践的意识形态作用，使历史修辞获得了广泛的学科生长性。

---

① ［美］海登·怀特：《后现代历史叙事学》，陈永国译，中国社会科学出版社 2003 年版，第 374 页。

② ［美］托马斯·S.库恩：《必要的张力——科学的传统和变革论文选》，纪树立等译，福建人民出版社 1981 年版，第 343—344 页。

二　历史解释的建构性

怀特对历史解释的权威性的张扬带来了对历史解释的建构性的倡导。

怀特是历史的反本质主义者，也是历史的建构主义者。他倡导历史解释中"文学性"因素的参与，坚持让历史学家用特定编码的叙事方式解释构成其叙事的事件。怀特处处引入历史修辞的维度，论证历史是历史学家出于特定的写作目的而用语言建构出来的，认为历史学家的历史解释实际上是历史学家建构叙事的某一时刻进入他对过去的叙述，由于解释对过去的经验性，因而，这一过程具有主体间性。

为了凸显历史解释对历史的建构作用，怀特从批判和否定实证主义的观念出发，表现出对"历史学家解释过去事件仅仅因为他们成功地识别出了支配事件发生进程的因果律"，"只有当历史学家成功地识别出了实际决定历史进程的规律时，才可以说历史是一门科学"① 的看法大为不满，对所谓的"历史规律"采取了坚决否定的立场。他的历史解释话语不仅成为后现代语境下人们认识历史本质的重要途径，而且为文学批评提供了重要参照。

对"历史规律"的质疑或否定是怀特论证历史解释对历史建构作用的基石。

历史规律决定论既是一种本质论也是一种含有唯心论的实体史观。这种观点相信历史的发展是被决定的、是有规律的，是必定如此、不会改变的；历史受到一超人客体的支配，这一超人客体既可以指向上帝，也可表现为黑格尔的理性，也能意味着孟德斯鸠的地理环境，这些本质上都是神学史观的翻版。怀特借列维-斯特劳斯之口对这种实体史观进行了尖锐的批判、对历史解释建构历史的作用进行了明确的揭示：如果历史解释中的文学性不可避免，如果有人对历史解释中的文学性攻击为"骗人的纲要"，那么，"历史学家以叙事形式对过去的结构和进程进行解释只不过是最终

---

① ［美］海登·怀特：《后现代历史叙事学》，陈永国译，中国社会科学出版社 2003 年版，第 68—69 页。

属于神话性质的那些'骗人的纲要'"①。"骗人的纲要"在言说者看来具有与文学性相似的含义。波普尔认为，如果超人的实体是历史的主体，那么，真正的历史主体——在历史中行动的人就只能成为这种实体利用的工具和加工的材料，就会泯灭人们的主体意识。而且，历史规律只是历史解释的一种但并不是对于历史的唯一解释，历史决定论者"没有看到必定有多种多样的解释，而且基本上具有同等程度的建议性和任意性"②，"历史解释主要是一种观点。其价值在于它是否富有成效，在于它对历史材料的解释力，能否引导我们发现新材料，并帮助我们把材料条理化和连贯化"③。受列维-斯特劳斯、卡尔·波普尔的类似历史解释观点的鼓舞，怀特激进的理论姿态向前大大推进，"历史学家决不亚于诗人，他们通过就特定历史事件所提供的形式解释，无论是什么，而把意义类型嵌入他们的叙事之中，因此获得了'一种解释情感'"④。

怀特将过去历史解释中最忌讳、最不可能采用的情感因素也纳入了他的历史诗学体系，从而使历史解释能够以理解的体验方式与历史沟通、具有了前所未有的主体间性。怀特说："理解是把陌生的事物或弗洛伊德所说的'怪异'事物表现为熟悉事物的一个过程。"⑤ 从这样的意义上说，理解就是解释。怀特把历史的深层结构解释为"诗性"，通过这种解释，他在历史与文学之间建立了密切的联系。历史文本的运作方式是"编织情节"，即从时间顺序表中取出事实，然后把它们作为特殊的情节结构而进行编码，这种编织情节的方式与文学话语的虚构方式几乎一模一样。

----

① ［美］海登·怀特：《后现代历史叙事学》，陈永国译，中国社会科学出版社 2003 年版，第 73 页。

② ［英］卡尔·波普尔：《历史决定论的贫困》，杜汝楫等译，华夏出版社 1987 年版，第 121 页。

③ ［英］卡尔·波普尔：《开放社会及其敌人》第一卷，陆衡等译，中国社会科学出版社 1999 年版，第 322 页。

④ ［美］海登·怀特：《后现代历史叙事学》，陈永国译，中国社会科学出版社 2003 年版，第 75 页。

⑤ ［美］海登·怀特：《后现代历史叙事学》，陈永国译，中国社会科学出版社 2003 年版，第 7 页。

第 三 章

接受话语的互文性

怀特关于历史接受话语互文性的观念非常隐蔽地内含在他的整个历史诗学体系之中。如果说解释话语主要指向历史学家对历史材料的解说或解读，那么，接受话语则主要切入读者与历史著作之间的一种协作关系。可以说，从宏观层面看，怀特的整个历史诗学都是以读者的身份或视角通过对历史学家历史著作的审视和分析而建构的。可以说，他的历史书写理论是一种独特的接受性的批评理论。

在怀特反本质主义的视野中，作为表述真实事件之发展进程的解释话语的中性特征受到质疑。为了揭示所论时代的历史想象的深层结构，怀特从接受历史文本的角度对历史修撰所包含的五个层面进行了梳理，分别是编年史、故事、情节编排模式、论证模式、意识形态含义的模式。这五个层面除了历史本体的层面外，也包含了微观意义上的读者与文本相融合的层面，有人认为，"这 5 个要素是历史的书写及其接受的 5 个阶段"①。随着 20 世纪下半叶以来人类所经历的认识论和方法论从逻辑学范式到现象学

---

① 陈永国、朴玉明：《海登·怀特的历史诗学：转义、话语、叙事》，《外国文学》2001 年第 6 期。

范式的过渡，充满了文学性的历史文本成为多种因素的结晶，在接受话语参与其间而形成历史文本文学性的众多因素中，海登·怀特强烈倾向互文性这一重要方面：他践行通过自己的接受话语来解构历史、跨越文本边界、建构历史文本来实现文学性与历史性的融通；他以自己的接受话语揭示包含了历史文本的结构过程，实际上也包含了历史接受者参与其中的过程。在这一过程中，如果说历史的写作者造就了文学性的产生，那么，历史的接受者就形成了文学性的播撒；他以自己的接受话语剖析历史文本的完成效应，实则体现为历史文本的文学性意义链无限增生。海登·怀特关于历史接受话语的互文性观念给转型期的文艺学和美学学科建设提供了一种新的思路。

第一节　历史接受的文本性

人文思想界所进行的"语言学转向"赋予了语言以本体论意义，历史文本被视为等同于历史。海登·怀特明确宣示，史学家对于过去现象的表现以及对这些现象所作的思考是"文学性的"①，也就是说，人的历史意识不可避免地通过赋予历史以生命、灵魂和诗意而凝聚为历史文本，历史是一个延伸的文本，文本成为一段压缩的历史。在怀特看来，我们接受历史的过程实际上是接受历史文本的过程。

一　接受过程的交流性

历史接受的文本性一方面颇有消解历史的意味，另一方面又透露出了接受过程中与文本进行交流的信息。虽然海登·怀特没有解构历史的主观

① ［美］海登·怀特：《元史学：十九世纪欧洲的历史想象》"中译本前言"，陈新译，译林出版社 2004 年版。

故意，但他对历史文本的接受话语让人感到，历史真相在客观上是无法把捉的。因此，他将历史等同于虚构、视历史情节编排为文学操作，以之为基础的带有反本质主义蕴涵的历史诗学，突破了仅仅局限于文学文本之间的互文性观念，他践行通过解构历史、建构历史文本、跨越文本界限来实现文学性向历史领域的渗透。

在海登·怀特看来，历史通过与文学的互文性获得了生命。在怀特对历史的接受视野中，历史只不过是历史学家动手以前的一些"元素"，它们自身不能形成故事，也就根本无法完成历史解释的任务，历史学家如何去配置这些"元素"以形成情节，依赖于历史学家的历史解释。经过历史学家的情节配置，无生命的历史材料就变成了鲜活的历史剧，这与文学家经过搜集素材、进行艺术加工而形成的故事极其相似。因此，怀特的结论是，对历史的接受就是与具有诗性结构的历史文本的对话和交流。

本来，对话和交流包括两个层面：一是作为历史场的接受者的历史书写者与"历史场"的交流，一是历史文本的接受者与历史的交流。本来，历史本体的呈现方式有两重含义："一重含义是历史在自身发展过程中呈现自身的方式，对于我们的认识而言，这种呈现方式是怎样的，我们无从得知，我们只能持有一种信念，即历史是以某种方式进行演变的；另一重含义是历史本体在我们的诠释中呈现的方式，即我们经由文献史料对历史本体的诠释，或者说我们理解历史、认识历史的方式"①，但是，怀特显然是倾向于后一种交流方式和后一种历史本体的呈现方式。

作为历史著述理论的重要组成部分，历史叙述问题使怀特倾注了相当的心力。怀特将历史叙述问题放在与复杂的文学叙述同等重要的立场上进行论述。他曾借列维-斯特劳斯之口说明了历史叙述所传达的信息量与我们对这个信息量的理解之间的关系，以此描述在对历史文本接受过程中最复杂的一种交流情形。他说，"列维-斯特劳斯指出，'历史场'，即历史学家的一般兴趣客体，包括一个由事件构成的场，在微观层面上，这个场化解

---

① 韩震、孟鸣歧：《历史·理解·意义》，上海译文出版社 2002 年版，第 61 页。

成了物理—化学中冲量的堆积，在宏观层面上则化解成整个文明兴衰的起落节奏。按他的图式，微观与宏观层面对应于一套解释策略的极限，一方面包括对特殊事件的纯粹编序，另一方面到对综合宇宙论的诉诸。他把微观与宏观层面之间的关系描写为信息与理解的二元组合，并以一种悖论的形式陈述二者之间的关系：我们就某一特定发生场所找到的信息越多，我们就这个发生场所能提供的理解就越少；反之，我们声称能提供的理解越多，用于解释的概括所涵盖的信息就越少。"① 其实，历史叙述所传达的信息量与我们对这个信息量的理解之间的悖论关系不仅表明了怀特将历史话语等同于文学话语，而且含有对文本容纳信息之机制的暗示。如果怀特将历史文本等同于文学文本的逻辑能够成立的话，那么至少对他而言，"一部艺术作品——作为关于世界的特殊模式，以及艺术语言中的信息——根本不可能脱离语言而存在，正如它不可能脱离所有其他社会交流语言而存在一样。对于那些试图凭借自己主观选择的代码去译解作品的读者来说，艺术作品的意义无疑会遭到极大的歪曲。但是，对于那些想要抛开文本与外文本（文本以外）的一切联系去译解作品的读者来说，艺术作品则不会有任何意义。由历史决定的、使得文本充满意义的艺术代码的总数，与外文本（文本以外）的联系范围密切相关，这些联系是十分真实的存在"②。正是基于对文本容纳信息之机制复杂性的认识，怀特才能从接受的层面指出："对历史话语进行修辞分析将使人认识到，每一个名副其实的历史都不仅包含着特定量的信息和对这个信息的'意义'的解释（或阐释），而且包含着或多或少关于读者在所报告的数据和形式阐释面前应该采取什么态度的公开信息。"③

显然，在对话和交流过程中，一方是历史文本的理解者，一方是历史

---

① ［美］海登·怀特：《后现代历史叙事学》，陈永国译，中国社会科学出版社 2003 年版，第 103 页。

② ［苏联］洛特曼：《艺术文本的结构》，王坤译，中山大学出版社 2003 年版，第 71 页。

③ ［美］海登·怀特：《后现代历史叙事学》，陈永国等译，中国社会科学出版社 2003 年版，第 58 页。

文本。怀特非常注重双方关系的协调——他一方面对历史文本理解者的特性予以充分的关注，另一方面对历史文本中的历史话语特征进行深入剖析，尤其注重在二者的交流中凸显历史文本的多样性、变化性特征。于是，不仅历史文本对于接受的依赖性大大提升，而且历史文本在对接受的依赖过程中其自身的特性也不断得到更新和丰富。只有在怀特主张的这种交流视野中，姚斯的以下论述才能获得充分的理解。姚斯说："一部文学作品，并不是一个自身独立、向每一时代的每一读者均提供同样观点的客体。它并不是一尊纪念碑，形而上学地展示其超时代的本质。它更多地像一部管弦乐谱，在其演奏中不断地获得读者新的反响，使文本从词的物质形态中解放出来，成为一种当代的存在。"① 也正是在这种交流程序中，怀特才摆脱了历史本体就是历史事实、历史学家的责任就是将过去所发生的一切真实地描写出来、恢复历史的本来面目的沉重负累。

怀特对历史接受过程交流性的揭示表明，历史的意义是随着接受活动的进行而发生的，是接受话语互文性的体现。在交流的过程中，历史接受者实现了从文本的"消费者"到历史意义"生产者"的转变。正是在历史接受者与历史文本的交流中，历史的意义才得到最大限度的显现。

二 接受效果的审美性

如果从效果上来看待接受话语，那么审美性无疑成为怀特所要概括的首要特征。在《元史学》和《后现代历史叙事学》等著作中，他通过对诸多历史文本的历史话语、文本结构等进行十分精细的解读后，归纳出了一个总体的结论：历史是一种充满审美想象的解释，譬如，米什莱是对历史的浪漫剧式的想象性解释，兰克是对历史的喜剧式的想象性解释，托克维尔是对历史的悲剧式的想象性解释，布克哈特是对历史的讽刺剧式的想象性解释，等等。在怀特看来，一个历史著述者也是一个独特的历史接受者

---

① ［德］H.R.姚斯、［美］R.C.霍拉勃：《接受美学与接受理论》，周宁等译，辽宁人民出版社 1987 年版，第 26 页。

和历史批评者。在怀特对历史的接受话语中，我们经常可以听到这样的声音："什么是一个具体的历史意识的结构？同别的阐释方法相比较，什么是历史阐释的认识论的地位？什么是历史表述的可行模式，什么是历史表述的基础？历史阐述具有什么样的权威，它对已掌握的一般关于现实的知识、特别是对人文科学有什么贡献？"① 与其说这是发问，不如说这是"喊话"——取消历史意义在历史实在甚至在历史文本中的预置性，充分肯定历史想象在历史表述和历史接受中的作用。在他看来，人们之所以能从历史学家的历史文本中获得对过去的理解，是因为历史文本的"'个人独到'描写中产生的'解释性'效果"②。因此，他明确指出："与逻辑因素相比，修辞因素在理解历史话语构成的内涵时更为重要。"③

怀特对接受效果审美性的认可还可以从他对文学批评家弗莱观点的认同中略见一斑。依照弗莱的看法，一个历史学家的历史叙述与想象并不是对立的，"当一个历史学家的计划达到一定程度的综合时，它在形态上就变成神话的了，因此在结构上接近诗歌"④，怀特认为，弗莱的意思是，诗歌与历史在给人造成的整体接受效果上具有惊人的审美虚构的相似性。因此，怀特"一个历史学家作为悲剧而编排的情节，在另一个历史学家那里可能成为喜剧或罗曼司"的表述，就具有了与"有一千个读者就有一千个哈姆雷特"相同的接受美学内涵。

对接受效果审美性的认可，体现出怀特在对历史的根本认识上具有消解历史本身的反本质主义的倾向。但是，饶有趣味的是，在对历史话语、历史文本的具体分析上，怀特最后还是采用了本质主义的操作方法，由此既可管窥怀特历史诗学的庞杂性和现代学科的"现代性"，同时，也正如法国学者马莉坦批评的，对关于事物本质与本性的任何思考的摧毁与取消

---

① 张京媛：《新历史主义与文学批评》，北京大学出版社 1993 年版，第 160 页。
② 张京媛：《新历史主义与文学批评》，北京大学出版社 1993 年版，第 185 页。
③ 张京媛：《新历史主义与文学批评》，北京大学出版社 1993 年版，第 185 页。
④ 转引自［美］海登·怀特《后现代历史叙事学》，陈永国等译，中国社会科学出版社 2003 年版，第 74 页。

的做法，只是"显示了智慧的彻底失败"①，伽达默尔也说过："在差异中寻找出共同的东西，这就是哲学的任务"②。徐岱说得好："因为世界的存在虽然呈现为个别而具体的事态，但我们对它的认识与把握却只能借助一条相对抽象的道路。所以，从对具体事物的感受里培养起一种抽象能力，这乃是文明的不归之路，也是哲学活动的一种归宿。"③

　　无论哪一部历史文本，都可能面临着被接受的现实。因此，怀特在对历史文本的接受中所表述的接受话语意在彰显一个普遍的事实：所有对历史文本的接受话语都是从整体上来接受历史文本的审美效果的。这不仅从接受的层面证明了历史与文学的相通之处，而且也将我们的思考推进到了作为广义接受话语的历史著述话语的层次。的确，与体现为话语的文学接受一样，史学家的历史书写行为也是对世界的一种谈论，"作品为说出某些东西而说话"④，这为接受对作为"说话"的历史文本的言说提供了可能。历史接受者如何言说？言说什么？在此，怀特认为："我们不应该再幼稚地期待关于过去某一特定时代或复杂事件的陈述与某些事先存在的'原始数据''相对应'。我们应该认识到构成这些事实本身的东西正是历史学家像艺术家那样努力要解决的问题，他用所选择的隐喻给世界、过去、现在和未来编序。"⑤ 也就是说，历史接受应该具有一种创造性，可以具有一种新发现，就如"头脑最简单的人可以看到情节，较有思想的人可以看到性格和冲突，文学知识较丰富的人可以看到词语的表达方法，对音乐敏感的人可以看到节奏，那些具有更高的理解力和敏感性的听众则可以发现某种逐渐揭示出来的内涵的意义。"⑥

---

①　[法]保罗·富尔基埃：《存在主义》，潘培庆译，上海译文出版社 1988 年版，第 120 页。

②　转引自刘小枫主编《人类困境中的审美精神》，上海知识出版社 1994 年版，第 655 页。

③　徐岱：《反本质主义与美学的现代形态》，《文艺研究》2000 年第 3 期。

④　[法]米盖尔·杜夫海纳：《美学与哲学》，孙非译，中国社会科学出版社 1985 年版，第 148 页。

⑤　[美]海登·怀特：《后现代历史叙事学》，陈永国等译，中国社会科学出版社 2003 年版，第 58 页。

⑥　[美]韦勒克、沃伦：《文学理论》，刘象愚等译，生活·读书·新知三联书店 1984 年版，第 279 页。

　　在对历史的接受中，我们可以感受到因为真正的创造而带来的神秘性，这种神秘性来自于怀特所说的"这个世界不过是我们的愿望创造出来的"① 动因后而产生的一种强烈的生命表现——历史接受者或历史批评者融入到历史文本之中，"创造一种存在，它有一种难以预料的区别于我们的生命的生命"②，如果说，"一切有生命的东西无不包含一种神秘主义"③，那么，怀特的历史接受话语的神秘性就体现在对历史文本接受过程中修辞性或文学性因素的渗入。当然，这种渗入绝不是毫无限制的，正如艾柯说的："我所提倡的开放性阅读必须从本文出发（其目的是对作品进行诠释），因此它会受到本文的制约。"④ 在此前提下，不仅历史接受的文本性才能得到有效的呈现，而且历史接受话语方能在与历史话语的融通中获得互文性效果。

第二节　历史批评的文本间性

　　随着对历史接受的文本性的认定，怀特的历史诗学进一步派生出历史批评的文本间性，即历史批评具有与其他文本包括文学甚至各种语言、知识代码和文化表意实践之间的指涉关系。怀特指出，作为历史批评，"对历史话语进行修辞分析将使人认识到，每一个名副其实的历史都不仅包含着特定量的信息和对这个信息的'意义'的解释（或阐释），而且包含着或多或少关于读者在所报告的数据和形式阐释面前应该采取什么态度

---

　　① ［美］海登·怀特：《后现代历史叙事学》，陈永国等译，中国社会科学出版社 2003 年版，第 62 页。
　　② ［法］蒂博代：《六说文学批评》，赵坚译，生活·读书·新知三联书店 1989 年版，第 173页。
　　③ ［法］蒂博代：《六说文学批评》，赵坚译，生活·读书·新知三联书店 1989 年版，第 100页。
　　④ ［意］艾柯等：《诠释与过度诠释》，柯里尼编、王宇根译，生活·读书·新知三联书店 1997 年版，第 27 页。

的公开信息"①。怀特的论述是想表明，任何历史批评都是建立在文本间性的基础上。

一　文本界限的跨越：文学性向历史的渗透

历史批评是在历史接受的基础上并以理解和解释的方式而进行的，怀特对历史和历史研究的批评也不例外。由于历史文本是充满意向的客体，那么，对它的解释是一项极其复杂的工程，以之为基础的历史批评绝不是单一的对历史文本绝对内涵的批评。怀特的历史批评的文本间性至少向两个向度伸延：一是纵向的，即时间的；一是横向的，即空间的。在纵向上，怀特的历史批评的文本间性不断指向历史或传统，不断地对历史传统展开时代的沉思和评估；在横向上，怀特的历史批评的文本间性不断穿越区域或民族的界限，在已知文化中获取透视历史的思想或知识。据此，怀特认为，从历时性的角度而言，每一个历史文本都隐藏着深厚的文化传统和意识形态因素；而从共时性的角度上看，每一个历史文本又都可能隐藏着异质文化的对话和融合。于是，怀特的历史批评突破了传统历史研究的封闭研究模式，将历史研究或历史研究的研究纳入到与文学话语、代码或文化符号相关联的整合研究中，将历史和历史文本置于广阔的文化背景中加以审视，突出了文本和文化表意实践之间的关系，大大拓展了历史研究的范围和视野，由此也使历史文本获得了广阔的批评空间。譬如，在《元史学：十九世纪欧洲的历史想象》中，怀特在对史学家从米什莱、兰克、托克维尔到布克哈特，历史哲学家从黑格尔、马克思、尼采到克罗齐等的历史话语进行评析时，在对维柯、列维-斯特劳斯、福柯、德罗伊森、詹姆逊、利科等人的历史思想进行辩护时，显示出一种游刃有余、将一个个语言表达式置于多重文本互动之中的踪迹，"文本间性"成为怀特历史批评话语的一种基本存在状态。

---

① ［美］海登·怀特：《后现代历史叙事学》，陈永国等译，中国社会科学出版社 2003 年版，第 107 页。

具体而言，怀特在历史批评中不仅大量直接和间接征引诸多史学家和理论家原著中的话语，而且尤为注重历史批评话语的语境，怀特将文本中的语境当成是"思想史中的方法和意识形态"。一般来说，构成话语语境的因素是对话语表达方式、内涵、诠释发生规定作用的因素，包括话语发生的历史因素、文本因素和情景因素。语境制约话语的历史因素，是指话语主体所处的社会历史生存状态，包括社会体制、文化传统、重大社会运动或事件、政治经济结构等，这一切为历史批评的话语主体规定了一个基本的框架或视野；话语发生的文本因素作为一种语境主要出现在比较频繁的语言表达式中，所谓文本因素，是指话语所属的、由多重语言表达式构成的语言文本中出现的言辞意义环境；话语发生的情景因素相当于语言学界所说的"小语境"，是指话语行为发生时的具体场景。怀特不仅在这些方面予以特别的关注，而且进行了深刻的揭示，他不仅认为"语言与其说'指示'世界还不如说'再现'世界，这无论在语法和句法中还是在词汇中都是如此。这样，一个给定的文化结构所能够产生的各种意义都反映在其话语方式的形式特征中，都能够在语法上得以界定"①，而且还从反面揭示了语境的重要性，"比方说，关于弗洛伊德或马克思一生的著述和'事实'的文集，我们被提供的通常是一系列引语、所选文本中对段落的释义或对态度的浓缩摘要，它们本身是歪曲的，同那些被设想是歪曲的作品一样"②。

怀特的历史批评话语所体现的文本间性从根本上带有文学文本与历史文本互涉的特征。本来，在后结构主义的理论中，"文本互涉"的特征由最初针对文学文本之间扩展到指向文学文本与非文学文本之间，其用意是对文本的固定结构或稳定秩序进行颠覆和拆解，因此，文本与文化语境、文本与历史背景关系的考察均成为确认文本意义的依据。有人认为，作为

---

① ［美］海登·怀特：《形式的内容：叙事话语与历史再现》，文津出版社 2005 年版，第 254 页。

② ［美］海登·怀特：《形式的内容：叙事话语与历史再现》，文津出版社 2005 年版，第 259 页。

建构历史的语言，"其运作离不开隐喻。所有的思想，乃至所有的意识，都是'对经验的比喻加工'"①；有人指出，"互文性使我们可以把文本放在两个层面进行思考：联系的（文本之间的交流）和转换的（在这种交流关系中的文本之间的相互改动）"②。仅就文学文本而言，"表面上互文性的活动范围涉及所有文学材料，其实它却被浓缩为分析文学性的关键工具，其基础就是文学性的微观修辞现象"③；在此基础上，怀特将这种互文性扩展到所有文本，甚至认为，历史叙事与文学叙事无甚差异，历史编撰不可避免地为有关过去的纯粹的事实性记述增添"文学性"，使互文性达到一种极致。可以说，互文性理论使怀特将自己的历史主义理论描述为一种构思历史写作的"诗学"，认为诗学表明了历史作品的艺术层面，这种艺术层面并没有被看成是文饰、修饰或美感增补意义上的"风格"，而是被看作某种语言运用的习惯性模式④，从理论上成功建构了文学与历史相嫁接的桥梁，进而与 20 世纪上半叶"文学性"和"历史性"分别是文学和历史的专有属性的知识谱系大相径庭，不仅语言活动与实际世界的指称关系被割断，"文学性"与"历史性"从冲突走向融合，而且文学文本与历史文本的界限被打破。

为了穿越文学文本与历史文本的界限，怀特从揭示历史话语具有文学性开始。如前所述，20 世纪的语言学转向表明，历史话语的文学性是以弱化、淡化以至消解语言的逻辑功能而获得的，语言具有多义性、表达具有隐喻性、意义具有增生性；一切语言都"跨越它自己的界限和探索不可言说者的违禁领域"⑤，一切语言都从逻辑法则的束缚中解放出来，返回其日常用法，回归其具体性、生动性和诗意性。怀特更是将"文学性"问题延

---

① ［美］戴卫·赫尔曼：《新叙事学》，马海良译，北京大学出版社 2002 年版，第 108 页。

② ［法］蒂费纳·萨莫瓦约：《互文性研究》，邵炜译，天津人民出版社 2003 年版，第 57 页。

③ ［法］蒂费纳·萨莫瓦约：《互文性研究》，邵炜译，天津人民出版社 2003 年版，第 17 页。

④ ［美］海登·怀特：《元史学：十九世纪欧洲的历史想象》"中译本前言"，陈新译，译林出版社 2004 年版。

⑤ ［波］莱斯泽克·柯拉柯夫斯基：《形而上学的恐怖》，唐少杰等译，生活·读书·新知三联书店 1999 年版，第 57 页。

伸到近代观念认为的最不可能的历史领域，极力揭示语词无所不能的魔力。为了消弭历史文本与文学文本的差异，他对年代纪、编年史、书写的历史进行了区分：在他看来，如果说年代纪和编年史较少人工过滤的痕迹，比较接近事件的真相，那么，历史书籍中的历史事实经过了筛选、编排、解释并因此具有了叙事功能之后，显然就成了虚构的产物，成了主观构造的历史。也就是说，历史的所谓真相其实是包围在语言表达的牢笼中，那就使历史叙事与文学叙事、历史话语与文学话语、历史文本与文学文本的界限模糊。通过揭示历史话语的文学性内涵，根据传统诗学和近代语言理论关于诗性语言或比喻性语言的分析，识别话语的四种主要转义：隐喻、转喻、提喻和反讽，以此来抹平历史文本与文学文本的鸿沟。

而且，怀特通过填平历史文本与文学文本的鸿沟，揭示转义的意识形态意义，彰显历史诗学的诗化形态，昭示任何诗性预构理论都需要通过跨越学科界限，实现文本互涉，尤其是通过文学性渗透而得以建构学术范式。怀特对文本间性的重大尝试实际上验证了当今所有社会科学受到文学性、修辞性入侵的状态——不仅"社会科学中的后现代主义者的解构理论还受到近年来文学回归的影响。……借助文学/文化研究运动，被早些时候的解构主义学家所抛弃的行动重新回到社会科学"[①]，而且"所有的科学家和学者，无论其研究领域是什么，都依赖同样的修辞手法：譬喻、诉诸权威和打动本身就是由措辞创造出来的听众"[②]。

二　文本结构的过程：文学性的产生和播撒

怀特的诸多实践性原则显示：历史文本的结构过程就是文学性产生和播撒的过程。他声称自己是采用"形式主义"的方法对历史文本的结构构

---

① ［英］吉尔德·德兰狄：《社会科学——超越建构论和实在论》，张茂元译，吉林人民出版社 2005 年版，第 114 页。

② ［美］麦克洛斯基：《社会科学的措辞》，许宝强等编译，生活·读书·新知三联书店 2000 年版，第 9—10 页。

成进行分析，他说他"不会努力去确定某一个史学家得到著作是不是更好，它记述历史过程中一组特殊事件或片段是不是比其他史学家做的更正确"。相反，"会设法确认这些记述的结构构成"①。他颇为认同福柯"人文科学在现代阶段已无异于把基本概念都公式化的语言游戏"、人文学科"所创造的、用来研究人、社会和文化的一切概念都不过是对它们所代表的语言游戏规则的抽象"、各学科"用各种句法策略来命名研究对象之间的假定关系"、各种理论"仅仅是这些句法策略的'形式化'"②等一系列观点，认为历史文本的结构是预构并且是充满诗意的，其结构过程是文学性产生和播撒的过程。

将历史文本的结构过程当成文学性产生和播撒的过程，从根本上是对历史文本的诗性结构创造具有"文学性"整体历史的认同。如前所述，怀特认为，无论是历史学家的历史著作，还是历史哲学家的历史著作，都借用了文学创作的方式，在形式上都存在与文学作品一样的语言深层结构，即诗性结构。在他看来，这些史学家和哲学家的地位赖于他们思考历史及其过程时预构的而且是特别的诗意本性，譬如，黑格尔把普鲁士国家看成是历史发展的顶峰，麦考来把英国的宪法体制看成是历史发展的顶峰，而"成其为所谓历史发展的顶峰的，既不是普鲁士国家也不是英吉利宪法，而是黑格尔、麦考来本人以及他们的构思"③。海登·怀特正是在充分揭示史学家和哲学家思考历史及其过程时预构的而且是在特别的诗意本性的基础上，对他们的构思进行了情节化、形式论证、意识形态蕴涵等不同模式的解释。

表面上看，怀特努力在不同的历史叙事中寻找共同的诗性结构，在不同的历史学家和历史哲学家的不同历史思维中挖掘相同的结构因素，这一

---

① ［美］海登·怀特：《元史学：十九世纪欧洲的历史想象》"中译本前言"，陈新译，译林出版社 2004 年版。

② ［美］海登·怀特：《后现代历史叙事学》，陈永国等译，中国社会科学出版社 2003 年版，第 217—218 页。

③ ［英］罗素：《论历史》，何兆武等译，生活·读书·新知三联书店 1991 年版，第 12 页。

做法具有明显的结构主义倾向。但也正是对这种以文学性为核心的共同性的指认,潜藏着极其深刻的反本质主义互文性观念,因为寻找共同不仅意味着承认彼此界限消失,而且表明认可此移向彼、彼移向此;不仅揭示了历史文本的功能结构,而且也通过语言的自由嬉戏实现了文学与历史差异的无限置换。因此,在海登·怀特的视野中,历史与文学一样参与了对意识形态问题"想象的"解决,历史作为叙事,使用了"想象性"话语中常见的结构,提供了一种理解历史的形式,历史修撰和历史研究的研究都以文学和文学理论的特定模式和概念为基础,历史被认同为与文学具有相同叙事性的话语模式,历史叙事与修辞技巧相结合,历史意识与重建历史相结合,解释历史与建构历史相结合,使文学性产生和播撒的历史文本动态的结构过程得以彰显。

显然,怀特的历史建构理论颇有德里达的"延异"内涵。按照德里达的观点,"延异"乃差异和延宕的综合;循着海登·怀特的思路,历史文本的结构永远被叙事、修辞、解释等所推延;后者是前者的具体化:每一个文本,每一个词语、句子和段落,都是众多能指的交织,并且由许许多多其他的话语所决定,历史文本结构过程就是文学性神秘产生和不断播撒的过程。因此,历史文本的结构绝不是孤立自在的,而是永远处于由纷纭复杂的关系不断建构的文学性的流动之中。

三 文本完成的效应:文学性的意义链增生

怀特历史诗学的反本质主义手法虽然消解了作为事实的历史甚至是作为单一文本的历史,但历史的意义是永远存在的。只是它的意义并不固定于文本之中,而是存在于文本与文本的关系之中,存在于文本与读者的交互作用过程之中,"如果文本具有互文性,主体(个人的或个体的)对文本的反应就会具有主体间性"[①]。这是反本质主义者对传统的历史客观主义

---

① [英]丹尼·卡瓦拉罗:《文化理论关键词》,张卫东等译,江苏人民出版社 2006 年版,第 60 页。

进行了全面颠覆后得出的结论。海登·怀特的历史著述理论从极深刻和隐蔽的层次对一切文字、话语、符码都处于互文性之中的反本质主义观念起到了推波助澜的作用。他指出："历史著作就代表了一种尝试，即在我所谓的历史领域、未被加工的历史文献、其他历史记述，以及读者之间进行调和的尝试。"① 可见，他将历史的意义至少框定在文本与读者的互文性作用之中。在反本质主义观念中，"实在的历史和客观的事实都烟消云散了，剩下的只是作为话语记号的文字"②，也就是说，历史的形而上学意义是不存在的，那么，"作为话语记号的文字"如何凸显其意义，首先是历史学家作为历史的特殊读者，其历史写作的过程实则是与历史材料相互作用的过程，于是，就形成了每一部历史著作中至少含有两个阐释层面："一个是历史学家从编年史的事件中构成故事层面，另一个是历史学家借助比较基本的叙事技巧，循序渐进地识别他所讲的故事"③。其次是历史学家以外读者的阐释维度。这两个维度的阐释都不可避免地会产生审美效应——为历史创造文学性的意义链。

怀特的结论是：历史文本成为阐释的结晶，历史事实在文本中模糊难寻。类似观点虽然在现象学中早就见出端倪，但现象学是针对文学领域，而海登·怀特延展到近代观念认为最不可能的历史领域。作为反本质主义的先驱，现象学因要避免虚无主义而主张在意识主体与纯粹客体间原初的直接关系中发现意义的生成机制，即便是仅仅受现象学影响的结构主义的布拉格功能学派，也采取了将结构语言学与现象学结合起来的办法，即在认可文本结构自主性的前提下，将文本的意义视为文本的功能性结构和读者意识活动互动的结晶。正因如此，罗曼·英加登将文学作品描绘为一种

---

① ［美］海登·怀特：《元史学：十九世纪欧洲的历史想象》，陈新译，译林出版社 2004 年版，第 6 页。

② 韩震等：《历史哲学：关于历史性概念的哲学阐释》，云南人民出版社 2002 年版，第 130 页。

③ ［美］海登·怀特：《后现代历史叙事学》，陈永国等译，中国社会科学出版社 2003 年版，第 76 页。

"主体间际的意向客体，同一个读者社会相联系"①，姚斯更是以"接受美学"的视野建构了一种解读文本的效应史。在反本质主义的观念中，历史因分解为无数的文本而支离为无数的碎片，成为充满虚构和想象的文学文本，历史的文学性意义链就存在于无数的读者对文本的阐释之中。海登·怀特因此称，历史是一种文本，而且是一种"文学虚构的历史文本"，历史具有文学的叙事性深层结构，"史学家的问题是建构一种语言规则，它具有词汇的、语法的、句法的和语义学维度，借助它们可以用史学家自己的术语（而不是用文献本身用来标示它们的术语）来表现历史领域及其要素的特征，并由此准备解释并表现这些要素……这种预构行为是诗性的，因为，在史学家自己的意识系统中，它是前认知的和未经批判的。就其结构的构成性程度而言，它也是诗性的。这种结构以后会在史学家提供的言辞模型中，被想象成过去'实际发生的事情'的一种表现和解释"②。海登·怀特提出并实践了用情节结构、形式论证、意识形态意蕴等多种模式，对在他看来与文学叙事无甚区别的历史文本进行阐释。

可以说，阐释问题成为反本质主义确认历史认识论地位的核心。而对历史的认识论地位的认识涉及历史成为科学还是艺术的博弈。在解决历史的认识论地位的两种方式中，海登·怀特明显倾向于"较具文学性的策略"，即"发现隐藏在事件之内或背后的故事"，并且坚持认为，这种做法尽管在形式上是文学的，"但却不能看作是非科学的或反科学的"③。这也印证了乔纳森·卡勒所概括的非文学文本中所呈现的"文学性"现象：理论研究如人类学、精神分析、哲学和历史等，皆可以在非文学现象中发现某种文学性；弗洛伊德和拉康的研究显示了在精神活动中意义逻辑的结构作用，而意义逻辑通常是最直接表现在诗的领域；德里达展示了隐喻在哲

---

① 〔波〕罗曼·英加登：《对文学的艺术作品的认识》，陈燕谷等译，中国文联出版公司1988年版，第12页。

② 〔美〕海登·怀特：《元史学：十九世纪欧洲的历史想象》，陈新译，译林出版社2004年版，第39—40页。

③ 〔美〕海登·怀特：《后现代历史叙事学》，陈永国等译，中国社会科学出版社2003年版，第69页。

学语言中不可动摇的中心地位；克罗德·莱维-斯特劳斯描述了古代神话和
图腾活动中从具体到整体的思维逻辑，这种逻辑类似文学题材中的对立游
戏（雄与雌，地与天，栗色与金色，太阳与月亮等）。似乎任何文学手段、
任何文学结构，都可以出现在其他语言之中。① 尽管卡勒是从文学文本的
语言形式已经蔓延到其他文体之中的角度在论析文学性，但却被海登·怀
特式的反本质主义抓到了最有利的论证，正如德里达所认为的，话语的意
义不是通过能指和所指的转换而达到的，而是通过能指和所指的过渡而实
现的，这是一个无限延续的过程，构成一根长长的意义链条。甚至有人干
脆提出，"一切社会事实都是文化建构，并通过话语来解释的"②。不断的
话语解释构成川流不息的文学性意义链，从而文本的完成效应由一个永远
的进行时来体现。

　　这是一种极深的互文性观念，这是一种隐藏了作者缺席状态的意义理
论。历史文本的文学性意义链增生不仅来源于历史文本的多维空间，而且
从根本上创生于阐释以及阐释的阐释。因为历史文本显然最初是作者叙事
的产物，而后是通过无数读者的阅读和阐释而"改写"，主体尽显神威，
而主体是存在于"不断自我改变的修身和过程的历史领域之中"③；而且，
后现代语境下的叙事是"作为修辞的叙事"，"把叙事看做修辞就等于认为
叙事不可避免地与阐释紧密联系在一起，而阐释又具有无限的可塑性——
据阐释者在特定场合的需要、兴趣和价值而定"④。因此，与其说是文本的
完成，不如说是文本文学性意义的无限增生。

　　可以说，虽然海登·怀特消解了历史，但并没有消解历史的意义，其
反本质主义历史诗学具有非同一般的建构意义。意义不是超历史的绝对存

---

　　① 〔美〕乔纳森·卡勒：《文学性》，马克·昂热诺等：《问题与观点：20世纪文学理论综
论》，史忠义等译，百花文艺出版社2000年版，第40—41页。
　　② 〔美〕乔伊斯·阿普尔比等：《历史的真相》，刘北城等译，中央编译出版社1999年版，
第208页。
　　③ 〔法〕米歇尔·福柯：《主体解释学》，余碧平译，上海人民出版社2005年版，第544页。
　　④ 〔美〕詹姆斯·费伦：《作为修辞的叙事》，陈永国译，北京大学出版社2002年版，第17
页。

在物，而是阐释的成果，是具有主体间性的；历史不是纯客观的，不仅具有文本性，而且具有文学性。历史如此，文学更是如此。这至少说明文学和文艺学不应该遭到"终结"的预期或诅咒，文学和文艺学自身也不必在精神的百花园中黯然神伤。

历史文本篇

第四章

历史文本的预构特征

如前所述，如果承认历史话语的诗意内涵形成了历史局部的"文学性"，那么，历史文本的诗性结构则创造了具有"文学性"的整体历史。怀特反复强调：无论是历史学家的历史著作，还是历史哲学家的历史哲学著作，都采用文学操作的方式，在形式上都存在与文学作品相似的诗性结构。这种诗性结构不仅决定了史学家和历史哲学家的地位，而且体现了历史文本的预构特征。

第一节　先验化的文本建构

在怀特看来，历史学家在叙述历史时，有意识地运用不同的语言风格，有效地引导读者按照历史学家设想的方式进行历史理解。而历史学家设想的关键之处就在于：所预设的是不同的历史叙述所共同具有的诗性结构。这就使历史文本的建构具有明显的先验化特征。

由于对历史的这种先验化的认识，因此，在不同的历史学家和历史哲学家的不同历史思维中挖掘相同的结构因素、在不同的历史叙事中寻找共同的诗性结构成为了怀特历史诗学的中心任务。在他看来，历史与文学一样，也参与了对意识形态问题的"想象的"解决，历史作为叙事，使用了"想象性"话语中常见的结构，提供了一种理解历史的形式。为此，他对历史修撰和历史研究的研究都以文学和文学理论的特定模式和概念为基础，将历史认同为与文学具有相同叙事性的话语模式，并着力将历史叙事与修辞技巧相结合、历史意识与重建历史相结合、解释历史与建构历史相结合，从而便极大地彰显了历史文本的诗性结构。

怀特的元史学构架从根本上是历史文本的表层叙述结构和深层意识结构，"表层叙述结构"是"用语言把一系列的历史事实贯穿起来，以形成与所叙述的历史事实相对应的一个文字符号结构，叙述结构的作用则是让这些历史事实看起来像自然有序地发生在过去"，"深层意识结构"是指潜在的、诗性的、具有语言的特性，不能离开想象、具有一切语言构成物所共有的虚构性。① 之间，深层结构是表层结构的基础。

一　深层结构

确定历史文本的深层结构、揭示史学家本质上的诗性行为成为怀特历史诗学的重要任务。怀特在《元史学：十九世纪欧洲的历史想象》一书的"序言"中指出，"各种历史著述（还有各种历史哲学）将一定数量的'材料'、用来'解释'这些材料的理论概念，以及作为假定在过去时代发生的各组事件之标志与用来表述这些史料的一种叙述结构组合在一起"，并且认为"它们包含了一种深层的结构性内容，它一般而言是诗学的，并且充当了一种未经批判便被接受的范式"②。我们认为，怀特所讲的历史文本"未经批判便被接受的范式"就是指历史文本深层的一种先验化结构。这

---

① 盛宁：《二十世纪美国文论》，北京大学出版社1994年版，第257页。
② ［美］海登·怀特：《元史学：十九世纪欧洲的历史想象》"序言"，陈新译，译林出版社2004年版。

种深层结构是隐性的、是未经批判而认可和接受的、是不言而喻和理所当然的，是非逻辑的，是通过隐喻而达到的诗性和转义。因此，用转义的诗性逻辑代替传统的抽象形而上学的逻辑，进而对历史或对历史研究进行研究，成为怀特历史诗学的一大特色。

怀特在对 19 世纪以来的西方历史学和历史哲学进行反思后认定，史学家对历史是预构的。19 世纪以来在西方史学界占有重要地位的历史客观主义认为，历史文献及对文献的考证、各种历史遗存和历史记忆自身即可显示历史真实，但怀特认为，"通过留给我们杂乱的遗存，我们知道过去曾经存在，但它现在呈现的只是遗迹、碎片和混乱。我们想要知道，关于过去的生活形式，这些杂乱的遗存能够告诉我们什么，但是，为了从中抽取一些可理解的信息，我们必须先给这些遗存强加某些秩序、提供某些形式、赋予某种模型、确立它们的连贯性，以作为现今已分裂的整体各部分的标示。形式、模型、连贯性都是某种实体在场的标识，这种实体存在于器物或文献记录在未经处理的情形下第一眼展示给我们的杂乱外表之中"①。怀特意在说明，历史学家解释历史的模式并不是来源于历史学家对史料的整理和分析，而是事先的一种"预构"，是先于理性的，是具有"诗性"的认识，就如维柯指出的："世界确实是由人类创造出来的。所以它的面貌必然要在人类心智本身的种种变化中找出。如果谁创造历史也就由谁叙述历史，这种历史就最确凿可凭了。……认识和创造就是一回事。"② 在怀特看来，维柯的"诗性智慧"观念颇有"预构"的内涵。

怀特不仅认为史学家对历史是预构的，而且认为这种预构行为可能采取许多形式，形成多种预构类型或历史意识模式，即隐喻、转喻、提喻和反讽。怀特将历史著作分为五个层次，即编年史、故事、情节化模式、论证模式、意识形态蕴涵模式。他将"编年史"和"故事"视为历史著述中的原始要素，认为历史领域中的要素通过按事件发生的时间顺序进行排列

---

① ［美］海登·怀特：《西方历史编纂的形而上学》，陈新译，《世界哲学》2004 年第 4 期。
② ［意］维柯：《新科学》（上），朱光潜译，商务印书馆 1989 年版，第 165 页。

后被组织成了编年史，随后被组织成了故事，虽然这二者都来源于未经加工的历史记录，但其中也含有选择和编排的过程，含有预构的成分。因为历史学家从编年史中挑出什么样的事件编成故事实际上与他们编成故事时已经预料到的问题有关，即是说，史学家是为了回答他的问题而选择材料和编排材料。进而，情节化、形式论证和意识形态蕴涵便是怀特回答种种问题的方式或诗性预构的解释模式。

情节化解释模式是通过鉴别所讲述故事的类别来确定故事的意义。怀特认为，形成历史故事的事件序列是通过情节化方式逐渐展现为一种特定类型的故事，如悲剧故事、喜剧故事等，如果历史学家在历史叙事中所提供的是悲剧故事的情节方式，那么也就形成了对悲剧故事的解释模式；倘若历史学家将故事建构成喜剧，他就按喜剧的方式解释故事。怀特顺着弗莱《批评的剖析》中指出的线索，鉴别了四种主要的不同的情节化模式：浪漫剧、悲剧、喜剧和讽刺剧，并且认为这四种模式可以彼此交叉，以某个特定的情节化模式而形成的历史叙事可能包含了以另一种情节化模式而形成的故事，以一种情节化模式建构的故事可能成为以另一种情节化模式建构的故事中的一个阶段或部分。为了证明这一点，怀特不厌其烦地对米什莱的浪漫剧模式、兰克的喜剧模式、托克维尔的悲剧模式、布克哈特的讽刺剧模式的整体和局部的交叉情形进行了细微的分析，对历史叙事的原型结构进行了深层的剖析。

形式论证式的解释模式是"通过运用充当历史解释推定律的合成原则""来阐述故事（或事件的形式，他在一种特殊的模式中通过种种事件加以情节化而利用它们）中的事件。这种论证可以分解成一个三段论：包含一些推定的因果关系普遍规律的大前提、规律适用于其中的涉及边界条件的小前提，以及结论，即实际发生的事件都是根据逻辑必然性由上述前提推导而来"[①]，是通过形式的或话语的论证进行解释，用一般因果律来说

---

① ［美］海登·怀特：《元史学：十九世纪欧洲的历史想象》，陈新译，译林出版社 2004 年版，第 14 页。

明引导着历史由一种情形向另一种情形转化的历史发展过程。根据史蒂芬·佩珀《世界的假设》中的观点，怀特将形式论证式的解释模式分为四种：形式论的、有机论的、机械论的和语境论的。形式论的论证目的在于识别历史研究客体的独特性，鉴别其特定的类别、种类和属性，确定历史研究客体的唯一性或该现象类型的多样性；相对于形式论分析材料的分散性，有机论的解释则具有整合性，它是将在历史场中识别出来的特殊因素还原到整体的历史结构中，将个别实体视为整个过程的组成部分，"将历史领域中辨别出的细节描述成综合过程中的某些成分"，并且认为单个实体成了所合成的整体的部分，而整体不仅大于部分之和，而且整体在性质上也与部分之和相异；机械论的论证则转向注重历史各构成部分的关系，试图说明每一特殊的历史的构架是由其相互作用的因果规律决定的；语境论的解释模式是通过把事件置于它们发生的环境之中，通过揭示其与同一历史情境下发生的事件之间的特殊关系来解释事件为什么如此发生。

怀特将"意识形态"理解为一系列促使我们在当前的社会实践范围内采取某种立场的规定。因此，怀特的意识形态蕴涵解释模式表明，历史学家总是采取特殊的伦理立场去思考历史知识的本质问题以及从研究往事中而得到的对现在事件意义的理解。他根据曼海姆在《意识形态与乌托邦》中的分析，有四种基本的意识形态立场：无政府主义、保守主义、激进主义和自由主义。在怀特看来，这四种基本的意识形态立场代表了种种具有"理性"、"科学"或"实在论"的权威性的价值体系，成为解释历史、构建历史过程的言辞模型，并且，意识形态蕴涵模式"能将一种审美感知（情节化）与一种认知行为（论证）结合起来，以至于从可能看似纯粹描述性或分析性的陈述中，衍生出说明性陈述"[①]。

怀特提出的情节化、形式论证和意识形态蕴涵三种解释模式在历史叙事中各有侧重点：情节化模式侧重发生事件的内容，关注的是按照历史文

[①]　［美］海登·怀特：《元史学：十九世纪欧洲的历史想象》，陈新译，译林出版社 2004 年版，第 34 页。

本的原型来确定故事的意义；形式论证侧重用因果律来说明一种情形向另一种情形转化的历史发展过程，关注解释历史的外在形式；意识形态蕴涵模式侧重解释中的伦理因素，关注历史解释的"现在"取向。这三种模式不仅构成了逐步深入的认识历史的意识序列，而且能按特定方式组合成史学家独特的编纂风格，在怀特看来，"一种历史编纂的风格代表了情节化、论证与意识形态蕴涵三种模式的某种特定组合"①，在"各种可能在不同写作层面使用而获得解释效果的模式中，有着可选择的亲和关系。并且，这些可选择的亲和关系是基于结构上的同质性。这可以在情节化、论证和意识形态蕴涵的可能模式中得到证明"②。但由于史学家并不总是顺应"这些可选择的亲和关系"，可能将某种情节化模式与本不协调的论证模式和意识形态蕴涵模式结合在一起，那么，怀特认为，这种"辩证的张力"所具有的诗性、语言学的基础，是支持史学家在一种不协调的氛围中创造出在读者看来自然和融贯的历史图景的最深层原因。

具体而言，怀特对化矛盾为协调的这一过程进行了详细的设想。他认为，史学家在理性阐释材料之前，"必须先预构历史领域，即将它构想成一个精神感知体。……这些事物作为现象的独特状态、层次、族属和类别，又必定被设想成是可以分类的。此外，它们必定被认为彼此之间具有某种关系，而关系的变化构成了一些'问题'，它们要由叙述中的情节化和论证层面上提供的'解释'加以解决"③。这就表明，史学家的诗性想象在历史建构中具有决定性的作用，"在先于对历史领域进行正式分析的诗意行为中，史学家既创造了他的分析对象，也预先确定了他将对此进行解

---

① ［美］海登·怀特：《元史学：十九世纪欧洲的历史想象》，陈新译，译林出版社 2004 年版，第 37 页。

② ［美］海登·怀特：《元史学：十九世纪欧洲的历史想象》，陈新译，译林出版社 2004 年版，第 38 页。

③ ［美］海登·怀特：《元史学：十九世纪欧洲的历史想象》，陈新译，译林出版社 2004 年版，第 39 页。

释的概念策略的形式"①。

从上述怀特对历史解释模式的分析可以看出，他的以诗性预构为核心建构的历史诗学颇有转向后现代主义文化研究的倾向。怀特的"诗性预构"中具有前理解、前批判内涵，消解了历史主体与历史客体二元对立的局面，从而也打破了历史的客观性神话，解构了客观存在的历史，怀特相信，"客观性和中立性就事先假定了与现象的某种'间距'，并设想了某种'配景'，从这种'配景'看，现象将被当成一种可能的研究来把握。但是，如果'历史'被视为同一的、整体的和发展的人类存在的条件，间距和配景二者都非得相信现在与过去的关系是间断的而非联合的，是相异的而非相似的，是比邻的而非连贯的"②。在怀特看来，"间距"和"配景"的设置实际上是将历史当成了一种凝固不变的"自在之物"，割断了历史与生活的联系。而他认为，事实上，历史是作为一种产生效果的存在存在于现实、未来之中。因此，"预构"意味着想象，意味着主体对历史的介入，意味着将历史预设为整体的和共时性结构，正如列维-斯特劳斯指出的："人种学家把多种多样的社会形式理解为展现于空间之中，而这些社会形式则呈现为一个非连续的系统。于是，人们认为，多亏有了时间维度，历史才不是给我们绘制了那些彼此分离的各个状态的画面，而是绘制了有关从一个状态向另一个状态连续地过渡的画面，而且如我们所相信的，我们把个人历史的发展理解为一种连续的变化，历史知识似乎证实了内在感觉的存在。历史并不满足于给予我们从外在从外部向我们描述存在物，或者最好说并不满足于我们有关内在性的断断续续的启示，其中每一个启示都是独立的，彼此始终互不相关；它好像在我们之外重建了我们与这个变化的本质联系。"③ 怀特与列维-斯特劳斯一样，也是基于对历史连续性的否定，才将历史视为"结构的产物"，视为对纷纭复杂的社会生活

---

　　① 〔美〕海登·怀特：《元史学：十九世纪欧洲的历史想象》，陈新译，译林出版社2004年版，第40页。

　　② 〔美〕海登·怀特：《西方历史编纂的形而上学》，陈新译，《世界哲学》2004年第4期。

　　③ 〔法〕列维-斯特劳斯：《野性的思维》，李幼蒸译，商务印书馆1987年版，第293页。

进行的编码。也正因为如此，诗性预构才能作为历史解释的前提而存在。

当然，怀特所预设的历史文本的深层结构具有明显的意识形态意蕴。其实，对历史连续性即历史时间的认定并不是一个单纯的自然认知现象，因为"时间和速度都是政治性的"①，"时间的统一性"是一个"根本的形而上学的假定"②。怀特的历史诗学中夹杂着结构主义与解构主义的双重立场：他既着力建构历史文本的深层结构，又刻意消解历史的线形结构；既主张以思辨的历史哲学为根基的元叙述，又解构历史因果联系的强制性。个中原因虽然极为复杂，但至少可以认为，怀特的这种矛盾立场是整个学科转型时期的典型案例——一方面，将结构主义方法引入历史学，是追求普遍性的哲学和社会科学推动历史学向其学科限度进军的例证；另一方面，由于结构主义自身的矛盾——如既认为历史结构是转换的，因而造成了历史的断裂；又认为不同历史时期确有不同的特点，但这又恰恰表现了历史进步的样式，反证了知识进化的时间维度。

二 表层结构

怀特所说的历史文本的表层结构实际上是指叙述文本的符号结构。虽然历史文本的表层结构与深层结构不能截然分开，但按照怀特的看法，每一部历史文本在表面都呈现为叙述话语的形式，历史文本首先是用语言将一系列历史事实串联起来，使历史事实看似自然地发生。而这种表层结构中的叙事在怀特看来也具有明显的意识形态意义。

根据传统的认识论和历史观，历史叙事不过是叙述客观历史的一种话语形式，是一种语言媒介，是一个表述工具。但怀特认为，任何历史叙事都不可能客观、透明，叙事"不仅仅是一种可以用来再现在发展过程方面

---

① ［美］波林·罗斯诺：《后现代主义与社会科学》，张国清译，上海译文出版社1998年版，第111页。
② ［英］彼得·奥斯本：《时间的政治——现代性与先锋》，王志宏译，商务印书馆2004年版，第82页。

的真实事件的中性推论形式。而且更重要的是，它包含具有鲜明意识形态甚至特殊政治意蕴的本体论和认识论选择"①。怀特认为，叙事不仅仅是历史再现的一种话语形式，事实上，内容在言谈或书写中被现实化之前，叙事已经具有了某种内容，而这个"内容"就是指意识形态。因此，怀特将形式与意识形态联系起来，在形式中发现了意识形态因素，通过历史文本的表层建立起历史叙事与隐喻的联系。

为了呈现历史文本的诗性结构，怀特采取形式主义的方法。在笔者看来，他的《元史学：十九世纪欧洲的历史想象》以"元史学"来代替性地表述"思辨的历史哲学"之义，不仅内含着对"思辨的历史哲学"这一原型历史哲学的回归，而且为他从更具体的形式主义层面揭示表层叙述的意识形态内涵奠定了重要的逻辑基础。他着意阐明历史学家特意选择某个中心进行叙述的目的，揭示历史文本所包含的历史学家的某种思辨的历史哲学，而这一切都要通过表层叙述才能体现出来。的确，历史叙事在编织过程中的一些结构性要素如故事的开头、中间、结局等的组织和言说都与历史意义的构成联系在一起，故事被认可为一种历史认识的形式，历史叙述也就成为历史学家或历史哲学家诗性感悟的形式化。正是在这样的意义上，学界将怀特的历史诗学称为"叙述主义历史学"。

怀特的"叙述主义历史学"突破了传统的历史解释的狭义认识论视野，将叙述视为具有独特的修辞学维度的话语方式和结构方式，叙述与历史之间呈现出微妙的关系。怀特借鉴语言学和文学批评理论，认为历史学在语言上和文学一样，本质上是运用了隐喻、转喻、提喻、反讽四种修辞手法进行语言编码；而在叙述风格上，则表现为悲剧、喜剧、浪漫传奇、反讽四种基本故事类型。怀特所说的叙述不是一种简单的可以替换的表面语言形式，而是与历史相匹配的、联系紧密的话语方式和结构方式，它显现为表达，但又不仅仅是发生在历史认识完成之后的表达，它是将纷繁复

---

① ［美］海登·怀特：《形式的内容：叙事话语与历史再现》"前言"，董立河译，文津出版社 2005 年版。

杂的历史现象处理、整合成有条理、有意义的形式的语言模式。通过叙述,认识和表达得到统一,历史的深层结构得以彰显。

尽管怀特认为,深层的历史解释是以审美的、认识的和伦理的三种方式进入历史叙事的,对历史叙事的选择和评判,不限于审美和伦理的层面,还必然涉及认知的层面。但是,怀特论及的认知结果并不等同于自在的历史真实,认知无非是通过对某些因素的选择性强调而赋予历史以特殊的意义,通过将某种类型的情节和论证模式强加于事件序列之上,从而形成历史叙事的言辞结构,因此这种言辞结构赋予历史事件以真实性。所以,怀特通过建立叙述与历史的紧密联系,使历史真实成为叙述建构的产物,成为一种表现的真实,甚至是艺术真实,成为"存在于反思这些历史事件的历史学家的心灵之中"[1] 的真实。

而且,如果深层的历史解释是以审美的方式进入历史叙事的,那么,我们可以认定,历史叙述与历史真实的关系最直接表现为,历史学家在历史叙述中充满了强烈的诗性感悟。我国古代的历史经典《史记》早就具有这种诗性特征——由司马迁诗性感悟的形式化所构筑的历史叙述表明:《史记》被鲁迅称为"史家之绝唱,无韵之《离骚》"其实是因为司马迁建构了最典型的历史真实。今天,我们将《史记》当成历史与文学的双重文本,显然是因为它具有审美功能和意指功能相统一的结构整体性。《史记》之所以被称为"史家之绝唱",其意在于它具有意指功能;《史记》被称为"无韵之《离骚》",应该理解为它具有审美功能。前者针对的是它对历史意义的揭示;后者指向的是它的叙述形式的展现。其中,历史的深层结构是通过表层结构在发生作用。仅从其诗性感悟的生成机制而言,众所周知,对于具有强烈的历史正义感的史官司马迁来说,在李陵事件中受辱不可避免地产生情感倾向,由个人情感强烈驱动的个人评价强烈地支配着其历史叙述。从叙述的形式上看,司马迁将项羽列入"本纪",把刺客们用

---

① Hayden White, *Tropics of Discourse*, *Essays in Cultural Criticism*, Baltimore: The Johns Hopkins University Press, 1978, p. 94.

"列传"进行激情叙述，使我们感受到司马迁审美叙述的巨大力量。虽然史学与文学在指称方面存在着指实与虚构的区别，但叙述绝不限于字句，在文本的层次上，叙述显示出超越单一语句层次的复杂性。以怀特为代表的叙述主义历史学正是将理论焦点从单一语句的"字斟句酌"转移到史学文本的结构分析，由此揭示"历史叙述与虚构叙述的结构统一性"①。司马迁在文本叙述的深层置国家意识形态约定俗成的天子、忠臣、百姓、叛臣的等级文化地位系统于不顾，那么在叙述的表层将叛臣和逆民编排进历史叙述的正式文本并置于较高地位，将"本纪"、"世家"、"列传"的每篇都通过或为序或为赞的"太史公曰"充分表达自己的历史洞见和个人情感，也因此使《史记》成为让人心悦诚服的历史真实。

怀特还将叙述与历史的关系延伸到了文学理论之中。他指出，叙述与历史的关系"对文学史的一个关键问题至为重要，那就是文学现代主义与文学现实主义的关系问题"，"从现实主义向现代主义的过渡似乎已使我们既抛弃了叙述这种形式，也抛弃了对表现'历史真实'的任何兴趣"。他认为，现实主义小说"不仅仅是因为它把'历史的现实'作为它的'内容'，而且因为它发展了叙述形式所固有的'辩证的'性能以表现特别属于'历史的'性质的任何现实"②。从怀特的论述中可以发现，他对在内容层次上拒斥"历史现实"、在形式上抛弃正常的叙述性的现代主义文学的贬斥，与其说是为了推崇现实主义文学，不如说是主张历史叙述中文学性的渗透。

怀特认为，叙述是文学性话语的一种形式，也是建构历史的必要手段。以怀特为代表的叙述主义历史分析的理论策略以文学叙事文本为参照论证历史叙述的相似性，他指出，"不管我们把世界看成是真实的还是想

---

① ［法］保罗·利科：《解释学与人文科学》，陶远华等译，河北人民出版社1987年版，第286页。
② ［美］海登·怀特：《作为文学虚构的历史本文》，载张京媛《新历史主义与文学批评》，北京大学出版社1993年版，第73页。

象的，解释世界的方式都是一样的"①。怀特的意思是，在对世界真实性的看法上，即使文学家与历史学家有差异——文学家也许只是与想象中的事件发生关系，而历史学家则与真实的事件相联系，但历史学家也会将想象与真实事件融合为能被理解的整体。因此，在怀特看来，历史叙述与文学叙述无实质性的差异，二者都具有虚构、想象的成分，尤其是叙述作为集思维与表达于一体的特征，它在建构历史文本中所发挥的作用最终体现在历史书写中，历史叙述就是想象构思与历史书写的统一。

　　因此，怀特指出，"历史——随着时间而进展的真正的世界——是按照诗人或小说家所描写的那样使人理解的，历史把原来看起来似乎是成问题和神秘的东西变成了可以理解和令人熟悉的模式"②。当然，历史文本的这种诗性结构是历史事件之间的诗性关系而构成的历史文本的框架结构，而这种诗性关系归根结底必须靠历史学家运用的诗性语言才能得到保障。也只有在这样的前提下，"历史叙事不仅是关于过去事件和过程的模式，历史事件也是形而上学的陈述，这种说明昔日事件和过程的陈述同我们解释我们生活中的文化意义所使用的文化类型是相似的。纯粹使用形式主义的观点来说，一个历史叙事不仅是它所报道的事件的再生产，也是象征符号的错综，这种象征符号的错综指引我们找到我们文学传统中关于事件结构的图标"③。在此，历史文本的表层叙述结构与深层象征结构融合在一起，后者通过前者而得以体现。就如詹姆逊所言，"历史除非以文本的形式才能接近我们，换言之，我们只有通过预先的（再）文本化才能接近历史"④。

---

①　[美]海登·怀特：《作为文学虚构的历史本文》，载张京媛《新历史主义与文学批评》，北京大学出版社1993年版，第178页。
②　[美]海登·怀特：《作为文学虚构的历史本文》，载张京媛《新历史主义与文学批评》，北京大学出版社1993年版，第178页。
③　[美]海登·怀特：《作为文学虚构的历史本文》，载张京媛《新历史主义与文学批评》，北京大学出版社1993年版，第167—168页。
④　[美]弗雷德里克·詹姆逊：《政治无意识》，王逢振等译，中国社会科学出版社1999年版，第70页。

詹姆逊不仅将叙事看成一种社会象征行为，而且视为文本的深层内容或隐在意义的揭示。这与怀特的文本结构理论有异曲同工之妙。与詹姆逊一样，怀特并不是通常意义上的叙事学理论家，他们所关注的并不仅仅是叙事本身单纯的语义学、句法、结构的形式和含义，而是尤为关注其背后的意识形态运作。我们知道，故事或讲故事的方式是传统的叙事研究的中心，因此，小说和传奇成为最经典的叙事形式。但是，一种更新的理论认为，叙事或讲故事并不仅仅是文学形式独有的，不仅存在于小说中，而且存在于其他所有具有历时的虚构和共时的结构的所有文本，包括历史文本之中。从宏观的立场而言，叙事是人类结构世界的一种方式，是人类对世界的一种构形活动。因此，同样的历史事实由不同的史学家来书写，可能所构之形就有所不同。历史是由人叙述的，叙述人不一样，呈现出来的历史面貌也不一样，比如同样一段历史，在司马迁和班固的笔下就有区别。

历史文本的表层叙述结构使历史文本的深层诗性结构显现为审美的特征。怀特在《元史学：十九世纪欧洲的历史想象》中指出，历史文本包含着审美的维度，它是显性的，体现在文本的表层，容易辨认。虽然怀特谈论历史文本的美学因素的根本目的是要确定历史文本深层不可回避的诗学本质，但叙述语言毕竟是实现历史文本深层结构不可缺少的工具，历史文本首先是叙述语言的产物。

无论是表层结构还是深层结构都说明了历史作为一种文本或结构而存在的观念，而这种观念具有明显的意识形态性。正如有人指出的，"对历史乃是一种结构的辩护是建立在这样一种信仰之上的，即文本有力量对任何社会的普遍话语进行结晶……这种观点赋予文本相当大的（虽不是自主的）权力。在形成和再造意识，确定行动的可能性并形成本体、形成判断和秩序的连续过程中，文本享有至高无上的特权。但这一权力也恰来自于历史被重读为主宰与从属的结构关系这一现实"，而且，"坚持历史是作为结构而存在的——这种立场是政治性的，虽然不是狭隘意义上的。这样一种更谦逊更包容的政治而不是为了维护某一特定的政治地位。因为文本自身是人类存在中无以避免的政治本质的产物，是对这种本质的干预。关键不在于文本维护了某些特定的政治立场（虽然它们有可能去维护特定的政治立场），而在于它们是从它们从中彻底抽身的政治关系中产生出来的"①。

第二节　模式化的想象文本

如上所述，历史文本具有深层结构和表层结构，而无论是深层结构还是表层结构，在怀特这里都是模式化的文本想象的体现。因为历史性的体验是一种时间性体验，这不仅决定了历史唯有以故事的形式才能获得最恰当的表现，而且决定了历史学家唯有以叙事作为表现实在的形式才能把握历史。因此，怀特的历史诗学建构了诸种历史意识模式，模式化的文本想象集中在历史的叙事文本上。

我们知道，传统观念认为，历史是拒绝想象的。提出历史文本的想象模式是新历史主义的独特之处。本书认为，怀特的历史解释模式其实是关于历史文本的想象模式。因为，在文学中研究历史和在历史中审视文学成为怀特历史诗学的独特视角，这种视角使他在实践中将历史编纂和文学批评紧密结合，将历史文本与文学想象紧密结合。怀特在《西方历史编纂的形而上学》一文中从形而上层面探讨历史编纂问题、批判以自然科学模式进行史学研究的做法，其用意不仅在于指出这种科学方法其实就是预先假定了史学研究的客观性，而且是为建立历史文本与文学想象的理论联系做了铺垫。怀特认为，事实上，历史研究者不可能对研究对象保持价值中立，因此而形成的历史文本就具有不可避免的想象成分，所有的历史文本都是想象模式的体现。

怀特指出："历史学家的敏感性在于从一连串的'事实'中制造出一个可信的故事的能力之中，……历史学家在努力使支离破碎和不完整的历

---

　　① ［美］伊莉莎白·福克斯-杰诺韦塞：《文学批评和新历史主义的政治》，载张京媛《新历史主义与文学批评》，北京大学出版社 1993 年版，第 63 页。

史材料产生意思时，必须要借用柯林伍德所说的'建构的想象力'（con-structive imagination），这种想象力帮助历史学家——如同想象力帮助精明能干的侦探一样——利用现有的事实和提出正确的问题来找出'到底发生了什么'。这种建构的想象力同康德提出的前想象力（a priori imagination）的功能是一样的。"① 怀特所坚持的历史领域的想象模式是一种叙述历史真实的模式，也是一种主观真实的模式。这还只是作者的一度想象。我们知道，真实无疑是历史的生命，但怀特认为我们不能从现在的事物寻求过去历史的原因，而只能依赖作为历史文本的"资料"，文本源于空间的切割，使转瞬即逝的时间转化为空间，这是历史学家一度想象的成果；此外，在历史学家通过想象创造的历史文本中没有任何答案是预先提供的，历史文本并不具有先天固有的形而上答案，答案存在于历史文本与读者想象的交互作用之中，这是读者对历史的二度想象。

　　历史文本的创造过程首先是历史学家发挥想象进行叙事的过程，"叙事有能力来控制时间过程的腐蚀性力量之令人沮丧的影响。叙事被视为一种'社会象征性的行为'，这种行为仅仅通过其形式，而不是通过在其各种具体的实现过程中所填充的特殊'内容'，赋予事件以意义"②。怀特的这一观点赋予形式以特殊的想象意义。在提出三种解释模式时，怀特率先提出的是主观性和情感色彩较为浓厚的情节化解释模式，因为"情节化解释"如果按照怀特的解释是"通过鉴别所讲述故事的类别来确定该故事的'意义'"的话，那么，在怀特看来，19 世纪的四位历史学家米什莱、兰克、托克维尔、布克哈特和四位历史哲学家黑格尔、马克思、尼采、克罗齐的经典历史文本的审美风格各不相同。不同的想象模式建构不同的故事，进而形成历史文本不同的审美风格。怀特认为，对历史学家而言，历史领域是什么，历史包含哪些要素，区分诸多要素应根据何种概念，阐明

---

　　① ［美］海登·怀特：《作为文学虚构的历史本文》，载张京媛主编《新历史主义与文学批评》，北京大学出版社 1993 年版，第 163 页。
　　② ［美］海登·怀特：《形式的内容——叙事话语与历史再现》，董立河译，文津出版社 2005 年版，第 195 页。

要素之间存在的关系又要选择怎样的策略，等等，这些都是诗性想象的结果。怀特自称借鉴弗莱《批评的剖析》中浪漫剧、喜剧、悲剧、讽刺剧四种叙述结构作为"事件"情节化的解释模式。本书认为，与其说这些历史学家和历史哲学家运用了不同的情节化模式来解释历史，不如说是他们使用了不同的想象模式来建构故事。因此，本章着重通过分析怀特的《元史学》中所选取的浪漫剧、喜剧、悲剧、讽刺剧模式的代表性史学家米什莱、兰克、托克维尔、布克哈特的历史文本的想象模式，来透视怀特的历史诗学观。

一　浪漫剧想象模式

按照怀特的看法，如果历史学家使用的想象模式是浪漫剧模式，那么，他就按照浪漫剧的模式去建构故事，就"以英雄相对于经验世界的超凡能力、征服经验世界的胜利以及最终摆脱经验世界而解放为象征，……它也是一种关于成功的喜剧，这种成功即善良战胜邪恶、美德战胜罪孽、光明战胜黑暗，以及人类最终超脱出自己因为原罪堕落而被囚禁的世界"①。怀特以米什莱为例专门论析浪漫剧想象模式，他认为米什莱的浪漫剧想象模式与其他史学家的其他想象模式一样，都能将形成故事的事件序列"展现为某一特定类型的故事"，"米什莱将他写作的所有历史构成浪漫剧模式"，是因为"他相信隐喻足够用来描述历史领域及其过程"，而"这种历史过程往往被视为一种本质上的美德对抗极端的（但终究是暂时的）邪恶而进行的斗争"。怀特始终坚信："在米什莱的史学理论中，绝对没有将历史过程想象成朝着所期望的目标发展的一个辩证乃至渐进的过程。"②这就是说，怀特认为，因为米什莱的历史想象模式是浪漫剧模式，因此，

---

①　[美] 海登·怀特：《元史学：十九世纪欧洲的历史想象》，陈新译，译林出版社 2004 年版，第 10 页。

②　[美] 海登·怀特：《元史学：十九世纪欧洲的历史想象》，陈新译，译林出版社 2004 年版，第 204—205 页。

他始终在罪恶与美德、专制与正义、恨与爱之间的转换中寻求最终的统一。而这种最终统一的基础就是隐喻。怀特通过米什莱的历史文本《法国大革命史》着重分析了其中的隐喻："法兰西精神的特征由作为黑暗中呈现出的曙光，转变成'本能的'欲望超越了长期与之对立的'人为'力量，而趋向于博爱的胜利图景，最后将它想象为一种纯粹象征化符号。"①可以看出，怀特是将米什莱的浪漫剧想象模式视为一种充满诗意的模式。

怀特将米什莱笔下的历史归结为"按隐喻解释并按浪漫剧进行情节化的历史"。既然是浪漫剧模式，那就必然使史学家就像艺术家一样，靠浓厚的诗意想象来形成历史文本，并且就像"柏拉图主义保证了艺术家的想象力是非个人性的，它从形而上学的角度为将个体心中的理式与世界模式中各种普遍的恒定的理式联系在一起作好了铺垫"②。但是，根据传统的观念，艺术想象与历史实在应该毫无干系，而怀特却将"实在论"与"浪漫式历史学"相联系，显示出他对历史性与文学性相互交流与融合的信念。虽然已有的研究都对怀特的浪漫剧模式进行了细致的分析，如认为弗莱的浪漫剧对应的是自然现象中一年四季的夏天、一天之中的正午、生命的成年时期和西方文化的文艺复兴时期，怀特借用弗莱的术语介绍的历史原型故事与弗莱的故事原型结构略有不同，等等。而本书在此要指出和分析的是，怀特关于历史文本的浪漫剧想象模式本身就存在着历史性与文学性融合的理论前提。

众所周知，米什莱被学术界誉为"法国最早和最伟大的民族主义和浪漫主义历史学家"，他用文学语言撰写历史著作，令读者兴趣盎然，他编写的《法国大革命史》意在猛烈抨击王政复辟。他游遍山川海滨、观察自然现象后写就的一系列散文既充满历史意识的思辨，又具有抒情诗人无限高远的浪漫情怀，从中我们能窥见怀特钟情于米什莱历史研究的个中原

---

① ［美］海登·怀特：《元史学：十九世纪欧洲的历史想象》，陈新译，译林出版社 2004 年版，第 205 页。

② ［美］M. H. 艾布拉姆斯：《镜与灯》，郦稚牛等译，北京大学出版社 1989 年版，第 59—60 页。

因。但米什莱又认为史学家的职责在于充当"记忆的管理员",他的浪漫剧模式实际上也被怀特视为实在论模式,只不过这种实在是因为他"设想理想的情形是,所有的人都自然而然地团结到一个有着共同情感和行动的社会中,不需要任何形式上的(或人为的)指引。在人类的理想状态中,事物之间以及事物与它们的意义之间的区别都被化解为一种纯粹的象征"①。从米什莱对"象征"的追求中,既可以看到他对古典主义、新古典主义的种种规则和启蒙主义理性精神的反叛,也能发现他与浪漫主义理论和宗教具有很深的渊源关系。

尽管怀特将米什莱放在与文学艺术中浪漫主义者相区别的意义上来论析,尽管米什莱宣称自己满怀热情描述的历史具有科学真理的地位,但是,当怀特意识到米什莱因否认自己是一位浪漫主义者,而为了避免反讽,他努力在其历史著述中"对事物的同一性"进行"隐喻式的领悟"时,怀特还是将米什莱的努力归结为"一种历史领域中不同实体的象征性融合","无论历史中具有怎样的惟一性,在米什莱看来都是整体的惟一性","即它们充当了万事万物(在历史中和自然中一样)都努力成就的统一体的象征"。因此,在怀特的视野中,米什莱始终未能摆脱浪漫主义的象征性。其实,作为书写《法国大革命史》的作者,米什莱清楚地认识到他所描绘的法国大革命史成为德国浪漫主义重要的资源:德国浪漫主义者早期普遍对法国大革命抱有同情和期望,但是雅各宾党的暴力专政撕碎了他们的理想,由此,德国浪漫派较多转向牧歌化的中世纪。这成为德国浪漫派广泛重视神话和象征的一个原因,也使他们的理论普遍和宗教有关,并具有神秘主义色彩。吉尔伯特、库恩曾说明浪漫主义者因此走向象征主义的必然性:因为浪漫主义者对掌握更高的统一性有一种强烈的要求,他们希望领悟"绝对"的新的理想,他们的新理想引起极为强烈的形而上学

---

① 〔美〕海登·怀特:《元史学:十九世纪欧洲的历史想象》,陈新译,译林出版社2004年版,第221页。

理性主义，"他们把艺术，特别是诗歌，看作是某种最高的实在"①。只活了 29 岁的"浪漫主义之王"、天才诗人诺瓦利斯甚至认为：诗的实质与宗教、哲学是一致的，诗是一种完全、绝对的真实；无论是诗歌还是哲学，都是对心灵内在王国的探秘，诗歌所实现的就是有限与无限的亲密无间的统一。怀特在《元史学》中对德国浪漫主义者诺瓦利斯、贡斯当、卡莱尔等的"象征"理论进行了分析，认为他们的观念是神秘的，"代表了一种情绪、一种心灵状态，被提升到了一种真理的位置"②。

怀特认为，浪漫主义将诗歌与宗教和隐秘的心灵世界联系在一起的通常做法在历史书写中也同样体现出来。由米什莱的浪漫剧想象模式构筑的历史文本使历史从文学真实走向历史真实。怀特对米什莱浪漫剧模式的分析使我们能感受到他对康德的先验的主体性原则、费希特的自我学说和谢林的绝对同一哲学等德国浪漫派的精神之母的维护，也能看出他对德国浪漫派摒弃现实世界、沉入内心冥想、追求精神自由的推崇。总体而言，怀特视野中的米什莱浪漫剧的想象模式中最核心的是"象征"；具体而言，这种"象征"是"通过消解一切与之对立的抑制性力量而实现彻底的自由和统一。正如伊格尔顿略带揶揄地指出："对于浪漫主义，象征确实成为解决一切问题的万应灵药。在象征之内，日常生活中无法解决的一系列矛盾冲突——主体与客体、普遍与特殊、感觉与概念、物质与精神、秩序与自发——都可以奇迹般地得到解决。"③ 托多罗夫在论及浪漫主义时也说道："要求形势与内容，或物质与精神的统一，要肯定对立面的统一。"④怀特是想借米什莱充满"象征"的浪漫剧想象模式中别有深意的"实在"来为自己的历史诗学作最有说服力的注脚：尽管米什莱的历史文本是一种

---

① ［美］凯·埃·吉尔伯特、［德］赫·库恩：《美学史》（下卷），夏乾丰译，上海译文出版社 1989 年版，第 489 页。

② ［美］海登·怀特：《元史学：十九世纪欧洲的历史想象》，陈新译，译林出版社 2004 年版，第 199 页。

③ ［英］特雷·伊格尔顿：《二十世纪西方文学理论》，伍晓明译，北京大学出版社 2007 年版，第 20 页。

④ ［法］茨维坦·托多罗夫：《象征理论》，王国卿译，商务印书馆 2004 年版，第 235 页。

以隐喻方式进行浪漫剧想象模式，但米什莱还是声称找到了一种"能将浪漫主义对世界的理解提高到科学分析地位"的方式。对米什莱而言，"一种批判地自觉的诗性感受力提供了对世界的一种特殊'实在论的'理解的途径"①。言下之意当然含有：即便在做法上"不报任何假想积极地投入到档案之中；研究找到的文献；最后，撰写由文献证明了的有关某个事件的故事，让故事自己成为过去'发生了什么'的解释。其观念上在于让解释自然而然地从文献本身中显现出来，随后以故事的形式描绘出它的意义"②的"实在性"史学也同样是浪漫剧想象模式的产物。更为明确的是，怀特在对19世纪的四位史学大师的史学观念进行评价时指出："他们一致认为，撰写一部真正的历史应该是客观的、不存在先入之见的，它只对过去的事实本身感兴趣，不存在先验的倾向而将事实塑造成一种形式体系。然而，这些大师们撰写的历史最显著的特征便是他们的形式一致性，以及他们对历史领域的观念性控制。"③

二　喜剧想象模式

怀特选择兰克的历史文本作为这种想象模式的代表。尽管兰克认为，自己的实在主义历史方法拒绝他那个时代的浪漫主义艺术、实证主义科学和唯心主义哲学，但怀特认为，兰克的客观主义观念并不等同于朴素的实在论，而是具有明确的先入之见；兰克虽然表示要在他的情感世界中抑制浪漫主义的冲动，按照仅仅与过去实际发生的事件相连的方式写作历史，但还是不可避免地会借助语言学、诠释学等学科的方法来考订历史、建构历史文本。因此，"兰克以一种隐喻模式来构想历史领域，它鼓励在事件

---

① ［美］海登·怀特：《元史学：十九世纪欧洲的历史想象》，陈新译，译林出版社2004年版，第203页。

② ［美］海登·怀特：《元史学：十九世纪欧洲的历史想象》，陈新译，译林出版社2004年版，第193页。

③ ［美］海登·怀特：《元史学：十九世纪欧洲的历史想象》，陈新译，译林出版社2004年版，第194页。

的个体性、独特性、生动性特点和多样性中对它们怀有一种初步的兴趣"①。怀特认为兰克对历史主义的形成发挥了奠基作用，伊格尔斯指出："兰克历史学的目的既不是收集历史事实，也不是形成普遍规律，而是认识历史观念。"② 兰克自称自己历史写作的目的在于以其统一性讲述各民族的历史，但是，他强调对这种统一性理解只能通过对特殊性的理解而获得。兰克为西欧许多国家著史，意在通过对个体国家的分析达到对国家的理解。在兰克看来，每一个国家都代表"神的旨意"，但每一个国家都有自己的"主导观念"，国家就是这种主导观念所显示的历史趋势的产物，而对每一个国家的研究都将深化对这个国家主导观念的认识。史学界对兰克的研究大都集中在对他的历史主义主导下的历史实在论的抽象批判，而怀特在《元史学：十九世纪欧洲的历史想象》的第四章"兰克：作为喜剧的历史实在论"中，对兰克历史文本的结构要素——由兰克的语言风格所决定的由喜剧、机体论和保守主义的结合而构筑的历史文本进行了反本质主义式的具体分析，不仅使兰克的历史实在论土崩瓦解，而且宣示了怀特关于历史文本的结构是文学性的这一核心立场。在怀特看来，兰克将"作为喜剧的历史过程"描述成"一种确定气氛中，即历史领域被元史学式地构想成一组冲突，它们必须以和谐的结局结束，而在这种结局中，'自然'最终将由如同它那样稳定的'社会'代替"③，不过都是一种抽象。如果说怀特将历史文本的前一种模式即米什莱历史文本的浪漫剧模式视为一种想象模式还情有可原的话，那么，怀特因为还想证明兰克的喜剧式历史文本也是一种想象模式，故对兰克的历史实在论进行强有力的解构，则需要极大的学术智慧和学术勇气的。

历史实在论是一种本体论。当两千多年前的柏拉图以"我并不关心对

---

① ［美］海登·怀特：《元史学：十九世纪欧洲的历史想象》，陈新译，译林出版社2004年版，第228页。

② Georg G. Iggers, "The image of Ranke in American and German Historical Thought", *History and Theory*, vol. 2 (1962), No. 1.

③ ［美］海登·怀特：《元史学：十九世纪欧洲的历史想象》，陈新译，译林出版社2004年版，第229页。

于人们来说什么显得美。而只关心美是什么?"这样一句提问来启动西方美学的思辨之舟,他同时不仅为美学学科、还在无形中为后来诞生的历史学学科也设置了一条本体论的航道。自此以后,对抽象的事物本质的追究替代了对实际的事物的存在及其具体样态的关注,由此树立了学科的基本知识形态。根据这一基本立场,我们所面对的纷繁复杂、变动不居的现象后面,不仅存在着作为历史本质的稳定的成分,而且只有这种东西是客观存在、永恒不变、实在可知的。兰克所说的"如实直书"就是坚守这一信念的体现。但康德以来的近现代哲学对传统本体论的扬弃,帮助历史学家认识到客观历史存在的复杂性。这种哲学告诉我们,我们所认识到的世界是经验世界,它是我们的主体世界与客观存在互动的产物,作为纯粹客观的"物自体"的历史只是超验的形而上学存在。因此,怀特以反本质主义的立场放逐兰克的历史本体存在,回归历史存在在场的、当下的、具体的状态。怀特指出,虽然兰克为了坚守历史实在论,他的有关历史过程的思想标示出"与某些文学浪漫主义的首要前提存在着明显断裂",但他的"历史学实践中隐藏的浪漫主义冲动当然不容否认","这些浪漫主义冲动表现在兰克对个体事件的惟一性和具体性存在的兴趣中","在专注于进入历史戏剧角色的意识内部,以他们看待自己的方式观察他们,并且重构他们在自己的时空中面对的那个世界时,兰克也表现出了这些浪漫主义冲动"[1]。伊格尔斯也指出过,兰克相信自己能探寻普遍真理,但他主张这一真理只能通过个别来理解,"通过外延推理是无法理解这种普遍真理的,这种方式是与诗人或艺术家使用的方式类似的"[2],"因为历史学家所研究的'本质'(Wesen)和'内容'(Inhalt)是只能通过精神领悟(geistige Apperception)加以理解的精神统一体(geistige Einheiten)。但领悟并不是描述或解释的经验性行为。相反,它涉及的是某种程度上每个人都有的

① [美]海登·怀特:《元史学:十九世纪欧洲的历史想象》,陈新译,译林出版社2004年版,第255—256页。
② [美]格奥尔格·G.伊格尔斯:《德国的历史观》,译林出版社2006年版,第87页。

天才的程度，但是每个人的程度很不一样。由此历史学家仍然对普遍性取得要求、对于建立因果关系和公正性的关注，以及对整体背景的探求。兰克把这一点看作是'确定的'，即在所研究的历史事件、人物和制度的表面现象背后，往往存在一个整体（Totalitat，Totales），一个完整的精神性的实在"①。

　　怀特与其说是为了指出兰克历史文本中的浪漫主义成分，毋宁说是坚持历史的一种具体历史性存在。在怀特对兰克历史文本的分析中，我们总能看到怀特对反本质主义的具体描述乐此不疲和情有独钟。他在对米什莱、兰克的历史想象模式进行总结时说到："作为19世纪第二个25年间新型的或'实在论的'历史学代表，一种共同的信念将他们联系在一起，即以一种特殊性和多样性对历史过程进行的简单描述，都将以讲述一个故事便是为了说明事情何以如此的方式，描绘出一部成功、圆满和理想秩序的喜剧。支撑着他们，使其愿意沉迷于历史文献包含的混乱材料和事件的是一种这样的信念，即根据事件的特殊性所做的准确描述得出的不是一幅混乱的图景，而是一种形式一致性的想象。"② 可以说，虽然怀特具有反本质主义的倾向，但他的历史诗学中具有极其复杂甚至矛盾的成分——如果说他是绝对的本质主义者，那么他当然应该力主存在着本体的历史。但是，他只相信存在着虚构的历史，即作为文本的历史；倘若认为他是单纯的反本质主义者，那么，显然，他应该只崇尚"个别"而不会相信"一般"。可事实上，他的论述摇摆于特殊与普遍之间，即认为每一特殊的历史书写者都会建构特殊的历史文本，并相信所有特殊的历史文本普遍具有共同的诗性结构。他视兰克的历史文本中的描述为特殊与普遍的统一，不仅足以显示出他吸取众家之长的努力，而且昭示着全然否定兰克历史实在的纯粹反本质主义也面临着被解构的危险。于是，我们看到，怀特的历史文本修

---

　　① ［美］格奥尔格·G.伊格尔斯：《德国的历史观》，译林出版社2006年版，第97—98页。
　　② ［美］海登·怀特：《元史学：十九世纪欧洲的历史想象》，陈新译，译林出版社2004年版，第259页。

辞理论陷入了一种尴尬的境地。

其实，怀特在分析兰克历史文本的喜剧式想象模式时面对的这种尴尬也是当今各种学术思潮彼此较量后的一种合力的体现。如今，当我们目睹了本质主义与反本质主义的交锋后发现，无论哪一种思潮都没有绝对的优势。即便是声势浩大、影响深远的反本质主义也难免陷入一种反讽的处境。著名哲学史家施太格缪勒曾说，"维特根斯坦在他描述语言游戏上以及他对不同观点的批判上，一直受到下面信念的支配，即他比其他哲学家关于语言本质有着更深刻的洞察力"[①]。维特根斯坦的学说所显示的尴尬是：以一种本质主义的立场来张扬自己的反本质主义主张。其实，承认历史的具体历史性、存在的个别性与容纳相对抽象的文本结构，这二者之间并不存在分庭抗礼之势，历史文本的想象模式同样如此，就如有人在论述美的事物时所指出的："我们并不否认一切美的事物都是个别的说法。我们的意思是说，被归之为所有美的事物的美，完全不是一个多义的名称，而是一种同一性。它能够在美的所有实例中，被作为不同于例如道德这另一种同一性的因素而辨认出来。"[②] 而且，承认这两者的统一特别符合美的精髓，就如席勒在《美育书简》中所指出的，审美体验的特点并不在于人们享受得更多，而在于享受得不同。因为在审美体验里，主体"不仅在范围和程度上提高了他的享受，而且在种类上也使他的享受高尚化了"。怀特这种做法给当代学科转型带来了新启示：既坚守普遍性的理想但又不固守排他性立场，实现诸多特殊性的普遍主义目标。因而他的历史诗学最重大的理论贡献之一在于，它提供了建构一种介于本质主义与反本质主义之间的合理的学科范型。

---

① ［德］施太格缪勒：《当代哲学主流》上卷，王炳文等译，商务印书馆 1986 年版，第 602 页。

② ［英］卡里特：《走向表现主义的美学》，苏晓离等译，光明日报出版社 1990 年版，第 24 页。

三 悲剧想象模式

怀特将托克维尔的历史文本定性为对"悲剧式实在论历史观念的阐释"的范本。尽管托克维尔有着扎实的史料功夫，但并不能阻止怀特认为他所建构的历史文本是一种悲剧想象模式。

怀特之所以将托克维尔的历史文本当成悲剧想象模式，主要原因是怀特认为"托克维尔问题"中本身就预构了悲剧的意蕴："在整个托克维尔著作的背后，主导力量是令人迷惑的挫败和绝望的图景。"① "托克维尔问题"即"在一个必然来临的民主社会中如何保全自由"的问题，在怀特看来，这是托克维尔为了表现自己选择的史料而选择的一种概念性策略。这一问题的内涵至少包括：民主铁律、自由至上、民主与自由结合的难题。首先，在托克维尔看来，民主不仅在他所处的时代是一股不可抗拒的力量，而且在未来社会中，民主也必将得到推广，托克维尔曾以充满宿命感的语气写道："以为一个源远流长的社会运动能被一代人的努力所阻止，岂非愚蠢！以为已经推翻封建制度和打倒国王的民主会在资产者和有钱人面前退却，岂非异想！在民主已经成长得如此强大，而其敌对者已经变得如此软弱的今天，民主岂能止步不前！"② 其次，虽然意识到民主的社会状态正在势不可当地到来，但它始终保持着对自由的爱好，对全面自由的崇尚。他写道，"当自由受欢迎时，我表示了我对自由的赞赏；当自由遭抛弃时，我仍坚持不渝"③。再次，虽然托克维尔希望在民主社会中保全自由，但他又痛心地看到，民主与自由并非天然和谐，在必然到来的民主社会中，自由既可能与民主共生，也可能被人遗忘和抛弃而形成暴政。因此，在托克维尔的历史文本对历史的反思性描述和观察中，只能见到他对

---

① 〔美〕海登·怀特：《元史学：十九世纪欧洲的历史想象》，陈新译，译林出版社 2004 年版，第 267 页。

② 〔法〕托克维尔：《论美国的民主》（上卷），商务印书馆 1992 年版，第 7 页。

③ 〔法〕托克维尔：《旧制度与大革命》，冯棠译，商务印书馆 1997 年版，第 36 页。

未来谨慎的推测。怀特将托克维尔所述的这一情形视为"反讽视野中的悲剧性冲突",认为托克维尔的历史文本《旧制度与大革命》、《论美国的民主》、《回忆录》等"远非乏味地'单单为了事实'而研究事实,而正是寻求一种悲剧作者试图为自己及其读者找到的超历史的立场"①。

　　托克维尔扎扎实实地依靠对原始材料的分析而得出结论,这一做法得到了史学界的公认,但怀特认为这位如此注重事实的历史学家的历史文本仍然是编纂出来的悲剧风格。有资料显示,托克维尔"阅读、利用了前人从未接触过的大量档案材料,包括古老的土地清册、赋税簿籍、地方与中央的奏章、指示和大臣间的通信、三级会议记录和 1789 年的陈情书。他是第一个查阅有关国有财产出售法令的历史学家;他还努力挖掘涉及农民状况和农民起义的资料。根据这些史料,他得以深入了解、具体描绘旧制度下的土地、财产、教会、三级会议、中央与地方行政、农民生活、贵族地位、第三等级状况等"②。同时,他还具有优美典雅的文笔,其历史文本具有强烈的文学性,杰出的比较文学史家昂佩尔曾描述道:"我简直不敢在如此严肃的著作中评价纯文学的素质……这种风格更浑厚的同时也更柔和。在它的作品中,严肃并不排斥精巧……内心的火焰在这些如此新颖、如此智慧的理性篇章始终燃烧,慷慨灵魂的激情永远使那些篇章生气蓬勃;我们仿佛听到一个声音,真诚而无虚幻,恳切而无狂暴。"③ 因此,怀特也有理由认为托克维尔的历史文本是充满文学性的结构。尽管托克维尔认为自己治史注重冷静分析,少有偏激之词,态度中庸,超然物外,他曾说,"他们认为我交替地持有贵族制和民主制的偏见……但我的出身恰好使我更容易对这两者保持距离……当我步入生活之际,贵族制已经逝去,而民主制尚未诞生。因而,我的本能不可能盲目引导我追随这一种或那一种……我在过去与未来之间寻求平衡,对两者都没有天生本能的吸引力,

---

　　① 〔美〕海登·怀特:《元史学:十九世纪欧洲的历史想象》,陈新译,译林出版社 2004 年版,第 305 页。

　　② 〔法〕托克维尔:《旧制度与大革命》,冯棠译,商务印书馆 1997 年版,中译本之序言。

　　③ 〔法〕托克维尔:《旧制度与大革命》,冯棠译,商务印书馆 1997 年版,中译本之导言。

这样我无须努力便能精心地考虑问题的每一个方面"①，但事实上，作为一个没落贵族子女，托克维尔对失去的天堂有着无限的眷念；作为一个史学家和思想家，又清楚地看到旧制度必将被无情地淘汰；作为一个资产阶级的有识之士，对资本主义的前景忧心忡忡、对无产阶级的崛起惧恨交加。因此，他企图兼取旧制度和民主制之所长，寻找一条折中的社会改良道路。对此，怀特说："托克维尔感觉到，有必要在人们的意识中将绝望和希望都保留下来，但同时提醒他们，只有经历最严厉的苦难、忍受最痛苦的劳作，才可能获得一个更好的、更具人性的未来。因此，对于即将来临的时代，托克维尔想象出这样一种艺术，它由贵族政治时代的史诗模式，经历了过渡时期的抒情模式，再转为对人类环境的一种新的悲剧性理解。"② 怀特对托克维尔历史文本的分析无非是通过这一个案例申述了他的历史诗学的根本旨归：19世纪欧洲历史意识的发展都经历了由对历史实在充满信心的阶段，过渡到对历史进行想象而建构历史文本的阶段，历史文本具有普遍的诗学本质，历史文本存在普遍、共同的结构。

怀特对托克维尔历史文本的分析明显借鉴了弗莱的悲剧理论。弗莱说，悲剧理论是一种相对其他几种叙事结构而言较为完满的理论。本书认为，其原因可能在于悲剧的净化说为人们提供了一个解释人类的人性最深处、最复杂的情感和体验的最简单答案。虽然怀特未能对托克维尔历史文本中的悲剧因素及其对读者产生的心理效应进行详尽的分析，但我们知道，净化说是亚里士多德悲剧理论的核心，弗莱在论述悲剧的原型结构时也是主张悲剧的净化效果及其带来的审美快感，弗莱说："在纯正的悲剧中，主要人物都是被从梦幻中解放出来，这种解放同时又是一种局限，因为还存在着自然的秩序。"③ 这非常吻合怀特所描述的托克维尔的历史文本

---

① 转引自［美］海登·怀特《元史学：十九世纪欧洲的历史想象》，陈新译，译林出版社2004年版，第268—269页。

② ［美］海登·怀特：《元史学：十九世纪欧洲的历史想象》，陈新译，译林出版社2004年版，第271页。

③ ［加］诺思罗普·弗莱：《批评的解剖》，陈慧等译，百花文艺出版社2006年版，第299页。

的建构状况，"在描述复杂的历史事件时，他对传统语言用法的质询将思想推到了人类选择的极限之处，它剥夺了个人颇感轻松的习惯用法，并且迫使读者根据自己希望未来发生的事情来决定过去'实际发生之事'，要求读者在历史潮流中是舒适地顺流而下，还是逆流而上进行斗争之间做出抉择"①，怀特是想借弗莱的悲剧理论表明，托克维尔历史文本的悲剧想象模式是要在人性与历史之间建立一种关于矛盾冲突的调和关系，而调和就会产生顺从和妥协，就会失去批判性而走向反讽。怀特指出："托克维尔关于史学家充当调和者的角色这样的观念，预示了那种他在后来的史学反思中逐渐陷入的反讽式心理结构。作为一位史学家，托克维尔在其职业生涯开始时，旨在获得一幅悲剧式的历史图景，它以理解人与命运抗争中支配人性的规律为前提，更以理解支配一般社会过程的规律为前提，……如果设想人自身存在着根本缺陷，……那么，对于支配着作为社会存在的他的活动的那些规律的发现，必定会被视为表面地而非根本的自由，而是一种命定。"

米什莱将法国大革命构思为一出浪漫剧，而托克维尔将其描述为一出悲剧。怀特认为，且不看真正的历史怎样，只不过是"托克维尔把历史想象成人性与社会中不可调和的因素之间的一种交流；对他而言，历史在史学家的现在或即将到来的未来之中，走向了巨大力量之间的冲突"②。在怀特看来，就像米什莱将法国大革命构思为一出浪漫剧一样，托克维尔想象法国大革命的历史文本为悲剧模式的原因"并不因为在编年的'事实'层面上，而是关于事实所要讲述的故事是属于何种类型这一层次上"③。既然同一个事件既可以建构成浪漫剧，也可以建构成悲剧，那么其标准显然不是事实的或逻辑的。对此，怀特明确指出："历史学家特别爱通过描述过

① 转引自〔美〕海登·怀特《元史学：十九世纪欧洲的历史想象》，陈新译，译林出版社2004年版，第311页。

② 〔美〕海登·怀特：《元史学：十九世纪欧洲的历史想象》，陈新译，译林出版社2004年版，第314页。

③ Hayden White, *Tropics of Discourse*, *Essays in Cultural Criticism*, Baltimore：Johns Hopkins University Press，1978，P. 59.

程的形式和内容来寻求解释历史事件。他们或许用一种声称逻辑一致性作为其合理性象征和指示的正规解释来加强这种描述。但是就像有许多不同模式的描述一样，也有着许多不同种类的合理性。"① 可以看出，怀特所要揭示的是史学家建构历史的模式来源于一种判断，一种充满文学性的判断，一种在诗性比喻层面上体现出的"合情"基础上的"合理"判断。也就是怀特尤为重视的历史修辞，是历史学家组织历史材料、赋予历史以意义的根本手段。

怀特认为，既然托克维尔将法国大革命预构为悲剧模式，那么，他就按悲剧模式的要素来进行书写。怀特说："托克维尔犹如那时小说界的一位伟人——巴尔扎克，在他们的历史观念中，人类源于自然，通过其理性和意志创造出社会来满足其直接需要，随后投身到这场与其创造物的生死决斗之中，于是上演了历史变迁的戏剧。如同在黑格尔那里那样，历史知识的作用是在特定的时空中充当这场决斗结果的一个因素。历史知识通过将人们置于他们自己的现实中，并且告诉他们，什么力量必定会对其世间领域的胜利产生影响，它由一种对沉寂的过去的关注转变成现实中对活生生的过去的关注；它把人们的注意力转向其中的邪恶，并试图祛出由此产生的恐惧，表明这种邪恶是人们自己创造的，因而潜在地服从于他们的意志。"② 按照怀特的观点，不同的历史构图来源于不同并且在先的诗性预构，托克维尔选择了悲剧的想象模式，就使他从悲剧的视角来考察和表现他的研究对象。现有研究表明，虽然悲剧的成因较为复杂，但创作者的复杂矛盾心态无疑是一重要的因素。在对托克维尔悲剧想象模式的评析中，可以发现，怀特的观念深受弗莱启发的因子。弗莱曾说："悲剧是一种矛盾的结合：一方面是正义的恐惧感（即主人公必定会堕落），另一方面是

---

① ［美］海登·怀特：《旧事重提：历史编撰是艺术还是科学》，载陈恒、倪为国主编《书写历史》（第一辑），上海三联书店2003年版，第22页。

② ［美］海登·怀特：《元史学：十九世纪欧洲的历史想象》，陈新译，译林出版社2004年版，第309页。

对失误的怜悯感（主人公堕落，太令人惋惜了）。"① 受此影响，怀特认为，在托克维尔看来，"未来的社会中人与人之间的和解的前景渺茫。历史是无法逃避的冲突的舞台，其中起作用的力量无法调和，无论是在社会中，还是在人的内心之中都是如此"，"人们流连于'两道深渊的边缘'，一道是由社会秩序构成，少了它，人将不仁；另一道则是由他内心中阻止他成为完人的魔鬼本性构成。正是对存在于'两道深渊边缘'具有的自觉性，人们总是在每一次努力之后返回原地。这种努力是要促使自己超越动物性，使栖息在他内心中被压抑、束缚、无法在万物间处于优势的'神性'兴盛起来"②。

由上可见，怀特通过对托克维尔悲剧想象模式的分析，进一步巩固了他的一个重要结论：历史是依具体情形观念或想象地构成的，历史只能以审美的方式获得理解，历史学家选择某种文本想象模式归根结底是审美的或道德的而非认识论的原因。这就像艺术创作一样，贡布里希认为，我们不能指望两个画家会在一幅给定的风景中看到同样的东西，我们在面对他们对同一片风景的各自不同的表现时，不要想在其中作出选择并评判谁的更"正确"③。

四　讽刺剧想象模式

也许布克哈特的讽刺剧想象模式不一定是怀特最崇尚的一种模式，但因为这种模式所显现的是反常性，推崇的是多样性，这就不仅为怀特论证历史近似文学、主张历史性与文学性相通提供了重要的案例，而且使怀特在形成介于本质主义与反本质主义之间的学术立场的过程中游刃有余。

---

① ［加］诺思罗普·弗莱：《批评的解剖》，陈慧等译，百花文艺出版社 2006 年版，第 310—311 页。

② ［美］海登·怀特：《元史学：十九世纪欧洲的历史想象》，陈新译，译林出版社 2004 年版，第 263 页。

③ Hayden White, *Tropics of Discourse*, *Essays in Cultural Criticism*, Baltimore : Johns Hopkins University Press，1978，P. 46.

　　布克哈特的历史文本通常被认为没有"故事"，也没有"叙事线索"，但怀特认为，形成布克哈特历史文本的"叙事模式是……一种反讽的虚构模式"①，布克哈特是"将历史看成一种以自我为中心的艺术训练的叔本华式悲观主义者"②。布克哈特因历史观与艺术观相结合而形成了历史文本的反讽式想象模式，可以说，布克哈特的这种结合契合了怀特历史诗学中的关键成分：历史具有无法回避的诗学本质。具有历史反讽意味的是，布克哈特与他同时代的历史学家不同，他对历史学的兴趣不是为了弄清过去的历史事实，或者掌握渊博的历史知识，而是为了把握他那个时代的欧洲文明。怀特说："布克哈特的历史想象始于托克维尔结束的反讽情境。浪漫剧的热情、喜剧的乐观，以及抛弃对世界的悲剧性理解都与他无关。布克哈特审视着这样一个世界，它通常会背叛美德，扭曲才华，滥施权力而服务于更卑鄙的目的。他看到自己的时代中少有德行，并且，没有什么值得它赋予绝对的忠诚。他唯一的投入便是'旧欧洲的文化'。但他把旧欧洲的这种文化想象成一片废墟。"③ 在怀特看来，布克哈特的历史文本反讽式的想象模式不仅体现了 19 世纪欧洲历史意识发展的必经阶段，而且与自己的反本质主义历史观具有某种内在的联系。

　　怀特将布克哈特的《君士坦丁大帝的时代》、《意大利文艺复兴时期的文化》、《希腊文化史》等历史文本概括为讽刺剧想象模式，根本原因是出于他对布克哈特特殊的人生经历和个性的考量。从这一立场而言，怀特的提炼和概括至少不是无中生有。

　　众所周知，在经历了法国大革命和拿破仑战争的剧烈震荡之后，欧洲社会发生了翻天覆地的变化，人们习以为常的君主统治逐渐为民主化的政治生活方式所取代，布克哈特家庭所属的贵族阶级正在丧失其特权，政治

---

　　① ［美］海登·怀特：《元史学：十九世纪欧洲的历史想象》，陈新译，译林出版社 2004 年版，第 36 页。

　　② ［美］海登·怀特：《元史学：十九世纪欧洲的历史想象》，陈新译，译林出版社 2004 年版，第 333 页。

　　③ ［美］海登·怀特：《元史学：十九世纪欧洲的历史想象》，陈新译，译林出版社 2004 年版，第 319—320 页。

上的地震带来了文化、心理上的诸多变化，一个大众的时代正在来临。面对急剧变化的时代，布克哈特意识到，神学无法提供解释变化的答案，兰克的历史研究取向也并不是解释世界的最佳方式，因此，他将一生的学术实践主要倾注在文化史和艺术史的著述上。然而，即使19世纪欧洲科学实证主义的影响无孔不入，当时的历史研究中非常注重史料的细致考订；即使黑格尔哲学思想在19世纪的历史学中打上烙印，历史学家们相信通过对过去的研究而抽象出和把握住历史发展的规律，但布克哈特认为这两者他都不能接受。他认为，历史学是一门艺术而非科学，具有主观性，带有想象，是"所有学科中最不科学的学科"①。他的这一观点获得了怀特的特别青睐。怀特指出，尽管"布克哈特一直否认自己有一种'历史哲学'，他公开蔑视黑格尔，后者（指黑格尔——引者注）胆敢发表一个世界计划，将任何事情放在一种前定的知识框架内进行解释"，但"布克哈特知道，否认历史哲学的可能性，便是否认理性具有在事件中发现某种模式的能力，或者否认意志在事件上施加某种模式的权利。……因此，布克哈特称他的'历史哲学'是一种历史'理论'，并使它呈现为不过是出于陈述和分析的目的对材料进行的'任意'排列。他不可能尝试赋予事件'真实的本质'，因为他的悲观主义使他无法奢侈地假设事件根本上存在任何'本质'"②。由此可以看出，怀特将布克哈特的讽刺剧想象模式的根源归结为他所处的时代及其悲观主义情结。

怀特认为，布克哈特所处的时代，"是一个由崩溃和衰落的感觉作为其特征的时代，但也是一个不愿承认这种感觉的时代，一个逃避到作为一种麻醉剂的艺术观念之中的时代。在这个时代中，布克哈特的历史观最终获得了胜利"③。笔者认为，怀特说"布克哈特的历史观获得了胜利"是布

---

① Jacob Burckhardt. *Reflections on History*. Indianapolis：Liberty Fund，1979. p121.
② ［美］海登·怀特：《元史学：十九世纪欧洲的历史想象》，陈新译，译林出版社2004年版，第323—324页。
③ ［美］海登·怀特：《元史学：十九世纪欧洲的历史想象》，陈新译，译林出版社2004年版，第333页。

克哈特的历史观是正确的历史观之意。那么，布克哈特历史观的具体内容为何？要而言之，他的反讽的想象模式决定了他是一种认可作者和读者主观性的多样化的历史观，具体体现在《意大利文艺复兴时期的文化》的导论中：

> 事实上，任何一个文化的轮廓，在不同人的眼里看来都可能是一幅不同的图景；而在讨论到我们自己的文化之母，也就是直到今天仍对我们有影响的这个文化时，作者和读者就更不可避免地要随时受到个人意见和个人感情的影响了。在我们不揣冒昧走上的这个汪洋大海上，可能的途径和方向很多；本书所用的许多研究材料，在别人手里，不仅很可能得到完全不同的处理和应用，而且也可能得出完全不同的结论。①

由上可见，布克哈特的多元化立场显得极其宽容和理性，这与怀特的历史诗学中主张多种情节化解释模式的立场不谋而合。

为此，怀特专门以"讽刺的风格"一节对布克哈特的《意大利文艺复兴时期的文化》进行了不厌其烦、极其精细入微的解读。在解读了导论后说："接下来是一幅壮丽的概览。以一位印象派大师绘画中具有的某种气质，布克哈特勾勒出了意大利政治发展的主线。不同意大利城市国家历史的一般轮廓描绘出来了，国家间政策的性质已经指明，那个时代政治生活的独特性质也得到了紧凑的概括。这就是著名的开篇内容'作为一种艺术工作的国家'。"怀特如是解读，其实是针对布克哈特在《意大利文艺复兴时期的文化》中竟然没有谈论艺术的事实。在怀特看来，布克哈特虽未在其中涉及艺术，但他的整个观念却奠基于艺术，他是将一个特定的艺术发展时期转化成了一个伟大的文化时期。在布克哈特的历史观念中，政治、

---

① ［意］雅各布·布克哈特：《意大利文艺复兴时期的文化》，何新译，商务印书馆 1979 年版，第 1 页。

宗教和文化三个因素的交织和互动构成整体的历史，在不同的时代，政治、宗教和文化这三种力量所起的作用并不相等，其中之一会起到决定性的作用，主导其他两种因素，并形成这一时代的特征。他曾说，"有些主要是政治时代，有些主要是宗教时代，最后还有一些似乎是为文化这一伟大目的而生的时代"①，尽管他认为文艺复兴时代是典型的为文化而生的时代，但由于他认为艺术是历史的有机组成部分，艺术与一个时代的政治、思想观念以及文化都有着密切的联系，因而要理解艺术，就必须了解它所产生的时代，即艺术赖以产生的文化环境，如人们的思想观念、社会政治背景等。他曾明确指出："对我而言，背景是最重要的，而背景是文化史的主题。"②而在怀特看来，这正构成了反讽：对于《意大利文艺复兴时期的文化》论题本身应该涉及的主要是文化，而布克哈特却主要涉及文化产生的背景，而对于占全书之六分之一的"作为一种艺术工作的国家"部分应该主要论述艺术，结果布克哈特谈的是文化甚至是广义的社会习俗、礼仪、法律、宗教、文学、节日、庆典等。历史文本的形式与内容的矛盾构成反讽的效果，此其一。其二，怀特认为，布克哈特的历史文本《意大利文艺复兴时期的文化》的主题被其中之一章"作为一种艺术工作的国家"所统帅，即政治和宗教的世界是由"文化"决定的，在文艺复兴时期，文化自身摆脱了政治和宗教的控制，并超越政治与宗教之上主宰着政治和宗教，决定着政治和宗教的形式，任何与人类存在相联系，即使是很世俗的领域都转化成了艺术。这本来是非常美好、令人欢欣鼓舞的情景，但布克哈特却像描写政治部分一样以忧郁的笔调结束。其三，怀特指出，布克哈特该文本的其他部分如"古典文化的复兴"以人文主义者对于学院失去控制，以及由此使得文化庸俗化而结束；该文本的结尾部分"道德与宗教"未能对全书主题进行总的概括，而是讨论了普遍的怀疑精神。

---

① Jacob Burckhardt. *Reflections on History*. Indianapolis: Liberty Fund, 1979. p60.
② Felix Gilbert. "Jacob Burckhardt 's Student Years: The Road to Cultural History", *Journal of the History of Ideals*. vol. 47, No. 2, 1986, p249.

　　怀特对布克哈特讽刺剧想象模式的探讨从根本上含有他通过反讽来倡导多元化的用心。他说，布克哈特的这个文本"并没有恰当的开端和结尾，至少不像戏剧的圆满结局或解决那样结束。它整个都是过渡，像这样，对于文艺复兴之前（中世纪）和之后所谈论的要远比表面上的主题，即'文艺复兴'本身多得多……其中并不存在一个文艺复兴的'故事'，不存在可以对其精华进行概述的一致性发展。……文艺复兴表现为一种间隔，即两个大的压抑时期之间的间歇，一个是中世纪，那时文化和政治都屈从于宗教的要求；另一个是近代，这时文化和宗教逐渐服从国家和政治权力的强制性要求"①。这样文艺复兴的表现成为"两个专制时代的间隔时期文化成分的'自由表现'"。存在主义先驱克尔开郭尔说，"反讽是自由，确切地说，是一种从对现实事物的所有关心中解脱出来的自由，也是一种从自身的兴奋与幸福中解脱出来的自由"②。按照克尔开郭尔的哲学观，反讽所追求的纯粹自由造成存在的总体对反讽主体的疏离，反过来又使反讽主体对存在疏离。以叙事学的立场看，反讽是隐含的作者对表层意义的取消而形成的不可靠叙述，反讽文本编码的多重性使文本表层的意义与读者对它的经验之间形成强烈的反差，形成了读者的阅读期待与历史文本的距离。这一意义间距不仅造成了对文本表层意义的否定，而且使表层叙述与深层意蕴之间造成了某种裂缝。我们看到，布克哈特曾在《意大利艺术指南》中暗示，自然主义的勃兴，是教会对艺术家放松控制的结果，这给艺术家提供了实现个人雄心、表现个性的机会。同时，又使意大利错失了统一和融合的机会。显然，这个结论成为布克哈特分析意大利文艺复兴时期政治形势的基本观点。而两相比较，近代是文化和宗教逐渐服从国家和政治权力的强制性要求的时代，是与文艺复兴时期的情形完全相异的时代，是人性片面发展的时代，是文化被遗忘的时代，但是，怀特认为布克哈特

---

　　①　［美］海登·怀特：《元史学：十九世纪欧洲的历史想象》，陈新译，译林出版社 2004 年版，第 337—338 页。

　　②　Soren Kierkegared，*The Concept of Irony*，Bloomington：Indiana University Press，1965. p. 296.

的文本是反讽的。因为，通观整部作品，"有一个没有表述出来的对立面，这就是史学家自己所处的那个灰暗的世界，即 19 世纪下半叶的欧洲社会"①。这是一种实在，可布克哈特偏偏就隐藏这种实在。怀特指出，布克哈特采用反讽的语言"就像鉴赏一堆考古挖掘出来并拼起来的碎片"来展现文艺复兴，通过类比从部分中猜出整体的情境，但是，该情境的形式只能指出而无法确定，就像康德主张的那种"物自体"，为了说明是科学，必须假定它存在。

　　这种情形很容易衍生出一种"作为寓言的历史"观，很自然地与文学走向共通之处。在此，笔者不揣赘言，拟结合我国当代历史小说创作的实际对文学性与历史性的融通进行分析。

　　诚然，小说与历史始终存在着差异，《说文解字》中说，史，记事者也，当然是指意味深长的社稷大事，并从中会引申出规律、传统、准则等；而小说乃琐屑之言，用班固的话说，是"街谈巷语，道听途说者之所造也"，至少有虚构之意。但是后来的诸多的事实表明，历史在走向虚构和文学在走向仿真中趋于合流。而根据怀特的理论，走向合流的内因是二者都具有本质上的虚构性，只不过前者的虚构是客观上不可避免的虚构，后者是主观刻意而为之的虚构。在历史领域中，布克哈特撷取碎片的做法给擅长通过具体表现抽象的文学以有利的口实。虽然在现实主义的理念中，历史是业已被给出的，是规律，是本质，是巨人和伟大的事件构成的宏大叙事，但是，人们的实践经验后来引发了一个重大的疑问：作家的创作能否触及真正的历史？又能在多大程度上触及历史？历史能否还原？传统的、固有的、形而上学的理念受到空前怀疑和挑战。譬如，余华的文本的确是关于中国历史的文本，历史真实——或曰被权力结构所压抑的历史无意识，在余华的文本中并不是清晰可辨的文化、内涵或象征符码。学界在评论余华的叙事文本时，与其认为其呈现了一个完整的时空连续体，不如

---

　　① ［美］海登·怀特：《元史学：十九世纪欧洲的历史想象》，陈新译，译林出版社 2004 年版，第 339 页。

说是其在能指的弥散、缺失中完成了对经典历史本文的消解。然而也正是在这种反历史的意义上，余华的文本序列成了本亚明所谓的历史寓言。①其实，在我国新潮与先锋作家那里，历史早已呈现了寓言式的新解，只是这种新解中包含了太多反抗"异化经验"的成分。扎西达娃所强调的呈现为"弱势文明"的藏族历史，在现代文明撞击下所体现出的顽强生命力，它的由不可动摇的神圣信仰所维系的历史，是对原来正统的历史结构与叙事的反抗。这正如伽达默尔所说的，解释学的发生依据于两种"异化经验"，一是审美意识，二是历史意识。人们在这两个意识领域里，总是不断感受到经验的更新与异化，他说，"历史意识的任务是从过去时代的精神出发理解过去时代的所有证据，把这些证据从我们自己当下生活的成见中解救出来"②，由此产生对历史的新解释。这同克罗齐所说的历史不过是个人心中的历史，"一切历史都是当代史"的论断应该都是一致的。因此，某种意义上也可以说，历史就是当代人解释自己的寓言。只是过去人们对所谓的"历史真实"怀着一种近乎"病态"的痴情与虚妄的信念，而实际上"历史真实"是一种遥不可及而又近在咫尺的梦想。还是同时接受了结构主义和后结构主义思想的怀特更加彻底，他在"修辞想象"的意义上，在结构主义叙事学的意义上来看"历史文本"；他打破了人们关于历史的"存在的形而上学"，意识到所谓历史不过就是某种不可避免的叙事游戏，其意义的形成同时取决于叙事本身。作家在这样的理念基础上，按照他自己的理解方式或观察视角进行的创作，便成为一种接近于"新历史主义"的叙事。

在我国当代历史小说中，作家们更重视个人对历史的体验与重新解释，作者成为历史的真正主体。在先锋作家创作的作品中，历史更是呈现出"多解性"，历史完全"人性化"和"个人经验化"了。这与怀特在透析布克哈特的讽刺剧想象模式时所推崇的多样性不谋而合。在众多的亦文亦

---

① 戴锦华：《裂谷的另一侧畔——初读余华》，《北京文学》1989 年第 7 期。
② ［德］加达默尔：《哲学解释学》，夏镇平等译，上海译文出版社 1994 年版，第 5 页。

史的文本如苏童的《妻妾成群》和《红粉》、长篇小说《我的帝王生涯》，格非的《敌人》和《边缘》，余华的《活着》和《许三观卖血记》等作品中，都体现出作家多样化的历史识见，并因此都达到了空前的深度。很多读者宁愿将这些文本当成历史文本来阅读，甚至用文本叙事来对照历史真实。即便是余华最朴素、最具"现实主义"意味的小说《活着》，也可以称得上是一个哲学与历史的寓言。在南海出版公司新版的单行本《活着》的封底上，引用了韩国《东亚日报》1997 年 7 月 3 日的一篇书评文章中的一句话："这是非常生动的人生记录，不仅仅是中国人民的经验，也是我们活下去的自画像。"非常深刻地表达了《活着》在表达人类共同经验而非"历史真实"方面所达到的一种"纯度"。余华的另一部发表于 1995 年的长篇小说《许三观卖血记》，不但可以被解释为是对六七十年代中国人的生存历史的记忆犹新的记录，而且更应该被解释为是对全部历史中人的生存本质——即以透支生命来维持生存——的无情揭示，在平静的叙事中蕴涵了令人战栗的寓意，甚至这部小说中的卖血频率越来越高、到最后又被主人公的衰老中断的叙事节奏，都隐喻着人的生命的减速与死亡的加速。它既同历史文本一样，也像一部地地道道的寓言小说，现实变成了对精神的"观照"，不是固有的、司空见惯的现实，而是被个人重新理解和编织的现实；不是由"镜"照出的现实，而是由"灯"洞见的现实；不是凭借寻常的认识方式与叙事观念看见的、不可思议的现实，而是充满了主观的虚幻色调、但又有着惊人深刻的真实。

以上我们从怀特所分析的由布克哈特的讽刺剧想象模式引申出的"作为寓言的历史观"，举证了中国当代文学与当代历史合流、进而实现文学性与历史性融通的事实。其实，在历史与文学交汇的问题上，由于特定历史语境的制约，即不得不过分关注文学与现实人生联系的原因，中国近、现代的文学理论很少论及虚构，倒是经常使用和"虚构"意义相反的那些概念和术语，如"再现"、"模仿"、"反映"、"真实性"等等。这无疑为接受怀特的影响、实现文学性与历史性的融通提供了重要的契机。虽然相对于中国学界，怀特所倡导的文史相融也许并不新鲜，但是他从理论层面对文史虚构异同的论证倒是为中国当代的新写实小说进行文学性与历史性的融和提供了学理支持。的确,"新写实小说"受包括怀特在内的新历史主义的影响极大,[①]有人曾将"新写实小说"看成是现实主义的"发展"或"嬗变"。其实,"新写实小说"的"现实"已经完全不同于传统认识论中的"本质化"现实,即不是常常以"唯物"和"辩证"的面目出现的现实。"新写实小说"之所以使写真找到了一次真正的回光返照的机会,是由于"现象学"的观念代替了庸俗反映论,它体现了尊重事实和尊重个体的理念:没有能够涵盖和"代表"个人的集体与"群众",没有高于个别的一般,也没有大于现象和高于事实的"本质",现象本身即通向并包含本质。现象学的思想使得作家对个体有了新的认识,每一个个体的现实处境都是具体的、一次性的和不可替代的,因此在他们的笔下,个人、小人物再次被推到了前台,成为现实生活的真正主体。他们用近乎纯客观的镜像式的描写、局外人的冷漠,展示着生存挣扎的细部与个体苦难的深渊。可以看出,"新写实"作家是在怀特所说的"诗学的"意义上[②]对待史料的。

中国的"新写实小说"与怀特对布克哈特的讽刺剧想象模式的分析引申出的"作为寓言的历史观"具有密切的联系,而这种联系主要体现在对待史料的态度,即诗学的态度。布克哈特的讽刺剧模式吸引怀特关注的根本原因是,布克哈特的讽刺剧想象模式架起了反讽与怀疑主义、相对主义之间的联系,从而为他建构介于本质主义与反本质主义之间的历史诗学理论打下了基础。

总之,怀特通过对上述几种文本想象模式的分析,想力图证明任何文本都是虚构的产物,并且是随"意"虚构而成之,"一个历史学家只需要转变他的观点或改变他的视角的范围就可以把一个悲剧境遇转变为一个喜

---

① 陆贵山主编:《中国当代文艺思潮》,中国人民大学出版社 2002 年版,第 307 页。
② 张京媛主编:《新历史主义与文学批评》,北京大学出版社 1993 年版,第 106 页。

剧境遇"①。然而，海登·怀特的这种相当于"历史就是虚构"的结论的确很难被大多数人所接受。而无可否认的是，海登·怀特所揭示的问题确实存在。这固然给史学研究带来了巨大的麻烦：我们孜孜以求的真实的历史何在？历史究竟应该是正剧，还是悲剧、或喜剧，甚至讽刺剧？对于不同"版本"、不同"风格"的法国大革命史，我们能否按传统意义上的真理论来分辨其是非正误，或检验其真实性？还有没有传统意义上的真实性、客观性的区分呢？我们是否应该重新界定真实性？伊格尔斯曾驳斥过海登·怀特的观点，但又似乎没有也无力真正回应海登·怀特的问题。②

---

①　［美］海登·怀特：《作为文学虚构的历史本文》，载张京媛《新历史主义与文学批评》，北京大学出版社 1993 年版，第 165 页。

②　在讨论后现代主义理论的"叙事虚构"问题时，伊格尔斯多次强调历史学有着自己的批评标准，历史学家有其共同遵循的学科准则（参见伊格尔斯《二十世纪的历史学——从科学的客观性到后现代的挑战》）。但对于海登·怀特来说，既然历史学家的结论是大相径庭的，那么，遵循共同的准则只能是仪式性的，历史学的想象与文学艺术的虚构只能是一回事。

第 五 章

历史文本的形式主义因素

怀特曾在《元史学：十九世纪欧洲的历史想象》的"导论"中非常明确地表白，"我的方法是形式主义的。"他不仅着力分析诸多历史学家和历史哲学家的历史文本的形式主义因素，而且身体力行，非常注重将形式主义方法运用在自己历史著作中。

虽然怀特的历史诗学是深受多种理论影响的结合体甚至是矛盾体，但毫无疑问，他的整个历史诗学的架构是形式主义的。怀特将19世纪的欧洲历史阐释成以历史想像的深层结构为基础而建构的历史，如米什莱的浪漫剧模式、兰克的喜剧模式、托克维尔的悲剧模式、布克哈特的讽刺剧模式以及黑格尔、马克思、尼采、克罗齐等历史哲学家记述历史事件的结构构成，他认为，虽然诸多历史学家和历史哲学家的历史著作风格各异、表现形态不同、书写方式大相径庭；有的以还原历史为己任，有的以阐释历史为旨归，但他们的历史文本都不可避免地成为预构的产物。怀特努力在不同的历史叙事中寻找共同的诗性结构，在不同的历史学家和历史哲学家的不同历史思维中挖掘相同的结构因素，他以文学和文学理论的特定模式和概念为基础，将历史视为与文学一样的结构模式，从而将文本的历史观念抽取出来。而抽取的结果共同指向——历史是语言建构的这一观念。

历史是语言的建构。怀特对所有历史文本这一操作方式的概括勇气来自于结构主义和后结构主义双重理论的强大支撑。

第一节　诗性的文本形式

怀特注重历史文本中的形式主义因素，从根本上来源于他对历史文本结构的重视。在他看来，历史文本结构深层的"文学性"必须有相应的形式技巧来表现。如前所述，当怀特提出历史学家的历史著作和历史哲学家的历史哲学著作与文学文本具有相同或相似的诗性结构的时候，我们发现，即使是他的反本质主义历史诗学也难以摆脱传统的结构主义的影响。因此，分析他的关于诗性的历史文本形式的论述，必须与结构主义理论结合起来。

一　简约化的诗性结构

承认历史是语言的建构，可以得出历史文本的形式是一种诗性形式这一结论。而提出历史文本的形式是一种诗性的形式，主要来源于怀特历史诗学中的两个基本假设——历史学家对历史的表现和对历史的思考都是文学性的，历史学家的著作纯粹是一种言辞结构。

从方法论的角度来看，高度的简约化是自然科学的基本操作方法。只有在自然科学中，人们才可以从许多研究对象身上抽象出许多普遍和一般的客观规律出来。从这样的意义上说，怀特将历史学家的著作归纳为纯粹是一种言辞结构的做法颇有科学主义的意味。

怀特关于历史文本结构的观点受到罗兰·巴特、弗莱等结构主义理论家的深刻影响。我们知道，结构主义的理论前提是结构存在于一切事物之中，也就是说，一切事物都具有某种程度上的整体性和系统性，弗莱认为，文学的本质在于文学文本的形式结构，而且是众多文本统一的形式结构；罗兰·巴特通过将科学的结构理论运用到文学研究，明确提出要创建一种高度简约化的"文学学科"，他说，"不可能产生一门关于但丁的科学、关于莎士比亚的科学或关于拉辛的科学……借助于文学这种新的科学所获得的客观性，不再涉及到具体的作品（这种作品属于文学史或语文学），而是涉及到它的可理解性"①。罗兰·巴特是将"文学科学"当成一种"总的话语"研究，其目的是为了总结出可以涵盖一切的"结构"。他们对文学文本结构的推崇使怀特深受启发。弗莱曾说："史学起源于编年史；但是古代的编年史家与现代史学家之间的区别，在于前者看来，他所记载的事件便是他史书的体系；而后者仅把这些事件视为历史现象，还需在一个观念框架中将他们联系起来；若与具体的事件相比，这个观念框架不仅更广大，而且形态也全然不同。"②弗莱将这种情形归纳为各种科学肇始时的"一种朴素的归纳状态"，由此来归纳文学的原型。弗莱对文学的看法使怀特联系到历史文本，弗莱曾这样描述了他寻找和认识文学原型的过程，"文学的全部历史使我们隐约地感觉到，可以把文学看成是由一系列比较有限的简单程式构成的复合体，而这些程式在原始文化中都可以观察到。随后我们又了解到，后来的文学与这些原始程式的关系绝不是仅仅趋于复杂化，一如我们所见，原始的程式在最伟大的经典作品中一再重现；事实上，就伟大的经典作品而言，它们似乎本来就存在一种回归到原始程式的普遍倾向。……我们仿佛见到无数寓意深刻的文学模式都汇聚在它之中"③。弗莱的原型理论实际上是一种结构理论，这种抽象的结构观获得了很多人的赞同，如保罗·利科就说，"历史和虚构借助于同样的叙述结构"④，不存

---

① Roland Barthes, *Criticism and Truth*, trans. K. P. Keuneman (London：. Athlone Press, 1987)，P. 142.

② ［加］诺思罗普·弗莱：《批评的解剖》，陈慧等译，百花文艺出版社 2006 年版，第 21 页。

③ ［加］诺思罗普·弗莱：《批评的解剖》，陈慧等译，百花文艺出版社 2006 年版，第 23—24 页。

④ ［法］保罗·利科：《解释学与人文科学》，陶远华等译，河北人民出版社 1987 年版，第 285 页。

在"不偏不倚"的"叙述者"或"历史者"①，怀特对历史学的科学性更是采取了彻底否定的态度。他指出："为构成一门特定的研究领域而采用的陈述形态，产生了那些使其自身呈现为对人类状况进行解释的不同的人文学科。而实际上这些人文学科不过是在词语与事物证明其合理性之前，知识仪式通过一种特定姿态的假定所获得的神话而已。"② 所谓"知识仪式"的"特定形态"，关系到历史叙述的符号结构，譬如历史叙述含有诗歌的因素，至少"在历史编纂学中，很难在历史的真理与诗歌的虚构之间划定明确的界限"③。

诗歌的因素即文学的因素主要是指形式，用形式主义的话语来表述，即是作为一种文本现象的"文学性"。根据形式主义的观点，这里的"形式"不是一般意义上的类似于"容器"与"外壳"的概念，而意味着本身便是具有内容的具体的整体。为此，什克洛夫斯基提出了著名的"陌生化"学说，认为，凡是有形式的地方几乎都有陌生化，只有以陌生化的方式使人产生新奇感，形式作为其自身才能真正得到人的认同。这种观点反对传统文论将作品分为内容与形式的两分法，将传统意义上的内容与形式的概念分别用材料和程序来置换，认为"作者从自然界和现实生活中取得的各种事物、时间、形象、词等，都可作为艺术品的材料，作者用其特有的程序对这些材料进行特殊处置，使材料提升为作为审美对象的艺术品。把现成的原材料与处置后的艺术材料加以比较，就能发现艺术程序，所以程序不等同于手法，它比手法、技巧等词的含义要宽泛，它包括手法、技巧、安排、搭配等一切对现成材料进行'变形'处理而引起审美效果的艺术加工方式。这样，艺术程序使原材料变为艺术品具有决定性意义，艺术研究的主要任务就是要对艺术程序进行系统的研究，因为只有它决定作品

---

① ［法］保罗·利科：《解释学与人文科学》，陶远华等译，河北人民出版社 1987 年版，第 291 页。

② ［美］海登·怀特：《解码福柯：地下笔记》，载张京媛《新历史主义与文学批评》，北京大学出版社 1993 年版，第 118 页。

③ ［美］A.斯特恩：《历史哲学：起源与目的》，《哲学译丛》2000 年第 3 期。

是否具有艺术性，换言之，只有对艺术程序进行分析，才能找到艺术性的根源，也才能说明艺术品之所以为艺术品的根本原因。当然，艺术形式是艺术性的成分，它自然是艺术程序的直接结果"①。形式主义的领袖人物什克洛夫斯基专门写过《作为程序的艺术》一文，其中提出了"陌生化"原则，强调艺术是对生活和事物的审美体验和感受，而不是认知，强调要用"陌生化"的方法加深和延长这种审美体验和感受。纵观怀特的历史诗学，可以发现，他所主张的关于历史的"文学性"、"诗性"、"修辞性"更多地体现为一种总体上的程序特征，即历史学家的运作方式。他提出，不仅历史文本是一种精神感知体——历史文本所叙述的对象要通过物质层面传达出来后才能被人的精神感知到，而且将审美维度视为历史文本的显性特征。怀特深知卡西尔所说的"精神本质只有通过塑造可感觉的材料才能显示给我们"②的艺术程序，而且懂得只有在这个前提下，才会有如马克思所指出的那样，"物质带着诗意的感性光辉对人的全身心发出微笑"③。

二　逼真性的历史形态

诚然，怀特无论具有何等激烈的反本质主义倾向，他也认识到，作为客观存在物的历史文本具有自己的感性确定性。根据现象学的理论，历史文本的感性确定性对应于史学家的正常知觉，文本符号系统及符号所指对象则对应于史家的符号意识，作为客观"物"的文本与正常知觉之间的关系受到人类的认知形式的先验限定，而符号的能指与所指之间的关系则是文化约定。因此，历史文本的感性确定性实际上具有很大的不确定性。就如贝克尔指出的，像"公元前 49 年恺撒渡过卢比孔河"或"1517 年德国出售赎罪券"之类的历史叙述，是对无数"更小的简单事实"——如恺撒

---

① 胡经之、王岳川：《文艺美学方法论》，北京大学出版社 1994 年版，第 182 页。
② ［德］恩斯特·卡西尔：《语言与神话》，于晓等译，三联书店 1988 年版，第 222 页。
③ 马克思、恩格斯：《神圣家族》，载《马克思恩格斯全集》第二卷，人民出版社 1995 年版，第 164 页。

手下的每一个士兵如何渡河，1517 年德国出售每一张赎罪券经过了哪个教会人员的手，如此等等的概括，通过概括得到的"历史事实"是主体的认识成果，因此，历史叙述不再指涉过去存在的客观事实，而只能作为一个使人们想象地再现这一事件的象征在人的头脑中存在而已。①

怀特意识到了这一问题的复杂性，他主张确认历史叙述的"结构构成"——"若将他们（指史学家——引者注）的著作纯粹视作言辞结构，这些著作似乎就具有迥然不同的形式特征"②。他声称他的方法是形式主义的，那么，形式主义所谓的"形式"究竟是什么？如果认为怀特仅仅将"形式"视为文本的外壳，那么那些反对怀特的人的言辞是不可能那么激烈、是不可能动用那么多理论武器的。我们知道，"形式"在西方是个古老的范畴，亚里士多德认为，"形式"相当于柏拉图的"理式"，与"质料"相对应，亚里士多德曾说，"形式的命意，我指每一事物的总是与其原始本体"，"从技术造成的制品，其形式出于艺术家的灵魂"③。而质料则是未决定的东西，从严格意义上讲是一种非现实，只是一种潜能，正是因为形式，现实的更高的秩序才能被赋予。因此，从哲学层面上看，形式主义处理的是文学材料与其潜能实现之间的关系，并把这个潜能的实现即形式的获得看成是文学的特性与秘密。"形式"在形式主义那里不只是被当作通常的技艺或手法，而主要是作品在处理文学材料时体现出来的那些对文学具有独特性的东西，是存在于艺术作品中被发现了的本质。

虽然形式主义强调文学的自足性，反对将文学材料当作美感以外的现实性去研究，认为所有的文学材料在文学中都已经是审美和语言的现象，但这并不等于他们认为文学与社会现实、文学与价值、文学与真理毫无关系，也不排除文学可以应用于现实的目的，可以产生现实的效果。这种情

---

① ［德］卡尔·贝克尔：《什么是历史事实？》，载张文杰《现代西方历史哲学译文集》，上海译文出版社 1984 年版，第 229—236 页。

② ［美］海登·怀特：《元史学：十九世纪欧洲的历史想象》，陈新译，译林出版社 2004 年版，第 5 页。

③ ［古希腊］亚里士多德：《形而上学》，吴寿彭译，商务印书馆 1981 年版，第 139 页。

形使得怀特既能注重历史文本的形式，又能通过这种形式表达一定的意识形态立场。而且由于结构主义关于文学与现实关系的看法更多地接近俄国形式主义，因此，怀特也对结构主义的观点兼收并蓄。结构主义认为，一个文本是按照文学惯例和编码组成的包含了某种有机要素的写作模式，从社会功能的角度而言，结构主义也承认对文本的接受不排除社会经验的参与，托多罗夫曾从文学的角度谈到逼真性的形成原因，"逼真性不是话语与其话语所指事物之间的关系即真实关系，而是作品与读者所认为的事物之间的关系"①。如何"逼真"？主要涉及对"形式"的理解。其实，"形式"并不是捉摸不定的东西，而是"某种可见的、可听的、或可想象的知觉统一体，某种经验的完形和结构"②。与此相对的是"材料"，维戈茨基说，"如果我们单说作为某一小说的基础的事件本身，——这就是小说的材料。如果我们谈到这一材料的各个部分以某种顺序、某种安排呈现给读者，即如何叙述这一事件，——这就是这一作品的形式"③。也就是说，艺术中的形式是其实际的呈现样态与存在方式，它并非单纯的物理事实，而具有心理方面的知觉意义。就像瑞恰慈所强调的，"在所有的各门艺术中，通常人们所说的形式要素就是刺激因素，不论是简单的或是复杂的，可以完全凭借它们来产生统一的反应"④。怀特正是从这种完整的意义上来理解形式、看待形式、运用形式的。

"逼真性"衍生出历史文本的诗性形式。因为真实是人们信赖历史的重要理由，也是以史为鉴的前提。如何让人们信以为"真"，文本如何获得"重现历史"的美誉，这是由艺术程序而带来的艺术效果。历史学家历史写作的性质也是诗性的，书写的历史也是诗性的，在怀特看来，历史学

---

① See T. Todorov, *Introduction to Poetics*, Minneapolis：University of Minnesota Press, 1981，pp. 18—19.

② ［美］苏珊·朗格：《艺术问题》，滕守尧译，中国社会科学出版社1983年版，第157页。

③ ［苏］列·谢·维戈茨基：《艺术心理学》，周新译，上海文艺出版社1985年版，第194页。

④ ［英］艾·阿·瑞恰慈：《文学批评原理》，杨自伍译，百花洲文艺出版社1992年版，第172页。

家往往要采用诗人式的想象虚构手段去预想历史的展开和发展过程，在整理史实时已经在脑海中"预想"了他的研究范围和如何通过史料来获得结论，这种预想的表现形式主要体现在作品风格上，即作品的语言形式上。

第二节　虚构的历史文本

怀特是从总体上来认定所有历史文本的虚构性的。其实，怀特努力论证历史是语言的建构，不仅是为将历史文本置于与文学文本同属虚构的地位做铺垫，而且他是从根本上主张大写的历史也是由虚构的历史文本来承载。

一　"作者已死"的统一虚构文本

虽然怀特认可历史文本各种可能的模式，但总体上还是将每一具体的历史文本归入某种类型之中，而且认为各种类型的历史文本具有共同的虚构性。本书认为，怀特对历史文本共同的虚构特征的强调掩藏着一个强大的形式主义逻辑："作者已死"。对怀特理论的这种解读可能会令人惊讶，但是，怀特致力于寻找历史文本的普遍虚构原则和历史解释系统先于对具体文本的文学性分析，则成为一个不争的事实。

诚然，怀特的文本理论中交织着极其复杂的成分，甚至包括与形式主义和结构主义极其对立、特别重视历史创作主体个体创造性的成分。譬如，怀特说，"历史"并不是传统的历史主义者所标榜的客观实在的历史，而仅仅是知识、文化、话语而已，"'历史'不仅是我们能够研究的对象以及我们对它的研究，而且是，甚至首先是指借助一类特别的写作出来的话语而达到的与'过去'的某种联系"①。这一观点既是对一种普遍现象的概

---

① ［美］海登·怀特：《"描绘逝去时代的性质"：文学理论与历史写作》，载［美］拉尔夫·科恩《文学理论的未来》，程锡麟等译，中国社会科学出版社1993年版，第43页。

括，也是对书写主体个体创造性的揭示。但是，从怀特的立场来看，对历史文本普遍虚构性的认定比对历史书写主体个体创造性的认可更为有利。因为从普遍意义上对历史文本共同虚构性的认定，实际上是对某种普遍结构的认定，而对某种普遍结构的认定是建立在压抑建构性主体的基础上的。从这点看，怀特提出虚构的历史文本普遍具有诗性结构的观点，除了具体揭示历史文本的文学性之外，还通过压抑主体性直至"作者之死"而从宏观上获得统一性的结构，进而获得文本叙述的可靠性策略。当然，在怀特的论述中，存在着一个挥之不去的阴影：因为从操作层面看，要从大量的历史文本中发现带有共性的结构和规则，首先面临的矛盾是，面对浩如烟海的历史文本群，要抽象出一个共同的东西实在难以着手。而事实上，怀特只好采取"假想"或"预设"的办法。罗兰·巴尔特在论述统一的叙事规则时就曾经指出过同样的尴尬："叙述的分析面临着数百万计的叙事作品，还更有什么可言呢？叙述的分析注定要采用演绎的方法，它不得不首先假设一个描写模式（美国语言学家称之为'理论'），然后从这一模式出发逐渐潜降到与之既有联系又有差距的各种类型"，"为了把无穷无尽的叙事作品进行描述和分类，必须要有一个'理论'（就我们刚才所讲的实用意义来说），当务之急就是去寻找，去创建"①。因此，为了说明所有的历史文本都是"作者之死"的统一的虚构文本，怀特不惜暂时摒弃具体文本中充满文学性的千差万别的意义，以获得一种统一的元叙事。就像列维-斯特劳斯以神话中的基本故事作为分析对象，努力寻找神话中内在不变的要素和结构形式，为了追求一切神话的统一性，就产生了对作者的某种抵制和反抗一样。

　　为了消除这一阴影，怀特也对历史文本意义的不确定性因素进行了一定程度的维护，否则，他所说的虚构文本只能被认为具有静止的、凝固的意义。怀特专门写过一篇题为《作为文学虚构的历史本文》的论文，他指

①　[法] 罗兰·巴尔特：《叙事作品结构分析导论》，载张寅德编选《叙述学研究》，中国社会科学出版社 1989 年版，第 4 页。

出："没有任何随意记录下来的历史事件本身可以形成一个故事；对于历史学家来说，历史事件只是故事的因素。事件通过压制和贬低一些因素，以及抬高和重视别的因素，通过个性塑造、主题的重复、声音和观点的变化、可供选择的描写策略，等等——总而言之，通过所有我们一般在小说或戏剧中的情节编织的技巧——才变成了故事。"① 他的观点得到了很多解构主义历史批评者的响应，有人直接说，"准确地说，历史客体就是对曾经存在过的人与事物所作的'表述'，表述的实体是保留下来的记录和文件。历史客体，即曾经存在过的东西，只存在于作为表述的现代模式中，除此之外就不存在什么历史客体……什么可以算作过去要取决于历史知识范畴中运作的意识形态模式的内容。过去的内容——它的性质、时期和问题——取决于具体的意识形态模式的特征"②。正因为将历史看成是对过去事件的描述，而描述又并非是对历史客体的如实模仿，故福柯将历史视为"历史叙述"和"历史修撰"，认为历史具有文本性，历史只能以文本的方式而存在。

有人说，"所有的语言都是虚构"③。这至少决定了同样的事件在不同人的笔下，会产生不同的故事文本，也就决定了历史文本不可避免地成为虚构的文本。因为历史凭借特殊的写作方式而叙述出来形成文本，这种文本也许忠实地记录了过去的事件，但更多的是"制造"了此事件与彼事件的联系。如福柯所说，所谓历史的真实性、统一性、连续性都仅仅是语言活动的产物，是采用语言虚构的产物。面对这种情形，我们不禁会认同历史叙事与文学叙事何其相似！自近代以来，本来历史与文学泾渭分明，前者属科学的范畴，后者属艺术的领域，但进入 20 世纪后，怀特发现人们对"什么是历史？"、"什么是历史知识？"等问题无法作出有效的回答，而且

---

① ［美］海登·怀特：《作为文学虚构的历史本文》，载张京媛《新历史主义与文学批评》，北京大学出版社 1993 年版，第 163 页。

② ［美］弗雷德里克·詹姆逊：《马克思主义与历史主义》，载张京媛《新历史主义与文学批评》，北京大学出版社 1993 年版，第 42 页。

③ 王忠琪等：《法国作家论文学》，三联书店 1984 年版，第 125 页。

一些思想家如瓦雷里、海德格尔、萨特、列维-斯特劳斯、福柯等都越来越强调历史重构中的虚构性。在前人的基础上，怀特将历史置于与文学同属虚构的地位上。他从具体的历史研究上升到"元史学"的探讨，得出了这样的结论：每一部历史文本都呈现为叙述话语的形式，都具有一个叙述结构，即用语言将一系列的历史事实贯穿起来，以形成与所叙述的历史事实相对应的一个文字符号结构。而叙述结构的作用则是让这些历史事实看似自然有序地发生在过去。而且，在这个历史文本的表层以下，还存在一个潜在的深层结构，即诗性的结构，想象的结构。说历史是语言的建构，具有历史不可避免地带有一切语言物所共有的虚构性之意。

历史文本与文学文本固然具有共同的虚构性，但文学虚构与历史虚构是存在差异的。笔者认为，文学文本的虚构是有意而为之的虚构，而历史文本的虚构至少是想象某种现实的产物，其虚构性并非来自作为叙事对象本身的子虚乌有，而是来源于叙事的"意向性"和语言、文化给叙事带来的限制。其实，怀特的论证透露出这样的信息，怀特认为，历史文本是在形式上而且仅仅是在形式上采取了与文学文本相同的结构，仅仅是在叙事的意义上认可历史文本与文学文本具有同样的虚构性，他只不过是认为，作为叙事，历史是用了"想象"话语中常见的结构和过程，只不过历史文本讲述的是"真实事件"而不是想象的、发明的事件或建构的事件，而且只有在这样的意义上，历史文本才与神话、史诗、罗曼司、悲剧、喜剧等虚构形式采取了完全相同的形式结构。[①]

二 叙事融合的文本

历史叙事是在实证性和客观规律性的基础上建立史实"真实性"的分辨尺度，而文学叙事是在形象性和直观感性的前提下谈论"本质"的"真实性"标准。它们当然属于两种范式，其"真实"概念的差异基于不同的

---

① Hyden White, "The Question of Narrative in Contemporary Historical Theory." *History and Theory*, vol. 23, No 1, 1984.

价值。但怀特认为，历史文本是将文学叙事与历史叙事相融合而构筑的虚构文本。尽管学界普遍认为怀特的思想颇有后现代的倾向，但怀特将历史叙事引入虚构的领域，显然一方面是借重艺术程序和艺术效果，另一方面是受到西方亚里士多德以来传统的影响。

我们知道，自从亚里士多德提出"诗人的职责不在于描述已发生的事，而在于描述可能发生的事"，历史和诗"两者的差别在于一叙述已发生的事，一描述可能发生的事……诗所描述的事带有普遍性，历史则叙述个别的事"① 以来，历史就被视为比文学低了一级。这与中国传统文化中的情形相反，在中国古代，历史范式处于极其重要的地位：从《春秋》作为断代编年史被尊奉为经，到后来章学诚说"六经皆史"；从先秦编年史成为中华的早期文明成果，到由国家组织编订的正史成为中华文化系统中的正统；从文才垂范被称为"史才"，到文笔至极被尊为"史笔"、诗人至高被称为"诗史"，都表明历史范式比文学范式更受尊崇。而在西方，亚里士多德将历史的地位降为文学之下之后，虽然近代如怀特所说的 19 世纪欧洲随着理性主义的上升曾几度树立或恢复历史的"科学"地位，但这一梦想加重了"历史的负担"，也给现代的多次史学浪潮以反驳的口实：无论是实证史学、思辨史学还是分析史学都不断地改变着人们对历史事实的看法，从柯林伍德到福柯，从巴特到詹姆逊到德里达，都发现了史学家的想象，强调历史叙事中的虚构。詹姆逊直截了当地指出，"叙述性历史与现实主义小说密不可分，而且在那些最伟大的 19 世纪文本中也是可以互换的"②，怀特甚至认为，"阅读和写作历史的基本方法是与写一部小说相类似的"③，德里达干脆在反逻各斯中心主义的旗号下放逐历史，主张取消历史与文学的范式。

---

① ［古希腊］亚里士多德：《诗学》，罗念生译，载《诗学·诗艺》，罗念生、杨周翰译，人民文学出版社 1988 年版，第 28—29 页。

② ［美］弗雷德里克·詹姆逊：《文化与政治》，王逢振等译，中国社会科学出版社 1998 年版，第 104 页。

③ ［德］H. R. 姚斯、［美］R. C. 霍拉勃：《接受美学与接受理论》，周宁等译，辽宁人民出版社 1987 年版，第 453 页。

可以说，无论是中国史官文化中历史对文学的统治，还是西方思潮中所弥漫的文学对历史渗透的观念，都说明了文学与历史的亲缘关系，说明了"文化的各种不同的产物……虽然有其种种内在差异，但都变成一个巨大的、单一的复杂问题的部分，它们变成众多的努力，皆旨在把单纯印象的被动世界（精神似乎最初被禁锢在这个世界中）变形为一个人类精神的纯粹表达世界"①。

怀特认为，正是由于历史使用了虚构形式的意义生产结构，以语言、话语、文本性为指向的现代文学理论才能与历史以及关于历史书写的理论密切联系起来。如果说怀特在《元史学：十九世纪欧洲的历史想象》中仅仅抽象地强调历史修撰离不开想象，历史文本不可避免地具有虚构性质的话，那么，在《话语的转义》中，怀特已经非常具体地切入到了历史文本与文学文本相似的虚构成分，其中有专门一章"历史事实再现中的种种虚构"集中探讨史学家与文学家的相似相像程度，"历史作为一种虚构形式，和小说作为历史真实的再现相比，可谓大同小异"②。为此，他对"真实"进行了如下界定：所谓"真实"，并不是"事实"，它是"事实与一个观念建构的结合"③。对这一概念的定义是革命性的，它为神秘的历史祛魅，而且为文史哲的学科贯通提供了重要的理论基础。

怀特在《话语的转义》中揭示了历史文本产生虚构性的奥秘："转义是所有话语建构客体的过程，而对这些客体，它只是假装给以现实的描写和客观的分析。"④ 具体而言，他认为：转义因偏离语言字面意义的、约定俗成的、规范的用法而能实现文本书写意图。在怀特看来，"我们面对着

---

① ［德］恩斯特·卡西尔：《语言与神话》，于晓等译，生活·读书·新知三联书店 1988 年版，第 212—213 页。

② Hayden White，*Tropics of Discourse*，*Essays in Cultural Criticism*，Baltimore：Johns Hopkins University Press，1978，P. 122.

③ Hayden White，*Tropics of Discourse*，*Essays in Cultural Criticism*，Baltimore：Johns Hopkins University Press，1978，P. 123.

④ ［美］海登·怀特：《后现代历史叙事学》，陈永国译，中国社会科学出版社 2003 年版，第 2 页。

一个不可避免的事实，即，甚至在最纯粹的论说文中，文本也有意'按本来面目'再现事物，不加任何修辞藻饰或诗情画意，但意图总是得不到实现。可以证明，每一个模仿文本都在对客体的描写中丢失一些东西，或加进了一些东西……一俟分析，就能表明每一种模仿都可以被扭曲，因此可以用于对同一种现象的另一种描写，声称更现实、更'忠实于事实'的一种描写"①。可以看出，怀特反复论证的目的是给人提供一个虚构历史文本的修辞学视野，其言外之意是肯定修辞在表现文本意图中的作用。

　　的确，在后现代文化的语境中，修辞不仅仅是一种言说的技巧，更是语言的一种本质属性。而从柏拉图到法国的符号学家都普遍认为，在语言中，语言指涉的任务主要由语法承担，语法的功用在于保障符号与意义一致，修辞虽然有增强表情达意的能力，然而正如哲学家洛克所说的，作为一种语言学技巧，修辞学只能迷惑听众，向人传达错误的观念。为了实现语言和真理之间的畅通无阻，柏拉图以来的哲学家都把修辞看作对真理的威胁，这种认识造成了哲学与文学的分野。解构主义理论家德曼认为，语言中存在着语法不能完全统领的领域，他指出："在一切文本中，都有决非不合语法的因素，但是它的语义功能，无论就它本身还是就语境上说，都不能从语法上做出界定。"② 这个领域就是语言的修辞维度。以后现代的视野来看，修辞是对语法模式中符号和意义达成一致性关系的辩证破坏，德曼因此否定了只有哲学才能表达真理的自大，认为哲学家的术语中也充满了隐喻。他说："一切的哲学，以其依赖于比喻作用的程度上说，都被宣告为是文学的，而且，就这一问题的内容来说，一切的文学，在某种程度上，又都是哲学的。"③ 这是对形而上学的反叛，"在所谓一元性状的总体中揭示潜在的组合和分裂"④，修辞造就了歧义生成的自动性，生成了

---

　　① ［美］海登·怀特：《后现代历史叙事学》，陈永国译，中国社会科学出版社2003年版，第4页。
　　② ［美］保罗·德曼：《解构之图》，李自修译，中国社会科学出版社1998年版，第109页。
　　③ ［美］保罗·德曼：《解构之图》，李自修译，中国社会科学出版社1998年版，第92页。
　　④ ［美］保罗·德曼：《阅读的寓言》，转引自乔纳森·卡勒《论解构》，陆扬译，中国社会科学出版社1998年版，第225页。

"一个文本机器",但是,怀特对修辞转义的生成并没有走向虚无主义,而是承认会产生多种意义。因此,有人说:"怀特的模式所建立的是历史与文学的近似性。他的理论中争论最大和最具刺激性的方面,就在于他明确无误地揭示了这种联系。通过从诗学中搜出的术语来给设计情节的方式贴上标签:传奇、喜剧、悲剧和讽刺作品;通过将修辞学的比喻当作解释范型:隐喻、转喻、提喻以及反讽,怀特为我们理解过去设想了一种虚构的尺度和终极的语言学的确定性。"①

怀特认为历史文本是虚构的文本,在客观上置文学研究于历史编撰的中心,向历史本身提出质询。虽然与其他理论家的历史编撰理论相比,怀特的历史诗学更新颖、更激进、也更具文学性,但怀特提出历史文本是虚构的文本,只是意在使历史文本不可避免地产生的文学性合法化,而不是为了在文学文本中对历史进行任何处置设置一条通道。因为在怀特看来,由于语言的原因而产生的对历史真实、文本真实的苛求是站不住脚的,任何追逐同一性、追逐元叙事的历史考证行为不仅毫无必要,而且也无可能。

第三节 有意味的形式文本

历史是语言的建构,怀特的这一论断还意味着他认可历史文本是有意味的形式。历史文本作为有意味的形式文本,这一命题蕴涵着历史文本在形式虚构之中产生了一种史学的真实。用怀特自己的话来说就是:"如果真理以陈述、言辞的方式呈现自身,那么言辞的形式和言辞的内容同样重要。"② 而言辞形式的真实在怀特反叛传统史学所追求的史实的真实即内容

---

① 〔德〕H.R.姚斯、〔美〕R.C.霍拉勃:《接受美学与接受理论》,周宁等译,辽宁人民出版社 1987 年版,第 453 页。

② Ewa Domanska,*Encounters:Philosophy of History after Postmodernism*,Charlottesville and London,1998,p. 24.

的真实中就指向了历史文本整体的真实。对此，我国也有学者认为，从怀特的表述中可以看到，"真理的比喻论主要针对的是作为整体的历史文本及其结构，它关注的重点是文本的形式"，而且，"在历史文本的层面，历史真实将与作为认识主体的历史学家相关"①。那么，与历史学家相关的因素主要是在历史学家的情感与意志等支配下所使用的语言对历史文本的真实建构。

一　表现情感的文本

有意味的形式在怀特的视野中首先是指历史文本是一种表现情感的文本。虽然这一观点有偏颇之嫌，但从怀特提出历史修撰中最重要的不是内容，而是文本形式，历史"是以叙事散文话语为形式的语言结构"，到主张历史学家能够利用诸多因素的辩证张力，在各个矛盾或对抗的因素之间寻找审美的平衡，给历史文本以总体的连贯性和一致性等一系列论述中，不难发现他对历史文本中情感因素的肯定。虽然形式主义所采用的主要手法是"陌生化"——即在文学中是变"熟悉"为"陌生"，怀特强调的"转义"行为是把"陌生事物"表现为"熟悉事物"②，但二者有异曲同工之妙——书写者要表现的是情感的世界，呈现的是被情感所弥漫的文本形式。虽然怀特的历史诗学极为复杂，如果说他的历史诗学显出理性阐释与诗性预构相混融③的观点能够成立的话，那么，笔者认为，他的历史诗学总体而言应该是诗性预构指导下的理性阐释。而"诗性"的问题主要是情感的因素，这就说明怀特将历史文本的形式视为表现情感的有意味的文本形式并不毫无根据。正如卡西尔所说的，"对激情的世界——政治的野心，

---

①　陈新：《历史·比喻·想象——海登·怀特历史哲学述评》，《史学理论研究》2005 年第 2 期。

②　[美] 海登·怀特：《后现代历史叙事学》，陈永国译，中国社会科学出版社 2003 年版，第 7 页。

③　参见陈新《诗性预构与理性阐释——海登·怀特和他的〈元史学〉》，《河北学刊》2005 年第 2 期。

宗教的狂热，以及经济和社会的斗争——了无所知的历史学家，只会给予我们非常枯燥抽象的历史事件。但是，如果他想要获取历史真理的话，他本人就不能逗留于这个世界。它必须赋予所有这些激情的材料以理论的形式；而这种形式，像艺术品的形式一样，绝不是激情的产物和结果。历史学确是一部关于激情的历史，但是如果历史学本身试图成为激情，那么它就不再是历史。历史学家本人一定不能表现出他所描述的那些感情，那些暴露和疯狂的情绪来。他的同情是理智的和想象的，而不是情感的。我们在一个伟大的历史学家著作的字里行间感受到的个人风格并不是情感的或修辞学的风格。"① 也就是说，历史本身是充满激情的，但历史叙事的修辞性质决定了它要以曲折的方式隐藏激情的成分，使历史事件达到俨然客观再现。

本来，历史文本中即使是作为媒介的语言，也不仅有所指向而且有所"意味"。英国语言学家奥斯汀所开创的语用学早就有了这样的发现。通常而言，作为概念等价物的语言显然离超越概念的诗性表达相去甚远，就如奥斯汀所指出的，作为句子的语言不仅有一个有"所指"的陈述活动，同时本身就是一种有"所为"的施事行为，由此，语言内在地蕴藏着情感的表现性、不具备图像的直观性而形成了模糊性。而"模糊"体现了一种张力关系，意味着基本内涵的相对确定和具体外延与实际边界的不确定，模糊性使得语言的"字里行间"难免存在一些"默默隐藏的东西"，怀特说："艺术文本要比科学文本承载的'信息'量大，因为前者比后者处理的代码数量和编码层次都要多。"② 如果怀特认为历史文本是虚构的文本能够成立的话，那么，历史文本所承载的信息显然就相当于艺术文本处理代码和编码后的产物。

有意味的形式指历史文本是一种表现情感的文本，这一观点得到了不

---

① ［德］恩斯特·卡西尔：《人论》，甘阳译，上海译文出版社1985年版，第241—242页。

② ［美］海登·怀特：《形式的内容：叙事话语与历史再现》，董立河译，文津出版社2005年版，第59页。

同学派的一致认同。贝尔是形式主义美学的代表人物，提出了艺术是"有意味的形式"；朗格是表现主义美学的代表人物，提出了艺术是表现情感的符号形式。前者看起来是强调"形式"，而实际上是突出情感意味；后者看起来是强调情感，而实际上是突出符号形式。正因如此，形式主义美学与表现主义美学在情感上达到了基本一致。

二　文本形式的多意味性

历史文本是有意味的形式，在怀特的历史诗学中还体现为历史文本形式的多意味性。学界对怀特的这一文本观念及其产生的现代性后果并没有引起足够的重视，这种多意味性不仅客观上造成了历史的扑朔迷离，而且使怀特的历史诗学置于一种多元价值并存、建构与解构共处的状态。

怀特虽然声称自己采用的是形式主义方法，但在实际操作中也自觉地夹杂着解构主义的理念。而正是因为解构主义理念的渗入，使怀特认为每一历史文本形式的多意味成为可能。我们知道，形式主义将传统的形式与内容两个概念集于一身，甚至用"结构"一词来标志这种集中的程度。这种做法既有利于建构，也便于解构。因此，在怀特这里，形式主义和解构主义获得了统一：共同丰富历史文本形式的意味。

首先，怀特从带有结构主义性质的形式主义观点出发，强调文本形式与内容的"有机统一"。注重在文本多种因素的相互联系和融合中，从总体上将历史或历史文本定格为一种意味丰富的"言辞结构"即"诗性结构"。这一"诗性结构"是牢不可破的结构，是居于话语权威中心的深层意义结构。怀特采用了结构主义的分析方法，将历史文本的书写模式"分为一些结构成分，并从这些结构成分找出对立的、有联系的、排列的、转换的关系"[①]，如情节化模式、形式论证模式、意识形态蕴涵模式，并为它们更细致地区分各自具有的四种类型，如情节化模式之下包含浪漫式的情

---

① 　张首映：《西方二十世纪文论史》，北京大学出版社 1999 年版，第 171 页。

节化模式、悲剧式的情节化模式、喜剧式的情节化模式、讽刺式的情节化
模式；形式论证模式中包含形式论的论证模式、机械论的论证模式、有机
论的论证模式、情境论的论证模式；意识形态蕴涵模式中包含无政府主义
意识形态蕴涵模式、激进主义的意识形态蕴涵模式、保守主义的意识形态
蕴涵模式、自由主义的意识形态蕴涵模式等。而三种模式根据结构上的同
质性以及按特定的方式将不同类型组合在一起，就构成了作为个体的史学
家独特的编撰风格和作为整体的史学家多姿多彩的编撰风格，以及由此而
产生的对同一历史事件而采用的不同解释模式和不同的解释结论。这非常
吻合皮亚杰所认为的"结构"是由具有整体性的若干转换规律组成的一个
有自身调整性质的图示系统观念，即："一个结构包括了三个特征：整体
性、转换性和自身调整性。"① 整体性是按照一定的规律组合的具有内在有
机联系的整体解释系统；转换性也就是同构性，即各种解释模式结构内部
各要素按照一定的规律进行转换，这些转换起建造解释模式结构的作用，
并决定解释模式之间的区别和界限；自身调整性是指各解释模式结构内部
的各种类型相互制约、互为条件而不被外部所影响。怀特以结构主义的整
体性为依据，确立了历史解释模式的内在系统，从而也为历史文本形式丰
富意味的产生开辟了一条通道。怀特的这一理论不仅成为我们在观照历史
文本时挖掘最让人费解的深层结构的一个重要工具，而且也使作为形式整
体的历史文本的深层结构因其神秘莫测而平添了丰富的意味。

同时，怀特还采用了解构主义关于意义无限衍生的"互文性"理念，
以揭示不同历史文本结构之间的相互指涉、从而实现文本形式多重意味的
事实。在怀特看来，譬如同样是法国大革命这一历史事件，有的史学家用
悲剧模式，有的史学家用喜剧模式，使法国大革命这一历史文本的个体形
式获得了多重意味。虽然形式主义是通过重建深层形式、发现形式中的矛
盾来追寻文本形式的深层意味，解构主义是通过分解形式、制造矛盾而建
立永远飘移不定的"空白"来无限丰富文本形式的意味，但在怀特的历史

① ［瑞士］皮亚杰：《结构主义》，倪连生、王林译，商务印书馆1984年版，第2页。

诗学中，因同时注重对个体文本形式深层意味的追寻和对整体文本形式深层意味的消解，而使形式主义和解构主义获得了奇妙的统一，进而使历史文本形式的丰富意味得以彰显。

怀特论证历史叙事具有情节编排模式、形式论证模式和意识形态蕴涵模式三种模式，又为每一种模式区分了四种类型，显然这是形式主义的方法，具有建构性；同时，又将三种模式各自具有的四种类型按特定方式相互进行组合。虽然怀特认为并不能进行任意组合，需要考虑结构上的同质性，但他毕竟组成了多样化的搭配关系，仿佛使人感到史学家各自独特的编纂风格是由随意的模式和类型组合而形成的，这明显又有解构主义的因子；虽然它采用形式主义的解释策略来编排19世纪欧洲的历史著述，但其中又蕴涵着对每一历史文本解释的多样性甚至是解释的无限可能性的认定，因此，怀特依靠形式主义与解构主义构成的矛盾动力，赋予了历史文本形式丰富的意味。

诗学形态篇

| 第六章 |

历史研究的技术化

　　虽然怀特的历史诗学是在反对历史学成为科学的呼声中诞生的，但其科学主义的色彩依然浓厚，突出地表现为他的历史研究的技术化。具体而言，他对历史研究的研究吸纳了 20 世纪的诸多理论成果，多元并存的研究方法不仅没有对他产生"影响的焦虑"，反而使他纵横捭阖，形式主义、新批评、解释学、接受美学、人类学与原型批评、知识考古学与后结构主义、后经典叙事学与西方马克思主义等方法，在他对历史研究的研究中信手拈来。他成功实现了形式主义与历史主义的弥合，完成了元史学与解释学的会通，对知识考古学进行了富有创意的改造。

第一节　形式主义与历史
主义的弥合

　　形式主义与历史主义从某种程度上是一对矛盾，但这对矛盾在怀特的历史诗学中得到了一种奇妙的统一。

怀特一方面公开宣称"我的方法是形式主义的"①，他不仅将诸多历史学家的历史文本视为以叙事性散文话语为形式的一种言辞结构，而且自己的历史著述中就体现了这种言辞结构；另一方面又从深处认同历史主义的观念，不仅认为每一位历史学家进行历史研究都是在一定的"历史场"中进行的，而且自己的所有历史表述都是建立在自己所预构的"历史场"的基础上。本书认为，怀特正是依靠"文学性"策略弥合了形式主义与历史主义的差异。

一　文本属性的弥合：历史文本与文学文本

怀特对历史文本与文学文本属性的弥合不仅提出了明确的理论主张，而且在他的历史著述中有着鲜明的体现。他的《元史学：十九世纪欧洲的历史想象》、《后现代历史叙事学》、《形式的内容：叙事话语与历史再现》、《话语的转义》、《比喻实在论》等著作中都广泛使用了文学术语，能见到文学文本的影子。

怀特的历史文本与文学文本属性的弥合是通过文学性实现的。

究竟什么是"文学性"？怀特界定为"诗性"或"修辞性"，他曾说，"对于历史作品的研究，最有利的切入方式必须更加认真地看待其文学方面"②，并且"修辞性语言如何用来为不再能感知到的对象创造出意象，赋予它们某种'实在'的氛围"是他一直感兴趣的问题。围绕着他的这一"兴趣"，他分析了若干个案，如果说怀特的《话语的转义》是用最明确的语言彻底拆除了历史话语与文学话语之间的藩篱，那么可以说，两种话语藩篱的拆除实际上是为了将历史文本与文学文本等量齐观，得出历史文本相似于文学文本的结论。

---

① ［美］海登·怀特：《元史学：十九世纪欧洲的历史想象》，陈新译，译林出版社 2004 年版，第 3 页。

② ［美］海登·怀特：《元史学：十九世纪欧洲的历史想象》"中译本前言"，陈新译，译林出版社 2004 年版。

在形式主义和结构主义的视野中，历史文本与文学文本各有自己独特的属性。但在后现代条件下，随着文学的边缘化，原来只有文学中才存在的特性即文学性渗透到各个学科和各个领域，美国学者辛普森和卡勒揭示了这一现象：诸多学科都借用了文学研究的术语；史书重新成为故事讲述；哲学等各种社会科学理论钟情于具体性和生动性。语言学模式也在其他各学科中得到普遍运用，就像怀特说的在历史学中得到的运用一样。显然，怀特所具有的这一后现代的立场，肯定了文学性不再是文学的专有属性，而成为各门人文社会科学和理论的共性，或者可以称之为维特根斯坦所说的"家族相似性"。这样一来，怀特就摒弃了形式主义、结构主义、新批评等只关注任一独特类型文本——譬如具有独特历史属性的历史文本的做法。

虽然怀特否认自己属于"新历史主义"，但从怀特的历史文本中随处可见他对作家、诗人、诗歌文本等的评述与"新历史主义"趣味相投——共同关注文学文本与非文学文本之间的联系与界限。从新历史主义对文学的分析来看，他们认为是文化、历史和其他相关的因素决定了文学文本的意义，文学文本是历史和文化的产物，是存在于作者、社会、习俗、制度和社会实践的文化网络中的社会性文本。怀特的历史诗学不仅分析了诸多史学家的历史文本是这样的文本，而且自己的历史著述同样属于这样的文本。因为"文本不是存在于真空中，而是存在于给定的语言、给定的实践、给定的想象中。语言、实践和想象又都产生于被视为一种结构和一种主从关系体系的历史中。所有以集体名义写作——虽然可能十分狭隘并以自我为中心——的本文制作者们，都是带着这样一种意识写作的，即他们是那些组成社会和文化的大众的特权代言人。对不同文本之间联系的关注把他们引向历史"①。这就说明，无论学科分类学意义上的哪一种文本都是社会性文本。于是，经过怀特等新历史主义理论家的努力，"文学性"随着原来属于文学专有的"文本"概念的膨胀而蔓延到很多学科和领域，新

---

① ［美］伊丽莎白·福克斯-杰诺韦塞：《文学批评和新历史主义的政治》，载张京媛《新历史主义与文学批评》，北京大学出版社 1993 年版，第 62 页。

历史主义在文本、语言和话语的旗帜下跨越了学科间的藩篱，文学文本与历史文本之间没有了明确的界限。

在此，富有启示的是，怀特对历史文本与文学文本属性的弥合离不开对西方历史编纂的形而上学的批判。因为由形而上学主宰的现代性历史是"真实/虚构"的二元存在和由"真理/谎言"二元表征的历史，而怀特认为历史是对杂乱的遗存和碎片"强加某些秩序、提供某些形式、赋予某种模型、确立它们的连贯性，以作为现今已分裂的整体各部分的标示"①。怀特的后现代历史叙事学通过对形而上学的批判树立了弥合历史文本与文学文本的文学性意识。具体而言是：摒弃了原本与摹本的二元区分，确认了意识的虚构性；摒弃了隐喻与再现的二元区分，确立了语言的隐喻性；摒弃了陈述与话语的二元区分，揭示了叙述的意识形态性，使"虚构"及与其相联系的"隐喻"、"想象"、"象征"、"叙述"、"修辞"等被解构主义哲学指认为"文学性"的要素，充满在近代观念认为的最不可能的历史文本中。而且，"文学性"似乎不可捉摸、千变万化、力量无穷，可以改变历史、颠覆文本、解构形而上学的根基、显示出语言和书写的无穷活力。在怀特的眼中，本来宣称是真实陈述的历史文本也呈现为与文学文本一样有特定叙事模式和修辞品性；在怀特这里，曾经被俄国形式主义确立为文学研究特殊对象的"文学性"成为诸多理论和学科尤其是文学与历史共享的"盛宴"。

二 存在方式的弥合：内部研究与外部研究

我们知道，内部研究是形式主义的专利，外部研究是历史主义的任务。怀特在其历史诗学中将二者集于一身。外部研究和内部研究是韦勒克在《文学理论》中对文学批评方法做出的著名区分，他认为，传统文学批评中的传记研究、作家研究、社会学研究、思想史研究以及各门艺术的比较研究均属于"外部研究"，这种研究显然仅仅局限于对文学产生的外部

①　［美］H. 怀特：《西方的历史编纂学》，陈新译，《世界哲学》2004 年第 4 期。

成因的探讨，"决不可能解决对文学艺术作品这一对象的描述、分析和评价等问题"[①]；"文学的内部研究"不仅仅包括格律、文体、意向、叙述、类型等修辞学范畴，还包括对文本"存在方式"的考察，所谓文本的"存在方式"，韦勒克、沃伦是指文本"被看成是一个为某种特别的审美目的服务的完整的符号体系或者符号结构"[②]。依此而论，怀特历史诗学既依赖于"外部研究"而存在，也离不开"内部研究"而显现。而从总体而言，怀特历史诗学的诗化形态是依靠"文学性"来弥合"外部研究"与"内部研究"而呈现的。

首先，怀特始终坚守对历史文本进行形式主义的内部研究。的确，形式主义的内部研究所囊括的范围极大地开拓了怀特历史文本的存在空间，譬如，隐喻、转喻、提喻、反讽；转义、话语、结构、叙事、想象、修辞；情节化解释、形式论证式解释、意识形态蕴涵式解释；喜剧、悲剧、浪漫剧、讽刺剧，等等。从这一组组概念即可看出，怀特对历史研究的研究大多是对历史文本进行细读，或者说是对历史文本进行评论。罗列起来，怀特在自己的历史著作中篇名和章节名直接含有史学家名字的就包括：米什莱、兰克、托克维尔、布克哈特、黑格尔、马克思、尼采、克罗齐、福柯、詹姆逊、德罗伊森、利科等，这与形式主义、英美新批评派所主张和擅长的对文本本身进行分析研究一致。在解读这些历史学家的历史文本的过程中，显示出怀特的审美感悟能力。如果说怀特是一位历史学家，那么，他也是一位感受能力极强的历史学家，是一位融诗性精神与理性阐释于一体的历史学家。正因为如此，学界有人认为他是文学理论家和文学批评家。[③]

---

① ［美］雷·韦勒克、奥·沃伦：《文学理论》，刘象愚等译，生活·读书·新知三联书店1984年版，第65页。

② ［美］雷·韦勒克、奥·沃伦：《文学理论》，刘象愚等译，生活·读书·新知三联书店1984年版，第147页。

③ 美国学者拉尔夫·科恩在他主编的《文学理论的未来》一书中就将海登·怀特与希利斯·米勒、汉斯·罗伯特·姚斯等著名文艺理论家和文学批评家的论文一起收录；国内林庆新等学者在相关论文如《历史叙事与修辞》（《国外文学》2003年第4期）中也将海登·怀特视为历史主义文学评论的代表人物。

　　怀特的上述"内部研究"并没有将历史文本当成封闭自足的客体，他自己也并不认为自己的研究是客观描述和科学公正的，相反，他对诸多历史文本的解读也带有极强的意识形态性。这本身不仅表明绝对纯粹的"内部研究"极不可能，而且表明怀特在后现代主义风雨欲来之时融合"内部研究"与"外部研究"的努力。这也并不奇怪，因为，即使当时新批评家对文本的结构语言分析体现了南方批评派对秩序的追求，他们对文本形式的热情反映出他们对工业社会的憎恶；本来当时韦勒克、沃伦在论述"内部研究"时也为批评家的主观能动性留下了一定的空间——文本的"存在方式"这一概念除了形式、修辞、叙述等因素外，还包括"世界"、"思想"等方面的内容；何况韦勒克、沃伦所引进的罗曼·英加登艺术文本的分层理论也是将每一个层次与文本外的因素相联系。本书在此用一定篇幅对罗曼·英加登的文本层次观展开分析，以论证怀特弥合"内部研究"与"外部研究"的必要性和合理性。

　　文本层次本属于"内部研究"范畴，但罗曼·英加登从现象学认识论的角度认为，文本就实体的独立性而言它一无所有，"它靠我们的恩惠才得以产生和存在"①。这话显得有些极端，但也反映了文本的实际存在方式。怀特也针对历史提出过类似的观点，"为人类行为提供知识的、与单纯的动作相对的意向性，有助于创造那些具有被赋予了情节的故事的连贯性的生活。"②英加登承认文本具有独特的属性，但那是一种对文本经验性认识的特性，文本的四个层次——语音层、语义层、图式化方面层、再现客体层依次呈现，依次对应着从简单到最复杂的心理活动。第一个层次是语音现象层，是文字的字音和建立在字音基础上的高级的语音构造，包括韵律、语速、语调等。对该层次的把握主要在于进行视觉阅读，理解典型的语词形式，而这种理解绝不是一个简单的、纯感性知觉的过程。在英加

---

　　①　蒋孔阳：《二十世纪西方美学名著选》（下），复旦大学出版社1988年版，第269页。
　　②　［美］海登·怀特：《形式的内容：叙事话语与历史再现》，董立河译，文津出版社2005年版，第232页。

登看来，语词的语音形式和视觉形式是同一"语词躯体"的两个方面。"语词躯体"是意义的"表现"。意义是语词声音和书写符号交融的产物，即使是无声地阅读，但只要是充分了解某种语言的语音形式的读者，都会把无声的阅读同在想象中倾听相应的语词声音和说话韵律结合起来。字音与意义单元有着必然联系，并取决于字音、节奏、韵脚、诗行句子，一般说话的各种旋律，以及语言表达的直觉性质"柔和"、"生硬"、"尖利"等，是安排语词时对语言形式进行周密考虑的结果。当字音为某个心理主体所理解时，理解就会导致某种以特定意义为意向的活动。语音学构成本身成为作品重要的审美要素，也成为提示作品的性质等方面的手段。其次是语义单位层，包括词、句、段各级语言单位的意义。该层次是文本诸层次的中心层，它为整个作品提供结构框架，是本文的一个重要组成部分。但这一层次的意义来源问题直接导致了诠释、批评标准的纷繁多样性：结构主义、符号学主张"能指"裁决"所指"；新批评等主张"所指"为"能指"所固有；接受理论主张"所指"意义是作者和读者共同创造的结晶。文本的第四个层面——再现客体层所描绘的"客观世界"可以从文本的第三个层次——由意义单元所呈现的事物的大概图影、包含许多未定点的图式化层中找到渊源。怀特也在将历史视为文本的基础上作了这样的阐述："作为一种文类，话语必须在三个层面上加以分析：在探究领域中为了分析而投入或标识出来的数据'描写'（模仿）；按顺序或散乱地分布在描写题材中的论证或作者叙述（diegesis）；以及这两个层面的结合所导致的辩证排列（diataxis）。"①

英加登的文本层次理论是较为系统的文本理论，即便是这一最属于"内部研究"的理论也表明，文本的层次是层层深入、互相沟通、互为条件、互相关联，内容与形式融为一体，说明内部研究与外部研究就不应该也无法截然分开。正是由于怀特融汇"外部研究"与"内部研究"的自觉

---

① ［美］海登·怀特：《后现代历史叙事学》，陈永国译，中国社会科学出版社 2003 年版，第 6—7 页。

意识，我们才看到他的论著因叙事"包含具有鲜明意识形态甚至特殊政治意蕴的本体论和认识论选择"① 而命名为《形式的内容》，因交融19世纪欧洲不同类别史学思想的家族特征② 而命名为《元史学：十九世纪欧洲的历史想象》，因将本属于"内部研究"的话语归结为"本身就是包括意识诸过程的一种模式"③ 而命名为《话语的转义》等。怀特的历史诗学连接"内部研究"与"外部研究"，由此也可证明，文本中的"内"与"外"的关系并非简单的拼凑，而是相互渗透和包容，正如新实用主义哲学家罗蒂所总结的，"自从17世纪以来，哲学家一直在建议，我们或许从来就不知道实在，因为在我们和实在之间存在着一道屏障，既由主体和客体之间的相互作用，由我们的感觉器官或我们的心灵的建构和事物自在存在方式之间的相互作用产生的一个表象之幕。自从19世纪以来，哲学家们一直在建议，语言也许形成了这样一道屏障，即我们的语言把范畴注入了原本或许并非为其内在的客体身上"④。无论是"一道屏障"，还是"一个表象之幕"，都给人一种神秘之感、模糊之像、水乳交融之意。因此，无法在认识论层面对"内部研究"和"外部研究"进行清晰的厘定和划分，而只能从文学性的视角去融合"内部研究"与"外部研究"。

三　建构形态的弥合：诗性预设与理性阐释

怀特历史诗学的建构形态具有显著的诗化特征，这一特征由他的诗性预设与理性阐释弥合而成。怀特曾大胆地预设，"各种历史著述（还有各种历史哲学）……包含了一种深层的结构性内容，它一般而言是诗学的，

---

① ［美］海登·怀特：《形式的内容：叙事话语与历史再现》"前言"，董立河译，文津出版社2005年版。

② ［美］海登·怀特：《元史学：十九世纪欧洲的历史想象》，陈新译，译林出版社2004年版，第5页。

③ ［美］海登·怀特：《后现代历史叙事学》，陈永国译，中国社会科学出版社2003年版，第7页。

④ ［美］理查德·罗蒂：《后形而上学希望——新实用主义社会、政治和法律哲学》，张国清译，上海译文出版社2003年版，第29页。

具体而言在本质上是语言学的"①。这个预设是以一个陈述的形式体现出来的，而正如柯林武德指出的，"任何人所做出的每一个陈述都是在回答一个问题时做出的"，"当他做出了一个陈述，他就知道他的陈述是对一个问题的回答，并且知道那个问题是什么"②。依此而言，可以判断，怀特的以上预设用他自己的话来说是为了回答作为过去的历史其"结构和过程到底是什么"③ 的问题，而对这一问题的回答是将以上预设简化为：过去的历史就是"这些结构和过程的一种模型或象征"④。

怀特在《元史学：十九世纪欧洲的历史想象》的开篇就直接引用了巴什拉《火的精神分析》中"人所能知者，必先已入梦"的箴言。显然，怀特意在确立预设对于逻辑的优先性，在他看来，预构行为是"前认知的"和"未经批判的"，因为按照巴什拉的解释，"只有在身心放松、无拘无束之时，人们才能进入梦境。由于梦想未引起关注，它常常也不存留于记忆中。它是现实之外的一次逃逸，而且也并不能总是找到一个稳定的非现实的世界。意识随着'梦想的斜坡'——总是下降的斜坡——而放松，而分散，因此也变得模糊难解"⑤。梦想是不能理喻的，梦想是诗性的，梦想是诗的梦想，是扩展的意识能够追随的梦想，"所有的感官都在诗的梦想中苏醒，并形成相互的和谐。诗的梦想所倾听的，诗的意识所能记录的，正是这种感官的复调音乐"⑥。因此，必须以"梦"入史，以"诗"入史，以想象入史，于是，诗与史就不存在截然的分别。

---

① ［美］海登·怀特：《元史学：十九世纪欧洲的历史想象》"序言"，陈新译，译林出版社2004年版。
② ［英］柯林武德：《形而上学论》，宫睿译，北京大学出版社2007年版，第19页。
③ ［美］海登·怀特：《元史学：十九世纪欧洲的历史想象》，陈新译，译林出版社2004年版，第2页。
④ ［美］海登·怀特：《元史学：十九世纪欧洲的历史想象》，陈新译，译林出版社2004年版，第2—3页。
⑤ ［法］加斯东·巴什拉：《梦想的诗学》，刘自强译，生活·读书·新知三联书店1996年版，第6—7页。
⑥ ［法］加斯东·巴什拉：《梦想的诗学》，刘自强译，生活·读书·新知三联书店1996年版，第8页。

在对历史的"预构"中，怀特将 19 世纪欧洲的历史归结为"历史想象"，优先性地将米什莱的历史文本预设为"作为浪漫剧的历史实在论"，将兰克的历史文本预设为"作为喜剧的历史实在论"，将托克维尔的历史文本预设为"作为悲剧的历史实在论"，将布克哈特的历史文本预设为"作为讽刺剧的历史实在论"，将黑格尔的历史哲学文本预设为"历史的诗学与超越反讽之道"，将马克思的历史哲学文本为"以转喻模式为史学进行哲学辩护"，将尼采的历史哲学文本预设为"以隐喻模式为史学作诗学辩护"，将克罗齐的历史哲学文本预设为"以反讽模式为史学作哲学辩护"。怀特提出诸多历史学家对历史的"预设"观虽然直白而不显得有丝毫的委婉，但他只不过大胆地揭示了一个彼此心照不宣的事实，就连主张应该研究"人类的多样性"的社会学家赖特·米尔斯也说到，"历史学家的主要任务是以直笔保留人类的记录，但实际上只是具有欺骗性的口头目标而已。历史学家代表了人类的组织化了的记忆，而这种记忆，作为书写下来的历史，是非常有弹性的。从这一代历史学家到下一代，它的变化往往很大，这并不仅仅是由于后来更细致的发现使记录中引入了新的事实和资料，还由于人们的兴趣点和现在人们建立记录的框架发生了变化。这些是从无数可得的事实中做出选择的依据，同时也是对这些事实意义的主导解释"①。比照怀特的意思，赖特·米尔斯的这一"建立记录的框架"就相当于怀特的"预设"，而且与怀特一样，赖特·米尔斯也强调"预设"的重要性："如果历史学家没有'理论'，他们或许可以为撰写历史提供材料，但他们自己不能书写历史。"②

如果说"预设"依靠诗意和想象，那么，历史的建构是否可以随意而为之？对此，怀特认为，历史的建构需要理性阐释。

如果说怀特的诗性预设是提出问题并具有逻辑上的优先性，那么，怀

---

① [美] 赖特·米尔斯：《社会学的想象力》，陈强译，生活·读书·新知三联书店 2001 年版，第 155—156 页。

② [美] 赖特·米尔斯：《社会学的想象力》，陈强译，生活·读书·新知三联书店 2001 年版，第 156 页。

特的理性阐释则是以特定的形式对预设所提出问题的回答。对这二者的关系，赖特·米尔斯予以了透彻的分析："一个问题在逻辑上先于它自身的答案。当思想被科学地加以整理的时候，逻辑优先性就伴随着时间上的在先；一个人首先形成了一个问题，只有当那个问题形成之后，才能试图回答它。这是一种特殊的时间上的在先，当在后的事件或行为开始的时候，在先的事件或行为并没有停止。随着在回答一个特定问题的行为之前对于那个特定问题的回答的开始，回答这个问题的行为就开始了并具有特定的形式，但在后者的整个延续过程中它继续存在。"[1] 为了验证或实践历史文本普遍存在的诗学本质，怀特不惜精力在《元史学：十九世纪欧洲的历史想象》中对四位历史学家和四位历史哲学家的历史文本进行了细致的解剖，沿着预设的思路，在诸多文本中寻觅历史学与隐喻关系的蛛丝马迹，他竭力在该著中证明每一位历史学家和历史哲学家的诗性预构行为最终都构成了他们自己一套独特的历史哲学，从而也支撑、指导着他们的历史书写实践。

怀特通过"文学性"策略弥合形式主义与历史主义的矛盾：其历史著述的文本属性弥合了历史文本与文学文本；其历史文本的存在方式弥合了"外部研究"与"内部研究"；其历史诗学的建构形态弥合了诗性预设与理性阐释。通过实现形式主义与历史主义的弥合，怀特的历史诗学也因此成为跨学科的典范。

第二节　元史学与解释学的会通

可以说，解释学是怀特历史诗学中使用最广泛的一门"技术"。因为，在怀特看来，对历史事实与历史著述、历史文本之间关系的解释是历史诗

---

① 转引自［英］柯林武德《形而上学论》，宫睿译，北京大学出版社 2007 年版，第 20 页。

学中的"元问题"，也是关系到我们怎样认识历史、把握历史的重大问题。

总观解释学对怀特历史诗学的影响，主要可归结为两大方面：一是狄尔泰的生命解释学启发怀特的历史诗学将历史等同于历史文本；一是伽达默尔的文学解释学支撑怀特将历史视为历史著述者的一种文学想象性解释。

一 生命解释学与历史本体

怀特将历史视为延伸的文本、视文本为压缩的历史，从根本上受到狄尔泰生命解释学的影响。狄尔泰将历史看成与语言文字文本一样的文本、对历史的认识就是对历史文本的理解。

本来，解释学可以宽泛地定义为关于理解和解释"文本"意义的理论或哲学，但施莱尔马赫确立的从语法学转向心理学方面的解释法则，使研究的重心从被理解的文本转移到理解这一活动本身。施莱尔马赫的这一转移行动启发狄尔泰将解释学这一研究解释历史文本的学问上升为研究精神科学的哲学方法论——将解释学融进历史哲学，反对仅仅对文本进行消极注释，研究"体验"、"理解"在历史解释中的作用。狄尔泰认为，解释学的任务在于从作为历史内容的文献、文本出发，通过"体验"和"理解"，复原它们所表现的原初体验和所象征的原初的生活世界，使解释者像理解自己一样去理解他人。为此，怀特对狄尔泰的"精神科学"和"历史理性批判"表现出深刻的认同，[①] 究其原因，是因为狄尔泰将精神科学的研究设定在自己"历史理性批判"的总框架之内的做法，吻合了怀特通过确认人所创造的语言文字文本来确认历史本体的研究动机。狄尔泰"历史理性批判"必须追问：人如何认识自己？如何认识他人？如何认识人自身创造的人类文化？如何认识人自身所构成的历史？精神科学的知识如何可能？这种知识的有效性如何？这对怀特阐明"历史想象的深层结构"分析工作

---

① ［美］海登·怀特：《元史学：十九世纪欧洲的历史想象》，陈新译，译林出版社 2004 年版，第 373、521 页。

"赖以确立的解释原则"极为有效。

　　首先，在怀特看来，历史只有从历史文本中获得。他说，"历史必须以审美的方式，而不是以一种科学的方式获得理解"①，显然是受到狄尔泰以生命移入为内涵的"体验"理论的影响。尤其是狄尔泰将重新体验作为理解的最高方式——生命向前进行，而理解要求我们思考历史的过去，通过理解，过去在当代被重新体验，这样一方面，历史的生命经过重构不断产生新的意义，另一方面，我们对生命的理解也有了更新的视域。狄尔泰以生命移入为内涵的"体验"概念的提出以及通过区分"基本理解"与"高级理解"，强调"理解"行为在"解释"活动中的核心作用，明确规定高级理解是一种"精神生命的整体参与"，使理解和把握历史世界中人类的精神生命、从历史的最深处观照人的存在，成为精神科学追求的境界。总观怀特对诸多历史学家和历史哲学家历史文本的解读，可以发现他的精神生命对诸多历史文本的整体参与的情形，他对历史文本的解读投入了强烈的情感，他的整个《元史学》都是在体验诸多历史学家的历史想象。在狄尔泰看来，精神世界是一个内在的宏观的世界，是人类生命和精神生活的纯粹世界，其中充满了主体的人的情感、想象、意志以及人类活动的观念、价值、目的等，人的理解延续和扩展了个体的生命体验，文本就成为人的生命所留下的符号形式，是生命的外化和表达。因此，作为生命基本表现的历史，就成为文本理解的最终对象。

　　其次，如何保证从文本中获得的历史具有客观性？狄尔泰对生命、价值的认识，认为诗与艺术在哲学忘却了自己的使命后挺身而出反思人生的价值，这样的观点使怀特深受启发，怀特通过体认历史后提出，"一种科学认识，像在自然科学研究中那样达到对人性的规范的科学认识，是不可能的"，"即便我们不能达到对人性的规范的科学认识，却可以达到另一种

---

　　① ［美］海登·怀特：《元史学：十九世纪欧洲的历史想象》，陈新译，译林出版社 2004 年版，第 76 页。

认识，即文学和艺术以清晰易懂的例子赋予我们的那种认识"①。我们知道，文学艺术是以具体性和生动性见长，主要诉诸人的体验，因此，怀特对历史的认识与其说是通过对历史文本的阐释而实现的，毋宁说是通过对历史文本的体验而实现的。狄尔泰提出了生命活动的三步骤："体验—表达—理解"，即生命是感知、评价和确定各种目的的出发点，由于"人们是无法把生命带到理性的审判台面前"② 而进行实证式的切片分析的，因此，要认识和把握内在与外在的世界，就必须展开意向性体验。而在狄尔泰看来，"我化"了的对象世界与主体是"合一"的，语言、艺术、科学乃至于物质世界都是精神的客体化物，因此作为人类的精神世界所创造的那些外在世界，就与人类具有共同的精神本质。于是，"体验"活动就导引出他人及有关生命的各种"表达"的"理解"过程。借助他人及有关生命的表达，人的精神才能在愈加高级的阶段重新发现自己，才能在自我、他人以及整个精神共同体中理解生命的深邃与博大，只有在这时，展开"体验"活动的人才真正实现了人对精神世界的洞悉，于是，"无论在哪里，理解过程都会为我们打开一个世界"③。怀特的元史学中打下了明显的狄尔泰提出的生命活动的烙印，譬如他对黑格尔"作为结构的历史领域"、"作为过程的历史领域"的解释就颇有艺术体验和生命诗化的痕迹。在此基础上，他进一步巩固了自己的元史学观念，"选择一种情节化模式本身就反映出承诺了某种历史哲学，黑格尔在《美学》中探讨作为一种文学形式的历史时，就曾指出这一点"④。

我们知道，怀特的历史诗学一方面进行大胆的诗性预构，另一方面又努力对这种诗性预构行为进行理性阐释。这一做法与狄尔泰的"历史理性

---

① ［美］海登·怀特：《后现代历史叙事学》，陈永国等译，中国社会科学出版社 2003 年版，第 32 页。

② ［德］威廉·狄尔泰：《精神科学引论》第一卷，童奇志译，中国城市出版社 2002 年版，第 12 页。

③ ［德］威廉·狄尔泰：《历史中的意义》，艾彦等译，中国城市出版社 2001 年版，第 73 页。

④ ［美］海登·怀特：《元史学：十九世纪欧洲的历史想象》，陈新译，译林出版社 2004 年版，第 193 页。

批判"有异曲同工之妙。虽然具有艺术体验和生命诗化的痕迹的历史理解会使历史的有效性大打折扣，但狄尔泰提出理性这个"大公之心"能自由进入不同的历史时代，能在解释和理解中恢复历史的本来面目，能使历史和人生客观化。在他看来，在纷纭杂呈的每一种文化中，都表现有"貌"离"神"合的不受历史存在和个人经验局限的大公之心（亦称"道心"、"圣心"或佛教中的"法眼"），人对自身的知识和真理，就是由这些超越个人和历史的绝对精神来暗示，并保证其不陷入个人的主观臆测。而理解之所以可能，一方面是因为人类有共同的心灵结构，人类的心灵能够理解它所创造的东西；另一方面，不同时代的人体验内容不同，蕴涵的意义不同，但人类体验的形式是相同的，因而能通过表达而理解，进而再度体验到表达中的意义，从"你"中发现同一个"我"。尽管"狄尔泰把精神科学的可能认识的客观性同解释者及其对象的同时是可能的条件相联系"[①] 会带来"解释循环"的困境，但怀特绕过了狄尔泰有关理解和解释的有效性和客观性的难题，通过对众多历史文本的解读实践了狄尔泰的生命解释学。

二 文学解释学与历史意义

如果说狄尔泰的生命解释学从"方法"上启示怀特将历史文本视为历史本体，那么伽达默尔的文学解释学则通过对"真理"观的阐述为怀特探寻历史的意义提供了新视角。如果前者使怀特的历史诗学具有本质主义倾向，那么，后者则使怀特的历史诗学染上了浓厚的反本质主义色彩。

虽然伽达默尔也与狄尔泰一样，将历史等同于历史文本，将对历史的认识看作对历史文本的理解，但是，狄尔泰建立的试图与科学研究方法相媲美的人文认识论也是一种客观主义实在论，这种理论将文本意义视为由作者"放入"文本中永恒不变的固定物。伽达默尔一反狄尔泰的这种形而上学可知论的立场，否定文本自身固有的意义以及解释的正确性，他认为

---

① ［德］哈贝马斯：《认识与兴趣》，郭官义等译，学林出版社 1999 年版，第 174 页。

历史理解的真正对象不是事件，而是事件的"意义"，提出理解的历史性、视界融合、效果历史等理论正切合了怀特认为的历史不过是历史想象、历史想象不过是追寻历史意义的反本质主义观念。

在怀特看来，历史文本是历史学家想象的产物，历史著述其实是一种意识形态制作方式，历史学家无非是以客观性为招牌来掩饰自己著述的意识形态倾向和文本文学性的文学家。如此大胆的观点的确为许多人所不容。但是，仔细分析，我们看到，怀特的观点实际上具有深厚的解释学渊源。

首先，伽达默尔肯定前见在理解中的积极作用，使怀特能直面史学家的"创造"在历史著述中所起的作用，从而为理解历史意义开辟了一条通道。"前见"是一种"先行认知结构"，按照伽达默尔的理论，它不仅不是理解的障碍，反而是理解得以进行、得以实现的首要条件。"前见"是历史给予人的，人无法进行选择。每个人都要降生在一种历史文化中，历史首先占有了人，通过语言来占有人。语言不是一种工具，它保存着历史、文化和传统，个人在接受、理解语言的同时，也接受了历史给予他的"前见"，它包括个人能够意识到的历史文化成分与不能意识到的历史文化成分，个人永远无法摆脱，因为这就是人在历史中的存在状态。人的一切理解必须从它开始，它不仅以已知的内容作为理解起步的基点，而且它还是人辨别未知的参照系。它不仅使人有了认识真理的可能，也同时给真理以历史性和变化性。伽达默尔的"前见"理论在怀特的理论表述中具有明显的踪迹，他说，如果认为史学家的目的是通过"发现"、"鉴别"或"揭示"埋藏在编年史中的"故事"来说明过去，那就模糊了史学家的"创造"程度，而正是包含有史学家前见的创造，史学家才能揭露哪怕是编年史中一整组事件有可辨别的开头、中间和结局的这种形式上的一贯性，并被人们视为一个可以理解的过程。① 伽达默尔认为前见是历史实在和理解的前提条件，历史性是此在存在的基本事实，是无法取消的历史自身的规

---

① ［美］海登·怀特：《元史学：十九世纪欧洲的历史想象》，陈新译，译林出版社 2004 年版，第 8 页。

定性；而历史学家也不可能摆脱前见去研究历史，因为史学家与他所研究的对象一样也是历史地存在着的，他自身就是历史的创造物。我们之所以能够认识历史并不是因为狄尔泰所说的人性的同质性，而是因为我们是历史性的存在，如果将理解的历史性当成我们必须抛弃的前见，就不能真正理解自身。这或许就是怀特进行诗性预构的最正当理由。可以说，诗性预构是怀特所有前见的集结，因为"在我们经常采取的对过去的态度中，真正的要求无论如何不是使我们远离和摆脱传统。我们其实是经常处于传统之中，而且这种处于决不是什么对象化的行为，以致传统所告诉的东西被认为是某种另外异己的东西——它一直就是我们自己的东西，一种范例和借鉴，一种对自身的重新认识，在这种自我认识里，我们以后的历史判断几乎不被看作为认识，而被认为是对传统的最单纯的吸收或融化"①。从这样的意义上说，怀特的诗性预构不仅是历史理解的宿命，而且也是历史连续性中的一个环节。

怀特充分运用伽达默尔解释学这一工具切入到更深层的历史意义的把握问题。伽达默尔认为，历史所关注的并不只是流传下来的文本，而且也关注这些文本所产生的效果，效果历史就是历史实在，历史意义就是创造文本视界与理解文本的读者视界相融合而构成的"效果历史"，怀特指出，"理解是把陌生事物或弗洛伊德所说的'怪异'事物表现为熟悉事物的一个过程"②，从解释学的意义上而言，变陌生为熟悉就是通过转义行为达到的一种效果。

怀特曾鼓励史学家们摆脱"历史的负担"③，不过是意在消解历史的客观性而凸显历史的意义。因此，伽达默尔的《真理与方法》中关于艺术真理问题的探寻对于怀特彰显历史意义具有特别的作用。在怀特看来，历史

---

① ［德］伽达默尔：《真理与方法》，洪汉鼎译，上海译文出版社1999年版，第361—362页。
② ［美］海登·怀特：《后现代历史叙事学》，陈永国等译，中国社会科学出版社2003年版，第7页。
③ ［美］海登·怀特：《后现代历史叙事学》，陈永国等译，中国社会科学出版社2003年版，第33—62页。

本身是以文本的形式展示出来的，历史文本与其他事物之间的关系只是不同类型的文本之间的关系，如果历史只是在语言中以文本的形式呈现，那就无所谓客观真理，而只是一个艺术真理的问题了。而在伽达默尔看来，艺术文本是一种开放性的结构，因而对艺术文本的理解和解释也是一个不断开放和不断生成的过程，而且，从根本上说，真正的艺术是连续不断地被理解和接受的艺术，文本只有在被理解和感知的过程中，意义才得以实现。因而，按照伽达默尔的观点，艺术真理既不孤立地存在于文本中，也不单纯地存在于审美主体上，而是存在于特定、具体的审美理解活动中。而在怀特看来，历史文本具有与艺术文本相似的结构，历史意义是在与历史的对话中生成的，是理解者与文本的交流过程，本身具有"主体间性"。这样，伽达默尔的艺术真理观就被怀特成功改造为历史意义观。

明确了伽达默尔的上述逻辑，我们就会对怀特历史著述理论中提出的多种解释模式释然了：正是在各种理解和解释中，历史丰富多样的意义才得以敞开。于是，就产生了正如怀特自己所说的，对于同一事件，"不同'风格'的史学思想都可能存在"。^① 怀特不仅借助伽达默尔文学解释学揭示艺术真理的办法来揭示历史意义，而且因主张历史文本具有与艺术文本一样的诗性结构而堵截了客观历史认识论的通道。可以期待：由此而产生的多样化的历史意义，将鼓舞学界为重新探寻历史意义开辟更多别样的途径。

第三节　对知识考古学的改造

米歇尔·福柯因被史学界和哲学界所排斥而自称是"思想体系史教授"，海登·怀特先前从事比较文学研究而后成为后现代历史哲学的领军人

---

① ［美］海登·怀特：《元史学：十九世纪欧洲的历史想象》，陈新译，译林出版社 2004 年版，第 4—6 页。

物。尽管两人国籍不同、研究对象与方法也不尽一致，但包括海登·怀特在内的新历史主义者"甚至拥抱了米歇尔·福柯"，受到福柯理论的强烈支配。① 从海登·怀特的《解码福柯：地下笔记》、《福柯的话语：反人道主义的历史编纂学》等论文或篇章中能见证福柯对怀特历史诗学深刻而巨大的影响。主要体现为：福柯后结构主义的"考古"式的历史研究启发怀特采用形式主义的方法将历史归结为一种历史修辞。

一　断裂的历史与预构的诗意

福柯在《知识考古学》中强调考古学方法关注的是历史分析中的断裂、变化而非延续，怀特的《元史学：十九世纪欧洲的历史想象》提出历史充满了预构的诗意。乍看起来，这两者似乎没有明显的联系。但是，只要我们深入到他们各自观点的核心之处，就会发现他们有一个共同的理论基点：打破传统历史观所坚守的历史客观性神话。

怀特历史研究的显著特征体现为对历史学家和历史哲学家历史叙述方式的特别关注。他坚信波普尔所说的"不可能有'事实如此'这样的历史，只能有历史的各种解释，而且没有一种解释是最终的，每一代人都有权形成自己的解释"②。他认为，一方面，福柯因与列维-斯特劳斯、雅克-拉康一样将人类现象当作语言现象来处理而被视为法国结构主义者，另一方面，福柯因将人文科学等同于基本概念公式化了的语言游戏、认为人文科学受制于比喻话语模式而成为反结构主义思想家。显然，福柯"对人类意识的深层结构有着浓厚的兴趣"，"坚信对这种深层结构的研究必须始于对语言的分析"③，怀特采用形式主义方法来揭示历史学家和历史哲学家的

---

① ［美］弗兰克·林特利查：《福柯的遗产：一种新历史主义?》，载张京媛《新历史主义与文学批评》，北京大学出版社1993年版，第149页。
② ［英］卡尔·波普尔：《开放社会及其敌人》第二卷，郑一明等译，中国社会科学出版社1999年版，第404页。
③ ［美］海登·怀特：《后现代历史叙事学》，陈永国等译，中国社会科学出版社2003年版，第216页。

历史叙述方式的做法是受到福柯的深刻影响，他在《元史学：十九世纪欧洲的历史想象》的"中译本前言"中直言不讳：史学家对于过去现象的表现以及对这些现象的思考是"文学性"的，即"诗性的"和"修辞性的"；在这部著作的开篇通过引用巴什拉的箴言"人所能知者，必先已入梦"开宗明义地显示出他独特的历史诗学观念：历史学家和历史哲学家"作为历史叙述和概念化的楷模，他们的地位最终有赖于他们思考历史及其过程时，那种预构的而且是特别的诗意本性"①。极其鲜明地揭示了历史文本普遍具有的诗学特征。因此，建构、比喻、想象等曾经是传统史学家强力排斥的范畴却成为怀特历史诗学的理论基石。这与福柯主张历史是断裂的思想具有内在的一致性：福柯的考古学考察的是被传统思想史忽视的思想文化印迹、中断现象以及中断的证据，他认为连续性原则、因果关系、一致性与规律性等都是人类理性构造出来的乌托邦幻影。而历史连续性的背后有一个主体在操纵、涂改着历史，"连续的历史是一个关联体，它对于主体的奠基功能是必不可少的：这个主体保证把历史遗漏掉的一切归还给历史……将历史分析变成连续的话语，把人类的意识变成每一个变化和每一种实践的原主体，这是同一思维系统的两个方面。"② 在福柯看来，在连续的历史观中，主体将所有历史事件划入一个假象的意义整体，从而确保意识在历史中的稳固地位。他引入断裂、非连续与偶然因素，就是将主体推下虚设的神坛。表面上看，怀特预构的诗意是强调主体，福柯断裂的历史是贬抑主体；从实质看，二者是从不同侧面论证虚构在历史建构中的作用，从而共同否定了历史的客观性。

为了摧毁历史的客观性神话，福柯深入研究了人类知识的建构过程。在福柯的哲学中，支配一个时代的只有一个认识，因为控制这个认识的结构是根本性的。在这一种认识的时代，通过别的认识来思想是不可能的。

---

① ［美］海登·怀特：《元史学：十九世纪欧洲的历史想象》，陈新译，译林出版社 2004 年版，第 4 页。

② ［法］米歇尔·福柯：《知识考古学》，谢强等译，生活·读书·新知三联书店 2007 年版，第 13 页。

每一种认识的独特性表明不同认识之间不存在相互联系，没有任何证据证明认识的出现是连续的，每一认识与前一认识之间形成裂缝、形成相当不同的看待世界的知识框架。因此，福柯用"非连续性"这一曾经是思想家和史学家为了使事件的连续性显现出来而竭力排斥和诋毁的概念，对历史的客观性和规律性进行了深层次的解构。

海登·怀特也解构了历史的客观性神话。为了实现这一目标，海登·怀特对历史学究竟是科学还是艺术的二元对立的简单化争论进行了一针见血的批评，他不满意历史学家在遭遇社会科学家的质疑时声称自己要依赖直觉因而是艺术、在面对艺术家的批评时则声称历史资料不容辩驳因而是科学的申辩。尽管为了确立史学的尊严，他宣称史学"既不是艺术，也不是科学"[1]，但他同时又注意到"近30年来，科学哲学家和美学家始终致力于深入理解科学陈述与艺术陈述之间的共性"[2]，"科学和艺术都超越了关于世界的那些旧的、不变的观念，这些观念曾要求科学和艺术直接拷贝一个假定静止的现实。科学和艺术都发现了隐喻建构本质上的临时性，而它们正是利用这些隐喻建构来理解一个能动的宇宙"[3] 的事实，因此，在他的视野中，历史学与其要独立或被视为科学，不如说史学就是艺术，是充满了诗性想象的艺术。虽然当今学界普遍比较认可：将史学视为科学主要是指研究历史的精神和态度，而将史学当成艺术主要是指历史研究者的素质，但实际上这两者又是很难完全分离的。也就是说，即使史学家以追求历史真相为目标，但这只是一种"高贵的梦想"（彼得·诺维克语）。就连以再现现实为旗帜的批判现实主义作家托尔斯泰在强调艺术与科学都应"为人民服务"的基点上也曾提出，"无论在哪里，只要存在真正的科学，

---

[1] ［美］海登·怀特：《后现代历史叙事学》，陈永国等译，中国社会科学出版社2003年版，第35页。

[2] ［美］海登·怀特：《后现代历史叙事学》，陈永国等译，中国社会科学出版社2003年版，第57页。

[3] ［美］海登·怀特：《后现代历史叙事学》，陈永国等译，中国社会科学出版社2003年版，第61页。

艺术总会成为它的代表"①，显然托尔斯泰的表述含有这样的意义：倘若科学要为人们带来福利和享受，就必须像真正的艺术那样来美好地滋润人的心田之义。在《元史学：十九世纪欧洲的历史想象》的中译本"前言"中海登·怀特多次提到米歇尔·福柯："话语的比喻理论……后继者有现代话语分析家，如福柯……它仍旧是我的史学思想的核心"；"我们必须像米歇尔·福柯所说的那样来理解'风格'：它是某种稳定的语言使用方式，人们用它表现世界，也用它赋予世界意义"。我们分明感受到海登·怀特对米歇尔·福柯学术思想的仰慕之情。

福柯写西方癫狂史、监狱史、性史等都是拾掇历史上的琐碎事件。福柯认为，传统历史观关注的是："在不相称的事件之间应建立什么样的联系？……什么是贯穿这些事件的连续性或者什么是它们最终形成的整体意义？"② 而福柯关心的是"如何阐述那些使人联想到不连续性的各种不同的概念（界限、决裂、分割、变化、转化）？怎样使我们可以涉身的层次多样化？"③ 为此，他质疑思想史、哲学史等学科中"时代"、"世纪"等宏大分类单位，而是探测"中断的偶然性"。而福柯关注断裂、非连续性，并非否定一切连续性，而是注意到历史连续性理论背后有一个主体在操纵、涂改着历史。"他对历史的形成感兴趣，只是因为它们指明我们来自何方，是什么在禁锢着我们，我们为了找到一种表现我们的新关系而正在与什么决裂。真正令他感兴趣的，是今天我们与疯狂的关系、我们与惩罚的关系、我们与权力、与性的关系。这不是希腊人、而是我们与主观化的关系，是我们构成主体的方式。"④ 而这种"构成主体的方式"是一种被知识—权利机器强行铸造的方式，是福柯所摈弃的。对福柯来说，人生最重要

---

① ［俄］列夫·托尔斯泰：《论科学和艺术的价值》，江苏教育出版社 2006 年版，第 59 页。

② ［法］米歇尔·福柯：《知识考古学》，第 3 版，谢强等译，生活·读书·新知三联书店 2007 年版，第 2 页。

③ ［法］米歇尔·福柯：《知识考古学》，第 3 版，谢强等译，生活·读书·新知三联书店 2007 年版，第 4 页。

④ ［法］吉尔·德勒兹：《哲学与权力的谈判——德勒兹访谈录》，商务印书馆 2003 年版，第 120 页。

的任务是成为一个自由自主的主体，一个自我塑造的主体，一个不驯服、不从众的主体。这同样也是怀特所向往的。于是，怀特不仅认为历史学家不可避免地具有自由自主的诗性预构行为，而且在福柯的这一理论基点上大胆地吸收当代哲学、语言学的最新成果来挖掘历史作品普遍存在的诗学本质。

二 话语分析与模式透视

话语分析作为一种理论和方法，自福柯以来在社会科学各领域得到广泛运用。其实，福柯的话语不是纯粹的语言形式，而是始终与话语实践联系在一起，它由"连续的事件"构成，具有历史性和开放性，从根本上是一种聚合和建构。显然，这是对传统的语言透明性观念的反叛，是对现代赋予词语给事物的本质性揭示。福柯的这种不是在语言学意义上而是在思想和哲学意义上论析话语的方式，不仅影响怀特提出了历史的诗意预构理论，而且启发怀特对诗意预构的历史进行模式透视。

在福柯这里，话语有一种不受言说主体操纵的结构性空间，它有自己的规则，这些规则控制着言说者。而话语是无中心的散漫结构，时刻处在局部的流变之中而自行解构，新的结构原则取代旧的结构原则，不存在普遍不变的结构。因此，历史性是福柯话语分析的核心。福柯的历史非连续性命题不仅从历时上抛弃了"传统"、"演化"、"发展"诸概念，而且从共时角度摒弃了"时代精神"、"共同心态"等观念；不仅认为真正的历史并不是向着所谓崇高的方向发展，并不意味着理性的进步，而是充满着混乱与无序，而且认为历史就是偶然事件，是知识权力的更替。福柯的这种对人文科学的进步神话进行摧毁的思路，在怀特看来实则是解构了语言的暴力，他认为"福柯在从 16 世纪到 20 世纪的人文科学编年史中识别出来的四个时代代表了完全不同的语言基本命题对事物的秩序实行断续的殖民化过程；每一个基本命题都为自己适当的'陈述'策略下了特别赌注，并为之所束缚"[①]。

---

① ［美］海登·怀特：《后现代历史叙事学》，陈永国等译，中国社会科学出版社 2003 年版，第 227 页。

这就表明，怀特也认可：人与世界的关系是一种话语关系。因此，他在福柯话语理论的基础上一针见血地揭示历史学家的本质："历史学家……转向对词汇和句法策略的思考，以分辨研究对象、解释其间的关系，然后这种分析将产生对某个特定时代盛行的话语方式的洞见，这反过来又派生出支持并认可特定话语方式的认识领地和'陈述'活动"。① 因此，他在《元史学：十九世纪欧洲的历史想象》中列举 19 世纪欧洲八位主要的史学家与历史学家的历史写作，并采用形式主义方法对这些史学家和历史学家的历史写作进行了模式透视。

按照福柯的思想，话语涉及主体之间的关系，话语的意义是自由的。福柯对西方现代人文科学中"词的秩序"准确无误地表达"事物的秩序"的幻想进行了尖锐的批评；怀特对此表示认同，"词与世间万物一样仅仅是物，它们将永远既揭示又遮蔽它们所指代的事物，所以，希望创立再现的中性价值系统的任何思想体系都注定会瓦解"②。在怀特看来，"福柯与那些法国理性主义者一样，认为物质世界有一秩序，只有在人类大脑不能充分理解这一秩序时，世界才会产生无秩序状态"，即是说，世界的秩序是建立在人脑能充分理解这一秩序的基础上。怀特采用修辞学方法描述福柯话语的文体特点，揭示"这种文体突出了在其自己的详尽阐述中词语的误用（catachresis）这种转义的地位"③，从而为他对历史学家和历史哲学家的历史文本进行理性阐释打下了深厚的基础。

表面上看，福柯与怀特在立论上明显不同：福柯重话语分析，怀特讲模式建构。但福柯对怀特有一种隐蔽而深刻的影响——怀特正是从话语的角度对历史进行的模式透视。福柯在扬弃连续性主题的基础上引入了三个关键词——陈述、话语及档案来否定传统分类单位如"书"、"作品"、"作

---

① ［美］海登·怀特：《后现代历史叙事学》，陈永国等译，中国社会科学出版社 2003 年版，第 228 页。

② ［美］海登·怀特：《后现代历史叙事学》，陈永国等译，中国社会科学出版社 2003 年版，第 218 页。

③ ［美］海登·怀特：《形式的内容：叙事话语与历史再现》，董立河译，文津出版社 2005 年版，第 148 页。

者"等，认为它们是杂乱的，应代之以话语描述；怀特则通过"转义"、"隐喻"、"发明"、"解释"等来代替传统的"还原"、"发现"、"真实"等，揭示历史与文学一样都不同程度地参与了对意识形态问题的"想象的"解决之现实。福柯所强调的话语描述不等于语言分析：前者是关于话语如何出现的考察，后者注重规律、系统；前者关注话语自身的存在条件，后者寻找深层的意义。福柯倾向于前者，怀特却在认同前者的基础上执著于后者。福柯的"知识考古学"是话语分析的一种方法，是对建立在历史决定论和历史目的论基础上的旧历史观的解构。因为对历史研究和现实社会的复杂关系来说，因果律和逻辑关系是一种简单化思维，容易导致对历史的简单化认识，导致对人的主体性的盲目崇拜，而使历史与现实的真实关系被遮蔽。他的考古学的对象不是发现事物是什么，而是探寻事物的相应话语是怎样形成的；不是事物与话语的关系真相，而是话语构成的规则整体；话语不是有意义的符号，而是拥有自身界限的陈述群。而怀特在此基础上似乎走得更远：他将历史看作是一种话语，"话语被看作是一种生产意义的手段，而不仅仅是一种传递有关外部指涉物信息的工具"①，将历史等同于由话语建构的文本，由于"一个历史话语是一个扩展的隐喻"②，于是，历史作为话语具有了虚构性，从而历史与文学一样就具有了文学性或诗性。怀特采用形式主义方法建构出一套结构主义框架：不厌其烦地将历史著述分成五个层次：编年史、故事、情节化模式、形式论证模式和意识形态蕴涵模式，并在论述后三种解释模式时为它们细致地区分了各自的四种类型。如果说福柯是彻底的解构，那么怀特是解构后的建构。

三 四种认识型与四种喻体模式

福柯和怀特分别因提出思想史领域的四种认识型和历史学研究中的四

---

① ［美］海登·怀特：《形式的内容：叙事话语与历史再现》，董立河译，文津出版社 2005 年版，第 59 页。

② ［美］海登·怀特：《后现代历史叙事学》，陈永国等译，中国社会科学出版社 2003 年版，第 299 页。

种喻体模式而震动学界：福柯在《词与物——人文科学考古学》中对 16 世纪到 20 世纪人文科学"话语方式"无理性、无规律变化的现象进行了深刻揭示与精彩诊断；怀特在《元史学：十九世纪欧洲的历史想象》中对"回归叙事"即回归隐喻、修辞和情节化的史学话语的四种"文学性"喻体模式进行了富有启示的分析。如果说福柯的四种认识型与怀特的四种喻体模式在数量上的相当还只是表象的话，那么，怀特对福柯历史修辞与形式主义的创造性借鉴则是极其隐蔽和深刻的。

福柯将人们惯常称谓的人文科学的"编年史"的历史分为四个认识上连贯的大"时代"：第一个时代从中世纪末开始，16 世纪末结束；第二个时代贯穿整个 17 世纪和 18 世纪；第三个时代大约起于 1785 年，一直到 20 世纪；第四个时代现在刚刚开始。福柯对四种认识型的形式结构的探究使怀特在阐释西方 19 世纪历史编撰学模式时深受启发。福柯认为，他所提出的这四个时代绝不是一出戏剧的四幕，标志一个时代起止的不是持续主题的变革，而是西方意识的断裂、中断和不连续性，严重的断裂以至于使这些年代实际割裂开来并因此形成四种不同的认识型。正是不同的认识型对相应的话语方式的承认，才使得现存不同的人文科学得以详细阐述。他提出，每一学科都有其特定的研究对象，都有特定的策略来确定其领域内各种研究对象之间话语内部的关系。在一个认识型与另一个认识型之间，存在着历时间断性，但在每一认识型内部又存在着共时连续性。在怀特看来，福柯在 16 世纪到 20 世纪的人文科学编年史中识别出来的四个时代不仅代表了完全不同的语言基本命题，每一基本命题都为自己适当的"陈述"策略下了特别赌注，而且这些"语言赌注允许建构不同的'认识领域'，在此基础上，每个时代形成不同于其他时代的人文科学群落"①。

怀特在《解码福柯：地下笔记》中对福柯的四种认识型观念表示了深度赞许：福柯的"《词与物》的主要论点是正确的，具有启蒙意义的。在

---

① ［美］海登·怀特：《后现代历史叙事学》，陈永国等译，中国社会科学出版社 2003 年版，第 227 页。

16 世纪到 20 世纪之间发展起来的人文科学，其特点在于它们没有意识到各自在某种程度上都成了语言的囚徒，都没有把语言看作问题"①。福柯认为，"在 16 世纪，相似性是与符号体系联系在一起的；并且，正是对这些符号的阐释，才打开了具体认识领域"②，福柯力图证明，16 世纪的主导话语模式充斥着"相似性"的观念，在怀特看来，这种观念致使 16 世纪的人文科学是以隐喻的方式来编码经验世界。而正是由于 16 世纪对相似性的迷恋才促成了 17 世纪人文科学向本质差异性方向转变。而对差异性的关注恰恰产生于对相似性追求的空白之处，也最终导致以相似性为基础的话语模式的消亡；而 18 世纪后期的话语模式又撇开了 17 世纪的差异性转向追求近邻性即空间关系，各学科所投射出来的主导喻体是转喻，即用一事物的名称来指代整个事物，科学研究者则通过研究局部来探寻整体、通过对局部的研究来把握事物的本质；19 世纪的话语模式一反空间关系而通过时间序列来把握事物的多样性，各学科致力于对整体中各部分的不同功能进行研究，把整体当成部分的相加，从对部分的掌握中获得整体的概念。福柯也正是通过对时间关系的关注来赋予 19 世纪主导意识的"事物的秩序"；20 世纪不再对平行轴的时间之维加以关注，而是注重对垂直轴的"表层与深层"的研究，语言出场了，正如怀特说的，"福柯的著作似乎有主题而无情节。其主题即是在人文科学中用词的秩序来再现事物的秩序。……福柯让我们一饱眼福的这出戏剧中确有一个隐秘的主人公，这就是语言"③。语言再现现实的命题在这一时期受到强有力挑战，语言是不透明的，语言没有能力揭示主体，与其说人文科学研究的对象是人，还不如说是语言。因此，人文科学所讨论的"人"已无力指涉现实世界中的"人"这个存在物，故 20 世纪的人文科学是以反喻为其特征的。

---

　　①　[美] 海登·怀特：《后现代历史叙事学》，陈永国等译，中国社会科学出版社 2003 年版，第 241 页。

　　②　[法] 米歇尔·福柯：《词与物——人文科学考古学》，莫伟明译，上海三联书店 2001 年版，第 95 页。

　　③　[美] 海登·怀特：《后现代历史叙事学》，陈永国等译，中国社会科学出版社 2003 年版，第 222 页。

福柯的认识型概念表面看来是按年代划分的，但划分根据并非年代。他选择了关于生物的、语言的和财富的三种话语来分析，他发现这三种话语在某个时期拥有共同的结构，这一结构与其他时期的结构呈现迥异的景观，类似于考古学的断层现象。以此类推，这一断层内的所有话语隶属于同一认识型。因此，认识型决定着某一时期的话语构成，或者说某一认识型内部所有话语都服从一个共同的无意识基础，认识型的无意识特征抹杀了个体作者的意义，从而显现出明显的形式主义特征。

怀特将福柯揭示出的四种认识型概括为隐喻、转喻、提喻、反讽四个阶段，并受此启发提出了历史叙事与文学叙事一样普遍具有"文学性"或"诗意"本性的观念，运用形式主义方法建构起一套独特的用隐喻、转喻、提喻、反讽来阐释西方19世纪历史编撰模式的框架。他将历史著述分为编年史、故事、情节化模式、形式论证模式、意识形态蕴涵模式五个层次，认为编年史和故事虽然是历史记述中的"原始要素"，但历史学家为了编排故事从编年史中对事件的挑选是符合历史学家的动机的；而情节化解释、形式论证解释、意识形态蕴涵解释更是适应历史学家的叙事建构动机，即回答历史学家在建构其叙事的过程中所预料到的问题的方式。他将语言学的成果运用到历史哲学之中，直接以语言学原则类比历史叙事原则，四种常用的解释策略对应着诗性语言的四种比喻：隐喻、转喻、提喻、反讽。四种不同的喻体模式亮出了怀特对相同的历史事件可以有不同书写的大旗！在怀特看来，运用这种比喻理论能将特定时期内历史想象的深层结构进行分类阐释，每一位史学家或历史哲学家对历史领域的想象及其提供的解释策略都是某个话语传统中的一个环节，"该话语传统的发展是人们对历史世界的隐喻式理解，经由转喻式或提喻式理解，最后转入一种对一切知识不可还原的相对主义的反讽式理解"[①]。他声称自己是一个形式主义者和结构主义者，在《元史学》中以四种语言学规则来类比四种历

---

① ［美］海登·怀特：《元史学：十九世纪欧洲的历史想象》，陈新译，译林出版社2004年版，第50页。

史意识模式，在赋予由隐喻、转喻、提喻、反讽构成的历史意识发展结构的同时，用形式主义的解释策略来编排 19 世纪的历史著述，对 19 世纪的史学思想史进行深层结构上的归类，从而揭示历史文本与文学文本一样的诗意本性。可以说，福柯与怀特都努力尝试在复杂的话语实践表象中发现某种主导性图式，福柯的"四种认识型"与怀特的"四种喻体模式"就是对事物的深层结构进行透视的结晶。

怀特历史诗学的奇特之处在于，他将历史修辞与形式主义进行了富有深度而完美的结合，从而实现了文学性与历史性的融通。这正是由于怀特受到了福柯这一来源于结构主义的后结构主义学者以语言为基础又超越语言进行历史重写的影响所致。作为现代语言，已经"远不像经典结构主义者所认为的那样稳定。与其说它是一个定义明确而界限清晰的结构，其中包含着种种能指与所指组成的对称单位，它现在开始更像是一张无边无际的蔓延的网，其中各种成分不断地交换和循环，其中没有什么成分是可以被绝对规定下来的，其中每个东西都被所有其他东西牵扯和贯通"[1]。于是，我们不仅看到，"文学技巧在自然科学和技术科学著作中比比皆是，在每一科学文本中，我们都能发现它们在起作用"[2]，而且还能强烈感受现代语言与现代社会的复杂联系，有人说，"现代化是与跨学科性联系在一起的。有必要打破神圣不可侵犯的边界性。如此一来，语言学模型就会渗透到全部社会科学领域。在这个一切皆语言的世界上，当一切事物皆与语言相关时，当我们全部由语言制成时，从那一刻开始，'一切事物都成了可以交换、互换、转换、变换的了'"[3]，更有人直截了当地呼吁，"历史应该刷新自己，方法是脱离关于历史文本意义的'现实主义'的假定，而转向认可历史与文学都是话语，都是建构而非反映、发明而非发现了过去的

---

①　［英］特雷·伊格尔顿：《二十世纪西方文学理论》，伍晓明译，北京大学出版社 2007 年版，第 127 页。

②　［奥］卡林·诺尔-塞蒂纳：《制造知识——建构主义与科学的与境性》，王善博等译，东方出版社 2001 年版，第 177 页。

③　［法］弗朗索瓦·多斯：《从结构到解构：法国 20 世纪思想主潮》（上），季广茂译，中央编译出版社 2004 年版，第 509 页。

道路"①。

深受福柯影响的怀特历史诗学既得到了一片喝彩，也被指责为后结构主义的语言游戏。尽管怀特将历史叙事等同于文学虚构，但并没有像福柯那样完全否认语言的指涉功能，而只是对不同的历史叙事模式在反映现实的真实程度上作出了同样的肯定。因为对他而言，如果不存在所谓"原始的事实"，只存在被用不同方式描述的事件，那么，真实性就是将事件变成事实的描述性命题而已。因此，修辞性叙事在真实性的程度上也不一定亚于写实性叙事，何况，"叙事不仅仅是一种可以用来也可以不用来再现在发展过程方面的真实事件的中性推论形式，而且更重要的是，它包含具有鲜明意识形态甚至特殊政治意蕴的本体论和认识论选择"②。于是，有多少种描述和阐释，就有多少种历史，历史就会呈现多样化的面貌。虽然这种逻辑具有借文化多元论之名行思想虚无主义之实的嫌疑，但它的积极意义在于否定了逻各斯中心主义的单一话语霸权，显示出对知识差异的尊重，正如华勒斯坦等所指出的，"对于一个不确定的、复杂的世界，应当允许有多种不同解释的同时并存"③。由这种非排他性的立场所带来的多元化与差异性，或许就是当今人文社会科学学科尤其是文艺学学科摆脱危机、另辟蹊径的强劲动力。

---

① ［英］马克·柯里：《后现代叙事理论》，宁一中译，北京大学出版社 2003 年版，第 97 页。
② ［美］海登·怀特：《形式的内容：叙事话语与历史再现》"前言"，董立河译，文津出版社 2005 年版。
③ ［美］华勒斯坦等：《开放社会科学》，刘锋译，生活·读书·新知三联书店 1997 年版，第 64 页。

第七章

历史诗学的范式化

怀特的历史诗学具有范式化的特征。他提出历史文本的深层结构在本质上是"语言学的"、是"未经批判便被接受的范式",表达了将他的历史诗学范式化的意图。他的实践成果——历史著述是为历史研究共同体提供解答历史疑惑的范例,显示出为历史研究共同体树立精神旗帜的意义。他在《元史学:十九世纪欧洲的历史想象》的"序言"中开篇明确指出,他的这一著作是要分析"历史想象的深层结构",其实就是已经预设、勾勒了历史的"概念图式",怀特称这种行为为"概念化策略"。科学哲学家库恩曾用"概念图式"表达过有关"范式"的基本思想,在库恩看来,"概念图式"是一个在特定历史时期决定着许多不同领域的观念如何被编织成一个一致的思维结构。一旦"概念图式"被建立起来,它将"超出已知范围,成为预测和探索未知的首要的强有力工具","它能显示理论是如何指引科学家去认识未知事物,告诉他到哪儿找,他能预期找到什么,而且这可能是概念图式在科学中最为重要的功能"①。概括起来,怀特历史诗学的

---

① [美]托马斯·库恩:《哥白尼革命——西方思想发展中的行星天文学》,吴国盛等译,北京大学出版社 2003 年版,第 39—40 页。

范式化体现在：自我反讽的范本实践、艺术与科学的博弈等。

第一节　自我反讽的范本实践

如前所述，怀特的历史诗学揭示出诸多历史学家的历史著作以"预设"的方式确立了历史文本普遍存在的诗学本质，他将19世纪的史学大师的历史文本纯粹看成形式上的言辞结构。其实，怀特与他所研究的这些史学大师一样，在对历史研究进行研究时，也是先验地预设某种研究范式，他曾这样表白："我在阅读代表19世纪欧洲史学思想的经典著作时，要想将它们看成是历史反思的表现形态，就需要一种有关历史作品的形式理论。我在导论中便尝试提出这样一种理论。""在该理论中，我将历史作品视为叙事性散文话语形式中的一种言辞结构"①，诸如，"我不得不假设一种深层意识"、"在具有赋义作用的预构（比喻性）策略基础上，我假设了四种主要的历史意识模式，即隐喻、提喻、转喻和反讽"，这些表述随处可见，他也承认这是一种"反讽模式"，而且认为他的这种"点明反讽的反讽却是有意识的"，且"代表了一种针对反讽自身的反讽意识的转向"。本书认为，怀特的自我反讽是极其深刻的，这种自我反讽的范本实践具有重大的学术价值。

一　历史本质的自我反讽

反讽的方向在本质上是批判性的，自我的反讽自然带有对自我的批判。反讽在怀特这里并不是一种简单的形式构成方法，更重要的是带有怀特的审美判断和生命体验。怀特说："史学家的反讽起着怀疑论的作用，

---

① ［美］海登·怀特：《元史学：十九世纪欧洲的历史想象》"序言"，陈新译，译林出版社2004年版。

它要求史学家进行批判性考察。史学家在工作中有时必须以反讽的姿态对
代历史文献，即必须假定文献所含的意思与它们所说的不同，抑或假定它
们正在诉说言外之意，这样，他就能在言说与意义之间进行区分，否则，
其历史修撰将毫无确定性可言。"① 我们知道，《元史学：十九世纪欧洲的
历史想象》本身的反讽姿态所针对的正是怀特在《历史的负担》中批判的
传统史学及其认识论。传统的史学认识论赋予历史解释以唯一性，无疑成
为怀特反讽的对象，《元史学：十九世纪欧洲的历史想象》中的反讽涉及
面非常之大：既有对具体史学发展阶段的反讽——将19世纪欧洲历史意识
的发展描述为三个阶段：超越反讽阶段；热情研究历史、对历史充满信心
的阶段、危机阶段或反讽阶段，即历史解释多元化盛行的阶段；也有对史
学家和历史哲学家思想的评判——史学家从米什莱、兰克、托克维尔到布
克哈特，历史哲学家从黑格尔、马克思、尼采到克罗齐都衍化出这个历史
过程；还表现在怀特陈述他的理论前提的时候——"我假设了……"、"我
预构……"等语句中。他的这种理论前提体现出自我反讽。

怀特的自我反讽首先意在表明：如果《元史学：十九世纪欧洲的历史
想象》的论证分析有合理之处，如果历史是不同的人运用不同的模式进行
解释的多样化结果，那么，论证分析的合理性是以"我假设了……"、"我
预构……"这些语句所承载的前提假设，而不是以某种客观存在的历史本
质内容为基础。显然，这是对历史本质的自我反讽。

怀特的历史著述以假设的前提为基础，而又偏偏要论证历史的本质
（即便将历史视为修辞的产物，其实也是在谈历史的本质）。怀特的这种自
我反讽立场正如黑格尔所刻画的，既是绝对的否定性，又能使抽象的观念
具体化——在本书看来，是对本质主义历史的绝对否定，对丰富多样历史
形态的生动展示。甚至可以说，怀特的自我反讽具有将自己孤立起来的一

① ［美］海登·怀特：《元史学：十九世纪欧洲的历史想象》，陈新译，译林出版社2004年
版，第513页。

种倾向，因为"反讽是主观性的一种规定"①，在反讽中，尤其是在怀特式的自我反讽中，"最突出的是主观的自由，这种主观自由掌握着随时从头开始的可能性，不受过去事件的牵挂。从头开始总有某种诱惑力，因为主体还是自由的，反讽者所渴求的就是这种享受。在这些时刻中，现实对他失去了其有效性，他自由地居于其上"②。如前所述，怀特在对历史本质的思考中，特别不满意于19世纪以来的史学家在遭遇社会科学家的质疑时声称历史学依赖直觉因而是艺术、在面对艺术家的批评时声称史料无可辩驳因而是科学③的说法，他要重新确立历史学的尊严。于是，传统的历史学就成为一种阻碍他重新确立历史学尊严的羁绊，《历史的负担》成为他批判传统历史学的宣言。对传统历史学的批判使他好像"陶醉于无穷无尽的可能性之中，因为他倘若眼看一切覆灭、灭亡而需要慰藉的话，他总可以去投靠取之不尽、用之不竭的可能性"④。但这恰恰是对怀特追求历史本质的反讽。

怀特的"我假设了……"等语句所承载的前提假设不是以某种客观存在的历史本质内容为基础，这本身就透视出怀特的一种悖论：既然存在着一个假设的前提，那么，《元史学：十九世纪欧洲的历史想象》中的论证又有何种合理性可言？如果我们将维特根斯坦说的"能够表明的东西，不能够讲述"而"一个人对于不能谈的事情就应当保持沉默"⑤置换一下，可以改成"作为前提的东西，不能够假设"而"一个人对于前提是假设的东西就不应当进行论证"。很显然推出的这一逻辑对怀特极为不利：他先验地假设了历史文本具有未经批判便被接受的深层结构性内容，然后再对

① 〔丹麦〕索伦·奥碧·克尔凯郭尔：《论反讽概念——以苏格拉底为主线》，汤晨溪译，中国社会科学出版社2005年版，第226页。

② 〔丹麦〕索伦·奥碧·克尔凯郭尔：《论反讽概念——以苏格拉底为主线》，汤晨溪译，中国社会科学出版社2005年版，第217页。

③ 〔美〕海登·怀特：《后现代历史叙事学》，陈永国译，中国社会科学出版社2003年版，第33页。

④ 〔丹麦〕索伦·奥碧·克尔凯郭尔：《论反讽概念——以苏格拉底为主线》，汤晨溪译，中国社会科学出版社2005年版，第226页。

⑤ 〔奥〕维特根斯坦：《逻辑哲学论》，郭英译，商务印书馆1985年版，第97页。

这种预设进行理性阐释——也就是说似乎是对一个"伪问题"进行论证，难怪有人将怀特的《元史学》翻译成《玄史学》，并因此认为该著表明怀特讨论的是历史文本的玄学成分，另一方面也是为了强调史学与玄学一样，与客观性、科学性无关。① 如果不深入怀特历史诗学的内部，怀特历史诗学的这"两步走"确实可被视为是互相矛盾、互相排斥甚至互相对立的，就如黑格尔说的，"当辩证法原则被知性地、单独地应用时，特别是当它这样地被应用来处理科学的概念时，就形成怀疑主义。怀疑主义，作为运用辩证法的结果，包含单纯的否定"②，也就是说，孤立地、抽象地看待怀特的"预设"和"论证"就会产生否定主义的情绪和结论。但如果辩证地看，虽然怀特说"我假设了……"、"我预构……"，但是，这里隐藏着一个很重要的事实——怀特所假设的前提其内容是生活的本质。在怀特看来，历史表现生活，生活的复杂性和矛盾性决定了历史表现的复杂性和矛盾性。现代史学以传统的朴素实在论和经验主义为认识论基础，往往想当然地认为，历史实在是一种我们只要努力就能找到的东西，怀特的预设正是因为充分认识到了人们在努力诉说历史真实时将会遇到的困难。历史真实难以诉说，怀特偏要诉说。这本身就是一种反讽。

　　而且，怀特对历史本质的自我反讽具有辩证的力量。一般说来，反讽的言说是自由的，它享受着批判的快乐。但因为这种自由是一般体现为消极的自由，所以言说往往摧毁着言说，对历史本质的界说摧毁着已有对历史本质的界说。而由于怀特对历史真实思虑精深，对于难以诉说的历史的本质，他突破传统认识论的真理观，不太纠缠于史实的真实性，而是关注作为整体的历史文本的真实性。他曾作过这样的概括："历史不仅仅与诸多事件有关，它还与能被证明为轮廓的这些事件之间可能的关系链有

---

① 参见邵立新《理论还是魔术——评海登·怀特的〈玄史学〉》,《史学理论研究》1999 年第 4 期。

② ［德］黑格尔:《小逻辑》,贺麟译,商务印书馆 1980 年版,第 176 页。

关。"① 于是，怀特对历史本质的思考涉及两个层次：一是单一历史事件的真实，即语句的真实；二是诸多事件之间关系组构成的真实，即历史文本结构的真实。怀特认为，在这两个层次中，后者更重要，而且这种关系链却并非内在于事件本身，而是"存在于思考事件的历史学家的头脑中"②。于是，循着怀特的逻辑，可以得出这样的结论：历史存在于历史学家的头脑中。如果省去所有的中间论述，就可得出历史真实等于历史虚构的结论。

但是，怀特在历史本质上的自我反讽是辩证的，颇有"正言若反"的意味，其意为"最真实的反而是最虚构的"。这就像刘勰在《文心雕龙·定势》中提出的"奇正"范畴，"正"是常理、常规，合乎逻辑合法度；"奇"则刚好相反，是指颠倒逻辑，打破常规常理。刘勰说："故文反正为乏，辞反正为奇。效奇之法，必颠倒文句，上字而抑下，中辞而出外，回互不常，则新色耳。"③ 也就是说，"奇"就是"反正"，能使文章产生新奇的效果，唤起人们的兴趣，"奇"不仅不让读者感到不合法度，反而感到新颖奇实、别出心裁，于不经意间进入一个隽永的艺术境界，体现为极富表现力的辩证法。而辩证法"是一种内在的超越（immanente Hinausgehen），由于这种内在的超越过程，知性概念的片面性和局限性的本来面目，即知性概念的自身否定性就表述出来了。……只有通过辩证法原则，科学内容才达到内在联系和必然性，并且只有在辩证法里，一般才包含有真实的超出有限，而不只是外在的超出有限"④。从这样的意义上说，怀特在历史本质问题上的自我反讽超越了"历史真实"或"历史虚构"等单纯的知性概念的片面性和局限性，显示出这些概念的自身的否定性。可以说，怀特因对历史本质问题的自我反讽而体现的辩证精神和理论深度使怀

---

① Hayden White，*Tropics of Discourse*，*Essays in Cultural Criticism*，Baltimore：Johns Hopkins University Press，1978. p. 94.

② Hayden White，*Tropics of Discourse*，*Essays in Cultural Criticism*，Baltimore：Johns Hopkins University Press，1978. p. 94.

③ 刘勰：《文心雕龙》，人民文学出版社 1981 年版，第 340 页。

④ ［德］黑格尔：《小逻辑》，贺麟译，商务印书馆 1980 年版，第 176 页。

特的历史诗学在遭遇一些反对的同时，也赢得了诸多的赞同。

二　研究方法的自我反讽

既然怀特认为自己的整个理论基石不过是一种假设、一种预构，那么，他认为会衍生出这样一种逻辑：对于19世纪欧洲的历史思想，就存在着读者或其他历史书写者提出其他理论前提假设进而进行另一种理论分析的可能性。怀特自觉、坦诚、清晰地表述了自己的理论前提的假设性质。与以往史学传统认识论一味追求历史解释的唯一性相比，这一做法无异于自毁长城，但这却是怀特刻意表现的自我反讽姿态，正如他自己所说的，只有针对反讽的反讽，才可能是超越反讽的适当道路。

首先，怀特历史研究方法上的自我反讽具有以重多样化、具体性的反本质主义消除坚持非此即彼、重唯一性的本质主义意义。

如果说怀特历史诗学的标新立异之处会引来众多的非议和指责，那么，怀特对历史研究方法的自我反讽就成为广纳其他标新立异的姿态或反驳非议和指责的杀手锏。怀特曾申明，自己写作《元史学：十九世纪欧洲的历史想象》两个目的之一就是"确定那个时期（指19世纪——引者注）历史哲学家用来证明史学思想的各不相同的可能理论"[①]。他从宏观上列析了历史著述中概念化的多个层面，如：编年史、故事、情节化模式、论证模式、意识形态蕴涵模式等；又具体罗列出悲剧、喜剧、浪漫剧、讽刺剧等情节化的多种模式；形式论、机械论、有机论、情境论的多种论证模式；无政府主义、激进主义、保守主义、自由主义等多种意识形态蕴涵模式。怀特认为，没有任何一种确定无疑的理论基础能使某位史学家具有毋庸置疑的权威性，因此，不存在某种模式比其他模式更具有"实在性"和有效性的可能。当然包括他自己的诗学体系也是如此。

可以看出，怀特在后现代的知识学的视野中认可了多样化的历史著述

---

① ［美］海登·怀特：《元史学：十九世纪欧洲的历史想象》，陈新译，译林出版社2004年版，第2页。

模式。他的这一"认可"既体现出了重多样化、具体性的反本质主义倾向，也是他对历史研究方法自我反讽的逻辑基础。怀特指出："随着19世纪历史学的科学化，历史编纂中大多数常用的方法假定，史学研究已经消解了它们与修辞性和文学性作品之间千余年的联系。"①　"文学性"或"修辞性"维度的引入，使怀特的历史诗学走向反本质主义。反本质主义反对统一性、普遍性而肯定差异性、多元性、复杂性，虽然有相对主义和虚无主义之嫌，但亦此亦彼的思维方式对理论的建构和繁荣发挥着重要作用。唯一性总是与权威性相随，反之，多样性就是对权威性的消解。怀特对多样化历史著述模式的认可，不仅是对其他历史著述模式权威性的消解，也未能树立自己的历史著述模式的权威性，甚至带有某种"微笑着向自己的告别过去"的意味。不然，他不会说，"《元史学》是西方人文科学中那个'结构主义'时代的著作，要是在今天，我就不会这么写了"②。

怀特对历史著述模式的多种可能性的同时认可，以及对自己的历史著述模式的反讽，为处于转型期的中国文艺学和美学提供了重要的启示。

首先，可以通过借鉴来建构反本质主义的文艺学。对此，我国中青年学者如陶东风、南帆、王一川分别在他们的著作《文学理论基本问题》、《文学理论新读本》、《文学理论》中进行了反本质主义文艺学方法的尝试。③　在他们的论著中，经典的文艺学被解构，以经典思想的社会结构论来定位文学本质的做法遭到摒弃，诉诸文艺学知识的具体性、精确性，追求个性，显示出对经典文艺学孜孜以求抽象的文学本质，并以此为基础，使构建几乎囊括古今中外文学现象的文艺学体系获得重大突破。他们放弃了为文学立法的姿态和角色，认定文学的知识不是神圣的，而是社会建构

---

①　［美］海登·怀特：《元史学：十九世纪欧洲的历史想象》之"中译本前言"，陈新译，译林出版社2004年版。

②　［美］海登·怀特：《元史学：十九世纪欧洲的历史想象》"中译本前言"，陈新译，译林出版社2004年版。

③　参见章辉《反本质主义思维与文学理论知识的生产》，《文学评论》2007年第5期；文字：《"反本质主义"文艺学是否可能？——评一种新锐的文艺学话语》，《文艺理论研究》2006年第6期。

的结果。这样，有多少种社会建构的方式，就会产生多少种关于文学的本质规定。

其次，经典文艺学可以通过吸取作为方法论的反本质主义而使自身摆脱日益边缘化的危机。由于日常生活审美化所产生的扩容趋势，使得经典文艺学正日益边缘化，并且显示出被文化研究取代的趋势。经典文艺学如果要避免学科边缘化或失落的危机，可以接纳作为方法论的反本质主义，以迎接反本质主义的挑战而正常发展。同样是针对最能体现本质主义方法的我国文艺学教材的情况，有学者指出，"文艺学教材对文学的界定，当然包括对小说的解释，是以对精确性的过渡放弃为代价的，遗漏的实在太多了，以至于我们的文艺学理论与文坛现状和文学史的史实之间，总是存在过大的距离"，因此，"应该是在继承前人成果的基础上，确立接纳反本质主义方法论的立场，将经典文艺学研究推向一个重视精确、尽量避免过度含糊的新阶段"①。可以说，怀特认可各种可能的历史著述模式、在历史研究方法上的自我反讽无论具有多么浓厚的相对主义和虚无主义色彩，但至少是重视精确、避免含糊的一个成功范例。文艺学吸收反本质主义方法论并不是一般地反对文学的本质，而是反对对文学现象永恒的、单一的、普遍的本质规定，使对文学本质的规定呈动态、多元、多层面的特征。对此，有人进行了这样的概括："对文学本质的把握，一定要依据多个层面。文学概念的内涵并非一成不变，对文学本质的追问，就切不可抱有一蹴而就的奢望，既不可将已有的结论作为铁定的规律来俯瞰、解释现在的文学，也不可能用它来设想、预测未来的文学。"② 或许这就是怀特因主张多样化而产生的历史研究方法的自我反讽对文艺学学科建设最正面的启示。

还值得总结的是，在我国当代美学的建设中，蒋孔阳美学的建构方法颇有介于本质主义与反本质主义之间的意味。当然事实足以表明，蒋孔阳不可能因为受到怀特理论的影响来建构自己的美学体系。但正是这种情形

---

① 参见王坤《经典文艺学与反本质主义》，《中山大学学报》2006年第3期。
② 参见王坤《经典文艺学与反本质主义》，《中山大学学报》2006年第3期。

从一个侧面说明这种运用反本质主义方法的"英雄所见略同"之处，同时也有力地证明了反本质主义方法在学科建设中的重要作用。

众所周知，蒋孔阳将"美是什么"的提问转换成了"什么是美"的问题。这一提问方式的转变体现了蒋孔阳在美论方面介于本质主义与反本质主义之间的超越倾向，尤其是关于美的生成性的论述，一方面是对普遍主义的突破，另一方面又是对因此而产生的多元主义"无政府"状态的克服。我们知道，柏拉图因为要确认一个徒有其名的决定一切美的具体事物、现象之所以美的永恒不变的实体，或寻找一个先验假设的脱离具体现象和关系的抽象普遍性和纯逻辑概念的存在，因此，发出了"美是难的！"这一千古浩叹。蒋孔阳在《美学新论》（人民文学出版社 1993 年版）中将长久、沉重的"美是什么"的提问转换成了充满自由、生机和无限的"什么是美"的问题。这一看似平凡的词序转换实则是将一个具有全称判断、内涵凝固的本质主义命题转换成了直面现象、含义流动的反本质主义辩问。曾有学者指出："经典美学的本质追问总是偏爱抽象、必然或普遍性，为此而宁愿牺牲具体、偶然或个别性。"[①] 经典美学中的绝对主义是一种追求绝对确定性的思维方式，它相信存在着某种永恒的、超历史的存在，可以为确定对象的本质和价值的法则提供恒定不变的模式和基础，美学家就是要去发现这种决定对象之所以美的绝对的存在；经典美学中的科学主义是以自然科学的眼光、原则和方法来研究对象，将美的认识论根源归结于数理科学，强调美的客观性、精确性和科学性，其思想基础主要是主观经验主义和逻辑实证主义。蒋孔阳通过对美学史的回顾，发现各时代的诸多美学家"力求给美找出一个最恰当最完满的定义"，但他们的各种定义都不过是"一得之见"，"他们都把他们的'一得'，当成是关于美的普遍真理"。蒋孔阳针对这种寻求普遍主义的方式提出，"真理不是现成的结论，而是一个历史的发展过程"。深刻揭示了美的历史性、过程性、生成性，突破了普遍主义"美"论的凝固性、僵化性、现成性。他给美论问题的回

---

① 王一川：《修辞论美学》，东北师范大学出版社 1997 年版，第 4 页。

答者提供了答案的无限可能性和自由的多样选择性。在蒋孔阳看来，任何一种对美的回答在一定的条件下都有其存在的理由或合理性，都是通向美的普遍真理过程中的一个环节或一个层次或一个侧面，但都不是美的普遍真理。

蒋孔阳这种反对在对象的众多属性中选取某个或某些属性作为其本质，与怀特的研究方法具有惊人的相似性。虽然这种做法会造成美的多元生成，但并不意味着纵容主观随意、混乱杂呈的"无政府"状态，而是力主探求多元中的统一性和可通约性。因此，蒋孔阳不仅明确地指出，"美的本质问题既无法否定，也无法回避"，而且在《美学新论》中花了大量的篇幅探讨美的本质。为了实现多元中的统一性和可通约性，蒋孔阳采取了非定义的方式来排列描述或论析某一方面的美而非一次性地下一个全面、完整、囊括一切美的定义的办法，如依次提出了"美在创造中"、"人是'世界的美'"、"美是人的本质力量的对象化"、"美是自由的形象"等命题，也因此使美的本质成为一个开放性的系统，证明美不仅由多方面的原因与契机所形成，而且存在于主体与客体交相作用的过程中，处于永恒的变化和创造的过程中。蒋孔阳排列描述或论析某一方面的美的做法与怀特因认可多样化的历史著述模式而显出的反讽姿态相比，显得自信有力。

蒋孔阳对普遍主义的突破和对"无政府"状态的克服，为美的双重复杂处境的生成形成了极大的张力。这个张力绝不是什么中庸——该说的不说，该断的不断，不倒翁式的留有余地和绅士式的分寸感，而是使美充满弹性、流动性和变化性。这种张力体现在：一方面，蒋孔阳与经典的美学观保持一致，并不反对探讨美的本质，他指出，"美的本质问题既无法否定，也无法回避"。美学固然要追求对美的认识的普遍、完满，但另一方面，追求普遍、完满的认识并不忌讳承认它的每一次具体认识的相对真理性。对于每一具体的审美对象，普遍主义意义上的美论不是宗教裁判所，不应该执行对具体对象的"终审判决"；对于不同的美论，每一持论者不可存有吞吃对手的居心；每一种美论不应该盲目崇拜权威，同时也不要企图建立自己的权威。这种游弋于本质主义与反本质主义之间的方法自有其合理的根基。我们知道，艺术的审美蕴涵带有很大的不确定性和朦胧性，伽达默尔因此称："在艺术所统治的地方，美的法则就起了作用，而真实性的界限就被打破了。"① 可以说，艺术家所掌握的世界在很大程度上不是被艺术家的理智认识了的世界，而是为艺术家情感化的世界。因此，艺术形象的意义往往是一种呈扇面的投射，研究者很难窥其全貌；而由审美的形象表现带来的意蕴模糊，也常常使研究者在作出自己的审美选择时颇费踌躇。研究者为此常感困窘，力图界说难以界说的东西。事实说明，如果说在理论认知领域中谁都不拥有"无条件的真理权"的话，那么在审美领域研究者审美判断的至上性就更要大打折扣。蒋孔阳深知，在审美的不确定、朦胧面前，研究者应扩大审美判断的容量和弹性，不要徒劳地在美学领域构建无所不包的知识体系，只要研究者抓住了艺术意蕴扇面分布的某一局部，甚至某一点，其价值就应该得到承认。正是在这样的意义上，蒋孔阳在评析关于美学研究对象的四种不同看法时指出："我们应当兼收并蓄，把它们各自的长处吸收过来，加以调和与综合。"这种看法超越了普遍主义与反本质主义的知性对立，足以见出一种自然而然地超越了海登·怀特反讽立场的宽容姿态。

而且，怀特历史研究方法上的自我反讽突破了单纯的执著于历史事实或历史价值的做法，显示出不拘泥于单纯的本质主义或单纯的反本质主义而具有多元普遍主义的学术立场。

的确，怀特研究方法的自我反讽将自己的历史诗学置于一个很尴尬的境地：相对于传统的历史认识论，包括怀特的历史诗学在内的任何一种历史理论都没有权威性，只提供了一种可能性。他一直以反讽者自居，往往在进行诸多例证之后，会如此提问："当前在我们自己的话语中，必须提出的问题是：为什么赋予比喻的语言学理论一种特权，使它成为各种不同意识类型的理论的共同条件，而不是把诸种比喻当作各种意识模式本身的

---

① ［德］H. G. 伽达默尔：《真理与方法》，王才勇译，辽宁人民出版社 1987 年版，第 118 页。

语言表达"①；在谈到皮亚杰对儿童认识发生诸阶段的解释时，怀特指出人们会认为"皮亚杰根本没有发现这些阶段，而是将他自己对比喻形式的本质具有的认识的某些表象强加在他由实验得出的数据之上"②。对此，有学者认为，怀特的"这种质疑表现的反讽姿态为怀特的比喻理论做了一个最好的注解"，也说明"不存在绝对的理论来指导我们认识人类的意识"，并意味着"怀特的比喻理论不过是认识人类意识的诸多竞争性理论中的一种。作者们在历史表现之初可以选择这一种，也可以选择另一种，而怀特做出了他的选择，这与其说像他自认为的那样是对该理论构成的人性有着充分了解，不如说怀特是想对他所身处的那个时代的文化进行批评"③。很显然，怀特的这种反讽立场很容易产生虚无主义或怀疑主义的嫌疑，但是，我们看到，怀特毕竟最终涉及的不是事实问题，而是价值判断。当然，即使对于事实而言，就像罗素所指出的不同的人在面对一张事实上确定无疑的"桌子"时也反应各异，"莱布尼茨告诉我们，它是一堆灵魂；贝克莱告诉我们，它是上帝心灵中的一个观念；严谨的科学几乎也同样使人惊异地告诉我们说，它就是极其庞大的一堆激烈运动着的电荷"④，那么，对于属于价值的范畴，怀特更是可以在其中游刃有余地进行营构。怀特申明自己写作《元史学：十九世纪欧洲的历史想象》的目的是除了确定19世纪历史哲学家用来证明史学思想的各不相同的可能理论外，还要"确定经典作家的著作中确实出现过的不同历史过程概念的家族特征"⑤。本书认为，前一个目的是重"异"，后一个目的是重"同"；前者是描述具体性，后者是概括某种抽象性；前者是现象，后者是本质。由此也可管窥怀

---

① Hayden White, *Tropics of Discourse*, *Essays in Cultural Criticism*, Baltimore and London: Johns Hopkins University Press, 1978. p. 19.

② Hayden White, *Tropics of Discourse*, *Essays in Cultural Criticism*, Baltimore and London: Johns Hopkins University Press, 1978. p. 12.

③ 陈新：《历史·比喻·想象：海登·怀特历史哲学述评》，《史学理论研究》2005 年第 2 期。

④ ［英］罗素：《哲学问题》，何兆武译，商务印书馆 2007 年版，第 9 页。

⑤ ［美］海登·怀特：《元史学：十九世纪欧洲的历史想象》，陈新译，译林出版社 2004 年版，第 2 页。

特历史研究方法介于本质主义与反本质主义之间的反讽之处。根据维特根斯坦的"家族相似说"，各种历史著作中表述历史过程的概念之间具有家族相似的特征。简言之，怀特的意思就是都具有文学性或修辞性的表现。的确，相对于怀特确定19世纪历史哲学家用来证明史学思想的各不相同的可能理论的这一"异"和丰富的具体现象，就怀特"确定经典作家的著作中确实出现过的不同历史过程概念的家族特征"这一"同"和唯一的抽象性本质而言，学界大都会认为怀特存在逻辑上的出尔反尔。但本书认为，这除了说明怀特历史诗学的复杂以外，更表明这种历史研究方法上的自我反讽代表了未来的一种新的学术理路。

如前所述，在历史事实和历史价值的天平上，怀特显然是不太重视前者，但怀特也并非完全否定历史话语的指涉功能，而是博弈于历史事实与历史价值之间。虽然对这两者的简单倾向能够判断出怀特历史诗学或本质主义或反本质主义的归属，但是"本质"的复杂性却给这一研判带来了极大的麻烦；虽然抽象的历史本质根本无法等同具体的历史真实，但是我们对个别具体现象的认识往往还是要借助于对它的本质性把握。也就是说，虽然怀特通过分析历史著述多种可能的模式而打击了本质主义的狂妄与独断，但"本质"——只是一个功能性的认识论装置，而非一个实体性的本体论对象；只是一种有待实现的可能、不是已成事实的存在。正如有学者指出的："'本质'之'是'并非存在，而只是关于存在的有待验收的猜想与假设，其意义在于替我们打开通往实在世界的大门。因为'存在'只有在其得到真正实现之际而不仅仅只是一种可能时，才能拥有切实的意义、体现出其特有的价值。"① 而这一情形使反本质主义的建构产生了巨大的困难。本书认为，在困难和矛盾面前，怀特开创了一种华勒斯坦所说的"多元化的普遍主义"② 格局：既认可多种历史著述的可能模式，而且坚信所有可能的历史著述都具有"文学性"或"修辞性"或"诗性"。因为，一

① 徐岱：《反本质主义与美学的现代形态》，《文艺研究》2000年第3期。
② ［美］华勒斯坦等：《开放社会科学》，生活·读书·新知三联书店1997年版，第63页。

方面，"对于一个复杂的世界应当允许有多种不同解释的同时并存"①，另一方面，"某种形式的普遍主义是话语共同体的必要目标"②。

"同"与"异"、"抽象性"与"具体性"、"本质"与"现象"等矛盾成为怀特对历史研究方法进行反讽不可缺少的境遇。施勒格尔指出，反讽"产生于生活艺术感与科学精神的结合，产生于完善的自然哲学与完善的艺术哲学的融聚。它包含了并激励着一种感觉，一种无限与有限、一个完整的传达不可能却有必要这样一个无休止的冲突的感觉"③，罗蒂的观点可能更适合对怀特的反讽进行描述，他说，反讽主要针对的是那种所谓"终极语汇"，即那种为某种社会提供哲学根基的超历史的、绝对有效的概念或理论。他认为，"具备并顺从常识，就是理所当然地相信凡用该终极语汇所构做出来的语句，便足以用来描述和判断那些使用不同终极语汇的人的信念、行为和生命"④，"始终都意识到他们自我描述所使用的词语是可以改变的，也始终意识到他们的终极语汇以及他们的自我是偶然的、纤弱易逝的"⑤。他指出，反讽主义者也是历史主义者，"认为任何东西都没有内在的本性或真实的本质"，因此，"认为像'公正的'，或'科学的'，或'理性的'等词语在当前的终极语汇中出现，并不保证对正义、科学或理性进行苏格拉底式的探讨，会极大地超越当今的语言游戏"⑥。虽然怀特的反讽没有达到上述如此明显的程度，但还是产生了显著的效应——既为许多现代史家所不容，也获得了诸多新锐史家的赞誉。

---

① ［美］华勒斯坦等：《开放社会科学》，刘健芝等编译，生活·读书·新知三联书店1997年版，第64页。
② ［美］华勒斯坦等：《开放社会科学》，刘健芝等编译，生活·读书·新知三联书店1997年版，第64页。
③ ［德］施勒格尔：《雅典娜神殿断片集》，李伯杰译，生活·读书·新知三联书店1996年版，第39页。
④ ［美］理查德·罗蒂：《偶然、团结与反讽》，徐文瑞译，商务印书馆2005年版，第106页。
⑤ ［美］理查德·罗蒂：《偶然、团结与反讽》，徐文瑞译，商务印书馆2005年版，第106页。
⑥ ［美］理查德·罗蒂：《偶然、团结与反讽》，徐文瑞译，商务印书馆2005年版，第107页。

虽然怀特历史研究方法上的自我反讽很容易导致对自己的历史研究方法的认同危机，但也似乎成为一种新的学术潮流，尤其是它对转型期的文艺学进行文学本质的探讨具有重要的借鉴意义。长期以来，我们认为文学存在着固定不变的本质，但是如果借鉴怀特的方法，可以得出这样的结论：文学没有本质主义的"本质"，即没有内在的规定性，诗歌、小说、散文、戏剧等只是具有"家族相似性"的文学现象，文学没有"实然性本质"，但却有作为价值形态的"应然性本质"；文学本质在事实上的"是"是由价值上的"应是"决定的。因此，关于文学本质的争论最终都会回到价值上的争论，而且，多元的价值观决定了对文学本质的现代确定必然呈现多维的样态。文学虽然有一定的惯例或规则，但"文学的法原则上倾向于无视法或取消法，因此它允许人们在'讲述一切'的经验中去思考法的本质。文学是一种倾向于淹没建制的建制"①。何况，文学在不断发展，任何人都无法把握文学的整体，任何对文学的规定都不是建立在对文学的整体把握的基础之上，只有对不断发展着的文学进行不断地规定，人对文学奥秘的揭示才可能不断深入。

第二节　艺术与科学的博弈

艺术与科学究竟是"劲敌"还是"盟友"？历史编撰究竟是科学还是艺术？虽然对这一问题的回答见仁见智，但无论哪一种回答都涉及人类的知识问题。我国有学者认为"人类知识的起点——哲学，始于对未知的'敬畏'，始于'爱智'，始于'天问'。从哲学当中，对'天'与'人'之间关系的追问，导致了道德哲学，由此又发展出两种叙事方式，其一是'科学'——陈述外在感受；其二是'人文'——陈述内在感受。叙事方

---

① ［法］雅克·德理达：《文学行动》，赵兴国等译，中国社会科学出版社1998年版，第4页。

式是思维的惯式——思维可以是一，惯式却可以有多"，"而在科学叙事与人文叙事两种思维惯式之间，始终存在着所谓的'跨学科'思维惯式"①。17 世纪，笛卡尔与意大利美学家、历史循环论的创始者维柯对历史编撰究竟是科学还是艺术曾先后作出了不同的回答，由此引发了西方史学家长达三百余年的争论。19 世纪末又有人提出要建立历史科学，强调历史学家应该用精密科学的方法寻找历史事实，而反对者则针锋相对，主张历史编撰要诗化，批评那些缺乏激情的史学家不过是历史的"制模工"；"二战"以后，又有人拉起"叙述主义"的旗帜，要以语言文献研究方法治史，直截了当地提出历史编撰属于艺术，主张历史学家向叙事回归。怀特《元史学：十九世纪欧洲的历史想象》的出版，在西方史学界再次引发了历史学是艺术还是科学的博弈。与此前不同的是，怀特等主导的争论由本体论的历史话语，引申到历史认识论、伦理学、美学、语言学等诸多学科领域，衍生出了历史编撰中的事实与虚构、描述与叙述、文本与背景、意识与科学的讨论。怀特在《元史学：十九世纪欧洲的历史想象》的"导论"中指出，"本书是一部 19 世纪欧洲的历史意识史，它也是为当前历史知识问题的讨论而作"，在他看来，因为坚持 19 世纪的"'历史知识'则是人文科学与自然科学范围内的一块自治区域"的观点而使"历史学在科学中争取一席之地的做法"受到了 20 世纪欧洲大陆的思想家，如瓦莱里、海德格尔、萨特、列维-斯特劳斯和米歇尔·福柯等的严峻挑战。因此，他认为他的历史诗学"意在为当前有关历史知识的性质与功能的争论提供一种新视角"。

　　怀特为当前有关历史知识的性质与功能的争论提供了新的视角：在艺术与科学两种范式的博弈中，消除了为众多史学家自信地占据并引以为傲的中间地带，实现了二者内在的范式融合。

---

　　① 汪丁丁：《何谓"社会科学根本问题"？——为"跨学科社会科学研究论丛"序》，载〔美〕赫伯特·金迪斯、萨缪·鲍尔斯等《走向统一的社会科学——来自桑塔费学派的看法》，浙江大学跨学科社会科学研究中心译，上海人民出版社 2005 年版。

一 外在面貌：叙事的整合

怀特实现历史学的艺术与科学内在范式的融合，最明显标志是：实现了历史叙事与文学叙事的整合。通俗意义上的叙事，往往等同为"讲故事"，就是指一种将特定的事件序列纳入一个能为人理解和把握的语言结构，从而赋予其意义的话语模式。荷兰历史哲学家克里斯·洛仑兹认为，经过海登·怀特、弗兰克·安克斯密特以及前人威廉·沃尔什等的辛勤努力，历史哲学"从科学和社会科学的哲学中脱离出来，并向艺术、文学、修辞和美学的哲学方向发展。这种转变是对过去几十年的主流观点，也就是对实证主义的（社会）科学观的正面抨击"①。学界大都认为，怀特引领了 20 世纪 70 年代以来历史哲学领域所发生的语言学转向，历史叙事成为历史哲学思考的焦点，叙事主义历史哲学得以产生。

怀特所主导的叙事主义历史学的产生从一定程度上消弭了历史叙事与文学叙事的差异。实证主义历史学家以历史材料的"真实性"和历史推理的严密性，将历史看成一门科学，并坚信在具备历史证据的情况下人类历史的规律是能够被揭示出来的；怀特认为，历史不是科学，因为历史所处理的材料是人类过去的行为，事件的流逝性决定了历史事件时刻处于变动不居的状态，变动不居的事物当然不能成为科学研究的对象。怀特直言不讳地说，"历史的语言虚构形式同文学上的语言虚构有许多相同的地方，它们和科学领域的叙述不同"②，"历史叙事不仅是关于事件和过程的模式，历史叙事也是形而上学的陈述，这种说明昔日事件和过程的陈述同我们解释我们生活中的文化意义所使用的故事类型是相似的"③，"历史文件不比

---

① 〔荷〕克里斯·洛仑兹：《历史能是真实的吗？叙述主义、实证主义和"隐喻转向"》，王晟译，《山东社会科学》2004 年第 3 期。

② 〔美〕海登·怀特：《作为文学虚构的历史本文》，载张京媛主编《新历史主义与文学批评》，北京大学出版社 1993 年版，第 161 页。

③ 〔美〕海登·怀特：《作为文学虚构的历史本文》，载张京媛主编《新历史主义与文学批评》，北京大学出版社 1993 年版，第 167—168 页。

文学批评者所研究的文本更加透明。历史文件所揭示的世界也不是那么容易接近的，历史文件和文学文本均不是已知的"①。由此可见怀特的鲜明立场。

如果说怀特消解历史叙事与文学叙事的论述有目共睹，那么怀特将这种理论运用于自身的实践则显得更引人注目。怀特的历史文本可以说是历史哲学文本或历史评论，在他的历史文本中，也实践着他消解历史叙事与文学叙事差异的理论。何以见得？怀特的这句话意味深长："学术领域反思自身的一个方法是回顾自己的历史。然而很难获得关于学术领域的客观历史，因为历史学家本人是这个学术领域的实践者，他自己就带有偏见，很容易偏袒学术领域中某一个或某一些分支；如果他不属于那个学术领域的实践者，他不可能具有辨别学术领域发展中有意义和无意义的事件的能力。"② 怀特的言外之意即是，他自己也无法保证自己历史评论中的叙事不带有偏见。虽然偏见绝不是文学叙事的同义语，但至少文学叙事对事件的叙述带有一定的虚构与变形，因此，不仅怀特的历史诗学将历史反思的焦点放在历史研究的最终产品——历史著作上，揭示历史著作最明显的特征是"以叙事性散文话语为形式的言辞结构"，而且他自己的历史著作也是在践行历史叙事与文学叙事的整合。

怀特采用了大量的概念来整合历史叙事与文学叙事。如隐喻、转喻、提喻、反讽；悲剧、喜剧、浪漫剧、讽刺剧；语法、句法、语义学；神话、记忆、道德；历史事件、历史结构、历史解释；情节化解释、形式论证式解释、意识形态蕴涵式解释；历史、语言、情节；语言、艺术、历史意识；历史、诗、修辞；转义、话语、想象、比喻、象征；文学理论、历史书写、思想考古、深层结构；叙事、阐释、建构；文本、语境、形式、内容……卡西尔说："所有理论性概念本身都带有'工具'的特征。它们

---

① ［美］海登·怀特：《作为文学虚构的历史本文》，载张京媛主编《新历史主义与文学批评》，北京大学出版社 1993 年版，第 169 页。

② ［美］海登·怀特：《作为文学虚构的历史本文》，载张京媛主编《新历史主义与文学批评》，北京大学出版社 1993 年版，第 160 页。

归根到底不外是一些工具，一些我们为解决某些特殊问题而制作出来和必须不断地被重新制作出来的工具，概念并不像感性知觉那样仅仅涉及任何个别'被给予'的事物，也并不仅仅涉及一些具体的和当下的情况；概念是活动于各种可能性的领域之中，而且它仿佛就是寻求勾画出这种可能性之轮廓。"① 怀特对诸多概念的使用，显然是为了建构他的元史学，挖掘欧洲史学家历史想象的深层结构。可以说，怀特的整个历史诗学是对挖掘出来的欧洲史学家历史想象深层结构的叙述。在叙述中，怀特既遵循着一定的科学规范，又使用着一定的艺术手法；叙述的手法是科学的，叙述的精神又是艺术的；即从骨子里抱定要对历史文本进行科学的解释，实际的操作中又不可避免地引入艺术的手法。这也难怪，因为"从较新的哲学观点来看，确立一套来使曲解最小化的社会规范是无任何价值可言的，部分地是因为科学不能被认为是一种确切地反映实在的事情，还因为可以说规范性原则的意义是会随解释背景的变化而变化的"②。也许科学与艺术的联系与区别似乎有点叫人捉摸不透，也许后现代主义的"文类的不确定性"使怀特找到了有力的支撑，但是正如黑格尔在《精神现象学》中说的，"真正的思想和科学的洞见，只有通过概念所作的劳动才能获得"。在怀特这里，通过一组组概念，才使历史叙事与文学叙事实现了整合，才实现了"法学家如撒维尼、史学家如布克哈特、心理学家如弗洛伊德、哲学家如阿多诺等，他们同时也是杰出的作家"③。

其次，怀特通过"讲故事"来整合历史叙事与文学叙事。如果传统的历史观念将历史学的功能只限定在对"过去和现在的实际情况"的描述上，那么，现代的历史叙事观念在"逻辑上优先"于批判历史哲学中的所有问题。怀特曾经对解释性叙事和编年史进行了区分，他认为，编年史没

---

① ［德］恩斯特·卡西尔：《人文科学的逻辑》，沉晖等译，中国人民大学出版社 2004 年版，第 71 页。

② ［英］迈克尔·马尔凯：《科学与知识社会学》，林聚任等译，东方出版社 2001 年版，第 85 页。

③ ［德］于尔根·哈贝马斯：《后形而上学思想》，曹卫东等译，译林出版社 2001 年版，第 221 页。

有出现因果关系的词句，而解释性叙事则遵循着因果关系。在怀特看来，编年史的叙事是平淡的：英格兰国王死了，接着王后悲痛欲绝，随后公主焦虑不安；而相应的解释性叙事如：英格兰国王死了，令王后悲痛欲绝，这又让公主开始焦虑不安等等——稍微的变化蕴藏着是否具有"故事"的因素。黑格尔说，"史诗的任务一般在于叙事"①。其实，小说也是如此，将"故事"转化为"叙述"，就是小说。英国小说家佛斯特说，"小说是说故事。故事是小说的基本面，没有故事就没有小说"②。怀特不仅在历史著述理论中将"故事"看成概念化的一个层面，而且他自己对历史研究的研究既构成了他的历史评论和历史诗学，同时也构成了一个"大故事"，一个众多史学家各自如何讲述 19 世纪欧洲历史的众声喧哗的"故事"。

在对这一 19 世纪欧洲历史的众声喧哗的"故事"的讲述中，怀特不仅以优美的笔调叙述了诸多史学家和历史哲学家对 19 世纪欧洲历史的叙述，而且以一种"文学性"的结构承载了众多的历史叙述内容。他最有代表性的著作《元史学：十九世纪欧洲的历史想象》，写作体例严谨，编排形式规整，颇有美文风范，叙述与议论交相辉映，譬如，对黑格尔的历史哲学，怀特这样写道："黑格尔关于诗的讨论，就以讨论……开始；接下去便是……随后讨论……最后讨论……黑格尔这样做意味深长，他一开始就在讨论中把历史当作一种散文形式，它与一般所说的诗歌最为接近，尤其是与戏剧性诗歌最为接近。事实上，黑格尔不仅将诗与戏剧历史化了，他也将历史本身诗化和戏剧化了。"③ 可以看出，这段话是由前半部分的展示、后半部分的讲述所构成的叙事而建构的一个"故事"——一个关于黑格尔历史哲学的建构"故事"。历史叙事与文学叙事靠因果关系而编织的"故事"为纽带而得以整合。

因此，"讲故事"是所有"叙事"的核心功能，虽然故事怎样讲法，

---

① ［德］黑格尔：《美学》第 3 卷，下册，朱光潜译，商务印书馆 1981 年版，第 135 页。

② ［英］佛斯特：《小说面面观》，苏炳文译，花城出版社 1984 年版，第 21 页。

③ ［美］海登·怀特：《元史学：十九世纪欧洲的历史想象》，陈新译，译林出版社 2004 年版，第 118 页。

可以人言人殊，但"说到底，叙事就是作者通过讲故事的方式把人生经验的本质和意义传示给他人"①。即使将欧洲的历史意识视为需要叙述的一个"故事"，一个"大故事"，怀特对它的叙述虽然称不上"宏大叙事"，但毕竟传达了他对欧洲历史意识的整体把握经验，不仅向读者表达了一种他对欧洲历史意识的独特理解，也从一个独特的角度展示了欧洲历史意识的独特"风貌"。无论是对米什莱、兰克、托克维尔、布克哈特等的历史文本，还是对黑格尔、马克思、尼采、克罗齐等的历史哲学文本，怀特几乎都按照自己所设定的模式对它们进行了文学文本式的解读，对它们进行了一次新的讲述。之所以这样说，是因为，我们在每一个篇章都能明显感受到两种声音的同时存在：一种是各个史学家和历史哲学家所描述的历史事件的声音，另一种是讲述者——怀特自己的口吻。本来作为对历史研究的研究，后者在其中具有更重的分量，但有时前者的"出场"更让人感到他的历史诗学中的"修辞性语言如何能够用来为不再能感知到的对象创造出意象，赋予它们某种'实在'的氛围"②的奥妙。

二　内在操作：修辞的策略

尽管怀特历史诗学的研究方法颇有科学主义的色彩，但在其历史诗学的内部却存在着明显的修辞策略。虽然从艾布拉姆斯对文学中的修辞学的定义来看，修辞学与叙事学是有区别的，修辞学"着眼于分析在一首诗或一篇叙事散文里，有哪些因素主要为了读者的缘故才存在的"③，读者是修辞学最核心的关键词。怀特历史诗学的修辞策略也是将读者置于重要的位置，将修辞当成一种包括读者维度在内的交流哲学。从这一点上看，怀特顺应 20 世纪的学术潮流。

① ［美］浦安迪：《中国叙事学》，北京大学出版社 1996 年版，第 5—6 页。

② ［美］海登·怀特：《元史学：十九世纪欧洲的历史想象》"中译本前言"，陈新译，译林出版社 2004 年版。

③ ［美］M. H. 艾布拉姆斯：《欧美文学术语词典》，朱金鹏等译，北京大学出版社 1990 年版。

总体而言，20 世纪出现了作者中心、文本中心和读者中心等不同的批评模式。在第一阶段体现为作者万能和接受者无所作为；在第二阶段作者中心消解，阐释成为主流；到了第三阶段，作者和读者都认识到，虽然阐释在作者和读者的心灵之间架起了桥梁，但能达成共识的只是公共意义层，隐秘的意图使阐释活动无法彻底进行；因此，主体间需要对话，就产生了"主体间性"。巴西学者卡瓦利亚文自信地说，"在新的对话关系中，我们可以驾驭所有的欧洲主题"①。可见，他将对话当成接近真理的一种修辞策略。

怀特历史诗学也有重视读者和对话的修辞策略。在《元史学：十九世纪欧洲的历史想象》第一部分的标题就是"接受的传统：启蒙运动和历史意识问题"，在"结论"中，他在总结了历史著作结构的一般理论后说道："借此，史学家可以暗示其读者，他们关于过去的研究对于理解现在所具有的重要性"②，"我研究的各位思想家的声望随着其读者的情绪变化而此消彼长。反过来，这些情绪认可了以不同的话语形态来预构历史领域"③。其实这种修辞策略包含一定的修辞哲学，其范围为："语言及其含义之间的关系；思维及思维对象之间的关系；知识与其学科之间的关系；意识与其不同内容之间的关系等等。这些问题与其知识理论的普通背景的不同之处在于他们在修辞学内产生时的特定环境。修辞哲学家感兴趣的不是一般的意义问题，而是这一问题是如何因牵涉到不同的环境因素而产生的，如演讲者与听众、诗人与读者、剧作家与观众等。"④ 在怀特的理论表述中，

---

① ［巴西］T. F. 卡瓦利亚文：《拉美的文化对话或文化误读？》，载乐黛云等编《文化传递于文学形象》，北京大学出版社 1999 年版，第 193 页。

② ［美］海登·怀特：《元史学：十九世纪欧洲的历史想象》，陈新译，译林出版社 2004 年版，第 584 页。

③ ［美］海登·怀特：《元史学：十九世纪欧洲的历史想象》，陈新译，译林出版社 2004 年版，第 591—592 页。

④ ［美］莫里斯·内坦森：《修辞的范围》，载［美］肯尼斯·博克等《当代西方修辞学：演讲与话语批评》，中国社会科学出版社 1998 年版，第 207—208 页。

有一个明显的事实：考察"历史意识史"、探究"历史地思考指什么？"①
而一个史学家的历史著述与这样的问题相关联，显然不仅仅是研究意识的
认识论，而是研究意识的状态。不仅怀特认为体现在19世纪欧洲的历史学
家和历史哲学家的历史著述中的"历史意识"极为复杂、富有诗意，而且
他自身的历史意识也极其微妙而深刻。

　　在历史学究竟是属于人文科学还是属于社会科学的天平上，怀特无疑
倾向前者；在历史学究竟是科学还是艺术的争论中，怀特显然是倾向于艺
术。有史学家认为，即使历史学属于科学，那历史学也是"作为人性的科
学的历史学"，因为"人性，即作为思想的心灵的自然状态，具有历史性
的本质而且完全包括在历史的演变与发展的过程中"②，怀特也明确指出，
"历史学如同一般的人文科学，它在整个19世纪都保持着与反复无常的事
物以及自然语言的生成能力的一种犬牙交错的关系"③。我们有理由认为，
怀特倾向历史学属于人文科学有深层的原因：因为人文科学是对"作为文
化存在物的人的研究"，而"意向性是与人类文化相联系的现象的特征，
粗略地就是说，那些现象有一个意义。这种意义的一个特例就是语言学意
义"④。在历史学是属于科学还是艺术的争论潮流中，出于对"科学"和
"艺术"的复杂性的认识，怀特有时的直截了当虽然会一定程度上造成人
们对怀特观点和做法的误解，甚至会使人们抹杀"科学"与"艺术"作为
各自的学科门类的复杂性以及文类交叉融合的广泛现实，但是他对"结
论"所进行的细致阐述又别具深意："我可能因为致力于一种特定的科学
概念而认为托克维尔是一位比米什莱更'科学'的史学家，或者马克思是

---

　　① 〔美〕海登·怀特：《元史学：十九世纪欧洲的历史想象》，陈新译，译林出版社2004年版，第1页。

　　② 〔美〕雷克斯·马丁：《历史解释：重演和实践推断》，王晓红译，文津出版社2005年版，第18—21页。

　　③ 〔美〕海登·怀特：《元史学：十九世纪欧洲的历史想象》，陈新译，译林出版社2004年版，第586页。

　　④ 〔芬兰〕冯·赖特：《知识之树》，陈波编选、陈波等译，生活·读书·新知三联书店2003年版，第100页。

一位比黑格尔和克罗齐更'实在'的社会理论家。但是，为了提出这样的判断，我将不得不忽视这样一个事实，即仅仅在历史学的基础上，我并没有更喜欢某种历史的'科学'概念而不喜欢另一种。……在人文科学中，问题不仅涉及表达对设想分析所承担的使命的这种或那种途径的偏爱，还涉及在有关一种恰当的人文科学可能如何的相互竞争的概念中进行选择。"①

相对于思辨的历史哲学关注的是客观的历史过程而言，怀特的历史诗学是以历史学的学科特性作为自己进行理论反思的对象。怀特认为，历史学的学科特性是由历史叙事与文学叙事的整合的历史文本而决定的，也就是说，由于文学理论与历史著作共有的叙事特征而建立了直接的关联，那么，文学性或诗性、修辞性的因素在史学理论中或史学学科中就以前所未有的重要性显露出来了。

无论后现代的转向如何激烈，学界对历史、历史学的看法是不太能容忍新潮观念的。但怀特的历史诗学所采取的修辞策略可以归纳为：趋新趋异。即是说，怀特事先有意强化自己观点的独特之处，高调显出自己对历史的文学性的强调，声音总是保持着最大音量。

在许多人看来，历史研究的使命就是发现真相、呈现新的事实，并提供对事实新的解释，注重事实的真实性和解释的合理性，即使在历史书写中不可避免、不同程度地引入修辞的语言形式和文学手段，那也不过是外在的装饰。针对这样的立场，怀特以自己的历史修辞策略进行了这样的反驳：

　　但是，事件是被以一种柏拉图式的实在论的方式表现为整体中的部分（其意义是从个别来看的任何部分都无法领会的），还是整体被以一种唯名论的方式表现为不过是其各个组成部分之和，选择哪一种观点事关重大，关系到人们从对任何系列事件的研究中得到真理的期

① ［美］海登·怀特：《元史学：十九世纪欧洲的历史想象》，陈新译，译林出版社 2004 年版，第 592 页。

望。我相信……选择某些种类的历史事件以滑稽的风格呈现出来，不仅是趣味上的堕落，而且也会扭曲有关它们的真相……当我以讽刺的模式谈到某人某事或对某人某事说话，我不只是在给我的观察和见解披上一层机智的外衣。我说的有不同于而且多于我原原本本层面上的东西。①

怀特的这种坦率，引导我们去洞悉他的内在的修辞策略：他以打破传统学术思维看作天方夜谭的隐喻神话，向历史实在论表示了强烈的不满。他认为，通过隐喻表达的"不同于而且多于我原原本本层面上的东西"具有实质性的作用。本书认为，在怀特这里，历史编撰中隐喻表达带来的"文学性"成为超越"装饰性"内涵而显现为一种具有意识形态实践和主体建构的特性，给人形成了一种诗性提升的整体印象。他的历史诗学以历史文本作为文学仿制品为出发点，在很大程度上使其成为一种"关于历史著作的文学理论"，想象、比喻、建构等诗性的因素被提升到一种前所未有的崇高地位。在他这里，亚里士多德《诗学》以来西方传统中对诗与史进行严格区分的做法受到严峻挑战。

怀特修辞策略上的趋新趋异客观上造成了现代学术背景下"反向的殖民"。我们知道，现代文学批评从分析性的学科中接受了许多的术语和方法，并且自身的语言曾一步步远离文学语言和文学批评。也就是说，文学批评已经和正在成为其他众多的学科共同的"殖民地"，如借鉴语言学的形式主义批评和新批评、采用现代心理学方法而进行的心理分析批评、凭借语言学和原型理论而进行的原型批评、甚至是在马克思主义原理基础上借鉴其他种种思潮而操作的西方马克思主义批评、更早受社会历史发展观影响的社会历史批评，等等，都可以视为其他学科对文学和文学批评的渗透，这种渗透在 20 世纪形成了非常壮丽的景观。但是，其他学科包括历史

---

① Hayden White, *Figural Realism*, *Studies in the Mimesis Effect*, Baltimore：The Johns U-niversity Press，1999，pp. 11－12.

学也应该接受文学和文学批评的影响，"如同在政治世界里频繁发生的情况一样，某种反向的殖民正在出现"，"文学语言不断地转化为更普遍化因而也是更稳定的知识领域内的术语"① 的情形出现了。而且，这种"反向的殖民"并不是"指的历史写作本身，而是对历史如何被书写的种种方式所作的哲学反思"，即一种"深度殖民"。因为"正向的殖民"已经成为过去，其功过是非已经显露并自有定论而使学界显得风平浪静。而怀特主张的这种"反向的殖民"一方面是一种平衡的体现；另一方面也是分类的学科走向融合和统一趋势的预示。

当然，需要说明的是，学科的融合和统一并不意味着抹杀学科的界限，即便消解文学性与历史性的差异，学科的分类也是不言而喻的。承认学科的分类并不意味着否定文类之间的融合，不难发现，在西方思想史上的大家都是跨文类的，但跨文类并不是抹杀文类，我们可以将阿多诺的部分著作当作文学文本来读，但我们不能因此否定阿多诺的哲学成就；我们可以认为阿多诺是文学家或美学家，而且更应该说阿多诺是哲学家。就如哈贝马斯说的："弗洛伊德也是一位伟大的作家。我们这样认为，当然不是说他的科学天赋表现在他那优美散文的语言创造力当中。他能够发现新大陆，靠的不是无与伦比的写作才能，而是客观的临床观察、推理能力、感受力，以及在自我怀疑过程中所表现出来的大无畏精神、毅力、好奇心等，这是一个有创造力的科学家的良好品德。把弗洛伊德的作品当作文学来读，没有人会觉得不合适。但问题是，它们难道仅仅是文学作品或者说首先是文学作品吗？"②

---

① ［美］马克·爱德蒙森：《文学对抗哲学——从柏拉图到德里达》，王柏华等译，中央编译出版社 2000 年版，第 126 页。

② ［德］于尔根·哈贝马斯：《后形而上学思想》，曹卫东等译，译林出版社 2001 年版，第 221—222 页。

"文学性"探究与文艺学
的建构

　　怀特虽然未能对"文学性"这一概念给予明确的解释,但他针对历史书写提出的"文学性"问题至少具有"诗性"或"修辞性"的意义。在当今文论界,"文学性"问题是一个引起广泛争议、直接涉及对文学经典界定尺度的问题。而对"文学性"内涵的界定大体存在反本质主义和普遍主义两种基本倾向,这两种对立的倾向使"文学性"作为文学经典的界定尺度显示出多重悖论性处境:如其内涵既具有理性上的本质主义又具有经验上的历史主义;在方法论方面既树立权威性又否定普遍性;在操作规程上既表面重视单一的文本特征又深层涵盖多种累积性因素。而海登·怀特的历史诗学为跨越、解释这些悖论性处境提供了一个较为宽厚的理论基础,并因此能开辟"文学性"问题研究的广阔学术空间。

　　尽管20世纪的文艺理论大都将文学文本的形式因素作为"文学性"的表征,并由此将"文学性"看成是文学的专利,但是,随着20世纪的理论旅行中普遍存在的语言学对各个学科的渗透,"文学性"不再成为文学的特有属性而成为众多理论的共性。于是,在当今的社会意识中,"文学性"并不仅仅是一个形式主义的美学概念,而是指由此引申从而渗透到文化社会的意识形态的一切领域、积极参与社会历史的生成发展、并成为诸多领域潜在的统治性的因素。① 面对纷繁、多元、耀眼的文化景观，我们可以毫不夸张地说，当今的社会不仅是一个文化的社会，而且"文学性"构成了文化社会的显著意识形态特征。本论题之所以选择海登·怀特的历史诗学进行研究，主要是鉴于它对当代文论的理论贡献。因为在传统历史学家看来，历史的特质就是"真实"，在所有的文本中，历史文本才是最客观、最真实的文本。但海登·怀特揭示历史文本充满了极强的"文学性"，打破了传统认为最真实的历史文本真实性的神话，为中国文论挖掘其他文本中的"文学性"提供了最有力的支撑。海登·怀特的历史诗学通过建立传统观念认为最不可能的历史与"文学性"相联系的维度，不仅让人们重新思考历史事实的客观性与历史真实可能性的关系，认识"文学性"在历史建构中的作用；而且启发文论界充分发掘"文学性"对各学科和各领域的渗透现象，由此寻求文学理论建构的新维度。笔者认为，"文学性"的强大渗透力可以化解当前文学、文学研究、文学理论边缘化的危机。

而且，海登·怀特所揭示的历史文本的"文学性"成为当下文艺学建构的基本生态。从文艺学的发展历史看，"文学性"观念的每一次演变都会带来文艺学基本生态的变化，从而促进文艺学范式的变革：从文学的客观属性或本质特性的"文学性"到作为人的一种存在方式的"文学性"，再演变为意识形态实践的"文学性"，从一定程度上分别促进了文本中心论范式文艺学、语言论文艺学和文化诗学的产生。从这样的意义上说，海登·怀特所发展的"文学性"观念将会带来文艺学建构的新维度。

一 "文学性"对意识形态的渗透

各个领域、各个学科都通过文学性的渗透而增光添彩。特别耐人寻味的是，一方面是文学的衰微；另一方面是文学的特性无处不在。二者悖反

---

① 参见余虹《文学的终结与文学性蔓延》，《文艺研究》2002 年第 6 期。

的现实恰恰构成了当今文化社会的意识形态特征。

尽管以电视媒体为主导的直观图像文化的疯狂扩张，使文学衰落、文学边缘化成为不争的事实，但是，我们也注意到：电视这种主导的、综合的形式正是仰仗"文学性"才得以向意识形态各领域强力渗透：流行文化的"走红"、"轰动"往往都少不了文学性，种种风行时尚的品位和水准，也常常靠文学性来提升；仿真景象常常因文学性的叙述和解说增加其韵致与情趣，体现出艺术真实甚至是生活真实。

文学性对理论的渗透尤显深沉。众多社会科学理论本身因其理论谛视与文学表达的完美结合而倍增理论魅力，而且这种文学性表达不仅仅成为一种外在的装饰，尤其是深入到理论思维与思想内涵之中，成为显示理论水准、理论生命力的重要标志。我们知道，现代理论的生命力在于简练、准确、直陈，即概括性强。但是，枯燥和抽象的理论给现代社会高节奏生活的现代人带来了极大的负担和压力，因此，文学性就成为理论的调味品和滋补品，成为压抑弥深的理论的调节性的因素。西方诸多学者注意到了文学性对理论的这种渗透，美国学者卡勒就曾深入揭示了文学性对 20 世纪的理论运动显著参与的事实：修辞装饰了理论话语。他说："事实上文学胜利了：文学统治了学术领域，尽管这种统治伪装成别的样子。"[①] 众所周知，经济学堪称"最硬的"社会科学，但是，有西方学者在列举了经济科学中大量的文学性事实之后说，"经济学家是不证自明的语言表演者，而对他的表演可以用文学批评家肯尼思·伯克的戏剧概念来予以讨论，或哲学家奥斯丁和约翰·西尔尼的语言哲学概念来讨论"，"经济科学家用了许多装备进行说服，就像一个大庭广众之上的演讲者"，"科学的最终产品——科学论文——是一种表演"[②]。由是观之，经济科学中的文学性实则是一种煽情性，这也正好证明了"意识形态之所以具有力量也就在于它的

---

① [美]乔纳森·卡勒：《理论的文学性成分》，载余虹等主编《问题》第一辑，中央编译出版社 2003 年版，第 118 页。

② [美]黛尔德拉·迈克洛斯基：《经济学的花言巧语》，石磊译，经济科学出版社 2000 年版，第 33 页。

激情","意识形态最重要的、潜在的作用就在于诱发情感"① 的论断。

其实，文学性对理论的渗透在我国的传统的学术思想中早就更有充分的体现：我国具有诗性文化、诗性学术的悠久历史，虽然我们无法考辨古人将文学性渗进学术理论是否是一种自觉的行为，但中国古代的文论、史论、哲学之中的诗性智慧堪称文学性渗入学术理论的典范。当时的文学性与文论、史论、哲学的这种水乳交融的关系成就了极其诗化、颇具特色、含蓄蕴藉、言近旨远的文、史、哲、天文、地理等诸多理论。长期以来，学术界对中国的学术理论的评价习惯于以西方的标准为参照，对中国传统学术理论因文学性而显露的诗性智慧不屑一顾，将西方学术理论的思辨性奉为圭臬，这种用观念的明晰性来框范"没有观念的智慧"② 无异于隔靴搔痒。中国学术理论中之所以隐藏着极大的灵活性、模糊性、趣味性就是其文学性的渗透使然。看似片言碎语，不显山不露水，实则内蕴丰厚，美妙文雅，它并不明明白白向你讲道理，它的机智总是隐藏着，通过隐喻、暗示、打比方，话中有话，言不尽意，锋芒不显。无论这是优点还是缺陷，这种特有的回避概念的思维方式形成了中国文化、中国学术的传统，构成了中国学术理论的文学性表征。

文学性对学术理论、思想的渗透成为当今主宰全球化浪潮的西方现代化学术理论的生成时尚。出于对所有形式的革命运动的反感，面对欧洲中心论或西方中心论的鼓噪，有的西方学者翘首盼望"千禧年的希望、太平盛世的幻想、天启录的思想以及意识形态的终结"③，我们不禁要问：究竟是何种"意识形态的终结"？谁也没有料到，在西方人对中国传统文化经典、对中国古老的"没有观念的智慧"的不经意之中，曾经被他们誓言要启蒙一番的中国传统文化的"糟粕"又使他们趋之若鹜。历史就是充满了

---

① ［美］丹尼尔·贝尔：《意识形态的终结》，张国清译，江苏人民出版社 2001 年版，第 459 页。

② 参见尚杰《追忆"没有观念的智慧"》，《读书》2002 年第 10 期。

③ ［美］丹尼尔·贝尔：《意识形态的终结》，张国清译，江苏人民出版社 2001 年版，第 394 页。

如此的讽刺意味：高度发达的文明或文化必须经过漫长的迂回之后，还是要靠最原始、最质朴、最本真的养料来滋补！仅从这点而言，我们甚至可以说，通俗文化所派生出的靠文学性来滋润的当代理论应该比靠概念来思维的思辨性的现代理论更具魅力，更具深度和底蕴，更充满觉悟和智慧。

二　"文学性"对后现代状态的维护

后现代状态就是一种游戏状态。利奥塔尔说："社会关系的问题，作为问题是一种语言游戏，它是提问的语言游戏。"[①] "语言游戏都应该能用一些规则确定，这些规则可以说明陈述的特性和用途；这和象棋游戏一模一样，象棋是由一组规则说明的，这些规则确定了棋子的特性，即移动棋子的恰当方法。"[②] 在他看来，"后现代"不是一个时间概念，不是一个历史时期，而是一种思维方式。由于西方资本主义国家在现代化或工业化的过程中，工具与理性的工具性功能日益加强，使知识分子对科学、理性、知识、真理产生了严重的信仰危机，知识烙上了金钱的色彩，话语就是权力，解释就是游戏。于是，大胆地反传统、反权威、标新立异、多向度、多元化的思维方式，使语言游戏就如同下棋，每种说法都应被理解为棋盘中的一步棋，每一步棋，可以只是为了纯粹的乐趣而激发出来，最大的乐趣是在片语、字词以及意义的转折和无限的创造中。我国学者曾将后现代状态归结为"追求非本质性、非中心性，反权威，张扬感性生命存在的不确定性和可能性，反终极价值，强调价值的多样性和真理的不断阐释性"[③] 的状况。后现代主义视一切为游戏，在他们看来，整个世界不再是稳定的、有序的、渐进的，相反，世界充满了各种各样的不平衡、不稳定、无序性与非连续性，因此，不能用不变的逻辑、规则和普遍规律去解释世

---

① ［法］让-弗朗索瓦·利奥塔尔：《后现代状态》，车槿山译，三联书店1997年版，第33页。

② ［法］让-弗朗索瓦·利奥塔尔：《后现代状态》，车槿山译，三联书店1997年版，第18页。

③ 王岳川：《目击道存》，湖北教育出版社2000年版，第94页。

界，而应该用开放的、灵活的、多元的游戏规则代替普遍的规律，于是，即使以追求真理为己任的科学和哲学也不过是形形色色的语言游戏罢了。在这种游戏之中，不仅文学性发挥着巨大的作用，而且"意识形态，就其本质来说，不仅能够通过支配者而且还包括被支配者来使支配的关系得以维护"①。

后现代的游戏状态，必然伴随着消费状态、表演状态的出现。无论是游戏，是消费，还是表演，其实都是生活的元素。越生活化，就越游戏化，也就越充满文学性。正如有学者在评价唯美主义时所指出的，它"十分贴近生活，十分通俗，也非常时尚。实际上，这昭示了唯美主义本身的悖论：一个崇尚艺术自律的文艺思潮却在日常生活也就是非艺术领域取得了令人瞩目的成就。当然这也正是某些唯美主义者的初衷：对于他们来说，生活，而非艺术，才是真正的艺术"②。在后现代社会中，传统语用学的话语模式发生了相应的变化："说者"由处于"知者"的地位变为不再具有绝对的权威，"听者"由对所传输的信息有赞成或否决的权利转为缺少评判标准，"所指"由说者讲话时谈论的主题沦为商业信息。科学知识成为话语，当代最先进的科技无一不与语言相关，话语即权利，知识与商业、经济实力挂钩，知识与权力结合。由于主张多元，所以要铲除"词语的暴政"，于是，谁都有说话的权利，谁说得巧妙，谁说得漂亮，谁就具有控制、排斥、压迫的权利，谁就具有被他者所欣赏或消费的资本，谁就具有表演的能力。利奥塔尔的合法化理论为文学性的施展提供了重要的参照，在他看来，世界上不存在绝对至尊的语言游戏、话语和关于正义的普遍理论，各种话语游戏之间是平等的，无高低之分，也不可相互侵犯，评判正义的标准和实践正义的原则即语言游戏的规则也理应多元化，应更具有弹性。于是，后现代社会是一个开放多元宽容的社会，是一个"谁说了

---

① ［美］丹尼斯·K. 姆贝：《组织中的传播和权力：话语、意识形态和统治》，陈德民等译，中国社会科学出版社 2000 年版，第 129 页。

② 周小仪：《唯美主义与消费文化》，北京大学出版社 2002 年版，第 11 页。

都算的社会"。文学性在其中大有可为，由文学性所带来的叙事游戏就具有特别重要的意义。文学的技术操作规则赋予了作家、语言操纵者自由操纵写作技巧的权利，而这种写作的技巧自然又会伴生出无限制作的欲望。因此，文学性通过技术崇拜和制作欲望的膨胀达到了对后现代状况的维护。

有人曾以思想学术的文学性、消费社会的文学性、媒体信息的文学性、公共表演的文学性深入剖析了后现代社会文学性统治的特征，① 这充分表明了文学性已经与当今的学术知识生产、社会权利、利益体制相融合。笔者认为，由于后现代社会是一种信息化社会，科学知识成为一种话语，知识的生产成为一个信息处理过程，知识产品必须转换成信息即语言形式才能存在，于是，物质特性本身造成的知识不可能是精确的，认识本身变成了一种语言游戏，后现代社会的状况就是由语言游戏来决定，文学性对各个领域的渗透或统治成为后现代社会中"语言游戏"的必然结果。因此，怎样把握语言游戏的质量和向度，这是提高语言的文学性、进而正常维护后现代社会状态的重要保证。

语言的文学性使事物和人的知觉之间界限模糊，文学性的渗透使现实只能以符号的方式存在，文学性虚拟现实、甚至美化现实。这恰好应和了19 世纪以来的社会科学学科的知识范式转变的潮流——历史、政治、经济、社会学等的重新融合。诸多新科学和文化研究的发展，冲击着科学与人文学科的对立，挑战着规律科学和描述特性的学问之间的分野，在"那些以建立审美修为、敏锐学思为务的文学、哲学及历史等学科，和那些以生产力、福利、效率和公平等准则去量度教育成果的政治技术，得以互相转化汇流"② 的过程中，文学性起到了建构相互之间的张力、维持各学科之间的平衡、把握或相互抵制抗拒或相互转译度量的关键作用。即是说，

---

① 余虹：《文学的终结与文学性蔓延》，《文艺研究》2002 年第 6 期。
② ［美］华勒斯坦等：《学科·知识·权力》，刘健芝等编译，三联书店 1999 年版，第 206 页。

文学性不是侵入其他领域的暴力，如果"话语所表示的东西与一个社会将其变成的东西之间出现了一种呈上升趋势的失调现象的话，那么，这种话语就像某种暴力的表现那样在起作用"①。文学性是应其他领域召唤的一种自然融入，是对后现代状态的自然维护。

三 "文学性"对文学理论范式的变革

当今学界普遍认同文学理论的危机。但是，笔者认为，文学理论的危机可以通过文学性对文学理论范式的变革来拯救。

文学理论的发展史实际上就是范式的转换史。中国百年文学理论是在长期的二元对立论的范式指导下发展起来的。我们从最能体现这一范式的文学理论范畴，如：内容与形式、表现与再现、思想与形象、情与理、个性与共性、理性与非理性、审美性与意识形态性、艺术真实与生活真实等之中就能窥见一斑。二元对立的这一系列范畴的确立不可避免地把文学看作是主体对客体的认识，看作是主体情感的投射或者是主体对客体的征服，文学与政治的关系被歪曲或强化，文学理论也演变为庸俗社会学。但是，从之后的学术视野来看，这样的文学理论是"他律"超越了"自律"，没有在学科的知识层面充分展开，没有在自身的范畴内展开讨论。因此，20世纪80年代提出的审美意识形态论力主超越二元对立的思维方式，克服了文学本质的"工具论"，文学的审美本性得到了澄清，在当时的文论界产生了深远的影响。虽然审美意识形态论使文学理论从中心走向边缘，但文学理论找到了自己的位置。而随着纯文学神话的破灭和通俗文学的兴起，文学的审美意识形态论又对大众文学中提出的新难题无法作出合理的解释，于是，跨学科的文化研究又对文学理论构成了严峻的挑战。

时下，学界对文化研究的跨学科性而带来的批判功能颇为赞赏。笔者认为，其原因是"文学性"对文化研究的强大支持，因为"文学性"对文

---

① ［法］米歇尔·德·塞尔托：《多元文化素养——大众文化研究与文化制度话语》，李树芬译，天津人民出版社2002年版，第76页。

化的渗透包含着极为深刻的社会历史和思想文化的因子，是对"审美意识形态"论的逾越与变革，它不仅能用新的解释方法重塑过去的艺术作品，而且对历代提出过的文学理论问题重新发问。

首先，对"文学性"问题的关注会冲破了单一封闭的文学理论体系，体现出跨学科的强大优势。因为"文学性"不仅存在于文学中，而且又渗透到了意识形态的各个领域，通过对"文学性"问题的研究能实现文学理论与其他一些学术思想、社会公共领域的有机联系，能实现文学与政治等社会意识形态的正常交往。"文学性"使文学理论具有了突破自律的先决条件，也自觉地回应了文艺研究的对象或范围在不断地变化的现实，正如米勒所言："自 1979 年以来，文学研究的兴趣中心已发生大规模的转移：从对文学作修辞学式的'内部'研究转为研究文学的'外部'联系，确定它在心理学、历史或社会学背景中的位置。"① 这种对象或范围的不断变化，不仅表征着文学理论的自性危机，而且昭示着文学理论敞开胸怀、广纳其他社会意识形态的一种前景。甚至可以说，文学研究的兴趣中心大规模转移的过程与其说是文学理论突破自律的过程，不如说是文学性向意识形态各领域积极主动渗透的过程。

其次，"文学性"在各个领域的纷纷出场使重新发掘处于边缘化的文学的价值、通过确认文学理论的核心话语来主动回应所有意识形态的召唤、进而显现当代社会中文学的不可或缺性成为可能。

"文学性"对各个领域的渗透使学界重新反思文学的价值，使文学理论突破文学的范围来发掘广泛的文学性。王晓明等学者曾主张文学研究与当代思想互动，以应答社会和文化现实，实质上也是为了强调文学研究走出纯粹"学术性"的藩篱、反对安守本位，克服愈益"专业化"、"学科化"的现象，与其他学科进行交流从而探寻其他领域的文学性，应答其他意识形态的召唤。笔者认为，固守纯文学现象的文学理论很容易沦为文

---

① ［美］拉尔夫·科恩：《文学理论的未来》，程锡麟等译，中国社会科学出版社 1993 年版，第 121 页。

学的智力游戏或对文学材料的技术性操作而丧失文学理论的生命力，或者形成限制和压抑性机制而导致文学理论霸权的出现，从而丧失文学的彰显能力。为使文学理论在当下的全球化语境中重现生机和活力，不少学者都认为应当引进新思路，扩大学科领域，调整研究视野，而"文化研究"正是在这种跨域交流的强烈要求下被引入并给学界以启示的。

"文学性"对文学理论范式的变革还体现在它能促使文学理论将重点设置在跨学科的文学性理论上。譬如哲学的文学性、历史学的文学性、社会学的文学性、宗教学的文学性甚至人的社会生活的文学性等。对这些领域的研究，实则是对文学的历史语境的研究，是对文学的综合生态的研究。"文学性"对文学理论范式的这种变革不仅必将从学理上重建文学理论的核心话语，改变文学理论的基本方法论程序，而且会在实践中使渗透了"文学性"的理论的接受者保持与理论的一定程度的审美交往，提升接受者的精神境界。

综上所述，"文学性"构成了文化社会的意识形态特征。在文学日渐式微而文学性又日益彰显的时代，文学理论理应回应时代的召唤，在跨学科、多领域对"文学性"进行研究基础上恢复文学理论的生机，建构具有民族特色、辩证综合的文学理论。

文学、文学研究、文学理论处于边缘的境遇，但相信会恢复应有的活力。不管这种活力将以何种形式出现，但通过感动人、激发人对文学的热爱、重振人对语言的洞察力、提高"文学性"对各个领域的渗透力不失为恢复活力的重要途径。而且，随着社会的发展、交往的扩大、全球化进程的加快，任何一门学科要想单纯依靠自身来获得发展的动力已日显尴尬。正因如此，拉尔夫·科恩指出了文学理论的未来前景之一是"非文学学科与文学理论的扩展"①。笔者认为，不仅文学性构成了文化社会的意识形态特征，而且对文学性问题的关注，是文学理论既摆脱画地为牢又保持

---

① ［美］拉尔夫·科恩：《文学理论的未来》，程锡麟等译，中国社会科学出版社1993年版，第11页。

紧贴自身、从而进行当代文学理论建构的最佳选择。因此，为建构文学理论的基本生态而考察多领域、跨学科的"文学性"应该成为文艺学的一个基本任务。我们相信，通过对建构文艺学的这一基本生态的确认和揭示，当代中国文艺学的建构一定会更具有具体的可操作性，从而也更富有成效。

参考资料

一　中文资料

[1]　〔美〕海登·怀特：《元史学：十九世纪欧洲的历史想象》，陈新译，译林出版社 2004 年版。

[2]　〔美〕海登·怀特：《后现代历史叙事学》，陈永国译，中国社会科学出版社 2003 年版。

[3]　〔美〕海登·怀特：《形式的内容：叙事话语与历史再现》，董立河译，北京出版社 2005 年版。

[4]　张京媛主编：《新历史主义与文学批评》，北京大学出版社 1993 年版。

[5]　〔英〕维特根斯坦：《哲学研究》，汤潮等译，生活·读书·新知三联书店 1992 年版。

[6]　〔美〕艾布拉姆斯：《镜与灯——浪漫主义文论及批评传统》，郦稚牛译，北京大学出版社 1989 年版。

[7]　〔意〕维柯：《新科学》，朱光潜译，商务印书馆 1997 年版。

[8]　〔美〕唐纳德·R.凯莉：《多面的历史》，陈恒等译，生活·读书·新知三联书店 2003 年版。

[9] 〔美〕拉尔夫·科恩：《文学理论的未来》，程锡麟等译，中国社会科学出版社 1993 年版。

[10] 〔英〕特雷·伊格尔顿：《二十世纪西方文学理论》，伍晓明译，北京大学出版社 2007 年版。

[11] 〔英〕特里·伊格尔顿：《文学原理引论》，中国艺术研究院马克思主义文艺理论研究所、外国文艺理论研究资料编辑委员会编，文化艺术出版社 1987 年版。

[12] 〔美〕乔纳森·卡勒：《当代学术入门：文学理论》李平译，辽宁教育出版社、牛津大学出版社 1998 年版。

[13] 〔英〕格鲁因尔：《历史哲学——批判的论文》，隗仁莲译，广西师范大学出版社 2003 年版。

[14] 〔英〕罗素：《论历史》，何兆武等译，生活·读书·新知三联书店 1991 年版。

[15] 〔德〕黑格尔：《历史哲学》，王造时译，上海书店出版社 2001 年版。

[16] 〔美〕格奥尔格·伊格尔斯：《二十世纪的历史学——从科学的客观性到后现代的挑战》，何兆武译，山东大学出版社 2006 年版。

[17] 〔波兰〕埃娃·多曼斯卡：《邂逅：后现代主义之后的历史哲学》，彭刚译，北京大学出版社 2007 年版。

[18] 〔英〕柯林武德：《历史的观念》，何兆武译，中国社会科学出版社 1986 年版。

[19] 〔英〕R·G·柯林武德：《精神镜像或知识地图》，赵志义等译，广西师范大学出版社 2006 年版。

[20] 〔德〕恩斯特·卡西尔：《人论》，甘阳译，上海译文出版社 1985 年版。

[21] 〔德〕恩斯特·卡西尔：《语言与神话》，于晓等译，生活·读书·新知三联书店 1988 年版。

[22] 〔德〕恩斯特·卡西尔：《人文科学的逻辑》，沉晖等译，中国人民大学出版社 2004 年版。

[23] 〔德〕卡尔·曼海姆：《意识形态与乌托邦》，黎鸣等译，商务印书馆

2000 年版。

[24] ［英］约翰·B.汤普森：《意识形态与现代文化》，高铦译，译林出版社 2003 年版。

[25] ［英］大卫·麦克里兰：《意识形态》，孔兆政等译，吉林人民出版社 2005 年版。

[26] ［英］帕特里克·加登纳：《历史解释的性质》，江怡译，文津出版社 2003 年版。

[27] ［荷］安克斯密特：《历史与转义：隐喻的兴衰》，韩震译，文津出版社 2005 年版。

[28] ［美］雷克斯·马丁：《历史解释：重演和实践推断》，王晓红译，文津 出版社 2005 年版。

[29] ［英］迈克尔·奥克肖特：《经验及其模式》，吴玉军译，文津出版社 2005 年版。

[30] ［美］朱丽·汤普森·克莱恩：《跨越边界—知识 学科 学科互涉》，姜 志芹译，南京大学出版社 2005 年版。

[31] ［美］麦克洛斯基等：《社会科学的措辞》，许宝强等编译，生活·读 书·新知三联书店、牛津大学出版社 2000 年版。

[32] ［美］艾柯等：《诠释与过度诠释》，柯里尼编，王宇根译，生活·读 书·新知 三联书店 1997 年版。

[33] ［美］华勒斯坦等：《开放社会科学》，刘锋译，生活·读书·新知三联 书店 1997 年版。

[34] ［美］华勒斯坦等：《学科·知识·权利》，刘健芝等编译，生活·读 书·新知三联书店，1999 年版。

[35] ［英］卡尔·波普尔：《开放社会及其敌人》（第一卷），陆衡等译，中 国社会科学出版社 1999 年版。

[36] ［德］于尔根·哈贝马斯：《后形而上学思想》，曹卫东等译，学林出版 社 2001 年版。

[37] ［德］哈贝马斯：《作为"意识形态"的技术与科学》，李黎等译，学林

出版社 1999 年版。

[38] [德] 哈贝马斯：《认识与兴趣》，郭官义等译，学林出版社 1999 年版。

[39] [英] 拉曼·塞尔登编：《文学批评理论——从柏拉图到现在》，刘象愚等译，北京大学出版社 2003 年版。

[40] [美] J. 希利斯·米勒：《解读叙事》，申丹译，北京大学出版社 2002 年版。

[41] [美] 戴卫·赫尔曼：《新叙事学》，马海良译，北京大学出版社 2002 年版。

[42] [美] 苏珊·S. 兰瑟：《虚构的权威——女性作家与叙述声音》，黄必康译，北京大学出版社 2002 年版。

[43] [美] James Phelan Peter J. Rabinowitz 主编：《当代叙事理论指南》，申丹等译，北京大学出版社 2007 年版。

[44] [英] 马克·柯里：《后现代叙事理论》，宁一中译，北京大学出版社 2003 年版。

[45] [英] 弗朗西斯·巴尔赫恩：《当代马克思主义文学批评》，刘象愚等译，北京大学出版社 2002 年版。

[46] [美] 华莱士·马丁：《当代叙事学》，伍晓明译，北京大学出版社 2003 年版。

[47] [美] 詹姆斯·费伦：《作为修辞的叙事：技巧、读者、伦理、意识形态》，陈永国译，北京大学出版社 2002 年版。

[48] [美] 理查德·罗蒂：《后形而上学希望——新实用主义社会、政治和法律哲学》，张国清译，上海译文出版社 2003 年版。

[49] [美] 理查德·罗蒂：《后哲学文化》，黄勇编译，上海译文出版社 2004 年版。

[50] [法] 米歇尔·福柯：《词与物——人文科学考古学》，莫伟明译，上海三联书店 2001 年版。

[51] [法] 米歇尔·福柯：《知识考古学》（第三版），谢强等译，生活·读书·新知三联书店 2007 年版。

[52] 〔法〕米歇尔·福柯：《主体解释学》，余碧平译，上海人民出版社 2005 年版。

[53] 〔法〕列维-斯特劳斯：《野性的思维》，李幼蒸译，商务印书馆 1987 年版。

[54] 〔美〕肯尼斯·博克：《当代西方修辞学：演讲与话语批评》，常昌富等译，中国社会科学出版社 1998 年版。

[55] 〔法〕高概：《话语符号学》，王东亮编译，北京大学出版社 1997 年版。

[56] 〔法〕热拉尔·热奈特：《叙事话语 新叙事话语》，王文融译，中国社会科学出版社 1990 年版。

[57] 〔以色列〕里蒙·凯南：《叙事虚构作品》，姚锦清等译，生活·读书·新知三联书店 1989 年版。

[58] 〔美〕雷内·韦勒克：《批评的概念》，张金言译，中国美术学院出版社 1999 年版。

[59] 〔美〕马克·爱德蒙森：《文学对抗哲学—从柏拉图到德里达》，王柏华等译，中央编译出版社 2000 年版。

[60] 〔苏联〕洛特曼：《艺术文本的结构》，王坤译，中山大学出版社 2003 年版。

[61] 〔法〕保罗·利科：《活的隐喻》汪堂家译，上海译文出版社 2004 年版。

[62] 〔法〕保罗·利科：《历史与真理》，姜志辉译，上海译文出版社 2004 年版。

[63] 〔法〕保罗·利科：《解释学与人文科学》，陶远华等译，河北人民出版社 1987 年版。

[64] 〔德〕伽达默尔：《真理与方法》，洪汉鼎译，上海译文出版社 2004 年版。

[65] 〔德〕H.G.伽达默尔：《真理与方法》，王才勇译，辽宁人民出版社 1987 年版。

[66] 〔德〕伽达默尔：《哲学解释学》夏镇平、宋建平译，上海译文出版社 2004 年版。

[67] [美] 阿瑟·丹图:《叙述与认识》,周建漳译,上海译文出版社 2007 年版。

[68] [英] 安纳·杰弗逊、戴维·罗比:《西方文学理论概述与比较》,陈绍全译,湖南文艺出版社 1986 年版。

[69] [英] 特伦斯·霍克斯:《论隐喻》,高丙中译,昆仑出版社 1992 年版。

[70] 耿占春:《隐喻》,东方出版社 1993 年版。

[71] [古希腊] 亚里士多德:《诗学》,罗念生译,见《诗学·诗艺》,罗念生、杨周翰译,人民文学出版社 1988 年版。

[72] 韩震主编:《20 世纪西方历史哲学》,北京师范大学出版社 2003 年版。

[73] [英] 休谟:《人性论》(下卷),关文运译,商务印书馆 1980 年版。

[74] [法] 德里达:《声音与现象》,杜小真译,商务印书馆 1999 年版。

[75] [法] 帕斯卡尔:《思想者》,何兆武译,商务印书馆 1985 年版。

[76] [德] 康德:《纯粹理性批判》,蓝公武译,商务印书馆 1960 年版。

[77] [法] 克罗德·列维-斯特劳斯:《结构人类学》(1),张祖建译,中国人民大学出版社 2006 年版。

[78] [德] 黑格尔:《精神哲学——哲学全书·第三部分》,杨祖陶译,人民出版社 2006 年版。

[79] [瑞士] 费尔迪南·德·索绪尔:《普通语言学教程》,高名凯译,商务印书馆 1982 年版。

[80] [法] 罗兰·巴尔特:《符号学原理——结构主义文学理论文选》,李幼蒸译,生活·读书·新知三联书店 1988 年版。

[81] [法] 保罗·利科:《法国史学对史学理论的贡献》,王建华译,上海社会科学院出版社 1992 年版。

[82] [德] 威廉·狄尔泰:《体验与诗》,胡其鼎译,生活·读书·新知三联书店 2003 年版。

[83] [德] 威廉·狄尔泰:《精神科学引论》(第一卷),童奇志译,中国城市出版社 2002 年版。

[84] [德] 威廉·狄尔泰:《历史中的意义》,艾彦等译,中国城市出版社

2001 年版。

[85] [美] 詹明信:《晚期资本主义的文化逻辑》,张旭东编,陈清侨等译,三联书店 1997 年版。

[86] [美] 乔伊斯·阿普尔比等:《历史的真相》,刘北成等译,中央编译出版社 1999 年版。

[87] [德] 恩斯特·贝勒尔:《尼采、海德格尔与德里达》,李朝辉译,社会科学文献出版社 2001 年版。

[88] [英] 沃尔什:《历史哲学导论》,何兆武、张文杰译,广西师范大学出版社 2001 年版。

[89] [美] 韦勒克、沃伦:《文学理论》,刘象愚等译,生活·读书·新知三联书店 1984 年版。

[90] [美] 昂利·拜尔编:《方法、批评及文学史》,徐继曾译,中国社会科学出版社 1992 年版。

[91] [美] 托马斯·S.库恩:《必要的张力——科学的传统和变革论文选》,纪树立等译,福建人民出版社 1981 年版。

[92] [美] 托马斯·库恩:《科学革命的结构》,金吾伦译,北京大学出版社 2003 年版。

[93] [英] 卡尔·波普:《历史决定论的贫困》,杜汝楫等译,华夏出版社 1987 年版。

[94] [法] 米盖尔·杜夫海纳:《美学与哲学》,孙非译,中国社会科学出版社 1985 年版。

[95] [法] 蒂博代:《六说文学批评》,赵坚译,生活·读书·新知三联书店 1989 年版。

[96] [英] 迈克尔·马尔凯:《科学与知识社会学》,林聚任等译,东方出版社 2001 年版。

[97] [英] 吉尔德·德兰逊:《社会科学——超越建构论和实在论》,张茂元译,吉林人民出版社 2005 年版。

[98] [法] 海热然:《语言人——论语言学对人文科学的贡献》,张祖建译,

生活·读书·新知三联书店 1999 年版。

[99] 〔美〕格特鲁德·希梅尔法布：《新旧历史学》，余伟译，新星出版社 2007 年版。

[100] 王逢振主编：《詹姆逊文集（第 2 卷）》（《批评理论与叙事阐释》），中国人民大学出版社 2004 年版。

[101] 〔美〕包罗·德曼：《解构之图》，李自修等译，中国社会科学出版社 1998 年版。

[102] 〔美〕希拉里·普特南：《理性、真理与历史》，上海译文出版社 2005 年版。

[103] 〔法〕雅克·德里达：《论文字学》，汪家堂译，上海译文出版社 2005 年版。

[104] 〔法〕雅克·德里达：《文学行动》，赵兴国等译，中国社会科学出版社 1998 年版。

[105] 〔英〕特里·伊格尔顿：《历史中的政治、哲学、爱欲》，马海良译，中国社会科学出版社 1999 年版。

[106] 〔美〕弗雷德里克·詹姆逊：《政治无意识》，王逢振等译，中国社会科学出版社 1999 年版。

[107] 〔加〕谢少波：《抵抗的文化政治学》，陈永国等译，中国社会科学出版社 1999 年版。

[108] 〔法〕蒂费纳·萨莫瓦：《互文性研究》，邵炜译，天津人民出版社 2003 年版。

[109] 杨念群等主编：《新史学》（上、下），中国人民大学出版社 2003 年版。

[110] 〔美〕约翰·霍根：《科学的终结——在科学时代的暮色审视知识的限度》，孙雍君等译，远方出版社 1997 年版。

[111] 〔法〕让——伊夫·塔迪埃：《20 世纪的文学批评》，史忠义译，百花文艺出版社 1998 年版。

[112] 〔波〕罗曼·英加登：《对文学的艺术作品的认识》，陈燕谷等译，中

国文联出版公司 1988 年版。

[113] 〔法〕加斯东·巴什拉:《梦想的诗学》,刘自强译,生活·读书·新知三联书店 1996 年版。

[114] 〔美〕C.赖特·米尔斯:《社会学的想象力》,陈强等译,生活·读书·新知三联书店 2005 年版。

[115] 〔英〕柯林武德:《形而上学论》,宫睿译,北京大学出版社 2007 年版。

[116] 〔德〕马克思:《1844 年经济学哲学手稿》,中共中央马克思恩格斯列宁斯大林著作编译局译,人民出版社 2000 年版。

[117] 〔美〕约瑟夫·劳斯:《知识与权力—走向科学的政治哲学》,盛晓明等译,第 58 页,北京大学出版社 2004 年版。

[118] 〔美〕M.K.穆尼茨:《当代分析哲学》,吴牟人、张汝伦等译,复旦大学出版社 1986 年版。

[119] 徐友渔:《"哥白尼式"的革命—哲学中的语言转向》,上海三联书店 1994 年版。

[120] 〔德〕得特勒夫·霍尔斯特:《哈贝马斯传》,章国锋译,东方出版中心 2000 年版。

[121] 〔英〕D.W.海姆伦:《西方认识论简史》,夏甄陶等译,中国人民大学出版社 1987 年版。

[122] 〔英〕弗里德里希·A.哈耶克:《科学的反革命—理性滥用之研究》,冯克利译,译林出版社 2003 年版。

[123] 〔德〕于尔根·哈贝马斯:《现代性的哲学话语》,曹卫东等译,译林出版社 2004 年版。

[124] 〔法〕米歇尔·德·塞尔托:《多元文化素养——大众文化研究与文化制度话语》,李树芬译,天津人民出版社 2002 年版。

[125] 〔美〕丹尼尔·贝尔:《意识形态的终结》,张国清译,江苏人民出版社 2001 年版。

[126] 〔法〕让-弗朗索瓦·利奥塔尔:《后现代状态》,车槿山译,三联书店

1997 年版。

[127] [美] 丹尼斯·K. 姆贝：《组织中的传播和权力：话语、意识形态和统治》，陈德民等译，中国社会科学出版社 2000 年版。

[128] [美] 黛尔德拉·迈克洛斯基：《经济学的花言巧语》，石磊译，经济科学出版社 2000 年版。

[129] [德] 黑格尔：《美学》（第 3 卷，下册），朱光潜译，商务印书馆 1981 年版。

[130] [法] 伏尔泰：《哲学通信》，高达观等译，世纪出版集团 上海人民出版社 2005 年版。

[131] [英] 佛斯特：《小说面面观》，苏炳文译，花城出版社 1984 年版。

[132] [美] 浦安迪：《中国叙事学》，北京大学出版社 1996 年版。

[133] [美] 理查德·罗蒂：《偶然、团结与反讽》，徐文瑞译，商务印书馆 2005 年版。

[134] [丹麦] 索伦·奥碧·克尔凯郭尔：《论反讽概念——以苏格拉底为主线》，汤晨溪译，中国社会科学出版社 2005 年版。

[135] [英] 罗素：《哲学问题》，何兆武译，商务印书馆 2007 年版。

[136] [瑞士] 让·皮亚杰：《人文科学认识论》，郑文彬译，中央编译出版社 2002 年版。

[137] 刘勰：《文心雕龙》，人民文学出版社 1981 年版。

[138] [德] 黑格尔：《小逻辑》，第二版，贺麟译，商务印书馆 1980 年版。

[139] [英] 维特根斯坦：《逻辑哲学论》，郭英译，商务印书馆 1985 年版。

[140] [法] 弗朗索瓦·多斯：《从结构到解构：法国 20 世纪思想主潮》（上），季广茂译，中央编译出版社 2004 年版。

[141] [美] 托马斯·库恩：《哥白尼革命——西方思想发展中的行星天文学》，吴国盛等译，北京大学出版社 2003 年版。

[142] [奥] 卡林·诺尔—塞蒂纳：《制造知识——建构主义与科学的与境性》，王善博等译，东方出版社 2001 年版。

[143]〔法〕吉尔·德勒兹：《哲学与权力的谈判——德勒兹访谈录》，商务印书馆 2003 年版。

[144]〔俄〕列夫·托尔斯泰：《论科学和艺术的价值》，江苏教育出版社 2006 年版。

[145]〔德〕H. R. 姚斯、〔美〕R. C. 霍拉勃：《接受美学与接受理论》，周宁等译，辽宁人民出版社 1987 年版。

[146]〔美〕弗雷德里克·詹姆逊：《文化与政治》，王逢振等译，中国社会科学出版社 1998 年版。

[147] 王忠琪等编：《法国作家论文学》，三联书店 1984 年版。

[148]〔法〕罗兰·巴尔特：《叙事作品结构分析导论》，见张寅德编选：《叙述学研究》，中国社会科学出版社 1989 年版。

[149]〔美〕苏珊·朗格：《艺术问题》，滕守尧译，中国社会科学出版社 1983 年版。

[150]〔苏〕列·谢·维戈茨基：《艺术心理学》，周新译，上海文艺出版社 1985 年版。

[151]〔英〕艾·阿·瑞恰慈：《文学批评原理》，杨自伍译，百花洲文艺出版社 1992 年版。

[152]〔加〕诺思罗普·弗莱：《批评的解剖》，陈慧等译，百花文艺出版社 2006 年版。

[153]〔美〕W. C. 布斯：《小说修辞学》，华明译，北京大学出版社 1986 年版。

[154]〔瑞士〕雅各布·布克哈特：《意大利文艺复兴时期的文化》，何新译，商务印书馆 1979 年版。

[155]〔法〕托克维尔：《旧制度与大革命》，冯棠译，商务印书馆 1997 年版。

[156]〔英〕卡里特：《走向表现主义美学》，苏晓离等译，光明日报出版社 1990 年版。

[157]〔法〕托克维尔：《论美国的民主》（上卷），商务印书馆 1992 年版。

[158] ［美］格奥尔格·G. 伊格尔斯：《德国的历史观》，译林出版社 2006年版。

[159] ［德］施太格缪勒：《当代哲学主流》（上卷），王炳文等译，商务印书馆 1986 年版。

[160] ［法］茨维坦·托多罗夫：《象征理论》，王国卿译，商务印书馆 2004年版。

[161] ［美］凯·埃·吉尔伯特、［德］赫·库恩：《美学史》（下卷），夏乾丰译，上海译文出版社 1989 年版。

[162] ［法］保罗·富尔基埃：《存在主义》，潘培庆译，上海译文出版社 1988 年版。

[163] ［英］彼得·奥斯本：《时间的政治——现代性与先锋》，王志宏译，商务印书馆 2004 年版。

[164] ［英］冈布里奇：《艺术与幻觉——绘画再现的心理研究》，周彦译，湖南人民出版社 1987 年版。

[165] ［美］伊·库兹韦尔：《结构主义时代——从莱维·斯特劳斯到福科》，尹大贻译，上海译文出版社 1988 年版。

[166] ［美］赫伯特·金迪斯等：《走向统一的社会科学：来自桑塔费学派的看法》，浙江大学跨学科社会科学研究中心译，上海人民出版社 2005年版。

[167] ［德］约恩·吕森：《历史思考的新途径》，綦甲福等译，上海人民出版社 2005 年版。

[168] ［加拿大］斯蒂文·托托西：《文学研究的合法化》，北京大学出版社 1997 年版。

[169] ［意］贝内代托·克罗齐：《作为表现的科学和一般语言学的美学的历史》，中国社会科学出版社 1984 年版。

[170] ［苏］米·贝京：《艺术与科学——问题·悖论·探索》，任光宣译，文化艺术出版社 1987 年版。

[171] ［美］P. D. 却尔：《解释：文学批评的哲学》，吴启之等译，文化艺术

出版社 1991 年版。

[172] ［芬］冯·赖特：《知识之树》，陈波等译，生活·读书·新知三联书店 2003 年版。

[173] ［比利时］乔治·布莱：《批评意识》，郭宏安译，百花洲文艺出版社 1993 年版。

[174] ［美］本尼迪克莱·安德森：《想象的共同体——民族主义的起源与散布》，吴叡人译，上海人民出版社 2005 年版。

[175] 陈启能、倪为国主编：《书写历史》（第一辑），上海三联书店 2003 年版。

[176] 王岳川：《后殖民主义与新历史主义文论》，山东教育出版社 1999 年版。

[177] 王一川：《修辞论美学》，东北师范大学出版社 1998 年版。

[178] 陈新：《西方历史叙述学》，社会科学文献出版社 2005 年版。

[179] 陈新：《当代西方历史哲学读本》，复旦大学出版社 2004 年版。

[180] 韩震、孟鸣岐：《历史哲学：关于历史性概念的哲学阐释》，云南人民出版社 2002 年版。

[181] 韩震、董立河：《历史学研究的语言学转向——西方后现代历史哲学研究》，北京师范大学出版社 2008 年版。

[182] 赵汀阳：《走出哲学的危机》，中国社会科学出版社 1993 年版。

[183] 刘小枫选编：《接受美学译文集》，生活·读书·新知三联书店 1989 年版。

[184] 刘小枫主编：《人类困境中的审美精神》，上海知识出版社 1994 年版。

[185] 蒋孔阳：《二十世纪西方美学名著选》（下），复旦大学出版社 1988 年版。

[186] 张首映：《西方二十世纪文论史》，北京大学出版社 1999 年版。

[187] 王岳川：《目击道存》，湖北教育出版社 2000 年版。

[188] 周小仪：《唯美主义与消费文化》，北京大学出版社 2002 年版。

[189] 陈国球：《文学史书写与文化政治》，北京大学出版社 2004 年版。

[190] 戴燕：《文学史的权力》，北京大学出版社 2002 年版。

[191] 盛宁：《二十世纪美国文论》，北京大学出版社 1994 年版。

[192] 胡经之、王岳川：《文艺美学方法论》，北京大学出版社 1994 年版。

[193] 李宏图选编：《表象的叙述——新社会文化史》，上海三联书店 2003 年版。

[194] 张文杰主编：《现代西方历史哲学译文集》，上海译文出版社 1984 年版。

[195] 韩震、孟鸣歧：《历史·理解·意义》，上海译文出版社 2002 年版。

[196] 张进：《新历史主义与历史诗学》，中国社会科学出版社 2004 年版。

[197] 陈思和：《笔走龙蛇》，山东友谊出版社 1997 年版。

[198] 陈思和：《大耕集》，上海远东出版社 1996 年版。

[199] 陈思和：《恢复文学史的原生态》，《南开学报》2005 年第 4 期。

[200] [美] H. 怀特：《西方的历史编纂学》，陈新译，《世界哲学》2004 年第 4 期。

[201] [美] A. 斯特恩：《历史哲学：起源与目的》，《哲学译丛》2000 年第 3 期。

[202] 陈新：《诗性预构与理性阐释——海登·怀特和他的〈元史学〉》，《河北学刊》2005 年第 3 期。

[203] 陈新：《历史·比喻·想象——海登·怀特历史哲学述评》，《史学理论研究》2005 年第 2 期。

[204] 陈永国、朴玉明：《海登·怀特德历史诗学：转义、话语、叙事》，《外国文学》2001 年第 6 期。

[205] 林庆新：《历史叙事与修辞——论海登·怀特的话语转义学》，《国外文学》2003 年第 4 期。

[206] 彭刚：《叙事、虚构与历史——海登·怀特与当代西方历史哲学的转型》，《历史研究》2006 年第 3 期。

[207] 张进：《历史的叙事性和叙事的历史性——海登·怀特的历史诗学》，《甘肃广播电视大学学报》2003 年第 4 期。

［208］ 余虹：《文学的终结与文学性蔓延》，《文艺研究》2002 年第 6 期。

［209］ 尚杰：《追忆"没有观念的智慧"》，《读书》2002 年第 10 期。

［210］ ［荷］克里斯·洛仑兹：《历史能是真实的吗？叙述主义、实证主义和"隐喻转向"》，王晸译，《山东社会科学》2004 年第 3 期。

［211］ 徐岱：《反本质主义与美学的现代形态》，《文艺研究》2000 年第 3 期。

［212］ 章辉：《反本质主义思维与文学理论知识的生产》，《文学评论》2007 年第 5 期；支宇：《"反本质主义"文艺学是否可能？——评一种新锐的文艺学话语》，《文艺理论研究》2006 年第 6 期。

［213］ 王坤：《经典文艺学与反本质主义》，《中山大学学报》2006 年第 3 期。

［214］ 邵立新：《理论还是魔术——评海登·怀特的〈玄史学〉》，《史学理论研究》1999 年第 4 期。

［215］ 陈新：《对历史与历史研究的思考——约恩·吕森教授访谈录（上）》，《史学理论研究》2004 年第 3 期。

二 英文资料

［1］ Hayden White, *The Historical Imagination in Nineteenth — Century Europe.* Johns Hopkins University Press, 1973.

［2］ Hayden White, V. , *The content of the form*, The Johns Uniuersity Press, 1987.

［3］ Hayden White, Tropics of Discourse, *Essays in Cultural Criticism*, Baltimore and London: Johns Hopkins University Press, 1978.

［4］ Hayden White, *Figural Realism: Studies in the Mimesis Effect*, Baltimore: Johns Hopkins University Press, 1999.

［5］ Hayden White and Frank Manuel, *Theories of History*, William Clark

Mamorial, Library, University of California, Los Angeles, 1978.

[6] Benedict Anderson, Imagined Communities: Reflections on the Origin and Spread of Nationalism, London & New York: Verso, 1983. F. R. Ankersmit. *History and Tropology*: The Rise and Fall of Metaphor. , Berkely: Univeristy of California press, 1994.

[7] Iggers. *Historiography in the Twentieth Century. From Scientific Objectivity to the Postmodern Challenge.* Hanover, NH and London: Wesleyan University Press, 1997.

[8] Ewa Domanska, *Encounters: Philosophy of History after Postmodernism*, Charlottesville and London, 1998.

[9] Chris Lorenz, "Can Histories be True? Narrativism, Positivism, and the 'Metaphorical '", *History and Theory*, vol. 37, 1998.

[10] " Collingwood and Toynbee: Transitions in English Historical Thought. " *English Miscellany*, vol. 8, 1956.

[11] Max Black. *"Metaphor"* . *Models and Metaphors.* New York: The Cornell University Press. 1962.

[12] Ted Cohen. *"Metaphor and the Cultivation of Intimacy"*, *On metaphor.* Chicago: University of Chicago Press, 1978.

[13] "Religion, Culture and Western Civilization in Christopher Dawson's Idea of History. " *English Miscellany*, vol. 9, 1958.

[14] "Pontius of Cluny, the Curia Romana and the End of Gregorianism Rome. " *Church History*, vol. 27, no 3, September 1958.

[15] "The Burden of History. " *History and Theory*, vol. 5, no 2, 1966.

[16] "Literary History: The Point of It All. " *New Literary History*, vol. 2, no 1, Autumn 1970.

[17] "Croce and Becker: A Note on the Evidence of Influence. " *History and Theory*, vol. 10, no 2, 1971.

[18] "The Irrational and the Problem of Historical Knowledge," Studies in

Eighteenth—Century Culture, vol. 2: *Irrationalism in the Eighteenth Century*, edited by Harold E. Pagliaro. Cleveland and London: The Press of Case Western Reserve University, 1972.

[19] "The Forms of Wildness: Archeology of an Idea," The Wild Man Within. *An Image in Western Thought from the Renaissance to Romanticism*, edited by Edward Dudley and Maximillian E. Novak. Pittsburgh: University of Pittsburgh Press, 1972.

[20] "What is a Historical System?" *Biology, History and Natural Philosophy*, edited by Allen D. Breck and Wolfgang Yourgrau. New York and London: Plenum Press, 1972.

[21] "Interpretation in History. " *New Literary History*, vol. 4, no 2, Winter 1972.

[22] "Foucault Decoded: Notes from Underground. " *History and Theory*, vol. 12, no 1, 1973.

[23] "Structuralism and Popular Culture. " *Journal of Popular Culture*, vol. 7, no 4, Spring 1974.

[24] "The Problem of Change in Literary History. " *New Literary History*, vol. 7, no 1, Autumn 1975.

[25] "Historicism, History, and the Figurative Imagination. " *History and Theory*, Beiheft 14: *Essays on Historicism*, vol. 14, no 4, 1975.

[26] "The Noble Savage Theme as Fetish," *First Images of America: The Impact of the New World and the Old*, edited by Fredi Chiappelli. Berkeley and Los Angeles: University of California Press, 1976.

[27] "The Tropics of History: The Deep Structure of the New Science, " *Giambattista Vico's Science of Humanity*, edited by Giorgio Tagliacozzo and Donald Philip Verene. Baltimore and London: The Johns Hopkins University Press, 1976.

[28] "Introductory Comments," *Lionel Gossman, Augustin Thierry and*

Liberal Historiography. Middletown, Conn. : Wesleyan University Press, 1986.

[29] "The Absurdist Moment in Contemporary Literary Theory. " *Contemporary Literature*, vol. 17, no 3, Summer 1976.

[30] "The Fictions of Factual Representation," *The Literature of Fact*, edited by Angus Fletcher. New York: Columbia University Press, 1976.

[31] "Rhetoric and History," *Theories of History*. Papers read at the Clark Library Seminar, March 6, 1976 by Hayden White and Frank E. Manuel. Los Angeles: William Andrews Clark Memorial Library, 1978.

[32] "Michel Foucault," *Structuralism and Since*. From Levi—Strauss to Derrida, edited, with an Introduction by John Sturrock. Oxford, New York: Oxford University Press, 1979.

[33] "The Problem of Style in Realistic Representation: Marx and Flaubert," *The Concept of Style*, edited by Berel Lang. Philadelphia: University of Pennsylvania Press, 1979.

[34] "Literature and Social Action: Reflections on the Reflection Theory of Literary Art. " *New Literary History*, vol. 11, no 2, Winter 1980.

[35] "The Value of Narrativity in the Representation of Reality. " *Critical Inquiry*, vol. 7, no 1, 1980.

[36] "The Politics of Historical Interpretation: Discipline and De—Sublimation. " *Critical Inquiry*, vol. 9, no 1, September 1982.

[37] "Getting Out of History. " *Diacritics*, vol. 12, Fall 1982.

[38] "Method and Ideology in Intellectual History: The Case of Henry Adams," *Modern European Intellectual History. Reappraisals and New Perspectives*, edited by Dominick LaCapra and Steven L. Kaplan. Ithaca and London: Cornell University Press, 1982.

[39] "The Limits of Relativism in the Arts," *Relativism in the Arts*, edited by Betty Jean Craige. Athens: The University of Georgia Press, 1983.

[40] "The Question of Narrative in Contemporary Historical Theory." *History and Theory*, vol. 23, no 1, 1984.

[41] "The Italian Difference and the Politics of Culture." *Graduate Faculty Philosophical Journal*, vol. 10, no 1, Spring 1984.

[42] "Historical Pluralism." *Critical Inquiry*, vol. 12, no 3, Spring 1986.

[43] "Historiography and Historiophoty." *The American Historical Review*, vol. 95, no 5, December 1988.

[44] "The Rhetoric of Interpretation." *Poetics Today*, vol. 9, no 2, 1988.

[45] "New Historicism: A Comment," *The New Historicism*, edited by H. Aram Vesser. New York and London: Routledge, 1989.

[46] "Romantic Historiography," *A New History of French Literature*, edited by Denis Hollier. Cambridge, Mass.: Harvard University Press, 1989.

[47] " 'Figuring the Nature of the Times Deceased': Literary Theory and Historical Writing," *The Future of Literary Theory*, edited by Ralph Cohen. New York and London: Routledge, 1989.

[48] "Form, Reference, and Ideology in Musical Discourse," *Music and Text: Critical Inquiries*, edited by Steven Paul Scher, Cambridge: Cambridge University Press, 1991. "Historical Emplotment and the Problem of Truth," *Probing the Limits of Representation. Nazism and the 'Final Solution.* edited by Saul Friedlander. Cambridge, Mass; London: Harvard University Press, 1992.

[49] "Historiography as Narration," *Telling Facts: History and Narration in Psychoanalysis*, edited by Morris and Joseph H. Smith. Baltimore and London: The Johns Hopkins University Press, 1992.

[50] "The Modernist Event," *The Persistence of History. Cinema, Television, and the Modern Event*, edited by Vivian Sobchack. New York and London: Routledge, 1996.

[51] "Auerbach's Literary History: Figural Causation and Modernist His-
toricism," *Literary History and the Challenge of Philology*. edited
by Seth Lerer. Stanford: Stanford University Press, 1996.

[52] "Storytelling: Historical and Ideological," *Centuries' Ends, Narrative
Means*, edited by Robert Newman. Stanford: Stanford University
Press, 1996.

[53] "Postmodernism and Textual Anxieties," *The Postmodern Challenge:
Perspectives East and West*, edited by Nina Witoszek and Bo Strath.
London: Sage Publications, 1999.

[54] "The Discourse of Europe and the Search for European Identity," *Eu-
rope as the Other and Europe as Other*, edited by Bo Strath. Bruxeles,
etc: Peter Lang, 2000.

[55] Hayden White, "An Old Question Raised Again: Is Historiography
Art or Science? (Response to Iggers) ." *Rethinking History*, vol. 4,
no 3, December 2000. discussion with: Georg G. Iggers, "Historiog-
raphy between Scholarship and Poetry: Reflections on Hayden White'
s Approach to Historiography. " *Rethinking History*, vol. 4, no 3,
December 2000.

[56] "Posthumanism and the Liberation of Humankind. " *Design Book Re-
view*, vol. 41/42, Winter/Spring 2000.

[57] "The Metaphysics of Western Historiography. " *Taiwan Journal of
East Asian Studies*, vol. 1, no 1, 2004.

[58] "Figural Realism in Witness Literature. " *Parallax*, vol. 10, no 1,
January—March 2004.

[59] "Historical Fiction, Fictional History, and Historical Reality. " *Re-
thinking History*, vol. 9, no 2—3, 2005.

[60] "The Public Relevance of Historical Studies: A Reply to Dirk Moses. "
History and Theory, vol. 44, October 2005.

[61] "Against Historical Realism. A Reading of War and Peace. " *New Left Review*, vol. 46, July—August 2007.

[62] "Power and the Word" (rev. of: Michel Foucault, Discipline and Punish and Language, Counter—memory, Practice.), *Canto*, vol. 2, no 1, Spring 1978.

[63] "A Critical Garden" (rev. of: Geoffrey Hartman, Criticism in the Wilderness: The Study of Literature Today) . *Partisan Review*, vol. 48, no. 4.

[64] "Painting and Beholder" (rev. of: Michael Fried, Absorption and Theatricality: Painting and Beholders in the Age of Diderot) . *The Eighteenth Century*, vol. 24, no 2, Spring 1983.

[65] Ankersmit, F. R., "Hayden White's Apeal to the Historians. " *History and Theory*, vol. 37, no 2, 1988.

[66] Carignan, Michael I, "Fiction as History or History as Fiction? George Eliot, Hayden White, and Nineteenth—Century Historicism. " *Clio*, vol. 29, no 4, 2000.

[67] Domanska, Ewa, "Hayden White: Beyond Irony. " *History and Theory*, vol. 37, no 2, May 1998.

[68] Grossman, Marshall, "Hayden White and Literary Criticism: The Tropology of Discourse. " *Papers on Language and Literature*, vol. 17, no 4, Fall 1981.

[69] Harlan, David, "The Return of the Moral Imagination," *The Degradation of American History*. Chicago: University of Chicago Press, 1997.

[70] "Hayden White: Twenty—Five Years On. " *History and Theory*, vol. 37, no 2, May 1998 (Frank Ankersmit, "Hayden White's Appeal to the Historians"; Ewa Doman? ska, "Hayden White: Beyond Irony"; Nancy Partner, "Hayden White: The Form of the Content"; Richard

vol. Vann，"The Reception of Hayden White"）.

[71] Himmelfarb，Gertrude，"Telling It As You Like It. Post—Modernist History and the Flight From Fact. " *Times Literary Supplement*，October 16，1992.

[72] Jenkins，Keith，"Beyond the Old Dychotomies：Some Reflections on Hayden White. " *Teaching History*，no 74，January.

[73] Konstan，David，"The Function of Narrative in Hayden White's Metahistory. " *Clio*，vol. 11，no 1，1981.

[74] Kramer，Lloyd，"Literature，Criticism，and Historical Imagination：The Literary Challenge of Hayden White and Dominick LaCapra"，*The New Cultural History*，edited by Lynn Hunt. Berkeley：University of California Press，1989.

[75] Momigliano，Arnoldo，"The Rhetoric of History and the History of Rhetoric：On Hayden White's Tropes. " *Comparative Criticism. A Year Book*，vol. 3，1981.

[76] Moses，A. Dirk，"Hayden White，Traumatic Nationalism，and the Public Role of History，" *History and Theory*，vol. 44，October 2005.

[77] Munslow Alun，"Hayden White and Deconstructionist History，" *Deconstructing History*. London and New York：Routledge，1997.

[78] Ostrowski，Donald，"A Metahistorical Analysis：Hayden White and Four Narratives of 'Russian' History. " *Clio*，vol. 19，no 3，1990.

[79] Paul，Herman，"Metahistorical Prefigurations：Toward a Re—Interpretation of Tropology in Hayden White. " *Journal of Interdisciplinary Studies in History and Archaeology*，vol. 1，no 2，Winter 2004.

[80] Roth，Michael S. ，"Cultural Criticism and Political Theory. Hayden White's Rhetorics of History. " *Political Theory*，vol. 16，no 4，November 1988.

[81] Roth，Paul A. ，"Hayden White and the Aesthetics of Historiography. "

History of the Human Sciences, vol. 5, no 1, 1992. Vann, Richard T. , "The Reception of Hayden White. " *History and Theory*, vol. 37, no 2, May 1998.

[82] Domanska, Ewa, "The Human Face of a Scientific Mind. An Interview with Hayden V. White. " *Encounters: Philosophy of History After Postmodernism.* Charlottesville and London: The University Press of Virginia, 1998.

[83] Jenkins, Keith, "A Conversation with Hayden White. " *Literature and History*, vol. 7, no 1, 1998.

[84] Michael. S. Roth, "Cultural Criticism and Political Theory : Hayden White' s Rhetorics of History, " *Political Theory.* Vol. 16, 1988.

[85] Hans Bertens and Joseph Natoli. *Postmodernism : the Key For Figures.* Blakwell Publisher, 2002.

[86] Harold Bloom. *A Map of Misread.* New York, 1975.

[87] Traian Stoianovich. *French Historical Method: The Annales Paradigm.* Cornell Univ. Press, 1976.

[88] See T. Todorov. , *Introduction to Poetics*, *Minneapolis:* University of Minnesota Press, 1981.

后　记

　　写作的艰辛、思考的痛楚、成稿后的轻松都化成不灭的记忆。

　　选择海登·怀特历史诗学研究这一论题，源于近年来我对"文学性"问题的浓厚兴趣，以及10多年来所承担的西方文论课程的教学工作。从近年来学界对"文学性"问题的讨论中，我注意到，"文学性"是一个内涵极其丰富的概念，而海登·怀特的"文学性"观念是这一丰富程度的最集中体现。因此，我于2005年以"海登·怀特研究与'文学性'问题"为题，申报了广东省哲学社会科学规划项目，很幸运地获得立项。

　　随着获得课题的高兴劲儿的消失，做课题的过程远没有预想中的那么顺利。首先就面临着完成课题与攻读博士学位的矛盾：由于当时课题申报的结项形式是"系列论文"，而博士学位论文的基本形式是"著作"，虽然这二者并不冲突甚至可以完美结合——"系列论文"完全可以成为高质量学术"著作"中的章节，而且优秀的学术著作就应该是若干"系列论文"的组合。但是，我深知，在时间有限的情况下凭自己的水平和能力来达到又谈何容易！在两难选择面前，我不得不在自己的内心达成妥协：部分章节必须扎扎实实地当成一篇篇论文来写。这固然大大增加了写作的难度，延长了写作的时间，但我又由此确信我的导师王坤先生一向强调的"慢工出细活"。令我高兴的是，在明确了"先分后总"的方案后，我此前滞涩的文思变得流畅，进展相当顺利，只是后来因耽溺于单篇论文的写作耗时太多而影响了其他章节的写作进度。因此，尽管迄今本书的诸多章节都已经或即将通过论文的形式发表在诸种学术刊物上，但无可否认的是，未来得及当成单篇论文来写的部分的确成为"急就章"，包括一些本来相当重要的论题都未能充分展开，"手中之竹"离"胸中之竹"有相当大的距离。

在本书即将付梓之际，我应该感谢以下的人：

首先是我的博士生导师王坤教授。他在我问学的关键时期收留我成为他的学生，让我感怀不已。我在硕士研究生毕业15年后的2005年，怀着十分复杂的心情，以近不惑之龄重回学生生活。家务的繁重，工作的琐碎，学习的紧张，使我常陷于一种疲于奔命的境地。虽然我以高龄读博，但从学业到生活，都颇费王老师的心力。王老师极其严谨，又亲切感人；不多言语，但特别细腻。我交给他的作业总是留下红红绿绿的批改印迹，每次收到他的短信都令我们全家感受到他的惓惓之意。

感谢我所在的工作单位佛山大学文学院的李克和院长、李道海书记和中文系的文际平主任。他们对我的信任和善待，点点滴滴，温暖、真诚而美好，我当一生铭记和珍藏。

感谢我的丈夫钟怀洲。他一直在商场打拼，非常忙碌和辛苦，不仅承担着养家的重任，而且在我写作本书期间，破天荒地买菜煮饭，接送孩子上学，一改近20年来由我独揽家务的局面，让我着实享受了一番写作本书的"唯此为大"与"唯我独尊"。

感谢我那乖巧的女儿。她不仅从不给我添事儿，还经常像从前我限制她看动画片一样地来督促我，以免让世界乒乓球锦标赛、全国青年歌手电视大奖赛、NBA、CBA、电视剧、世界杯足球赛等诸多电视节目侵占我过多的写作时间。

　　拙著的出版牵动了很多相识与不相识的人，每念及此，我都惟恐自己无力回报而深感不安。倘若没有我校校董冼为坚先生的慷慨资助，以及我的同事莫运平博士的忙前跑后，还有出版社责任编辑的辛勤劳动，拙著的出版不可能如此顺利。在此，也谨向他们表示自己深深的谢意！

　　在我写作本书期间，我的硕士生导师孙子威先生溘然辞世，令我悲痛不已。23年前，先生引领我跨进学术的门槛；23年后，我些微领会了先生"轻易得来终觉浅，历经磨难爱始深"的学术箴言。亦欲以此书，表达对先生的深深怀念。

董　馨

2010年7月12日记于佛山荟俊苑